— the —

LONG WINTER

奇幻基地出版

冰凍地球

二部曲：太陽戰爭

THE SOLAR WAR

傑瑞・李鐸 著

A. G. Riddle

BEST 嚴選

緣起

在繁花似錦的奇幻文學花園裡，你或許還在門外徘徊，不知該如何抉擇進入的途徑；也或許你已經置身其中，卻因種類繁多，或曾經讀過不合口味的作品，而卻步、遲疑。

BEST嚴選，正如其名，我們期許能透過奇幻基地對奇幻文學的瞭解，以及對讀者的理解，站在出版者與讀者的雙重角度，為您精選好作家與好作品。

他們是名家，您不可不讀：幻想文學裡的巨擘，領域裡的耀眼新星。

它們最暢銷，您怎可錯過：銷售量驚人的大作，排行榜上的常勝軍。

這些是經典，您務必一讀：百聞不如一見的作品，極具代表的佳作。

奇幻嚴選，嚴選奇幻。請相信我們的眼光，跟隨我們的腳步，文學的盛宴、幻想世界的冒險，就要展開。

獻給幫助我們度過生命最大難關的貴人。

序幕

距離地球數十億英里的太空深處，遠古即存在的機器甦醒了。

首先它檢查自身系統，一切正常。

接著它找到喚醒自己的源頭：一段訊息。

封包內僅有一行簡單指令，要求機器執行已完成數萬次的任務——毀滅低等文明。

它數次模擬後快速得出毀滅目標的最佳模式。掃除原始生物不是問題，關鍵在於如何以最低能量達成目的。能量是宇宙最寶貴的資源，電網需要從那個物種所屬星系的恆星取得。用不了太久時間。

機器啓動引擎，前進那顆被其居民稱爲「地球」的行星。

1 詹姆斯

醫生的手套沾滿了血。

地板也是。

艾瑪掐得很用力，我感覺自己的手快要被掐碎。但是她一尖叫，我整個人又彷彿冷風撲面，忍不住一陣顫抖。

「不能用點止痛藥嗎？」我緊皺眉頭問醫生。

「太遲了。」醫生轉頭朝她說。「艾瑪，再用力最後一次。」

她咬牙一擠。「很好。」醫生抬手哄著。

艾瑪為什麼不做無痛分娩就好了？換做是我，現在一定立刻馬上點頭。我也有醫學背景，只不過一腔熱情放在製作機器人與人工智慧領域上，所以醫院實習都沒去，當然也沒執業過。話說回來，我也很肯定自己沒有待在產科的能耐，像現在這種場合，就需要很大顆的心臟。

艾瑪再繃緊了身體，一聲清亮啼哭霎時穿透產房，那是我此生聽過最美妙、動人的旋律。

醫師舉起嬰兒讓艾瑪仔細查看。

她雙眼噙著淚，胸口還不停起伏，精疲力盡地癱在床上，但臉上露出我們相識以來最幸福的神情。其實我也一樣。

「恭喜，」醫師說。「兩位有個女兒了。」

他將孩子交給在旁邊等候的醫護團隊，嬰兒要立刻進行多項身體檢查。

我湊過去擁抱艾瑪，深吻她的臉頰。「我愛妳。」

「我也愛你。」她低聲回應。

檢查過後，護理師將孩子放在艾瑪胸口，她將女兒摟近，總算放下心頭的忐忑不安。之前她在太空待得過久，深怕身體吸收過量輻射，會造成孩子先天有缺陷。

原本我也十分焦慮，可是醫生提出幾點理由要我們放心：首先NASA新船艦的輻射防護技術與過去幾十年不可同日而語；再者，艾瑪自穀神星戰役返回後，又過了好幾個月才受孕，我們兩個以及所有倖存人員皆經過完整隔離，也接受了修補骨質和清除輻射的療程。

得知艾瑪懷孕後，泉美和好幾位醫生聯合起來，動用所有能做的檢驗，報告也都給我們一一過目。即便如此，艾瑪心上仍舊懸著大石，我當然也是，畢竟我們都是頭一遭爲人父母，所幸現在看來女兒健康又可愛，而我已經想好名字了——繼承自艾瑪的母親之名，亞黎森。

「歡迎來到這世界，小亞黎……」艾瑪低語。

☀

夜半時分，一聲尖叫傳進我們寢室，艾瑪床側的嬰兒監視系統隨之震動。她翻身過去盯著藍綠色夜視影像，亞黎還躺在搖籃中間，全身裹得緊緊的。

可是小女嬰表情扭曲，張大嘴巴、哭喊不停。身體明明那麼小，聲音卻又這麼大，我眞是開了眼界。

「交給我。」我邊咕噥邊起身，一隻腿已經掉出床外。

艾瑪拉住我的手臂。「你早上還要上班。」

「是啊，但沒關係。」我在她額頭一吻，將被子拉到她下巴。得讓艾瑪多休息。

這個月我們都很累，不過眞正辛苦的人是她，能做的我就多做些。

我走進嬰兒房，抱起亞黎讓她挨著自己胸膛，一邊搖一邊在房裡四處走動。其實艾瑪比較會哄小孩，她的聲音本來就溫柔，也知道該說什麼，而我哄孩子的時候總是像個人偶播放錄音，不斷重複「沒事」、「乖喔」幾句話，連唱首歌都不會。

奧斯卡來到房門口，低聲問我：「先生，需要幫忙嗎？」

他會得可多了，但偏偏沒包括這一項。並非我瞧不起他，我也好不到哪裡去。

「沒關係，我可以的。」

我抱著女兒坐在搖椅上輕晃。亞黎抬起小小的頭，蔚藍眼珠直勾勾地凝視我，純眞中似乎又帶著一絲好奇。我把食指放在她手心裡等著，過一秒她果然用小小手指用力抓牢了我。我忍不住微笑起來，又不禁感慨現在嬌嫩柔弱、未經世事的孩子，遲早得面對殘酷現實的世界。

在亞黎出生前，我的憂慮漫無邊際，如今腦袋裡唯一擔心的就是她。我想每個爸媽都一樣，期望孩子能生活在比自己更美好的世界，可惜亞黎誕生在面對重重危機的地球年代。生存本身已不容易，況且還有一場大戰即將到來。

數十億人死於被稱爲「長冬」的冰河期，如今存活的人類只有九百萬。冰層開始在地表蔓延後，倖存者湧入僅存的可居住地區、建立難民營。長冬解除後，我們仍暫時困在難民營，不過已經有人積極展開重返家園的行動。

看似平凡的日常生活，背後處處潛藏憂患。很少人主動提起，卻沒有人忘記。有一派理論主張造成長冬的地外文明「電網」不會再回來了，但我不敢輕忽風險。

倘若電網再度進攻，勢必會以戰止戰、徹底滅絕人類。我必須為地球做好準備，那不僅是我的職責所在，也是我身為人父、無可退讓的界限。

✹

小亞黎再度入睡時，外頭天還沒亮。我該回去再休息一會兒，但神經繃緊了就難以再放鬆，離開工作崗位一整個月，實在無比難熬。

我走到家中角落的小辦公室，開始收信看新聞。

新聞影片縮圖裡，記者背後是一片冰天雪地。兩年前，若我看見這畫面會直覺認為她身在南極，而現在誰知道呢？地球已有大半地區都是這副模樣。不過畫面下方字幕給了答案：美國華盛頓特區。

除了記者，還有美國海軍直升機與軍隊包圍了巨型挖掘機。我按下播放鍵，看著機器挖開積雪，很小心地讓底下事物重見天日。

播報聲忽然從喇叭竄出，我趕緊調低音量。

「現在在我背後的美國軍人邁出了重返美國家園的第一步。」

鏡頭拉近，總算能看清積雪底下的東西：美國國會大廈的圓頂。

畫面擴大，記者再次入鏡。「各位觀眾，我們回家了。」

另一支影片引起我的注意。其實我不想看，但壓抑不住好奇。

開場動畫是雪牆融解後露出的節目標題：克雷格．柯林斯主持的《熔點》。

《熔點》是大西洋聯盟網最熱門、也是少數能對全球播映的節目，前陣子終於將衛星送回軌道。

「這集節目特別邀請到機器人專家里察・錢德勒談談新書，《終結長冬、捍衛地球：ＮＡＳＡ背水一戰的幕後》。」

畫面打出新書封面，接著切換到坐在圓桌旁的柯林斯與錢德勒。

「歡迎錢德勒博士。」

這個人原本是我大學時代的教授與心靈導師，後來卻與我勢不兩立。此時他臉上笑得像柴郡貓(注)似的。「十分榮幸。」

「先來聊聊您的書，最近真是家喻戶曉，在網路上閱讀次數已經達到……百萬了吧？」

「一定超過了，詳細數字不確定，我也沒有太注意這種事情，傳達正確訊息最重要。」

「唔，不過某些人對書中敘述頗有微詞，尤其針對第一次接觸任務以及穀神星戰役，您的說法遭到ＮＡＳＡ和三大國際勢力駁斥。」

錢德勒聳聳肩，一派不以爲意。「從他們的立場自然不肯承認。三大政府希望掌控言論，藉此延續統治地位。可是雪已經融化，他們對世界人民的箝制也該到此爲止。現在三大聯盟全副心力放在『太陽之盾』計畫上，但現實是我們應該要更加審慎保護地球，同時也必須回應人類社會的需求。」

「所謂需求是指？」

「回家。回到我們一度捨棄的城市與建築，讓生活回歸常軌，這才是百姓真正的願望，卻也是三個政府最恐懼的結果。」

「我們的話題先放回書上。根據書中內容，無論第一次接觸任務或是擊退電網的穀神星戰役裡，您都扮演關鍵的規畫與執行角色，事後卻被高層過河拆橋，然而官方資料指稱帶頭的科學家、機器人設計師應該是詹姆斯．辛克雷。請問您對雙方說法出入，如何解讀？」

「請觀眾留意無可否認的事實，NASA內部從未有人否認任務最初聯絡的機器人專家就是我本人，也無法否認任務成員集合、聽取簡報時，我就在甘迺迪太空中心。沒錯，辛克雷登上了和平號、進入斯巴達艦隊，而我留在地球協助策略規畫——理由顯而易見，出任務未必回得來，懂得未雨綢繆，就不會將優秀人才擺在前方冒險。」

說到這兒，錢德勒稍微停頓，一副很為難的樣子。「也請讀者思考一下每個人的背景。另一項沒人能否認的事實是：詹姆斯．辛克雷是判刑定讞的重犯。長冬開始之前，美國政府認為他對社會安全造成危害，加以囚禁。第一次接觸任務的規畫階段，他以登上太空船為交換條件得到假釋，才剛從監獄出來而已。」

他故作姿態地點點頭。「我們做人要憑良心說話，他在這兩次任務裡的表現，我也覺得可圈可點。問題是保護地球茲事體大，大家放心交給他這種法院認證過的罪犯來帶頭嗎？明明可以找個身家清白、為民服務的人才，偏偏找了個自我中心的偏執者。」

類似話題持續了幾個月，錢德勒不遺餘力地抨擊我，透過半眞半假的言論吹捧自己。第一次接觸任務出發前，他確實也在簡報現場，但提出的機器人方案嚴重降低任務成功率。我指出問題所在，他便暴跳如雷，結果NASA署長羅倫斯．佛勒直接請他離席。回顧任務經過，若當時讓錢德勒留在隊伍中，最後恐怕難以成事，只會葬送地球的未來。

至此我已看不下去，本來別點開影片就沒事，但我心裡明白，若放任猜忌、輿論蔓延，接著要應付的就不只是電網，還包括自己人，內亂外患夾攻之下，注定兵敗如山倒。

注：《愛麗絲夢遊仙境》中大大咧嘴笑的怪貓。

2 詹姆斯

出了住處，走在堆滿雪的道路上，腳一動就會踩進融雪與沙土裡。

七號營位於舊地球北突尼西亞地區，此刻太陽正從地平線探出頭，金黃色的光芒照亮了市街，建築物圓頂有如沙漠上一顆顆融化中的棉花糖。

晴朗清晨，太陽如我們所知那般閃耀，大眾很容易覺得世界已經安全，以爲只要回家就會一切如常。可是哪裡還有「日常」可言？長冬之前那些銀行和企業還存在嗎？未繳清的房貸還要繳下去嗎？卡債呢？銀行帳戶還有意義嗎？應該說，有任何紀錄保存完整下來了嗎？

長冬前我覺得自己始終是個局外人，在這個世界沒有容身之處。我不理解社會的運行法則，不懂大家的行事邏輯。而現在我覺得自己像是身處夾縫之中。只有七號營是我心裡唯一的家，艾瑪和我進行第一次接觸以後，身心俱疲回到的是七號營；她虛弱到站不起來的時候，我和奧斯卡也是在七號營一起照顧她。艾瑪和我在七號營戀愛、成家、有了女兒，我們的親友都在這裡。

對我而言，這就是家。

☀

NASA總部內，我在佛勒隔壁有自己的辦公室，可是進去的時間不多，通常都跟整個團隊的人一起待在大工作坊，每天製作原型無人機和戰艦設計圖，目標就是保衛地球。

工作坊一如往常亂糟糟的。這一點沒變化是好事。長形金屬工作桌上擺滿無人機零件，每隔一段距離立著一道隔板，乍看之下很像垃圾場裡堆著的廣告看板。

今天所有人都在。團隊內另一位機器人專家哈利．安德魯斯，俄籍太空人兼電機工程師桂葛里．索可洛夫，德籍程式設計師莉娜．沃杰，中國籍領航員閔肇，日籍醫師兼心理諮商師田中泉美，澳洲籍考古學家兼語言學家夏綠蒂．路易斯。奧斯卡也來了，自己靜靜在角落忙著。

我以爲這七個人會堆滿笑臉，歡迎我回來上班，應該還要有一、兩個熊抱之類的，沒想到他們一絲熱情也沒有，個個板起了臉也沒靠近我的意思。

最後還是哈利過來，伸手輕輕搭著我肩膀。他比我大了二十歲，性格幽默，不過此刻神情十分惶恐。「呃，詹姆斯，有個東西你該看看。」

他二話不說，將我拉進走廊。

「什麼？」我得小跑步才能跟上他。

「這個親眼看才好懂。」哈利停在無塵室門口。無塵室通常用於模擬太空無菌環境。

究竟怎麼回事？

哈利微微彎腰，眼睛靠在視網膜掃描器前面，認證之後氣閘開啓。他逕自走進去，但沒取走掛在牆上的藍色太空裝和面罩。

「不必著裝嗎？」我看看前面的哈利，又望向跟過來的其他人，大家都迴避著我的視線。

「不必。」哈利回答。「已經隔離完畢，應該沒有威脅……除非你會誘發反應。」

「隔離？到底什麼東西，哈利？」

「親眼看到比較好解釋。」他輕聲回答之後跨過內門。

無塵室裡空空如也，只有長條金屬桌上擱著一樣東西：白色塑膠盒，大小約莫一般公事包。哈利伸手一比。「詹姆斯，這東西只有你能處理。」

在大夥兒注視下，我走過去緩緩掀開盒蓋。

內容物很小，是個銀色的生化毒物隔絕袋。

「是有機物，」哈利湊過來站在我旁邊。「這裡面是樣本。我們推測製造這東西的個體，在你請假期間來到了地球。」遲疑片刻後，他補上一句。「需要你判斷如何處理。」

我按捺不住好奇，小心撕開袋口瞟了一眼。裡面有個白色物體，蓬鬆但扁平，大小接近我手掌。看明白之後，我臉一垮，點著頭伸手撈出那條尿布。「呵呵呵，很有趣嘛。」

全場瞬間捧腹大笑。

「我不在的時候，你們就搞這種東西嗎？」儘管想裝正經，但自己也快要控制不住笑意，只能拚命搖頭克制。我舉起尿布。「保衛地球的天才團隊，心智年齡居然停留在開尿布玩笑的程度？」

哈利忽然又正色，臉湊近我耳邊。「詹姆斯，我們需要你指示如何處理啊，」他停頓兩秒。「這邊除了你，還有誰能碰這玩意兒呢？」

又是一輪爆笑，連躲在門口的奧斯卡也揚起嘴角。我想他正在順便觀察每個人的面孔，記錄所有人的反應。

我赫然發現尿布有點重量。裡頭眞的有東西，不會吧……好奇和恐懼交雜下，我慢慢翻開一看，結果發現一團暗褐色黏稠物。不可能……他們不至於……

哈利再次板起臉嚴肅地重複。「那是有機物。」

桂葛里擠到前面，邊走向我邊伸手探進口袋。「別怕，詹姆斯，我來救你了。」

他掏出白色紙袋和裡面的貝果麵包，忽然搶走尿布，用貝果抹了一下那團褐色，然後咬了一口。我來不及反應，只能瞠目結舌盯著他看。

桂葛里聳聳肩，邊嚼邊說：「幹嘛，巧克力醬現在可是絕版品了。」

✺

正式開會跟上團隊進度後，奧斯卡與我前往總部地底，此處實驗室只有我們兩人有權限進入，裡面的機密實驗是我認爲在接下來的戰爭中有潛力解救全人類的關鍵。

LED燈自動開啓，照亮四周混凝土牆壁、地板和上方金屬支架。我們走向原型機時，腳步聲在這大洞似的空間迴蕩不休。

「喚醒，執行系統檢查。」我大聲下令。

「我是奧利佛，系統確認無誤。」

奧利佛的外表與奧斯卡並無二致，但內在做了許多重大改造。簡而言之，他是對應地球環境與太空環境的戰鬥專用仿生人（注）。想要打敗電網，必須準備大量戰力。

✺

佛勒的辦公室風格和我差不多，沒有太多裝飾，一面牆壁裝滿了螢幕，桌面上放著親人照片。最大片的螢幕連線監控新國際太空站當前狀態，漆黑背景烘托出閃亮站體。打造新太空站的三大國際勢力分別是：我與艾瑪居住的大西洋聯盟、俄羅斯和中東組成的裏海聯盟，以及亞洲倖存者

注：原文android。科幻領域中robot通常翻譯為機器人，但實際上未必是人類外形；相對而言，android則專指模仿人類外觀及行為的機器人。

爲主的太平洋聯盟。我們的團隊密切參與站體的設計與建造，艾瑪也提供了許多建議。她曾在舊國際太空站擔任指揮官，因遭受電網攻擊導致所有成員喪命，能在新太空站工程有一席之地，或許稍稍撫慰了她的哀慟。對地球人而言，新國際太空站具有指標意義，印證了只要通力合作，我們便能在短時間克服困境。更實際的層面上，國際太空站是守衛地球的前線，而且新站用途遠遠超越過往——它同時是個造船廠，可以生產艦隊、保護人類。

捍衛地球計畫分爲兩個大方向：無人機，以及太空船。

無人機新型號命名爲「百夫長」，兼具偵察和攻擊功能。目前預計製作六千架百夫長，絕大多數布置在地球周邊，其餘分散到整個太陽系盯哨待命。

主要火力還是交給太空船，暱稱爲「超母艦」，每艘都能載運、部署一萬架戰鬥用無人機。期望是五年內就有第一艘可用的超母艦，但進度若稍有延宕，也不令人意外。螢幕上，太空站伸出了鷹架結構機械手臂，正要組裝第一臺超母艦原型機：耶利哥號（注1）。

「你總算回來了。」佛勒起身與我握手。「艾瑪和亞黎都好吧？」

「狀況不錯。」我找了張椅子坐下。「多謝關心。」

「那你自個兒呢？」

「要是營地沒咖啡了，可能有點危險。」

「唔，你血液中的咖啡因含量還可以維持好一陣子。」佛勒咬著嘴唇。「唉，有壞消息，我就直接說吧。三方防衛委員會否決了你的奧利佛量產計畫。」

「有解釋理由嗎？」

「語焉不詳，我猜是擔心電網能控制仿生人軍隊。」

「無人機還不是一樣。」

「的確，但無人機不是擺在自家後院地下室，衝出來就能一夜殺光所有人類。」

「你覺得有機會溝通嗎？」

「恐怕沒有，他們的態度很強硬，但至少願意讓你繼續開發，也承認有原型機和設計圖比較保險，必要時還能大量生產。」

這消息對我而言自然是一大打擊，我認爲這是個錯誤決策。萬一戰場來到了地球，我們需要更多戰鬥人員。

接下來應該關心耶利哥號和其他專案的進度，但我忍不住提起里察．錢德勒上節目受訪這檔事。此時此刻他構成的威脅，可能比電網還嚴重。「你看了今天早上的《熔點》嗎？」

平日佛勒的神情都像個和藹的老爺爺，此刻卻蒙上一層寒意。「錢德勒的事情你別擔心。」

「很難不擔心。」

「有更大的問題。船艦和無人機必須比預期更早做出來。」

「我錯過了什麼大事件？」

「是一連串小事情加上三個大轉折。」

佛勒敲了敲鍵盤，螢幕畫面切換到星系全圖，中央是太陽，周圍是行星，以白色線條勾勒出軌道。

他再按一個鍵，鏡頭聚焦於海王星外側的古柏帶（注2），這裡有許多小行星、矮行星繞著太陽系旋轉。然而此刻能看見三個突兀的物體從中穿越，朝著星系內側進軍。

注1：Jerich，耶利哥位於現今巴勒斯坦，為超過三千年歷史的古城。

注2：Kuiper Belt，位於太陽系海王星軌道以外的小行星帶。

「你也明白，要在古柏帶安置探測器，費了好大一番工夫。目前無法確認古柏帶總質量，推估是小行星帶的兩百倍。」

「也就是有更多物質可供電網製造武器與電芯。」

「沒錯。古柏帶裡有三個矮行星，冥王星是其中之一，最早天文學家以爲週期彗星都來自古柏帶，後來已經確定證僞。古柏帶的性質穩定，所以發現它有小行星脫出，很令人訝異。」

而其背後意義很清楚：電網回來了。它們極有可能先派出和上次同樣的巨型「收割者」，它具有穿越星系的航行能力，還能採掘礦物，製作出任務所需的太陽能電芯。

「你認爲那是新的收割者發射過來的。」

「至少得考慮這個可能性。如果爲眞，代表新的收割者不久前已經抵達。」

「接觸之前還有多少時間？」

「正在計算軌道。」

「推估呢？」

「兩年。大約。」

「超母艦做不了這麼快，無論製程多趕都沒用，少說差一年，但應該會更久。」

「我明白。那就要靠無人機艦隊將小行星擊落，艦隊規模必須非常龐大。」佛勒傾身向前。

「可行性高嗎？」

「我也不確定。」

3 艾瑪

兩年後

現在家裡鎮日充斥了我最喜歡的聲音——小腳丫在地板跑來跑去的動靜。雖然心有餘但力不足，今天早上沒體力追著亞黎亂跑。我伸手扶牆，等待嘔吐感慢慢消褪。大浴室外，腳步停了下來。廚房有抽屜被拉開、搖晃裡頭東西的聲音。

「亞黎，」我叫著。「過來媽媽看得見的地方。」

一片靜默，只有喇叭裡的新聞廣播傳來。

根據聯合國今天發布的報告，長冬結束後，首次出現安置營地居民少於外界的情況，而且大西洋、裏海、太平洋三聯盟的人民持續向外遷徙。目前人口最多的都市爲新柏林，次之則爲亞特蘭大以及倫敦。

目前的遷徙速度依舊遭到部分人士批評。擊退電網的關鍵人物之一里察・錢德勒博士呼籲各政府將重心轉向送還人民回歸家園，昨夜他在《熔點》接受克雷格・柯林斯訪問時提到：「電網的威脅不復存在，世界經濟資源卻依舊虛耗在防衛工程上頭。安置營的本質變成了強制勞動，大眾辛勤工作的成果拿去供養詹姆斯・辛克雷，成就他口中那些拯救世界的超級戰艦和無人機。但眞相是什麼？是電網可能百年、千年甚至更久之後，都不會重返太陽系。即便如此，政府仍逼迫我們生活在赤貧之中，不能投票、沒有基本人權。是時候該有所改變了。」

我很討厭這個人，或許沒像詹姆斯那麼強烈，但也差不了太多。偏偏新聞節目一直邀請他去散播謠言、搬弄是非，更糟糕的是他的支持者還越來越多。

廚房那頭又有抽屜拉開的聲音。「亞黎，我要生氣囉！數到三，妳立刻過來。」

毫無反應。

「三。」

「二。」

「一！」

彷彿聽見開跑訊號，小腳在地板咕咚咕咚一路踩過來。亞黎跑到浴室門口，笑得一臉無辜。

「我有沒有說過不可以玩抽屜？只有媽咪和爹地可以開。」

有些小孩的難過只寫在臉上，亞黎則是全身上下一起來。她低頭垮肩、兩手軟趴趴，一副全身無力的模樣。這女娃兒有三種模式，首先是火力全開地玩耍，再來是停機睡覺，現在這種是自己生悶氣（如果討不到甜頭就會演變成哭鬧，最近每天來個好幾次）。

我指著浴室地板上七個手環、塡充玩具綿羊與橡膠黃色小鴨。「妳先在這邊玩，等我一下好不好？」

身體又湧出一股嘔吐感，感覺像被拋出飛機、變成無法控制的自由落體。

亞黎湊過來，抱著我的下腹部，但小手臂還太短，沒辦法兜成一圈。她直勾勾望著我的眼睛。

「媽媽便便？」

「不是，」我低聲告訴她。「我沒事。」

「媽媽難過？」

我在女兒背部輕輕上下安撫。「沒有，我很好，妳先玩玩具，我馬上就出去。」

我閉上眼睛，等待嘔吐感緩和。亞黎戴上七個手環，順序邏輯只有那顆小腦袋能理解。毫無預兆的，她忽然從地板撿到一顆葡萄乾。

「乖，不可以吃地上的東西。」

亞黎把葡萄乾放在綿羊娃娃前面，一副要餵它的樣子，然後抬起頭，眼裡有點淘氣。

我無法控制臉上的笑意。

結果她還是在我來得及阻止前把葡萄乾吞了下去。我不知道那東西掉在地上多久了，反正絕對不是今天的早餐。話說回來，人類老祖宗連多峇巨災（注）也能熬過，還跨越了白令海峽，小亞黎吃個擺一天、還是兩天的葡萄乾，應該也沒關係。說不定有三天。

我拉開梳妝檯抽屜，翻出個人健康分析儀，按著手指等抽血檢驗。機器嗶嗶叫，小螢幕上跳出報告：血液成分正常，不過維生素D已經在低標。

安置營的避孕工具用光一陣了了（大規模遷徙開始之後，這類用品就顯得沒那麼重要，政府的注意力轉向食物住房和救命藥物這些方面）。詹姆斯和我雖然很小心，但這兩年壓力過大，有時還是會忍不住。

我屏著呼吸捲到報告最下面，讀到結果大大呼出一口氣，盯著螢幕又喜又驚。

注：Toba Catastrophe，「多峇巨災理論」認為，史前七萬至七萬五千年印尼蘇門達臘島北部多峇湖曾經發生大型火山爆發，導致冰河期與人類數量大減。

≫妊娠試驗：已受孕。

☀

亞黎牽著我的手，一起穿過ＮＡＳＡ大門檢查哨。她跟平常一樣，背著爸爸特別做的小背包。詹姆斯的背包裝了ＧＰＳ定位、很攝影機、讓我們跟她講話的喇叭。就算他偷藏了攻擊用無人機在必要時保護女兒，我大概也不會意外。

詹姆斯與我都繼續在ＮＡＳＡ工作，以前會每天一起帶女兒去幼稚園。但他已經連續大概八個月都在我起床之前就出門，天天忙到深夜才回家，感覺像在燃燒生命。我知道他想要保護全人類，卻還是私心希望他能多陪陪我和女兒。

到了幼稚園門口，亞黎鬆開手要衝出去，被我拉回來抱了一下。我才一放開，她馬上又拔腿狂奔。這是把我當作肯塔基賽馬（注）的起跑鐘聲了嗎？教師見狀朝我揮揮手，亞黎晃著背包自她身邊竄過。

進入ＮＡＳＡ總部，在走廊上總會引來一些目光。有些人在新聞裡頭見過我，也有些人單純察覺到我的跛行。

我因爲在太空停留過久，骨質密度損失太多，已經無法治癒，也無法再上太空，就算勉強上去也待不久。

我的兒時夢想就是當太空人。長大以後美夢成眞，然而與電網兩次交戰，導致我的夢想無以爲繼，不得不忍痛放棄。長冬浩劫後，世界陡然一變，我和大家一樣重新適應生活，找到自己的全新定位，也十分珍惜。

改變是人生的常態，我們自己也必須隨之而變。

我進去時，講堂坐了一半的人，一排排座椅上總共五十張面孔緊盯我，每個人都捧著平板電腦。看著學生們，令我想起自己在NASA受訓的日子，也總是這樣眼神明亮、積極上進，爲了目標全力以赴。學員畢業以後，有些人會登上正在趕工的兩艘超母艦，成爲人類對抗電網的第一線。未來掌握在他們的手中，我要做的是幫他們做好準備，而方法只有一個，只是我仍舊爲此不安。

站上講臺，我朝麥克風開始說話。天花板挑高很高，聲音在講堂內迴蕩。「太空非常危險。」我稍微停頓，讓大家深思這句警語。「在太空生存的關鍵是什麼？」

事前我對全班提過，接下來三次上課會進行隨堂抽考，而且並非筆試。他們應該也都從學長姊口中聽說了，我考的都是實務作業，而且每一屆不同。果不其然，大家以爲已經開始考試，應答聲此起彼落，每位學員爭相表現。

「氧氣。」

「動力。」

「注意環境。」

「睡眠。」

「團隊合作。」

「好老師？」

最後這句引來幾聲咯咯笑，我也淡淡地嘴角一揚，但這位法籍工程師無法因此加分。

大部分人說完之後，前排一個莓金色秀髮的女孩子才開口。「做好萬全準備。」

我朝她點點頭。「正確。」

注：美國每年在肯塔基州舉辦賽馬大會。

接著我轉身指向掛在牆上的太空裝，乍看它像是劇場內的另類簾飾。不過NASA太空裝可不是擺著好看的，而且我事前計算過，總共一百套，是學員人數兩倍。

「比方說，各位必須時刻掌握太空裝的位置。」

他們東張西望，視線落在裝備上。

「爲什麼？因爲你們無法預先知道什麼時候必須著裝。這是我的親身經驗，要是當初晚個幾秒才完成著裝，就沒有我這個人能站在講臺了。」

大家認眞思索這段話的含義，我也不禁想像遲一步穿上太空裝的後果：不可能認識詹姆斯，也就不會生下亞黎、不會有現在肚子裡的孩子。當年的隊員都來不及著裝，只有一人例外。

偏偏他很不幸地遭到太空站碎片擊中致命。他無能爲力，我也無法挽救。

「想在太空生存，每一秒鐘都很重要，能決定各位是生還是死，也關乎你們身旁的夥伴以至於地球的安全。某些情況下，確實沒有生還可能，但大家仍然必須準備充分。提升生還機率的唯一方案，只有做足準備。」我彈了一下手指。「現在開始著裝，動作最慢的五個退訓。」

現場陷入一片混亂，學員眞的從座位跳起來，往掛著的太空裝狂奔而去，感覺像是什麼競賽節目，一群人爭先恐後、彼此推擠，搶了裝備就套。

五十人著裝完畢後，我示意大家摘下頭罩。所有人呼吸急促，眼睛盯著我不放。

我朝講臺後面一指。「剛才過程全部都錄影了，我確認以後會通知最慢的五個人。沒收到信的人就繼續上課，至於超時退訓的人，我希望你們願意再申請一次。記住，在太空生存還有第二個關鍵，就是絕對不要輕言放棄。」

✹

詹姆斯的工時越來越長，在家時間越來越少，但我們會每天一起用中餐，算是兩人之間的儀式，無論再忙也要偷個閒。

整個早上，我一直思考什麼時間點告訴他才好。原本我也是藏不住心事的人，從小就把情緒都寫在臉上，詹姆斯一定會察覺不對勁。無論爲了他還是爲了自己，懷孕的事情也不能不說。

我到達的時候，詹姆斯已經站在餐廳門口，神情很複雜，但見到我時表情一亮、嘴角上揚。幾年下來，他的魚尾紋和抬頭紋越來越深，彷彿時間和壓力留下的車轍。不過那雙眼睛卻沒變，依舊閃耀又溫柔。

「嗨。」他開口。

「久等啦。」

他忽然語氣嚴肅。「嗯，我有事情要跟妳說。」

「我也有。」

詹姆斯緊蹙眉心。「妳也有？」

「對。」我伸手拉著他。「你先說吧。」

他遲疑一陣，似乎正在判斷局面。「好，但別在這裡說。」

我跟著詹姆斯從餐廳走到辦公室。裡頭的螢幕上有三段影片，拍攝的都是岩石材質的球體小行星，根據畫面底部日期看來都是近期影像，大概是由探測機或無人機回傳。小行星上的坑洞頗爲巨大，不過沒有參照物，很難判斷實際體積與位置。

「這是大約兩年前，從古柏帶飛出來的，我們一直密切追蹤。」

「軌道是不是……」

「會與地球相撞？沒錯。」

我全身僵硬、口乾舌燥。「大小？接觸時間？」我追問。若放任小行星撞擊地球，人類勢必滅亡。

「都是德州大小，隨便一個過來就會導致滅絕事件。衝擊事件是四十二天後。」

「超母艦──」

「不可能趕得上，差太多了。」詹姆斯轉身面對我。「幸好也不需要。」

「靠軌道防禦陣列？」

「不行，小一點的話能應付，這個規模沒辦法。我們針對這三顆小行星打造了一支專門的無人戰鬥機艦隊，最近跟著超母艦元件一起發射，免得它們上新聞，引起大眾恐慌會更麻煩。」

「計畫是？」

「一小時後無人機進攻，把它們轟成碎片。」

我緩緩呼出一口氣。「原來你焚膏繼晷就是在忙這件事。」

「嗯，花了兩年。」他牽起我的手。「抱歉沒告訴妳，怕妳會擔心。」

「沒關係，我懂的。」

「我想請妳過來指揮中心觀戰。」

「可以，那我取消下午的課。」

「太好了。」他走向門口，但又停下腳步。「剛剛妳說也有事要告訴我？」

「沒事。」

詹姆斯看我一眼。「眞的？」

「嗯，不是什麼重要的事。」

這種時候怎麼開得了口？只能之後再找機會了。

4 艾瑪

NASA任務指揮中心的外觀和以前的證券交易所很像，許多人站在終端機前方，時不時停下動作，聆聽耳機訊息後大聲回報，或是悶不吭聲地盯著自己的螢幕。最前方超大型顯示器是無人機艦隊回傳的影像，三顆小行星都受到即時監控。

空氣燥熱、聲音嘈雜，還飄著一股咖啡氣味。渾身緊繃、時間將盡的氛圍非常強烈，我在人群中看見幾個熟面孔：哈利坐在自己的工作站快速敲著鍵盤，桂葛里與身的俄籍同胞大聲討論中，隔壁的莉娜戴著耳機、盯著螢幕上捲過一行行程式碼不知在找什麼東西，閔肇與羅倫斯・佛勒端著馬克杯邊喝咖啡邊對話。夏綠蒂和泉美似乎不在這裡。

詹姆斯湊過來說悄悄話。「我們和小行星之間有大約三十五光分距離，想要向第一隊無人機下指令改變戰略的話，現在是最後機會。」（注）

「自動作戰？」

「嗯。」

「無人機都經過偽裝？」

注：光速行進一分鐘的距離，約為一千七百九十八萬七千五百四十七點五公里。

「對，與之前和平號、斯巴達艦隊的作法一樣，無人機外觀像是游離的石塊。」

「影像品質未免太好了。」

「莉娜加工過，調整了數據壓縮演算法。無人機構成菊鏈，靠通訊板將資料傳回地球。」

佛勒過來輕輕擁抱我一下。「艾瑪，好久不見。」

「是呀。」我指著周圍人來人往。「發射斯巴達艦隊那時候也這麼忙碌？」

「那時候更亂。」

佛勒表示先失陪，要去聽聽桂葛里那頭講什麼講得那麼激烈。詹姆斯帶我先過去他的工作站休息。

我壓低聲音問：「你們覺得會有什麼狀況？」

「對方應該有反制手段。」

「沒有的話？」

「小行星會在無人機猛攻下粉碎。我另外擔心小行星上加裝了推進器，一旦遭到攻擊就會啓動並改變軌道，意圖避開剩下的無人機。」

「你們應該有對策吧？」

「有。無人機分爲十二隊，從不同位置採取波狀攻勢。第一隊行動以後，根據戰況做後續調整。」

詹姆斯也盯著螢幕上各種數據、輸入指令，偶爾用耳麥回答問題。當下有種時間密度變高、流動緩慢的錯覺，直到擴音系統傳出一句：「第一艦隊準備部署。十秒，九秒，八秒……」

倒數結束，彷彿空氣從指揮中心外洩，大家軟在椅子上緊盯著螢幕。有些人把筆往桌面一摔，有些人將臉埋進手掌裡。這些畫面讓我想起大學教室內，監考員宣布時間到，結果一半人沒答完、另一半人只是猜完的慘況。

「現在的情況是？」我低聲問詹姆斯。

「只能等待，看看有沒有猜中。」

☀

我走過去和莉娜聊兩句，主螢幕忽然跳出倒數計時。

≫三十

≫二十九

≫二十八

指揮中心裡，大家沉默地站起身，一些人取下了耳機。

我回去詹姆斯身邊時，喇叭正好大聲宣布：「第一艦隊準備進攻，三秒、兩秒、一秒。」

三個即時影像一下子只剩下白色強光。無人機裝載的飛彈發射了。

我屏住呼吸，眼睛離不開螢幕，期盼著白光快消散。畫面回復正常後，背景是宇宙的幽黑，然後浮現或大或小的岩石，數量少說有幾百。

詹姆斯立刻回去座位分析資料。我跟著看，看得懂一部分，看來是好消息——武器命中，不偏不倚。觀測發現小行星碎裂超過上千塊，質量分布很廣，其中某些個體仍可能引發滅絕事件。原本是三大塊，現在需要處理的反而變成七顆，形式上而言是壞消息，但實質代表策略方向無誤。

擴音器又傳出報告：「第二艦隊取得目標。」每一秒都如此難熬，過了好久才又聽到。「第二艦隊準備進攻，三秒、兩秒、一秒。」

白光二度填滿螢幕，之後黑色背景裡的岩石更小了。

看見無人機回傳數據，我鬆了一口氣。現在有將近兩千顆石塊飛向地球，但其中僅三塊能引發滅絕。

系統繼續發布通知，輪到第三隊進攻。

第四輪攻擊後，指揮中心內所有人跳了起來，回復到我剛進來時那種混亂嘈雜。過沒多久我就明白了原因：只有很短暫的機會能向後面八隊送出新指令。

詹姆斯他們刻意在第四隊與第五隊之間留下間隔。第五隊（與之後其餘艦隊）比較靠近地球，與小行星面對面之前還能更動計畫，用意在於針對前幾波結果做分析滾動調整，最大優化後續攻擊的效率。

閔肇那桌幾個人小聲談話但很有秩序，相對桂葛里那頭則亂哄哄的。

詹姆斯靠著椅子盯緊螢幕，忽然滿臉疲憊。哈利走過來，堆著笑容向我打招呼。「嗨，艾瑪。」

「嗨，哈利，最近如何？」

「喔，妳知道的，《爆破彗星》是我的菜。」

這種時候還能想到以前的電動遊戲（注），我笑出聲，詹姆斯雖然疲累，也擠出一個微笑。

「沒那麼簡單是預料之內。」哈利說完，詹姆斯點點頭，還是瞪著螢幕，我彷彿看得見一堆齒輪在他腦袋裡轉動。他以前也有過那種神情，一次是在和平號，一次是幾個月後來到七號營。他正絞盡腦汁思索出路，只是狀況恐怕不樂觀。

哈利轉頭望向閔肇那邊，片刻後又回頭看我。「大概還有……」他湊到詹姆斯的螢幕瞅一眼。

「七分鐘多可以決定要怎麼調整第二輪攻勢，目前聽起來打算分成兩團，每團兩支艦隊。」接著哈利又往桂葛里那兒輕輕點頭。「他們在研究武器載荷效率最大化。」

「你們……」

「沒有想到戰況會一面倒向我們這邊。」哈利回答。「本來擔心敵人會主動迎擊、針對我們的陣型做回應。」

詹姆斯探身在鍵盤上輸入指令。螢幕上跳出一條訊息。

≫第一艦隊：啓動深層病毒掃描。

哈利瞥見訊息後，開始和詹姆斯討論相關事宜。我起身走開，免得打擾他們。詹姆斯擔心電網又拿病毒當武器？無人機被感染的話，會回傳僞造的資料？不無可能。然而那代表襲來的小行星還完好無損，方向也不變。

泉美不知何時遛進指揮中心，我留意到的時候，她已經跟奧斯卡一起待在後頭。奧斯卡朝我露出大大的笑臉，他用功學習人類表情，也有了不少進步，可是現在氣氛眞不適合這麼有朝氣的模樣。至少他盡力了。夏綠蒂也露了面，正與她討論的義大利密碼學專家一年半前上過我的課。見我走近，泉美給了個擁抱，在我耳邊低語：「他一直猶豫要不要告訴妳。」

「我聽他說了。大家都還好嗎？」

注：一九七九年所謂「街機黃金年代」時，電動公司Atari曾推出名Asteroid（直譯為『小行星』，但中文遊戲圈譯為《爆破彗星》）的遊戲，在遊戲史上具有重要地位。

「不是太好，壓力沉重，缺乏睡眠。」泉美的視線飄向牆上大螢幕。「希望趕快落幕。」她的角色定位並不好受，需要維持所有人生理和心理的完整健康。

第二波攻勢的調整時機過去，現場氣氛稍稍和緩。約莫三十分鐘後，兩軍接觸，大家的心情又開始浮躁。等到第三波結束，小行星幾乎化作粉末，每個人放下懸著的心之後歡聲雷動，不少人為了方才大呼小叫向夥伴道歉。眾人站起來大笑慶祝時，只有詹姆斯仍然坐在位子上凝視著螢幕。

我過去看見螢幕上的紅字閃動。

≫未偵測到病毒感染。

「怎麼了嗎？」

「沒事。」他喃喃自語，還是望著那畫面。

我在隔壁坐下，直視他的眼睛。「你確定？」

「嗯，沒事。」

☀

當天晚上所有人到我們家裡聚餐。哈利負責烤肉，還挑了件應景的T恤，上面畫著一間餐廳，招牌是「末日燒烤」。

桂葛里站在他旁邊喝雞尾酒，我可以肯定裡面是十份伏特加混一份其他飲料。剛開始他還盡量說英語，血管被酒精占領之後就開始夾雜了俄文。站他隔壁的莉娜喝著貝克啤酒，明明世界經濟崩潰了卻能看見老牌飲料，感覺很怪異，但人類在融雪之後大規模從舊都市回收物資，企業最主要目標就是瓶裝和罐裝的藥物、啤酒、威士忌，比起鑽石或黃金更容易銷售。長冬對社會的改變超乎我的想像，比方說以前就想不到桂葛里和莉娜會走這麼近。平常話越少的人，行動起來越出乎意料。

閔肇和泉美坐在烤盤附近的木頭野餐桌小聲聊天。兩人的情愫是七號營最公開的祕密，但進度可以媲美冰河移動，好像兩個棋手每一步都得思考幾個月。

詹姆斯和他哥哥亞歷有說有笑，可是我能看得出他有心事。本來打算今晚告訴他懷孕的事，還是覺得不合適。等明天好了。

大孩子們在外面的沙地踢足球，奧斯卡充當裁判。長冬發展到頂峰時，我以爲再也看不見這種光景，沒想到此刻夕日照出完好的世界。

只可惜所謂完好是說給一般人聽的，詹姆斯他們清楚知道事實並非如此。慶祝名義對外聲稱是新型無人機研發完畢，如果戰爭看不見盡頭，也只能苟延殘喘、反覆藉謊言壓抑恐慌。

小小孩在屋子裡跟幾年前詹姆斯做的機械狗玩耍。我走進廚房，妹妹麥迪遜和嫂嫂艾比正交頭接耳。

「有八卦。」

「怎麼可能。」麥迪遜喜孜孜地說。

「妳這樣說就是有。」

「算是八卦沒錯。」艾比老實回答。「泉美好像要搬去閔肇那邊。」

「網路上顯示她住的地方四十五天之後會空出來。」麥迪遜補充。

「會不會是搬出營地啊。」我只是想延續話題。

「不太可能。」麥迪遜說。「和平號船員分不開吧。」她喝了口紅酒。「但我們倒是在考慮。」

我聽了心頭一驚。「妳和大衛？」

「他想搬到亞特蘭大，聽說那邊抽籤分配農地，感覺像是回到從前開墾西部。大衛說經濟重新起步，我們不先卡位就會輸在起跑點。他就愛殖民時代那一套。」

「亞歷的想法差不多，不過他看中的是倫敦，覺得那邊教育比較好之類的。」艾比的酒喝光了。「我是有些顧慮，倫敦本來就冷，要是又碰上長冬呢？還不是得跑？」

「不是好主意。」我漫不經心地說。

「嗯，」艾比回應。「要去也是去亞特蘭大，他對倫敦有幻想。」

「我是說，離開七號營並不是好主意。」

兩個人望向我，看來想知道理由，但我不能洩露機密，只能換個方式。「七號營還是地球上最安全的地點。NASA在這裡，還有地下居住區、高防護溫室，而且水源無虞。這個階段先按兵不動比較好。」

「看來，妳那邊才真的有八卦？」麥迪遜看我不說話，繼續進逼。「難道電網已經回來了？」

我咬著嘴唇。「總之我建議妳們等等，看妳們相不相信我？」

麥迪遜盯著我，希望我解釋清楚，但我不發一語。

艾比將杯子放在櫃檯上。「外頭怎麼沒聲音了，我去看看孩子們。」

麥迪遜給自己添了杯酒，拎起酒瓶問：「要來點？」

「不了。」

她瞇起眼睛，視線簡直要在我身上開個洞、挖出祕密。等理解到再瞪下去也沒用，她的表情立刻回復正常，這份切換自如的本領有時看得我挺毛的。

我將妹妹拉去主臥室，關上門，希望別被人聽到我接下來要說的事。這種氣氛好像回到中學青少女時代。

「我懷孕了。」

她馬上給我一個大大的擁抱，酒不小心灑了幾滴在我背上。

「詹姆斯開心嗎？」

我遲疑一陣。「應該會吧。」

「還沒告訴他？」

我頭一歪。「算沒有吧。」

「怎麼個……算法？」

「還沒找到適合時機。」

她又睜大眼睛想在我身上燙個洞逼供，但這回一樣沒效。

「他最近太多公務煩心了。」我只能這樣解釋。

「說不定那就是妳叫我們別離開七號營的理由。」

「說不定妳猜得很準。」

「嗯，反正我回去和大衛說說看。」她微笑說。「總而言之，恭喜妳啦。」

✹

大家離開之後，我們將亞黎送進搖籃。她有時候和人玩過就不肯乖乖睡，但今天眞的累壞了，馬上秒睡。

詹姆斯和我坐在客廳看電視新聞，發現里察．錢德勒又在受訪。他翻個白眼走進臥房。錢德勒還在大西洋聯盟興風作浪，鼓吹人民回到舊家園、指控現行政府獨裁暴虐等等，而且很愛上電視大放厥詞。

詹姆斯一進房間，就鑽進被子閉上眼睛，我也準備跟著躺下。

感覺他還在煩惱什麼，眞希望知道怎麼回事，否則我幫不上忙。

我爬上床，床腳發出輕微刮擦聲，他睜開了眼睛。

「嘿——」

「嘿。」

「多虧有妳才能一下把大家都叫來。」

「多虧有你才能把大顆隕石轟下來。」

這句話引得他噴笑。「爲了妳，多大顆的我都能炸掉。」

「那再幫我一次？」

「什麼？」

「告訴我，你有什麼心事？」

「沒事。」

「假如有事，會是什麼？」

詹姆斯閉眼好長一會兒，後來語氣平板地說：「非得說的話，就是事情結束得太簡單。」他睜眼凝視天花板。「電網沒這麼笨，只丟一堆隕石過來……未免太單純。」

「那你有什麼打算？」

「我打算先補眠，兩年沒好好睡覺了。醒來以後再看看是不是眞的有什麼盲點。」

他又閉上眼睛，我挨著他伸手關燈。

明天再說吧。

聽見臥室門打開的聲音時，我驚醒過來。接著聽見有人走動，一步步靠近床鋪，最後伸手用力搖晃詹姆斯。

我一下子嚇得不知所措。

外面天還沒亮，客廳的微弱光線流入臥室，不足夠我看清來者何人，只知道對方搖得越來越用力，還乾脆將他抱了起來。這力氣可真夠大的。詹姆斯終於也驚醒了，抓住對方那雙手，像上鉤的魚兒般不斷掙扎。

嘔吐感一下子湧上，我用力忍住。清澈冷靜的嗓音在房間響起。

「先生，醒醒，您該動身了。」是奧斯卡。

詹姆斯說話還斷斷續續，也沒什麼氣力。「怎麼了？」

「小行星。即將撞擊地球。」

5 詹姆斯

我頭昏腦脹，一開始聽不懂奧斯卡究竟什麼意思。

小行星？

怎麼可能，不是打成粉了嗎？何況那距離要好幾個月才會抵達地球啊。

他似乎看出我的困惑。

「先生，還有另一群小行星。體積小，但數量極多，不知道用什麼方法避開了我們的偵測。」

我一下子完全清醒過來，彷彿籠罩腦海的迷霧被強風吹散。「有多少？」

「七百——」

「現在位置？」

「百夫長艦隊外環剛剛發現它們，最前端的一顆距離地球四十多萬英里——」

「照我的命令做，不要管別的事情。聽懂了嗎，奧斯卡？」

「是，先生。」

「你帶亞黎去地底避難所。去『城塞』，在那邊等我。不計代價保護她。現在就去，遇上任何人任何事都別停下。」

奧斯卡二話不說轉身衝出臥室，一秒後就聽見嬰兒房門被打開，門把重重撞在塑膠牆板上。亞黎的啼哭劃破夜色。

艾瑪翻下床跑進大浴室，掀開馬桶蓋狂吐。老實說我也很想吐，人類或許即將滅亡，分秒必爭，得趕快躲到避難所內。

我打開衣櫃抽屜，抓了長袖衫和運動褲丟給她。「去避難所，快點，艾瑪。現在就得走。」

她閉著眼睛，喉嚨滾動，強忍嘔吐衝動。

「艾瑪！」

她低呼一聲之後吐了更多，吐完才抬起頭喘氣。

我衝進去撈起衣褲，一條手臂鑽過艾瑪兩腿，另一邊摟著她背部，兩手一撐將她整個人抱出浴室。

「你幹嘛……」

「救妳的命。」

艾瑪又閉上眼睛，渾身顫抖晃動，沾了一點嘔吐物在我衣服上。無暇顧及這些了，先出門要緊。

雖然夜風暖和，但艾瑪吹了風似乎才醒來，手臂環著我不斷地吞嚥和深呼吸。

這感覺像是當初我們在國際太空站廢墟的相遇。那時候她也因爲減壓症十分虛弱、一直嘔吐，不過這次有危險的不只我們兩個。

「亞黎……」艾瑪邊喘邊問。

「已經送去避難所。」

我拉開自動車車門，將艾瑪和衣物放進後座，自己上了駕駛位置，按下啓動大聲下令：「緊急覆寫，切換手動操作。」

車子嗶一聲，我繼續發出聲控指令：「接觸安全限制，授權碼『辛克雷七四α九』。」

接下來那聲嗶被輪胎高速與沙地的刺耳摩擦掩蓋。我牢牢按緊加速鈕，力道大得將艾瑪朝座椅狠甩。她又閉上眼睛，蜷著身子，頭埋進膝蓋。

「詹姆斯……」艾瑪呻吟。

我繼續聲控，讓手機撥號給佛勒。第一聲鈴響他就應答。

「詹姆斯——」

「軌道無人機行嗎？」

「正在鎖定目標，但還是會有好幾百顆穿過防禦網。」

我口乾舌燥。幾百顆隕石砸在地表。原來之前那三大塊是幌子，收割者不知用什麼手段藏了這些小的。聲東擊西……殺得我們毫無反擊之力。

中計的是我，我明明已經察覺到了，卻沒有——

「詹姆斯，你得趕快進入避難所。」

「在路上了。」

「集合你那邊的人。還有，詹姆斯……？」

「嗯？」

「不是你的錯。專心保命，其餘的有空再說。」

佛勒掛斷電話，我忽然聽見艾瑪也在說話，只是頭仍埋在膝蓋間。

「麥迪遜？」

「什麼？」

「拜託幫我打給麥迪遜。」

「好。」

我讓手機撥號，繼續在堅硬沙地上瘋狂駕駛，時速超過一百英里，車子後面捲起陣陣褐色旋風，頭燈與月光照亮前路。

「麥迪遜，」聽見她接聽後我人叫。「快到地下避難所，現在就去，什麼都別帶！」

「什麼——」

「認眞的，快點去避難，小行星很快就會砸下來，沒躲到地下必死無疑，叫大衛和孩子們趕快，立刻動身！」

掛了這通，我又撥給亞歷，鈴響一次、兩次、三次，然後轉進語音留言信箱。

照後鏡裡，艾瑪坐起身，面色蒼白如紙，身子顫抖不已。

「是吃壞肚子嗎？」

她閉眼呑嚥。「不是。」

「病毒型腸胃炎？」

「我沒事。」

艾瑪拿了衣服套上，外面其實算暖，但地下未必。

我下指令要手機撥號給艾比，心想也許亞歷關了機。

鈴響時車子已衝出七號營居住社區外圍，駛進了遼闊的沙漠。離避難所還有三英里，我用力將加速按到底，車身周圍彷彿颶風呼嘯。

我忍不住暗罵、重拍方向盤一下。又是語音信箱。「艾比，聽見的話趕快帶大家離開營地、前往避難處，立刻。小行星砸下來了，躲到地下才能活，一定要快！」

艾瑪的視線與我在照後鏡交會，她看起來穩定了些。

「謝謝你幫我打給麥迪遜。」

「應該的。」

「聯絡不到亞歷？」

「艾比也是。他們可能習慣關機。」

一個念頭閃過，我很想掉頭回去找他們，用力敲門拍窗之類的。奧斯卡之前說小行星距離地球四十萬英里，不知道速度多快？墜落地點又是哪裡？我本來就認爲在穀神星落敗的收割者向電網回傳了訊息，其中勢必包括七號營和地底要塞位置，恐怕會有隕石直接朝著安置營落下，七號營更是首當其衝。

還有多少時間？

再怎麼想，也不能回頭。我是個父親，必須過去保護亞黎。縱使能撐過天體撞擊，後續生存也會十分艱難。

我聯絡團隊成員，一半回應了，另一半只能留言通知。接著手機警報大作，政府啓動緊急避難系統，指示所有人躲到地下。

地平線上閃爍著碉堡入口燈號。我猛然剎車，停在巨大工廠前方，車子滑行太快，艾瑪整個人挨在前座椅背。

「進去吧。」我邊吩咐邊跳下車，伸手摟著艾瑪帶她一起狂跑。兩人的腳步在混凝土地板砰砰作響。艾瑪在太空停留過久，骨質無法恢復，走路會跛行。我也不願意，但必須催促她，每一秒都攸關生死。

我另一手拿起電話繼續打給亞歷。「拜託快接啊……」鈴響的時候我喃喃自語。「快啊。」又是語音信箱。

不可能沒聽見警報。回想起來，我們中間只隔一戶，剛剛就該直接去敲門。但那時沒料到他會不接電話。

避難所入口處有一組大西洋聯盟士兵全副武裝，兩人出來迎接。個頭比較高的那位佩掛上校徽章，朝我點點頭。「辛克雷博士？」

「是。」

他朝身旁士官一比。「這位會帶你們進城塞。」

我瞥了瞥他的名牌。「謝謝，爾斯上校，現場由你指揮嗎？」

「是。將官階層決定留在中央司令部，指揮疏散和防禦。」

爾斯朝門邊拿著平板的士兵叫著：「道森，在名單做注記。」

名單。我這才意識到接下來的疏散行動不僅僅關乎多少人能存活，還決定了誰能夠存活。所以入口必須駐軍——守門有其必要，城塞不足以容納七號營所有人，空間遠遠不夠。更何況沒人知道要在地下待多久，避難所儲備糧食有限，人口過多的話很快就會耗盡，應變時不得不考慮到這些變數。

擬定名單的高層將這些問題都考慮進去了，他們必須判斷留下誰才能維持物種存續。若問我電網奪走了什麼，我認爲最珍貴的並非已逝的幾十億生命、幾十億英畝的良田家園等等，而是長冬以來一點一點凍結、僵化的人性。眼下正是如此，我們被迫做出抉擇，犧牲無辜民眾，否則其餘人也活不下去。

於是我有了個自私念頭。儘管爲此感到羞恥，我還是得採取行動。

我搭著艾瑪的背，將她推向電梯。「妳先過去，我馬上就到。」

「你去哪裡？」

「再打給亞歷試試看。」

艾瑪咬唇。「名單……」

她也理解了。我轉身望向拿平板的道森，找不到軍階牌，只能硬著頭皮發問：「道森先生？」

他抬頭時好像有點受驚。

「請問名單上有麥迪遜·湯普森一家人嗎？」

道森操作後回答：「有。」

「重點人員與其親屬都會列入名單。」士官補充。

我心裡緩了口氣，隨即又充滿罪惡感。看得出來艾瑪也一樣。

我朝入口點頭。「妳先進去，我馬上就到。」

「你保證？」

「我保證。亞黎還在裡面等我們呢。她可能很害怕，妳趕快先過去看看。」

艾瑪進了電梯，我又撥號給亞歷。

依舊是語音信箱，我腦袋唯一念頭就是衝出去開電動車回市區。從前因為自己的過失一度失去他，我不想再與家人天人永隔。

6 艾瑪

電梯門打開，外頭空蕩蕩的。頭頂上有白色LED，周圍是金屬牆面，地板的白色塑膠磚格微微反光，令我聯想到踏上去會變色的舞池。

走到底，一道雙開門上漆著大寫字母：**CITADEL（城塞）**。十數名士兵守在門前，步槍槍口對準電梯——也就是我。

「艾瑪．辛克雷。」士官的聲音在金屬牆上迴響。

對方不為所動。

「女士，請上前。」一人喊著。

另一人在門旁機器輸入資料，門發出啵一聲打開。後面門廳有更大一支部隊鎮守。他們只朝我瞥一眼就繼續討論。

門在我背後關上，溫暖空氣拂來。我觀察地形，眼前有三條路從門廳向內，一側是公用浴室，一側是寢室區，最後則是食堂。

食堂兼作生活區域，目前民眾似乎都聚集在這裡，大家坐在長沙發或單人扶手椅，眼睛盯著牆上螢幕。一塊小面板正播放卡通《邊境少女》，講述一個一八〇〇年代女孩子跟著喪妻的父親搬到美國西部的故事。我會知道是因為亞黎很愛看這部片，感覺她應該看不懂內容，只是覺得裡面的馬兒很可愛。

我站在門框邊找了找，奧斯卡也在單人座上、面朝屏幕，亞黎坐在他大腿上動也不動，專心看著卡通。這一幕眞令人心碎。我一路上忍著嘔吐和暈車，滿腦子惦記女兒、擔心她的安危。

我一靠近，女兒轉身發現，立刻從奧斯卡大腿跳下、往我跑來。我趕緊抱起她，這眞是世界上最美妙的觸感。

「拔？」

亞黎還沒辦法好好說出「爸爸」這個詞，但顯然也察覺氣氛不對。

「爸爸馬上到，妳乖。」

「家……」

「很快就可以回家。」

我把她帶回椅子，奧斯卡起身讓座。

「還有多久？」

「您是指？」

「距離衝擊還有多久？」

「現行估計是三十一分鐘又二十三秒。」

我喉嚨哽住，亞黎可能看出來了，用她的小手扣著我的指頭。「媽……」

「亞黎乖，妳看電視。奧斯卡，幫我個忙好嗎？」

「請說。」

「上去找詹姆斯，跟他說女兒和妻子還在下面等，而且同樣需要他。」

7 詹姆斯

七號營居民一波波抵達，每次一、兩輛車，都是如我們這種預先獲得示警的人。艾瑪與我大概最早行動，多虧了奧斯卡，他和大西洋聯盟防衛網路之間無線連接，偵測到小行星迫近後，便立刻反應。

首先出現的人我也認識幾個，包括NASA內能看到軌道防衛衛星資訊的人，還有正好在中央司令部值班的平民員工。

再來就是運兵車了。聯盟官兵穿上防彈衣、打開鋼盔頭燈，荷槍實彈衝入廠房待命。

看來現場依舊由爾斯上校指揮。希望他有答案。

「上校，請問你知道小行星衝擊事件嗎？」

他神情凝重，朝身邊兩個副官點頭示意。兩人走向剛抵達的部隊發號施令。

接著爾斯壓低聲音。「大約三十分鐘。」

還有時間，勉強夠我找到亞歷。

「多謝了，上校。」我邊轉頭說邊跑向電動車。

車子一啓動，門忽然被拽開，一隻手扣著我肩膀。

我抬頭竟看見奧斯卡探身進來。「先生——」

「我沒空——」

「艾瑪要我轉達，妻女在城塞等候，與別人同樣需要您。」

我瞪著他，手還掛在方向盤上，最後癱下去搖頭。艾瑪說得沒錯，然而我要如何是好，父親兼丈夫與兄弟居然得二選一。

車子沒熄火，但我跳了下去。

「奧斯卡，請你幫忙找到亞歷、艾比和他們的孩子。快點，只剩下——」

「二十九分鐘。」

「謝謝，那你趕快。」

電動車又捲起沙塵、奔入夜色。奧斯卡從視野消失之後，我拿出電話再撥給亞歷和艾比。還是留言信箱。

我往工廠走回去。

「姓名！」女士兵大喝，待我抬頭後才聲音一軟。「喔，是你，抱歉。請過來。」

現場只平靜了幾分鐘，然後逃難車隊如洪水湧來，一輛一輛接連不停，揚起的沙塵來不及落下。父母抱著孩子竄進避難所，叫聲此起彼落，場面非常混亂。

士兵將人分為六組，平均安置在廠房內不同區塊。官方說法是避難所正在做準備，待會兒就將大家帶下去，誰在這時作亂就會被轟出去、無法得救。這很明顯是謊言，目前聚集的人數已經超過地下空間的容量。

時間一分分過去，裡頭越來越悶熱，大家的體溫和恐懼蔓延開來。有多少人得留在地表等死？是否有別條路？告訴他們真相？然而引發動亂可能導致所有人都無法進入城塞。

佛勒一家人趕到了，模樣狼狽、神情憂慮，將妻兒送入電梯後，他留了下來。

「你怎麼還在這裡?」

「等亞歷。」

他看看手錶。「不能待太久,還剩二十一分鐘。」

「嗯,我聽說了。知道墜落地點嗎?」

佛勒的表情證實我的猜測,果然七號營是對方的首要目標。

「還有呢?」我問。

「裏海城、太平洋聯盟的中央司令部,新柏林、倫敦,以及亞特蘭大。」

其他居住地有沒有地堡(注),我不知情,但恐怕來不及準備,過去的人一心只想重建家園。這次的死傷估計難以想像。

「記住別拖過頭。」佛勒離開前回頭提醒。

研究團隊成員也到了。首先是桂葛里,再來是閔肇和泉美,夏綠蒂第三,最後是哈利。哈利面色凝重,情緒低落。他在和平號上最黑暗那段日子都能樂觀面對,現在卻頹喪地拍拍我肩膀就逕自下電梯。

我繼續撥給亞歷,亞歷也一直沒回音。剩下十二分鐘。

已經進了城塞的桂葛里又跑回地上,站到我身邊一起觀察周圍難民。有些孩童躺下來試著休息,大人們多半交頭接耳,視線不斷飄向軍隊與通往電梯的走廊。

「你在等誰?」桂葛里問。

「亞歷。你呢?」

注:即bunker,一般位於地下所以也會稱為地底碉堡。

「莉娜。聽到消息之後，她去了辦公室。」

「爲什麼？」

桂葛里搖頭。「說是爲百夫長無人機開發了新的軟體，她認爲能派上用場。」

「相信她會趕上吧。」

我們望著一輛輛車，祈禱開門後是自己等待的那張臉。

麥迪遜和大衛一家下了車、跑向電梯，被守衛確認身分後護送進來。旁邊乾瞪眼的群眾開始露出疑惑與惱怒的表情。

麥迪遜抱了我一下。「謝謝你通知。」

「應該的。」

「艾瑪呢？」

「在下面陪著亞黎。」

他們下去之後，我又看看手機，只剩七分鐘。

群眾裡傳出叫聲。「一定是裡面裝不下，故意攔住我們，讓我們等死！」

許多人跟著鼓譟起來、高聲質問和挑釁，包含孩童在內全部起了身，一齊叫喊的結果是什麼也聽不清楚。他們開始逼近，帶頭幾個作勢恫嚇士兵，士兵提起步槍瞄準群眾。

人牆挪動幾步以後化作海嘯。人群爭先恐後想擠進電梯，桂葛里和我則成了路上的阻礙。

8 艾瑪

每一次開關門，我的心都猛烈跳動。過沒多久便能看出名單是如何決定的：首先是NASA和軍方成員，畢竟要有這些人才能繼續對抗電網，再來就是這些人的親屬，如果人們失去堅持的理由，戰爭也打不下去。

城塞內的士兵忙著將收納的東西取出、送至儲藏區，玻璃製品拆下後會以膠帶包裹其中一面再碎裂。很明顯的，軍方預測我們會遭到小行星直擊。這座地底碉堡撐得住嗎？

每次電梯打開，我都希望看到詹姆斯、麥迪遜、亞歷或艾比。但進來的都是些生面孔，只知道好像在NASA那邊見過。

總算來了一個認識的人，是佛勒的妻子瑪麗安。她把孩子帶到食堂桌邊，就先過來擁抱我。

「羅倫斯呢？」

「在樓上跟詹姆斯講話。」

「詹姆斯還在這裡？在工廠？」

她的神情疑惑，似乎心想：不然該在哪裡？「嗯，就站在電梯前面。」

我忍不住心頭一鬆，奧斯卡做得很好。

接著到達的是詹姆斯的團隊隊員，但莉娜不見蹤影，桂葛里來回踱步、神情焦躁。我明白那種感受。他沒等多久又搭了電梯上去，其實我也很想去，但得考慮亞黎，總不能父母都不在她身邊。只能繼續等。終於等到麥迪遜從門後出現時，我擠出剩下的力氣，跑過去大大抱了妹妹，還有外甥歐文與艾德琳，她的丈夫大衛殿後，也與我們抱成一團。

既然麥迪遜到了，或許我該上去看看，勸詹姆斯先下來。有什麼萬一，至少妹妹會照顧亞黎。

我朝電梯邁步時，地板開始晃動，食堂內椅子咔噠作響。螢幕燈光全黑下，感覺像地震，但我知道並不是——是小行星接觸地表了。

9 詹姆斯

第一波槍響震懾了群眾，現場頓時安靜下來，所有眼睛看著大西洋聯盟軍隊在電梯前方散開。爾斯上校的聲音宏亮。「所有平民立刻回到原位！」

暴民如同海浪緩緩退後，但遲早會再次湧上。

我湊過去耳語。「桂葛里，你要不要先走？」

「你不也一樣。」他回答。

我搖搖頭，新的車隊又抵達，已經得停在原本的車陣之外。我瞇起眼睛，想看清夜色中來人是誰。

好像是，但不敢肯定……沒錯！帶頭的是奧斯卡，跟在後面有亞歷、艾比以及傑克、莎菈兩個孩子。我確認手錶上的倒數計時，應該來得及。

還有五分鐘。

雖然勉強但趕得上。

上校的說話聲穿透夜幕。「現在開始分組，一隊一隊進電梯。誰違抗命令或擅自行動就『永遠』失去資格！」

之後幾秒鐘，工廠裡的平民盯著士兵，希望他們停在自己面前將人帶走。我看了十分於心不忍，這是電網折磨人類的手段。可居住地區越來越少，逼迫我們竟然得主動篩選生存者。

腳下的地面開始搖晃。小行星撞擊造成的。我推測這波震動中心在歐洲，應該是新柏林。第一顆小行星已經落地，這裡也不會太久，恐怕不到一分鐘。轟隆聲越來越大，不知道有多少隕石飛向地表，整個夜空彷彿都在打雷。

混凝土地板龜裂，鋼筋發出吱吱嘎嘎聲，沙土粉塵如雨灑落。腳下動靜方才平息，輪到人群恐慌發作。

他們將孩子抱在懷中，低頭往士兵衝撞。好幾下槍響傳出。

再不走來不及了。必須趕快進電梯。

我找不到奧斯卡。他被人群淹沒、不知所蹤。

我扯開嗓子大叫，叫聲也被混亂淹沒。

心裡知道這時候該轉身逃進電梯，但那麼做的話後半輩子無法面對自己。我的腦袋近乎空白，身體卻動了起來。我朝暴民跑過去、突破了軍方封鎖線。士兵完全沒料到會有人從後方奇襲，沒能攔得住我。前面群眾高舉拳頭、吼叫吶喊，滿身汗熱。

恍惚中我察覺桂葛里跟了過來幫忙開道。暴民的目標是電梯，看我們不搶位置樂得讓了路。闖了一陣子，我看見奧斯卡背著傑克和莎菈在人群推擠，兩個孩子像洋娃娃般箍著他的頸部。

到達距離他五呎處，我轉身再朝電梯擠回去，幫他們製造空隙，結果不知道被誰一肘打在臉頰，右眼頓時泛淚、陣陣刺痛，感覺瘀血了。但我只能繼續向前，腳底一直踩到別人的手腳、行李，以及地板上各式各樣的東西。

最後又有一拳往我肚子上招呼。男子聲音暴喝。「退後！」

我痛得彎腰，還好桂葛里攬起我的手臂向前拖，否則我連頭都抬不起。

奧斯卡後來居上衝上去，但最後我們被一排槍口攔截住。

「我們是NASA的人！」梓葛里將我的臉也拉起來給對方確認。士兵往我腫起的臉瞥一眼，揮揮手要我們趕快過去。可是這麼一來，封鎖線露出了破綻，後頭群眾接踵而至，想將我們拉到後頭取而代之。

兩方人馬近距離搏鬥。梓葛里、亞歷、艾比與我護著孩子往前移動，群眾一下子拳打腳踢、眼花繚亂，暴民不停將我們往外拉扯。最後還是奧斯卡也出手，大家被他遠超常人的力量嚇得不敢再輕舉妄動。

我們穿越封鎖線以後，士兵立刻再度圍堵。電梯就在前方，雖然門還開著但已經客滿，一點空隙也沒有。裡頭乘客望著我，神情惶恐。角落一個男人按下按鈕要關門。

只剩三秒的距離。把所有人塞進去是不可能的事，兩個小孩倒是有機會。我拉起傑克與莎菈衝了過去，卻仍眼睜睜看著門在面前闔上。

我的手一鬆開，小孩們立刻跑回父母身邊。

我站在原地喘息不已，感受渾身瘀青痠痛，拿出手機確認時間。

剩下一分鐘。

轉頭望向工廠，此生所見最悲慘一幕上演。我的眼淚潰堤，並不僅僅因為被人狠狠肘擊。

亞歷過來抱住我。「謝謝。」

我情緒激動，聲音哽咽。「換做是你也會幫我。」

「我們的電話關機了，要不是你和奧斯卡，根本來不及出門。」

亞歷看著地板上一條裂縫，我們想的事情應該一樣：電梯還安全嗎？現在想走緊急逃生隧道也太遲，恐怕已經坍塌。沒救了嗎？

士兵帶著一些人來到我們身邊，大部分是兒童。其中一個女孩大概六歲，有著紅髮和雀斑，哭喊著想回到爸媽身旁，她的父母被攔在外頭，大叫要她別亂動，馬上就會過去。但其實雙親心裡明白，這一別就是天人永隔。小女孩不懂，除了哭泣還是哭泣。

一個年紀與艾瑪相仿的女子進來，蹲在小女孩面前試著安撫。她是NASA的人，但我不記得名字。

電梯該上來了才對。事到如今已無計可施。

我伸手緊緊摟住亞歷。

10 艾瑪

亞黎跑過來抱住我的腿，臉也埋在我身上，說話聲被整個碉堡的晃動蓋過。

我蹲下抱緊女兒。「乖，沒事，別怕，一下子就過去了。」

我反覆這句話，祈禱眞是如此。

轟隆聲停下來，亞黎問出我的心聲。「拔？」

「爸爸等一下就到。」

哄歸哄，我心裡其實不確定會發生什麼事，便抱著女兒走到外頭，守在入口附近，希望門打開就能看見詹姆斯進來。

感覺度秒如年，手臂漸漸支撐不了亞黎的重量，但現在不能放她亂跑，只能將兩人體重都壓在較有力的那條腿上。

外門打開，我的心臟幾乎跳出來。幾十人湧入，大多是小孩，其餘有些穿著軍服，有些是曾經在NASA見過的面孔。

可是裡頭沒有詹姆斯。也找不到亞歷、艾比，甚至桂葛里。

一位名牌寫著爾斯的大西洋聯盟上校立刻出面主持大局。

「各位聽好，根據觀測結果，小行星即將落在我們頭頂上。」

我後頭那群難民開始大聲嚷嚷，馬上被爾斯厲聲喝斥。

「沒時間廢話！大家立刻照指示，現在就行動！」

他朝屬下點頭，上校開始指揮部隊，剛下來的難民被送進食堂。大家躲在桌子底下，雙手抱住頭部。

軍人護送亞黎和我前往居住區，小房間兩側設有多層床，我們母女縮在其中一邊的下舖，麥迪遜和艾德琳就在對面。燈還亮著，我能看見妹妹有多驚慌，身子微微顫抖，牢牢抱緊女兒不放。我也摟住亞黎，心裡萬分掛念著詹姆斯。

亞黎感覺到我們的害怕，跟著情緒不安開始啜泣，嘴裡嘟噥什麼聽不清楚，但眼淚已經滴在我的脖子上。眞希望自己能爲她再勇敢點，但知道所有人或許只能再活幾秒鐘，我實在振作不起來，只能再把女兒摟近些、用自己身體覆蓋，像母熊在窩裡護著小熊那般。

前一次衝擊是遠方傳來的空洞巨響和地鳴。

這一次彷彿炮彈砸在車子上。地面晃蕩幅度堪比跳床，還好我包住了亞黎——兩個人彈跳起來，撞到上舖再掉回去。燈光閃爍，塵埃紛飛，耳朵一開始無法平衡氣壓變化，能聽見時卻像是音量開到最大的喇叭傳出哀嚎尖叫。

「麥迪遜！」我看不見，只能大吼，聲音卻像是被蒙起來似的不怎麼清楚。

「我沒事，妳呢？」

「也還好。」

我低頭看看亞黎。女兒不敢亂動也沒再出聲，小臉緊挨著我的頸子，彷彿把自己藏起來就能逃避這個危險世界。至少她的胸口還在起伏，應該沒大礙。

「寶貝。」我低聲喚道，想將她稍微拉開。亞黎卻使出吃奶的力氣抓著不放。「寶貝乖，我看看妳有沒有便便。」

「拔？」

我隱忍了很久，被她這麼一問，淚水還是潰了堤、停不下來。我不敢回答，深怕語調會洩露心思，讓女兒更害怕。

至少亞黎沒事。她的大腿有塊瘀青，不處置也無妨的程度。其他人就沒這麼幸運了，別的房間傳出求救聲。

我只能抱著亞黎、輕撫她的頭髮，無法想像往後日子怎麼過下去。地球毀了，第二次。長冬那時候人類保留了一點基礎，還有復興的機會。

這一回，我不敢確定。

聽見有人叫喚自己時，我還以為是幻覺。但那聲音又傳來。「艾瑪！」

「在這裡！」我啞著嗓子擠出回應。

昏暗中一個身影闖進房間，鼻青臉腫、披頭散髮，渾身都是汗漬沙土。但沒關係，他活著就足夠了。我猜他是搭到撞擊前最後一班電梯吧。他跑過來蹲下，抱緊我們母女。我人生中第一次如此感激上蒼。

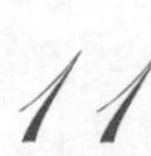

詹姆斯

黑暗中洶湧出各種哭喊，彷彿無法進入天國和地獄，流離失所彷徨於陰間的孤魂。

爸！媽！安德魯？蘇珊！

賈斯汀，快回話！

我抱緊艾瑪和亞黎，地堡又開始震動。

「不止一顆？」艾瑪低聲問。

「嗯，但落點是別的地方，恐怕也是安置營。」我也小聲回話，希望亞黎不會聽懂。

一分鐘後又開始地震，之後反覆不停，有時只持續幾秒，但就像暴風雨綿延不絕。地球一而再、再而三遭到重擊，我推估每顆小行星直徑大約半英里——這尺寸很不容易靠望遠鏡發現，更何況小行星或許都經過偽裝。

即使小行星只有半英里寬，仍能造成巨大破壞，坑洞直徑可達十英里，爆炸波能傳到五十英里外，即使一百五十英里遠的地方都會感受到衝擊威力。

地堡晃了一整夜，洞頂不停落下沙土、燈光搖曳閃爍。我緊緊抱著艾瑪和亞黎，在心中對自己說：我得帶大家出去。一定得出去。只希望還有能回去的世界。

☀

城塞不是豪華酒店，理所當然。原本設計目的就是緊急危難的暫時庇護所，簡單來說一切都是短期考量。

因此環境反映了這點：擁擠又昏暗（爲了延長避難時間，發電機降低輸出功率，照明也包括在內，等到能判斷外界狀況才會全力運轉）。

軍方沒有將所有人集中到食堂，而是士兵分成小隊逐區視察，發現傷患就帶去治療，沒事的人留在原地。

後來佛勒也露了面。他還是總指揮，在我看來這是最好的安排。

我沒辦法不怪自己。我應該察覺的，明知道電網很聰明，那麼簡單的招數並不符合它過往顯露的智能。我爲什麼沒發現？

或許內心深處，我其實是知道的，所以過去兩年才一直惴惴不安。潛意識早就判斷出電網眞正的武器不會是三顆巨型小行星，但怎麼就不肯面對、不肯深入調查呢？我沒盡到自己的責任，沒有保護到家人和世人。

其實答案顯而易見。因爲我如此衷心只是如此希望。我希望地球面對單純的威脅、人類能應付的威脅，我希望不必再與電網發動戰爭。

然而，戰爭才剛剛開始。

我沒下來地堡的期間，聯盟政府對城塞做了一些更動，例如最初的大型地底醫院改建爲現在的住房區，十個房間、每間八張床。一部分成年人得住食堂，床都優先提供給兒童，但兒童大都不肯睡，全被嚇壞了，不能怪他們。

一群小朋友擠進我們房間，都是歐文和艾德琳的同學。我猜孩子們聚在一起能增加安全感吧。艾瑪與麥迪遜輪流講故事，轉移他們的注意力。

住房區邊緣有個小辦公室，士兵清查環境之後放了我進去，工作桌還能用，眞是謝天謝地。我整個人緊繃到極點，既然無法睡覺不如開始做點正事。

好消息是水源無虞，所以難民分批使用浴室，相信能稍微放鬆身心。今晚每個人都很難入眠。奧斯卡找到了我，但只是站在旁邊等候。他熟悉我的個性，不問不說，反正最後我會主動開口。

「第一優先是修復電梯。最後我們搭電梯下來了，如果小行星落點夠遠的話，電梯或許還能動，檢查看看。要是電梯故障，就確認電梯井是否暢通，這件事情只能交給你。」理由不言可喻，對肉身人類而言，這任務實在過於危險。

奧斯卡臉上毫無波瀾。「明白了，先生。」

他二話不說開始行動。假如電梯沒壞，逃生希望很大，反之則問題十分棘手。

隔著辦公室門口，我看見孩童們也一一進去浴室，出來時頭髮身子濕潤，滿臉疲憊。佛勒倚著門框探身進來，已經六十二歲的他似乎一夜間又老了好多。

「有缺什麼嗎？」

「這邊還好。」

「早上再開會討論下一步。」他的目光飄到桌面和壁掛螢幕，畫面上是城塞結構圖與緊急逃生通道。「看來你偷跑了。」

「先預習。」

佛勒走進辦公室，帶上拉門。「詹姆斯，沒人能預料到這種狀況。」

「我明明可以。」

「別這樣想。你已經拯救人類一次，嚴格來說是十幾次。接下來我們還需要你，你多少睡一會兒，明天再開工。」

☀

我躺上床時累壞了。過了幾分鐘，艾瑪抱著亞黎進來，女兒已睡熟。我翻身騰出位置，艾瑪將女兒放在中間才跟著躺下。她同樣一臉倦容，但還是牽著我的手，湊過來親了我一下。趁著兩個人臉貼臉，我悄悄問：「她還好嗎？」

「很害怕。」

這張床裝兩大一小十分窘迫，但今天晚上三個人不可能分開。

我伸手將艾瑪拉近些。

「我一定會找到辦法出去。我保證。」

☀

本以爲當天稍晚奧斯卡就會帶消息回來，結果我等他等到打瞌睡，醒過來走出房間時，竟看見他就站在辦公室門外走廊。

「有什麼發現？」

奧斯卡針對五官表情做過一番調整，此刻卻選擇克制，臉孔彷彿一張面具。等他的回應挺煎熬的，而那平淡如水的語調也完全無法和訊息內容連結起來。

「電梯井坍方了。」

艾瑪

我醒來還是覺得精疲力盡、手腳痠痛。亞黎靜靜睡在身旁，但詹姆斯那一側已空了。嘔吐感忽然衝上來。

我閉著眼睛苦撐，希望那感覺會褪下去，可是越來越嚴重，而且停不下來。

我的手臂顫抖得厲害，只好翻下床蹣跚走進公用浴室，忍到馬桶邊才將胃中裡那一點點東西都吐光，吐完待在旁邊等候嘔吐感完全消褪。

這是截至目前最猛烈的一次害喜。壓力和疲勞都會加重孕吐，這兩樣從昨天到現在可是大拍賣，超過我身體負荷了。

今天必須拄拐杖才能方便走路，但拐杖被留在地上。很多東西沒帶下來。很多人沒能活下來。

嘔吐感總算沒了，我扶著牆壁，靠一條腿慢慢沿著走廊回去。昨夜詹姆斯開始辦公的房間空著，也沒在寢室找到他。

麥迪遜坐在住房區邊緣小型公用空間的躺椅上。她抱著一個孩子，正拿瓶子餵食。我猜只有嬰兒被帶進碉堡，父母留在地表了。

她抬頭看見我，擠出微笑時卻暴露臉上皺紋。

「醒來很久了嗎？」我低語。

妹妹微微聳肩，又低頭望向嬰孩。「起床以後沒看時間。」

「換我餵吧。」

「不必了，妳應該還有事情要忙，這邊就交給我。」

我探身在她額頭吻一下，繞出住房區到了前廳，也是沒人。

食堂那頭鍋具叮叮咚咚，還有些說話聲，我聽了覺得很耳熟。我一跛一跛很吃力地走過去，心想眞的得做把拐杖，體重全壓在腿上、尤其是左腿，這樣下去不行。

到了那邊一看，座位反而空著，聲音是從廚房傳出來的。我推開搖擺門，發現佛勒與桂葛里站在不鏽鋼中島前面，手上沾了鬆餅麵糊與蛋粉。

桂葛里雙手一攤。「浪費時間，給他們吃穀片粥就好了吧，存量很多。」

佛勒盯著他。「桂葛里，當務之急是維持常軌——」

「什麼軌？英文有這個詞？」

兩個人似乎同時察覺我進來。佛勒微笑說：「睡得還好嗎？」

「還可以。」

我過去扶著廚房中島，減輕雙腿負擔的重量，一下子舒服很多。「詹姆斯呢？」

他們交換眼神，那表情太熟悉了。我們該跟她說嗎？

我幫他們回答。「說吧。」

「詹姆斯和奧斯卡……」佛勒開口。「去調查回到地表的路徑。」

「那我去看看他需不需要幫忙。」我手一撐離開桌邊，體重又壓在腿上。

「順便問他對當大廚有沒有興趣！」我穿過搖擺門時，桂葛里叫著。

沒在電梯前找到詹姆斯和奧斯卡。我試了面板，毫無反應。不妙。

他會去哪裡？城塞只有兩層平面，上面住人，下面是機械與儲藏室。我不知道下層從哪兒進去，在走道晃蕩整整三十分鐘後，我才找到樓梯。大部分人似乎還在睡，畢竟昨夜對身心都是過度消耗。

下層入口乍看像是工具櫃，光線很暗，牆壁上許多櫃子收納著零件與備品。

後側有條寬敞的剪刀梯，下去之後伸手難見五指，等了幾分鐘眼睛才勉強適應。下層面積非常廣大，看不見盡頭，只有一根根彷彿鐘乳石與石筍連起來的混凝土柱。各式各樣管線從天花板延伸至接線箱，目測挑高沒有超過七呎，環境像是給機器怪獸居住的地方。

「哈囉？」我叫著。

「女士。」黑暗中傳來奧斯卡的輕聲回應。

「奧斯卡，你們在哪裡？」

「請逆時鐘轉十八度後，注意腳步前進。」

平常很容易忘記他並非人類，夜視能力對奧斯卡只是小事一樁。我在那片昏黑中小心翼翼行走，心想身邊的水管、電線、小型機械應該都是城塞民生所需，踩壞可就不好了。

奧斯卡身旁有個圓形帶有轉輪、看似艙口的東西，感覺在以前的海軍船艦上才會看見這種設備。艙口開著，後頭是另一條黑暗長廊。

「什麼情況？」

「這裡是其中一條緊急逃生路線，詹姆斯已進去檢查。」

「你說是其中之一？」

「這裡有兩條逃生通道，另一條已經調查完畢，被坍方阻塞。」

「我剛剛試過，電梯不能動。」

「電梯井也坍塌了，」奧斯卡的語氣不帶感情。「我們用城塞主控面板切斷電梯操作。」

我指著艙門後的隧道。「他進去多久了？」

「四十五分鐘又二十一秒。」

「好像挺久的。」

「上一條隧道坍方位置接近入口，因此只用了十二分鐘三十二秒。不過我也認為這時間他應該要回來了，但他堅持自己一個人進去。」

「為什麼？」

「轉述他本人說法，他不想站在旁邊繼續乾等我。」

我忍住笑意。「你有手電筒嗎？」

奧斯卡交給我。「應該不需要提醒，但他不會希望妳進去。」

「我明白。」

我鑽進隧道內，裡頭大概五呎高，所以得半蹲著前進。至少不必匍匐在地。旁邊牆壁應該是金屬材質，觸感冰冷，腳步聲不停迴盪。

我大叫。「詹姆斯！」等了幾秒，毫無反應。

「女士，」奧斯卡朝洞內叫著。「要我跟著去嗎？」

「不要，你先留在外面，萬一我也沒回去，就找佛勒帶人過來。」

「好的。」

我靠正常那條腿慢慢走，過一會兒地面開始向上傾斜，角度越來越大，最後我能肯定有約莫三十度之多。我的雙腿開始發痛，下背也繃得很緊，往前一看，隧道似乎到了盡頭，可是真的走到底才發現原來幾乎轉了一百八十度。繞過轉角，我用手電筒照了照，還是一片黑漆。

「詹姆斯！」我的叫聲在黑暗中繚繞，卻仍舊沒得到回應。

腳下有股震動隱隱，我不禁開始擔憂。遭到小行星撞擊，地殼或許還會位移，待在地底碉堡很危險，我們必須盡快回到地面上。

震動消停，我加快速度，每走一步腿都抽痛、發燙。一定得做根拐杖了。但找到丈夫更優先。又一個大轉彎，我同樣揮舞手電筒高聲喊叫，也同樣沒反應。我越來越擔心，只能繼續深入。再轉半圈，手電筒一照，前方地面有個物體。走到這個區段，地上開始有些碎石沙土，似乎是從更深處滲滑進來，我能肯定隧道頂部有破洞。之前空氣較乾冷，這兒的牆壁則附著淡淡水氣。

那個形體應該不會是詹姆斯，因爲沒看到手電筒管線。但我還是加快腳步，即便雙腿快要無法負荷也得堅持下去，幾乎用跑的到了瓦礫堆前面，有個東西被埋住——

眞的是他沒錯。詹姆斯半個身子被壓在石頭下面，好像昏迷了。我先是一愣，手不停顫抖、光束晃來晃去，可是他完全沒動作。

我趕快用手指探了探他頸部，還有脈搏，微弱但穩定。人還活著，手電筒被砸斷了掉在地上。得趕緊想辦法。首先必須將他從破洞移開，否則會有更多東西砸下來。我伸手繞過詹姆斯腋下，抱住之後便盡全身力氣，將人拖出瓦礫堆，然後讓他躺在我的大腿上，一屁股坐下喘口氣。

「詹姆斯，聽得到嗎？」

沒反應。

我不可能獨力將他拖回入口，只有求援一途，但又不放心讓詹姆斯自己躺在這裡。

我將他帶到轉角處放下，以免又被沙土砸到，稍事休息之後開始折返，走到一半開始大聲叫喚奧斯卡。下坡路走起來輕鬆許多，痠痛這種事情暫時無關緊要。

片刻後得到奧斯卡回應。「什麼事？」

「快進來，你才搬得動詹姆斯。」

13 詹姆斯

我醒來時，躺在城塞浴室旁邊的小醫務室，頭疼得要命，感覺像是人生最慘的一次宿醉。除此之外很想吐，往床邊一靠以為會吐出點什麼，結果可能肚子沒東西，只是弄得自己背痛。

病床周圍被簾子圍著，艾瑪坐在椅子上，神情很嚴肅。

「以後規定兩人一組。」她開口。

「很好。」我咕噥。

「怎麼回事？」

「隧道結構原本就受損，我勘察的時候正好碰上地震，石頭就掉下來了。」

她起身握住我的手。「你要小心一點，現在大家不能失去你。尤其是我。」

☀

之後我確實執行兩人共同行動原則。下午我和奧斯卡再進入緊急逃生隧道，這次提高了警覺。第二條路比較接近地表，但最後還是堵住。

我現在判斷小行星其實直接打在城塞上。之前認為目標會放在七號營，但各種跡象顯示電網直接瞄準了地堡，原因不外乎推測到重要人員會撤離至此。這也是精密計算的結果，衝擊威力本來就足以順便夷平七號營，這是一石二鳥之計。電網極其在乎效率，按照它自己的說法應該是保存能量。爲了莉娜、爲了所有沒能活下來的人，我祈禱電網誤判了，地面還有少部分人倖存。

恐怕還要一陣子才能確認，眼前的狀況簡單明瞭，大家都被困在地底。

佛勒將我的團隊成員（除了莉娜）與艾瑪、爾斯上校以及奧斯卡召集起來開會。

地點是廚房，我們圍著不鏽鋼中島，一些人坐板凳，一些人靠著工業用大冰箱。

氣氛令我回想到和平號上的「泡泡」，當初我們是綁著繩子在無重力會議室，圍著桌子制訂計畫，此時此刻連壓力程度都不相上下。

「先做現況回報。」佛勒開始主持。「各部門輪流。」

所有人注視泉美，自然而然想先知道倖存者的健康狀態。

「好消息是沒有人重傷，也沒有需要立即手術的情況。城塞各式醫藥存量充足，我想能比起食物能撐得更久些。」

「食物存量能維持多久？」佛勒問。

「省著吃的話三週，」泉美回答。「而且今天就要開始管制。」

「才剛經歷這麼大的恐慌，我覺得今天早餐是不是豐盛一點好？」閔肇立刻接著說。

泉美朝他露出爲難神情。「我原本也希望，可是清點之後認爲必須做糧食配給了。」

「印象中人類幾個星期不吃也不會死吧。」桂葛里覺得兩人的矛盾並非重點。

「理論上沒錯，」泉美說。「可惜實際上是過度簡化。」

「就目前狀況，我想妳必須針對生存守則給我們上一課。」佛勒說。

「嗯，」泉美深呼吸一口。「人類想要存活，身體按照大致優先順序需要的是氧氣、水分、食物。沒有氧氣的話五到十分鐘內會死，沒有水可以撐三天到八天，缺乏熱量能支撐二十到四十天。

問題在於，沒東西吃可以活多久有很大的個體差異，需要考慮的因素包括體重、基因組成、健康狀況，還有最重要的——水分攝取是否充足。」她朝詹姆斯一瞥。「水源供給有保障嗎？」

「這倒不成問題，城塞靠近底下蓄水層，淨水系統也正常運作。」

「眞是好消息。」泉美回應。「另一個好消息大概就是，人體有很高適應力，得不到足夠熱量的時候，會調整新陳代謝爭取時間。首先會開始將肝醣轉換爲葡萄糖，釋放到血液內，肝醣用完以後燃燒儲存的蛋白質和脂肪，最初分解爲甘油、脂肪酸和氨基酸，可以降低身體對葡萄糖的需求。對生存非必要的蛋白質會最先被消耗掉，如果還是攝取不到足夠熱量，就切換到下個模式，重心放在將脂肪轉換爲酮體。假如連脂肪存量都耗盡，就得把剩下的蛋白質也拿出來用。首當其衝是人體最大的蛋白質倉庫，也就是肌肉。肌肉沒了的話，不得不連細胞功能必要的蛋白質都先用於供給能量，但是到這個階段，就會造成器官損傷與衰竭，免疫力大幅下降，以前不具威脅性的傳染病現在變得足以致命，心臟衰竭也非常危險。就算可以熬過最後階段，也常常死於惡性營養不良和消瘦症。」

「這堂課……」我嘆口氣。「眞是讓人信心大增。」

泉美攤手。「抱歉淨說些糟糕的事。總而言之，現在體況良好、脂肪與蛋白質儲存足夠的人，可以支撐比較久，所以我也會根據這點進行糧食分配，目標是盡可能拉長存活時間，但避免永久性器官損傷。不過三週後，就會出現死者和器官衰竭病人了。」

「有辦法增加生存概率嗎？」佛勒問。

「保持水分充足非常關鍵。現在開始要禁止刺激物，所以不能喝咖啡，其他含咖啡因的東西也不行。降低熱量消耗當然也有幫助。」

「賴在沙發上，整天看電視？」哈利問。

「是可以，但我建議內容停在普遍級就好，提高心跳率的畫面也會增加熱量需求。」

「只有三星期，」佛勒若有所思。「城塞的糧食儲備為什麼這麼少？」

輪到爾斯上校嘆息，想必他早就料到有此一問。「城塞的物資準備符合規畫，但目前人口是預期的十倍。我們得到的消息是距離小行星撞擊還有六週，疏散計畫與避難物資雖然也有討論，但不是第一優先，中央司令部全神貫注在那三顆大石頭上。」

「關鍵是，」艾瑪開口。「我們怎麼在三星期內離開？」

一個接著一個，視線飄到我這兒。

「你們應該都聽說了，」我的語氣平靜。「電梯井完全垮了。」

桂葛里往後一靠。「我會做炸彈。」

在場眾人裡，他大概最急著想回到地表。不能怪他，換作艾瑪沒逃進來的話，我也一樣。

「風險太大，」我說。「爆炸未必能清出通道，但運氣不好就會影響碉堡結構，甚至造成更多坍方。」

「兩條逃生隧道也堵住了？」哈利問，我點頭。

「有辦法挖開嗎？」夏綠蒂問。

「我不知道。目前無法確認坍方另一端是什麼情況，不過就算能挖，也必然曠日費時。其中一條路在靠近城塞的地方就塞住了，推測整條隧道已嚴重損壞。另一條狀況比較好，但到處都是裂縫。」我稍微停頓。「現在評估的話，我認為挖掘工程遠遠超過三星期時間，何況開挖本身就很危險，我親身體驗過。即使能準備鋼盔或其他防護，我還是覺得風險太大。」

桂葛里兩手一翻。「所以只能困在這裡等死嗎？那這碉堡有個屁用。」

「還有第三條出去的路。」我趕緊說。

目光集中過來。

「備用供水系統。」一如所料，大家聽了很困惑。「剛才提到城塞有過濾系統，設計上是自給自足，水會回收淨化，類似太空船上的作法。但藍圖階段就考慮到，如果過濾系統出了問題，大家很快就會死亡，因此有了備案。」

「地下蓄水層。」艾瑪聽出我的想法。

「沒錯，而且有水管連接到那裡。」

「管子裡當然都是水？」桂葛里的口氣似乎開始不耐煩，還從平板調出城塞構造圖。「那條水管將近兩公里，大小只是勉強能讓成人鑽進去。就算能到蓄水層，又怎麼從那裡爬到地表？」

「地上的工廠也有水管連接蓄水層。」我回答。

「又一條水管，」桂葛里手一擺。「而且搞不好也塌了。」

「的確有可能，」我坦白說。「不過小行星墜落也會破壞隕石坑周邊地形。運氣好的話，蓄水層上方也許會裂開，穿過裂縫就能爬到地面。」

所有人忽然沉默，開始思考這個方案是否可行。

「蓄水層距離地面還很遠，」艾瑪先問。「即使有路可以上去，攀爬過程是很多難民無法克服的關卡。」

我朝她點頭。「對，但目前看來沒有別的選擇。」

「等等，先退一步，」哈利打斷。「怎麼到蓄水層？城塞有潛水裝備？」

「沒有。」佛勒回答。

「不需要，」我伸手指著奧斯卡。「這裡有人不必呼吸，游得和魚一樣快，而且持續幾英里都不累。」

✹

奧斯卡在下層接線至發電機，直到確定充飽，估計起來並不需要電池全滿，但我們力求萬無一失。

到了廢水處理設施內，他站在水槽邊，探頭望向艙口後方。

「恐怕只能靠腳踢水前進，」我解釋。「現在很難預測你的移動速度，或許得花三、四個鐘頭，才能抵達蓄水層。」

「到了以後？」

「得靠你自己判斷了，奧斯卡。運氣好的話，蓄水層頂端會被小行星砸出破洞，所以如果看見光線就游過去，爬上地表。要是沒光線，就設法找出連接工廠的備用管線。」

「萬一連接蓄水層或工廠的水管損毀阻塞？」

「那我們就要困死在地底了。」

14 艾瑪

過了兩天，奧斯卡還沒回來，看得出來詹姆斯十分擔心他。

大家在等待期間嘗試建立日常作息，基本上是爲了孩子們。

大衛和其餘幾個爸爸在居住區的起居間輪班照顧幼兒。食堂裡，麥迪遜與夏綠蒂成立臨時學校，和美國西部拓荒那時候一樣，小學中學混在一起上課。相近年齡的學童一組，她們兩個在各組遊走，分派作業並檢查進度。麥迪遜甚至安排話劇表演，她的想法很簡單，只要有事做，或許就能樂觀積極過日子。

☀

我在下層找到詹姆斯。洞頂支架投下燈光，地板上很多機器零件，看起來他將非必要的東西都拆了出來。

「要不要我幫忙？」我坐在旁邊問。

「還不必……妳今天過得怎樣？」詹姆斯盯著那些東西，看形狀似乎是過濾空氣用的。

「帶亞黎去了托兒所。」

「大衛那邊？」他還是沒抬頭。

「對啊。」我微笑說。

「然後？」

「去找佛勒和桂葛里討論怎樣減緩食物消耗。」

「結果？」

「打算在下層找個空間開闢小農田。」

他點點頭，看那模樣是支持但覺得沒什麼幫助。

「你在組什麼？」

「其實都是在拆。」

「先備料，看需求再組裝嗎？」

「是的。」

「有主意了吧？」

他笑了。「妳猜猜看。」

「能救大家出去的東西？」

「妳的腦袋沒這麼差吧。」

我想了想，心想他一定是要組機器人。「可以開路出去的機器人？」

「很接近。我正在設計體型小，能夠穿過逃生隧道裂縫的機器人，還要有能力稍微擴大中間孔洞，不然到不了地表。」

「到了之後？小型機器人在地表能救我們出去嗎？」

「妳再想想看。」

「喔，懂了，求救是吧。」

「沒錯。」

☀

我和詹姆斯睡同一張小床嫌擠，但我們還是想多相處片刻，躲進地底碉堡之後仍舊一起睡。他、我加上中間的亞黎，三個人像沙丁魚罐頭挨在一起。

同房間最晚熄燈的通常是麥迪遜。光線暗了之後，詹姆斯向我說悄悄話。「我保證過會帶大家出去，我會做到的。」

「我相信。愛你。」

我考慮過要不要告訴他懷孕的事情，但總覺得時機未到。他要煩心的事情已經太多了。

☀

我醒了過來是因爲手臂被抓住。仔細一看，是詹姆斯——他正輕輕將我的手臂拉到旁邊，從我身上翻過下床。幸好現在沒有孕吐感，要是被詹姆斯看見，他很有可能猜得到。

瞳孔適應亮度之後，我察覺房門開了一點點。外頭有個身影，衣服滴著水。

奧斯卡回來了。

他找到通往地表的路徑了嗎？還是帶來我們無處可去，只能餓死在地底的噩耗？

15 詹姆斯

到了小辦公室內，奧斯卡開始報告。「抱歉，先生，花了很長時間。」

「有什麼發現？」

「水管好幾處受到衝擊影響。」

「破了嗎？」

「不，凹陷而已，整體來說狹窄，但可以通行。」

「那你抵達蓄水層了？」

「有的，先生。我還上了地表。」

「怎麼上去？」

「通往工廠的水管完全塌陷，但我在蓄水層頂端找到能爬出地面的開口。抱歉耗時這麼久，結構上太多死路。」

「有順便看看從城塞延伸的逃生隧道是什麼狀況？」

「先生，兩條隧道靠近地表都有嚴重坍方，距離我們之前找到的位置還很遠。」

極度不妙的消息，因爲逃生隧道依然是所有人迅速平安離開的最佳選擇。幸好目前並非走投無路。

「很抱歉，先生。」

「還有希望。」

「我不明白。目前條件下，仍然只有我能離開。」

「奧斯卡，接下來我要你回去地面。首先到奧林帕斯大樓發送無線訊號給奧利佛，如果他有回應，就執行系統檢測。」

「萬一沒回應？」

「有他會幫助很大，但我確實懷疑他會被埋在瓦礫底下。如果沒回應，不必急著挖出來。」

「好的，先生。發送訊息給奧利佛，之後呢？」

「到隔壁的中央司令部，東北角應該有個地堡。沒猜錯的話，其中一些東西應該能保持完好。現在我告訴你怎麼進去，還有帶什麼出來，這些東西是關鍵……」

✹

早會時間，我向團隊宣布奧斯卡抵達地表的消息。大家雖然安靜，但感受得到欣慰之情，似乎有出去的可能，或許能夠生還。

大家都想知道下一步。我決定親自去調查路線，判斷是否能帶所有人撤離。艾瑪一定會反對，但我不得不去，所以說話時兜了些圈子，只提到請奧斯卡到地上找工具，將根據結果來制訂計畫。幸好他們一時半刻也沒察覺不妥。

晚上我在下層繼續研究小型無人機。這個計畫未必派得上用場，但有備無患。思考到一半時，廢水處理設施那頭傳來怪聲。

奧斯卡大步接近，手裡捧著我要的裝備。他小心翼翼，深怕會勾到什麼東西，有如新娘禮服般呵護備至。確實必須如此，裝備若有破損，我就會沒命。

他在我面前緩緩放下兩套太空裝。

我盯了一陣子，心想這是場豪賭，卻也是唯一有勝算的手段。

「先生，我嘗試聯絡奧利佛，沒得到回應。」

「搞不好被砸壞了。」

奧斯卡不為所動，面無表情，其實我不知道他的人工智慧演進到什麼程度，會不會對奧利佛遭到摧毀這種事情有所感慨。在我眼中，奧利佛就像奧斯卡的弟弟，卻不確定奧斯卡自己是否有類似的想法。

「先生，能請教您拿太空裝要做什麼嗎？」

「算是回到地表的門票吧。你拖著我和另一個人從備用管線出去，要是能成功，代表所有人都能用類似方式離開。」

「若不成功？」

「不成功就得想別的法子。」

「第一次試行的夥伴是？」

好問題。合理選擇會是年輕力壯的士兵，生存機率也最大。然而目標並不僅僅是爬到地上，還得考慮到達以後如何行動。有突發狀況的話，最能幫上忙的是工程師。

「桂葛里。你去幫我叫醒他，然後留字條給佛勒與其他人，說我們兩個要上地表，會盡快返回。動作快，刻不容緩。」

✹

下層昏暗中，桂葛里瞪大眼睛，望向兩套太空裝。

「你瘋了。」

「這，」我指著裝備。「是離開這裡的唯一辦法。」

他瞇起眼睛。「為什麼找我？」

「因為你的體能足以應付這一趟，也因為我知道你有多急著想上去。換作是艾瑪留在地表，我也會有同樣的心情。但更重要的是，到達地面之後得設法營救所有人，為達成目的有可能需要清除電梯井或逃生隧道的石塊等等。工程師會派上用場。」

「你總算承認我最適合演主角了。」他繼續打量太空裝。「這會是有史以來最莫名其妙的太空漫步。」

著裝完成後，我們走向廢水處埋廠。奧斯卡跳進備用水管入口處的小池，原本設計是方便派遣無人機執行修理維護作業，沒想過竟也方便了活人進出。管徑很窄，我和桂葛里穿上太空裝以後鑽進去很勉強，絕對無法活動肢體游泳。只有奧斯卡能做到。

示意開始之後，奧斯卡將纜繩纏在自己的腰際，確認牢固後潛入水道。他的雙腿踢了踢，帶起一團泡沫後消失無蹤。

我抓緊纜繩等待，等到了信號：四短三長。

接著我也拿纜繩纏住自己腰部，沒有纏得過緊。桂葛里依樣畫葫蘆，然後我們鑽進管口，奧斯卡繼續前進。

水管裡面除了頭燈照明範圍之外，都是完全的黑暗，加上無法控制方向以及密閉空間，很容易引發恐慌症。再者，倘若太空裝被什麼東西劃破，裡頭的人會體驗到緩慢且極度痛苦的死法。我感覺額頭都是汗意，也意識到自己居然屏住了呼吸。

在裡頭時間感錯亂、什麼東西都看不到，彷彿面前始終都是同一片管壁。只有我和桂葛里之間有通訊線路，沒辦法問奧斯卡情況。

「感覺自己是一條被釣上鉤的魚。」桂葛里開了口。我笑出聲，稍微舒緩了壓力。

總算看見前面有點光。幾秒之後脫出管口，進入寬廣的蓄水層。

我第一反應就是抬頭。陰暗的岩石洞頂上，有幾個滲進白色日光的小洞，乍看還以爲是夜空的星星。

頭罩燈光照出水裡許多懸浮物，彷彿身處雲海中。這也是小行星撞擊導致。

漂向蓄水層頂端時，奧斯卡從一條大裂縫攀了上去，從下面看會誤以爲不夠寬。

我小心地跟過去，伸手扣住洞口，想自行翻到地上，但沾了水的太空裝實在太重。太空裝也做過改良，這件就是最新版，但設計的使用環境可不是地球重力。奧斯卡抓住我的前臂用力拖，同時小心避免裝備受損。我右腳能踩到岩面之後也使勁猛踏，踏得腿肌都發疼了。上岸以後，我一屁股坐下，摘了頭罩喘個不停，呼吸到的空氣十分濕潤。

奧斯卡再將桂葛里也拉上來，我們謹慎小心卸下裝備、放在地上。穿著這種東西繼續往上爬超過我們能力，而且只會刮壞外殼，留在這裡才是明智之舉。

奧斯卡打開行李袋，取出頭戴式ＬＥＤ照明燈與腰帶交給我們，然後三個人用繩子綁在一起。從這裡往上是一片崎嶇岩壁，雖然理論上可以找到施力點攀爬，事前還是吩咐奧斯卡帶了繩子來，免得我們不慎滑落。石頭濕滑，我也沒多少攀岩經驗，桂葛里更不會好多少，這下有得辛苦了。

起初移動得很慢，奧斯卡每一步都小心測試，常常回頭觀察我們。沒過多久，我的手指破皮腫痛，忘記叫他連手套也準備了，心裡只能像出遊的小孩那樣大叫：到底還有多遠？實際上只能咬牙苦撐、不發一語努力往上爬，只有吸進沙子才會咳兩下。

中間奧斯卡兩度停下腳步，給我們休息機會。

「還是當魚比較好。」桂葛里說。

「我覺得直接坐電梯最好。」

斜上方射進一線光芒，彷彿回應我：就快到了。想起艾瑪與亞黎還在地底，我振作起來，繼續前進。

如今究竟離開城塞多久，我已經無法判斷。拿出手機看時間，才發現竟已將近七小時。返回地表這段路途比最初預估的艱困太多也耗時太久，當然這是因爲我忘記了奧斯卡的敘述並不適用一般人，在他的認知裡，確實不算什麼。總而言之，即便找得到足夠太空裝，也不可能讓所有人用這個辦法離開城塞。

我的心思又飄到艾瑪身上。她肯定擔心死了。本來以爲我勘察路線與撞擊坑洞、然後返回城塞時，她才剛起床，現在她當然已經醒了，得知我不告而別一定滿肚子苦水。

熬過最後一段路，陽光從谷口打在臉上，這時候我已經覺得手臂跟麵條沒兩樣。奧斯卡伸手進來，俐落地將我拉上去。

太陽光芒刺目，我瞇起眼睛。其實此時不可能比小行星落下前還亮，只是相較於前面八小時的昏黑，這一刻就太熾烈了。瞳孔適應之後，我便開始觀察太陽能量降低幅度，推估大約五成，視野所及範圍內，天空被一層薄霧遮蔽。

此外也變冷了許多。我不禁懷疑溫度變化是因爲小行星掀起巨大塵雲，還是其實電網已經重新在地球與太陽之間部署電芯？第一臺收割者製造大量電芯、發送至星系內，爲的就是收集太陽能。穀神星一戰打敗收割者之後，電芯在宇宙漫無目的遊蕩，地球這邊不出手摧毀的原因很單純：電芯體積很小，但太陽系卻很大，就算能找到電芯，也會太過分散，數十萬甚至百萬的數量，一個一個狩獵不是辦法。

如今我們是否遭到前後夾攻？除了小行星，還得處理剩下的電芯？長冬又重臨了嗎？

小行星就足以終結地球生命，撞擊引發的效應並不限於墜落點。巨大天體砸在地表會化作火球，爆風所經之處一切灰飛煙滅，高溫之後還有強烈衝擊力道夷平樹木建築。再來則是衝撞擊碎的地殼碎片彈至空中再落下，變成第二波災難。最後還要面對隨之而來的地震、海嘯以及颶風。

當下的破壞結束後，同樣危險的短期變化包括雨水酸化、日光減弱、氣溫驟降，導致農作物幾乎沒有收成。

小行星撞擊的長期效應取決於其體積和落下地點。最糟糕的情況下，臭氧層消散，地球暴露在致命的紫外線量之中。稍微好一點的話，引起的溫室效應也致使大氣內二氧化碳比例過高，氣溫上升之後，人類難以存續。

而且我什麼都無能為力。且不說爆風、地震、地殼噴發的階段已經過去，現在要先面對短期的酸雨、塵雲造成的氣溫下降，長期影響也遲早來臨——當然前提是我們活得到那時候。

奧斯卡打開另一個袋子，遞了保暖衣物給我和桂葛里。換好之後，我從裡頭翻出衛星電話。他之前的報告沒錯，電話連不上網路，衛星可能也沒了，被小行星或地殼噴出物命中。但我沒關機，心想說不定會在什麼地方收到訊號。

下一個賭賭看的則是軍用手持無線電。「我是七號營倖存者詹姆斯．辛克雷，若有人收到請回答。」

我和桂葛里坐在地上，奧斯卡面無表情旁觀。一分鐘過後，我重複播送訊號，再等了會兒，接著將無線電扔進背包。「每個小時試一次看看。」

桂葛里露出狐疑眼神，不懂爲什麼我要白費工夫。

「說不定會有直升機巡迴搜索生還者。」

機率非常低。七號營一直——至少之前一直——是大西洋聯盟的政治與軍事中樞，開直升機救人這種事是我們該做的，結果大家連回到地面都辦不到，很難指望其他營地。但之所以開啓無線電，求援只是理由之一。七號營也可能有人受困在其他地方，正透過無線電求救。當然機率同樣很低，但若能幫的就盡量幫。

附近停著一輛軍用電動車，是奧斯卡之前從中央司令部避難所開過來的。桂葛里和我上車後，奧斯卡對系統發出坐標，三人前往城塞地表廠房舊址。

小行星落下前，突尼西亞的地形和火星差不多，是一片崎嶇的岩石荒漠。然而衝擊震碎了岩山、吹散了礫石，礦物在高溫中熔解，隨處可見沙子已化作玻璃，眼前景觀瀰漫超現實氛圍，彷彿三個太空探險家踏上異星之派。

車子停在大坑洞邊緣，我們下去觀察破壞狀況。坑底如同光滑無瑕疵的碗面覆蓋一層沙土，從面積判斷墜落的小行星體積沒有想像中誇張，至少不是滅絕恐龍那種等級，不過還是很驚人，洞徑至少一英里，衝擊波多恐怖不言可喻。七號營在爆風中分崩離析的光景浮現腦海，令我渾身不自在。即使落點在好幾英里外，爆炸威力依舊強大，身旁的桂葛里眼睛也離不開坑洞。我明白他的心思與惦念，希望還來得及救莉娜。

只是得先處理更大的危機。

「從顯而易見的部分開始。」我說。「通往蓄水層的管線，還有剛剛爬上來這段路太難走，不可能用來撤離城塞所有人。就算想送食物進去，這條路也無法大量運輸，無論運貨或運人都會走太多趟，想把所有人帶出來要好幾週甚至好幾個月，下面的東西可能會先吃光，而且太容易出意外。」

桂葛里點點頭。「就算能解決事件和補給問題，我也不太支持。從蓄水層出來的坑道隨時可能塌陷，要找別的路才安全。」

「先生，」奧斯卡開口。「我可以開車去其他營地嘗試求援。」

「其他營地的人，狀況不會比較好。而且開車過去要很久，如今分秒必爭。桂葛里說得對，得找別條安全可靠的路線救人出來。」我停下來想了想。「奧斯卡，你在中央司令部有看到能用來挖掘的工具嗎？」

「有的。」

「好，那先去營地巡一巡，接著到中央司令部找找看有什麼可用的。」

桂葛里朝我使了個眼神，表情很焦慮。我知道原因——回到奧林帕斯大廈，如果莉娜活了下來，或許能夠會合。

我們不再贅言，回到車上全速駛向營地。靠近郊區住屋時，我的恐懼成眞，它們全都如同鄉下小木屋碰上颶風被夷平一片。

車子繼續前進，碾過街道上的瓦礫與建築物殘骸（也幸虧是軍用車才能通行無阻），一路斷垣殘壁看得令人心痛無比，留在屋子裡的人絕對保不住性命。

營地更深處不再是爆風吹倒的房舍，變成了被震碎的廢墟與凹陷的圓頂，車燈照出一團又一團碎片。

桂葛里開始躁動不安。前面就是位在七號營中心的奧林帕斯大廈，ＮＡＳＡ、大氣海洋署等科學組織在長冬後的根據地，園區中還有醫院、軍方中央司令部以及多個政府單位。就地點來看，奧林帕斯避過小行星直擊，可是園內建築物較高，無法完全倖免，都被炸成了面目全非。以前主樓有六層，現在目視只剩下兩層高，崩落的瓦礫堆積在四周。

車子還沒停穩，桂葛里便急著跳下去跑向礫石堆。我追在後頭，留神聆聽是否有生命跡象，例如尖叫、交談之類，但只有風聲呼嘯。

臭氣逼人，廢水、食物腐敗——加上屍臭。桂葛里扯開嗓門吼叫。「莉娜！」

他在瓦礫堆上跳來跳去，翻過倒塌的塑膠牆、折彎的鋼筋，口中不停喊著她的名字，跌跌撞撞卻不肯放棄。片刻之後，桂葛里終於停了下來，轉頭時眼裡充滿恐懼憤怒。「得趕快找到她。詹姆斯，幫幫我！」

「桂葛里——」

「拜託！」

我轉頭吩咐奧斯卡。「你再找一輛車回去城塞，帶泉美和哈利上來，這段時間我們搜索生還者。」

鑽進瓦礫堆間已是薄暮時分，昏黃夕陽即將遠離廢土，遠離我曾經的家園。

「嗯，動手找吧。」

16 艾瑪

我背靠牆壁躺在小床上，亞黎挨在身邊，只有詹姆斯的位置空著。原本以爲這時間他應該回來了。他昨夜留了字條說帶桂葛里回地面，會盡快返回，所以我心想應該午餐前會見到面。沒想到他至今遲遲未歸，晚餐時我再巡了一遍，仍舊沒找到人。亞黎和我都洗過澡了，爸爸還是不在。倘若事前就知道自己會離開二十四小時以上，以詹姆斯的個性應當會叫醒我，而不是只在佛勒那邊留言吧？我很難不擔心是否出了差錯，也很難不在床上留個位置，怕他會在凌晨忽然進房間。

「拔？」亞黎問。

「他工作去了，寶貝乖。」

「現在？」

「嗯，他晚上也得忙。」

「回家……」

「別擔心，很快就回家了。現在先別講話，乖乖睡覺。」

無論何種形式，幾個星期內確實一定要回家。

我抱著可怕的念頭入睡。食物只能再支撐大約十六天。

✹

翌日清晨，團隊成員又在廚房集合，理由有二：首先不能讓其他人聽見會議內容，再者從現在起，必須有人常駐在這兒。沒人願意明說，但本質上就是站哨，食物成爲稀缺資源，也是所有人的存活關鍵，若此時遭搶，後果不堪設想。

但詹姆斯、桂葛里、奧斯卡依舊不在場。

「一些家長提出請求……」泉美有些遲疑，似乎不知如何描述。「關於糧食配給……」

「不是討論過了嗎？」佛勒回答。「不能開先例。」

「嚴格來說，他們不是要求破例，而是希望能將自己那一份轉移給自己的孩子。」

「同樣會衍生很多麻煩。」佛勒說。「最直接的問題就是有些孩子的父母沒下來，他們怎麼辦？何況有些家庭這麼做，對其他父母會造成道德壓力。」

「但我們不答應也沒用吧，他們可以偷偷來。」閔肇提醒。「把吃的藏起來更糟糕，一個不小心就變質。」

「妳目前怎麼回答？」佛勒問泉美。

「只說會考慮。所以要考慮嗎？」

「我覺得閔肇說得沒錯，」哈利開口。「這種事我們別無選擇吧？像我是沒小孩，但也願意把吃的分給孩子們。」

有人敲門。這話題被打斷，我竟有種鬆口氣的感覺。

「請進。」佛勒揚聲。

奧斯卡推開門快步入內。「詹姆斯呢？」我不經大腦脫口就問。

「他在地上。」

「人沒事吧？」

「女士放心，他和桂葛里都平安抵達。」

「我們也能走蓄水層出去嗎？」佛勒問。

「抱歉，不行。詹姆斯排除了這條路線，正在尋求其他方案。他指示我必須盡快行動，請田中醫師與哈利隨我來。」

17 詹姆斯

我的手很痛很湅。從蓄水層爬上來已經累壞了，但翻挖ＮＡＳＡ總部廢墟更加痛苦。大廈崩落的碎塊沉重銳利，加上天氣惡化，太陽下山以後溫度驟降。

桂葛里和我不發一語靜靜動手。

薄薄一層積雪與塵埃之下，我們找到預期內的東西：之前覆蓋大廈頂端的太陽能板，支撐建築結構的硬塑膠支架，藏在天花板內連接著太陽能板的電線等等。

不過也有出我意料的：瓦礫表面附著厚厚一層黑色黏性物質，很像石油外洩。

桂葛里拾起一塊，手指抹了抹。「這到底是什麼？」

「不確定。」

「是不是地殼炸開以後又掉下來的石頭？」

「也許和太陽能板撞在一起。」

「如果是的話，變成這副德行之前會釋放毒氣。」桂葛里嘴上這麼說，手指卻不以爲意地又拂過去。

「沒錯。地表的生還者會碰上這個問題。」

又挖了一陣，逐漸能嗅到屍臭味。我倆都不願提起，只是偶爾休息喘口氣、暖暖手。時間一到，我就會嘗試衛星電話與無線電是否能聯絡到人，桂葛里也會高呼莉娜的名字。

兩者都得不到回應。於是回頭繼續挖。

兩人合力抬起一大塊塑膠牆甩到旁邊，下面是張金屬桌，中間有塊裂開的螢幕面板。桂葛里瞪大眼睛，我也認了出來——這是之前團隊的會議室。假如莉娜當時在任務控制室，應該很接近了。

我們將桌子挪到一旁再開挖。幸好奧林帕斯大廈並非長冬之前的傳統建築，像美國那邊的樓房都是鋼筋水泥，不然就是灰泥和實木牆，赤手空拳不可能有多大進展。七號營成立時求快，採用大規模生產的輕量建材，強度並不差，之所以土崩瓦解，還是因爲這波攻擊太可怕。

找到一塊白板，我搬到旁邊扔了。幾天前還在上頭寫過字，反覆討論如何對付三顆小行星。如今算是收拾殘局，中了對方的聲東擊西，這次我們輸得徹底。

我輸得徹底。

每搬開一樣東西，我心裡就問自己一遍：NASA沒了，人類還有機會嗎？或許可以寄望裏海或太平洋聯盟，但目前不知道他們是否撐過這波攻勢。

現實課題是人類必須再度航向太空，才能對抗新的收割者。在此之前，得先收集敵人情報、清點我方還有多少人能出陣。

耳邊傳來微弱濕潤感，有什麼東西從頭髮滴落。我抬起頭才發覺沙褐色的雪花從天而降、四處紛飛。眞的又入冬了，而且雪落在地上沒有融化，足見溫度有多低。

「詹姆斯！」桂葛里忽然激動起來拚命挖著，他抓起辦公椅、壞掉的平板電腦就往外扔，然後太空船模型被砸碎在地上。

他的腳下露出衣物一角，是條藍色長褲。桂葛里挪開辦公室隔板，又看見手掌與手臂。我跑過去幫忙，挪開電腦螢幕和鍵盤後挖到軀幹。

但那個人沒有反應，也沒有呼吸。

桂葛里推開辦公桌，頭燈自上而下，照出男人血淋淋的猙獰面孔。這是軌道防禦陣列的控制技師。想不起來名字，湯瑪斯還是特拉維斯之類的，只記得人很好相處。他留在大廈內應當是爲了對系統做最佳調教，我猜是計算之後認爲能打下一顆小行星就值得，於是犧牲自己性命，挽救千萬人。

「要不要……」桂葛里說不下去，眼睛也離不開遺體。

我上前抓住技師雙腳。「現在先搬到旁邊就好。」

我們踏過瓦礫、放下昔日同袍時，已經是深夜，除了兩人的頭燈之外，周圍沒有半點光亮。很冷，很累，好久沒有這麼強烈的身心倦怠，但我們不得不繼續挖下去。

沒過多久，地上彷彿鋪上了一層雪毯，走起路來得小心打滑。寒風刺骨，使我渾身顫抖，但忍著不適努力搬開桌椅、鍵盤、碎裂的牆板和隔板。我咬牙苦撐，因爲桂葛里與莉娜都是我的好友，現在必須堅持下去。

如果奧斯卡找不到更快穿越蓄水層上方裂隙與水道的辦法，就至少要十二小時才回得來。後來找到一具又一具屍體。每次指尖觸碰到失去生命的冰涼肌膚，我都有種心臟快要停止的感受，同時也逐漸接受浩劫過後的悲慘現實。

桂葛里和我都又冷又累，越來越頻繁休息，兩個人靠著一起坐下摩擦手掌，呼出的一縷縷白煙穿過頭燈光束，如同飄蕩於廢墟的幽魂。他不肯停止，我腦袋轉了好幾圈，想好懇求的說詞，希望說服桂葛里放下，但就在開口前找到了她。

莉娜身亡時顯然還待在指揮中心內，附近的座位隔板、工作站的各種裝置，我都還有印象。搬開一塊壁嵌式螢幕過後，桂葛里看見她的手臂，立刻認出那件長袖T恤。

我不知該說什麼好，起初桂葛里只盯著遺體，一言不發。原本以爲他崩潰了，換作是我就會。但桂葛里只是繼續動手，挪開壓著莉娜的東西，拂去她面頰、頭髮上的髒污，將她的雙手放上胸口，然後眼中竄出一股龐大深邃、撕心裂肺的憤怒，也點燃了我心底同樣的情緒。

☀

我用上最後一絲力氣，幫桂葛里把莉娜搬上電動車後座。

勞累寒冷交迫，我下指令讓車自動開到中央司令部大樓，那裡距離奧林帕斯殘骸幾百碼，三層樓高、占地廣闊，中間有塊空地，頗爲神似尚未遭到長冬冰河蹂躪的五角大廈。然而五角大廈早已淪爲廢墟，大西洋聯盟的中央司令部也沒能逃過同樣命運。

建築設計師有先見之明，在司令部旁邊蓋了大型地堡，結構強度能夠抵擋空襲轟炸。最初擔憂的是可能與裏海或太平洋發動戰爭，於是在地堡儲備戰時一切所需，包括武器護甲與糧食，還有目前對我們最重要的無人機。只希望過去兩年爲了對付三顆巨大小行星，負責人沒忘了維持備貨量。

地堡顯然已經崩塌一部分，主要是邊緣，中央司令部廢墟已經低於地平面，像是陷落在山溝中的垃圾堆。話說回來，一開始不將人撤到這座地堡也解釋得通，高層無法肯定這裡能承受小行星衝擊，就算撐下來了結構會有什麼變化。

我們的運氣不錯，地堡一個尚未損毀的區塊還有坡道可以進去，看來奧斯卡上次過來的時候已經打開了。

下令之後，電動車駛進隧道，洞頂電燈偵測到動態，一盞盞亮了起來。還有電力也是好跡象。這裡大概是設有備用供電系統，電力來源沒意外的話，會是之前中央司令部樓頂的太陽能板。當然，太陽能板都壞得差不多了，換句話說電力存量有限，除非將太陽能板重新裝上去。眼前的事情太多，只能一件一件來。

地堡一側看似車庫，有運兵車、裝甲車，也有跟我們這輛同類型的全地形輕量載具，只少了一輛——我們在NASA找人的時候，奧斯卡開走了，現在應該停在蓄水層裂口前面。可用的工具不算少，例如大型挖土機和推土機以及相關配件，包括液壓錘與液壓鑽頭等等。這些機器大概原本用來興建中央司令部地堡，規畫團隊考慮到入口崩塌的可能性，就乾脆留下來備用，免得有人受困其中出不來。現在它們成為了城塞眾人生還的契機。

我觀察環境，記下內部地形。除了開放空間還有三處，其中一個是附有手術室的小醫務間，一個是螢幕沒反應的戰情室，最後則是大機房，裡面有小型污水處理設施和空氣濾淨系統。

另一頭堆滿的箱子與架子都是補給品，我的預期沒落空：武器護甲、無人機、通訊設備，還有MRE，也就是野戰即食口糧。

我自己餓壞了十分虛弱，很想衝過去大快朵頤，但還是先陪著桂葛里將莉娜的遺體搬進一輛運兵車，安置在後廂長椅上。他坐在莉娜旁邊，只是一直看著不說話。我從補給箱翻出毯子、蓋住遺體以後，自行出去關上車門，讓他們兩人單獨相處。

接著我拆了一包口糧果腹，狼吞虎嚥得幾乎沒停下來喘過氣。運兵車後門打開，桂葛里走出來的時候，眼睛還泛著淚。我又拆了一包、啓動無焰加熱器之後遞過去。兩個人只是吃著食物，依舊沒說話，都太累也太多情緒，只求能在這寒冷地窖裡暫時溫飽。

吃飽之後，我找了另一輛運兵車放好暖爐、在車廂地上鋪好毯子和睡袋。雖然戰情室比較寬敞，但車廂空間小才容易保持溫度。

「接下來？」桂葛里終於開口。

「先休息。等哈利到了，再想辦法把坑洞挖開。」

他點點頭，一起走向運兵車。

我忽然有了個主意。「其實還有件事能做。」

桂葛里揚起眉毛。

「搜尋倖存者。」

「怎麼做？」

「這裡應該會有具備紅外線功能的無人機，設定一下就可以針對整個營地進行掃描。我們睡覺的這段時間，讓它們出去飛。」

事實上，就算沒直接死於震波與爆風，也會被埋在瓦礫堆下長達四天，手邊多半沒有食物，生存機率非常低。但一想到也許有人還在等待救援，不做點什麼，我也不可能睡得安穩。

☀

無人機升空，開始回傳數據到控制站。桂葛里與我爬進運兵車車廂，鑽入睡袋休息。根據無人機巡邏所需時間，我設了三個鐘頭後的鬧鐘。

☀

後來我是被人抓著醒過來，那雙手又按又搖，耳邊傳來大叫。

小行星墜落之前，我被人用手肘敲了一下臉，瘀青到現在還隱隱作痛。後來爬了蓄水層的裂縫、在奧林帕斯廢墟勞動，身體其他地方感覺更悲慘。

黑暗中，我看清楚才意識到是桂葛里正搖醒我。他咕噥著俄語，大概在罵我。

我的手機叫個不停。

「你連鬧鐘也設密碼？」桂葛里發現我醒了嘀咕著。

我翻身輸入六位數字，鐘聲停下來。「對啊，確保我會醒過來。」

「是確保『我』會醒過來吧。」

我們下了運兵車，回到無人機控制臺，那是個公事包大小的盒子，打開後一半是操作面板、另一半是觸控螢幕。畫面上的七號營地圖分爲很多層次，由衛星影像和紅外線透視組成。我切換到紅外線部分，內心立刻雀躍起來。

找到生命跡象了。

清點後共二十六個位置，都埋在營地住房底下，這倒挺叫我訝異。大西洋聯盟包含七號營在內所有營地配置都一樣，邊緣是工廠和溫室，中間才是居住區。無人機偵察結果明白顯示出，廠房與溫室都被爆風吹垮，原以爲位在衝擊起點另一邊的設施能有幾個倖免於難、有人躲在裡面得以存活，但天不從人願。

二十六人。原以爲會更多、也祈禱能夠更多。援救這些人比起開挖城塞更緊急。

動作必須快。

我首先考慮了是否挖開奧林帕斯地下室，若能找到奧利佛就是一大助力，他和奧斯卡同樣能自由穿越蓄水層和城塞水道，如此一來，從城塞帶人出來的速度就能加倍——而且出來的人數越多，就越能協助搜索地表是否還有人活下來。只可惜特地去找奧利佛會有兩個問題。

首先就是即使有了地堡內的重型機器，找到他仍舊很花時間。之前不直接開挖土機過去奧林帕斯大廈，就是擔心底下有活人，無人機探測後確定是沒指望了。然而挖土機也可能損傷到奧利佛，一個不小心的話，只會挖出斷成兩截的他。

再來就是，我並不確定大廈崩塌以後，奧利佛是否受損，能否正常運作。奧林帕斯大廈的地下結構不像中央司令部，上頭卻壓了兩倍重的東西。理論上如果奧利佛沒壞，應該會回應奧斯卡發出的訊號。但若運氣好，他就只是爲了省電或部分損壞而暫時離線。

不找他，就得靠我和桂葛里兩個人救助生還者。我也算不出那二十六個人得再撐多久，幾天？幾小時？還是幾分鐘？

我在地上留字條給奧斯卡、哈利與泉美，解釋我們已經出發搜救。

「可是，從誰開始救？」桂葛里問。

我立刻有了答案。未必最理性，卻最對得起良心。

「從訊號上質量低的開始。」

「兒童。」

「沒錯。」

18
艾瑪

奧斯卡帶走哈利和泉美之後，我去做了件一開始就該做的事：檢查儲備糧食。五天前清點過補給，但沒有實際一箱一箱打開看過裡頭究竟裝些什麼。閔肇與我一起拆封城塞內的MRE和乾糧，結果令人膽戰心驚。有些已經變質了。一部分MRE外箱恐怕在運送至城塞過程破損，裡頭東西已壞了好幾個月甚至好幾年。少了這麼多補給，估計食物部分只能再支撐十二天，比原本預期的十六天又更少。

必須告訴詹姆斯。

我們守了一整天，希望看見詹姆斯、桂葛里或者奧斯卡從廢水處理設施出來，結果誰也沒等到。

晚上我緊緊抱住亞黎，心裡盼著半夜會被詹姆斯叫醒。

但依舊沒盼到。

醒來時他不在床上。截至目前爲止，將近二十四小時沒有他們小隊的消息。早該有人回來了——至少奧斯卡可以多帶一些人上地面幫忙。我最擔心的當然是詹姆斯他們受傷甚至死亡。

另一方面，即使他們平安無事，代表正在努力救出城塞內的人。然而詹姆斯以爲地下存糧可以支撐十六天，所以我們也得設法爭取到這麼多時間。

昨天我沒吃晚餐，許多成年人也都放棄進食。艾比、麥迪遜和我今天早上分食了一盒MRE，熱量太少，難以遏制飢餓感。

早餐過後，還在城塞的團隊成員到廚房集合，大家坐在板凳上的眼神渙散，透露出對未來的憂懼。

「好了，」佛勒開口。「明擺在眼前的問題是得讓存糧支撐更久。大家想想看有什麼可行作法。」

在場的還有閔肇、夏綠蒂和爾斯上校，所有人表情一目瞭然。根本想不出辦法。

「我只能想出一條路，」爾斯回答。「就是減少人口。」

雖然又累又餓，其他人聽見這種話還是反應很激動。夏綠蒂眉心緊蹙，閔肇一臉惶恐，佛勒則是好奇多過其他情緒。我很害怕。

「你這番話確實的含義是？」佛勒問。「目前沒辦法將人送出去。」看來他單純不希望對方眞的朝那方向思考。

「並非是說降低實際人口數字。我會在部隊徵求自願者放棄進食。」

「這太荒唐了吧。」夏綠蒂說。

「我覺得還不必走到那一步。」閔肇的神情嚴峻。

「越快做出決定，爭取到的時間越多。」爾斯解釋。「我認爲此刻必須假設詹姆斯那邊到地面之後遭遇了問題，最好的情況是進度受到拖延，可能原因包括蓄水層通道崩塌、裝備和水管破損等等。總而言之，我們不採取行動，他們就會以爲我們還能多活那四天。」上校沉默幾秒。「田中醫師說過，體能良好的人有機會不吃東西還熬得過去，特別是脂肪與肌肉多的。軍隊要求精實體格，雖然體脂肪很低，肌肉量倒是不少，而且原本就接受過如何在嚴苛環境下活動的訓練。」

夏綠蒂搖頭。「詹姆斯也有可能在一週內返回，士兵可能會白白挨餓。」

「放心，無論如何不會白費。這是戰爭，雖然面對的永遠是眼前的戰場，卻無法預測什麼因素會影響到最終戰果。參加大西洋聯盟軍隊之前，官兵都必須立誓：我們的職責就是保護平民，為此可以犧牲性命。」

「但這不是戰場啊。」夏綠蒂不死心。

「教授，妳得認清現實。飢餓是敵人對付我們的武器，而我們唯一能做出的回應，就是減少需要進食的人口。」

我也搖頭。「夏綠蒂說得對。另外，如果真的把眼光放遠，就得考慮離開之後又是什麼狀況。或許屆時更需要的人手反而是軍隊，軍人體能不佳便無法保護我們，所以我反對。」

「有其他法子嗎？」閔肇問我。

「先試試看之前提出的極端減糧方案，成人一律降低熱量攝取。我認為可以度過後面四天，詹姆斯也知道最多就是這麼久了。」

「不過，那樣分配食物會有副作用，例如倦怠與暴躁。」

「嗯。但至少能活下去。」

19 詹姆斯

桂葛里和我在睡覺的運兵車上裝滿了補給品，包括食物醫藥與通訊器材。現在我們除了衣服，也套上軍用耐寒配備，例如厚手套與保溫盔。

他似乎急著離開地堡，開始救援埋在瓦礫下的人。認眞做事才能不去想莉娜，若能找到生還者應該也對他的情緒大有幫助。

「用手挖嗎？」他問。

「不得不，挖土機這種大型機械不能用在有生命跡象的廢墟，風險大過效率。何況挖土機要用在城塞坑洞那邊。」

「在那邊挖出一條路嗎？」

「嗯。」

桂葛里點點頭，看來也認同這計畫。

爬上運兵車，我切換手動操作出發，大車發出隆隆聲地駛出地堡，爬上斜坡，進入清晨朦朧微光之中。七號營堅硬的沙土街道滿布瓦礫，乍看還以爲是遭強烈颶風重創的港市，彷彿一把巨錘掃過，令所有建築碎裂坍落。

第一個目標與我、艾瑪、亞黎住的地方差不多大，也就是三臥室、提供給家庭的屋型。

廢墟上頭已經堆積了一層雪。

我下車叫著。「哈囉！我們是來救援的！」等了一會兒。「如果聽見請回應！」只有陣陣寒風自染白的廢墟呼嘯而過。

我們讓車子引擎保持發動。雖然太陽能減弱了，目前車頂太陽能板供應的電力尚且足夠。車廂內靠暖爐保溫，有我們鋪好的毯子與睡袋，還準備了臨時救護站，根據探索結果或許得充作手術室，可能需要的醫療用品也已經備齊。希望泉美快點抵達，論手術技術，她比我高明了太多。

桂葛里大步走向地圖上找到生命跡象的地點，開始動手挖，撥開積雪再將房子殘骸一塊一塊挪到旁邊。

我加入以後順便觀察周圍，發現原本是屋頂的太陽能板，然後是裂開的屋頂、天花板與電燈，再來是牆壁與塑膠牆柱。與奧林帕斯大廈一樣，廢墟最上面到處沾著黑色黏稠物。我特別隔著手套刮下了些仔細檢查，想分辨兩邊樣本是否有所不同。肉眼可見部分無法區別，特徵是有顆粒感、具微弱黏性，但我留意到它們好像微微閃爍著。或許是陽光造成的錯覺。

我抹乾淨手套繼續挖，挖到孩童玩具之後，我放慢了動作。首先是塑膠板上的幾何拼圖，圓形、三角形、長方形、心形、方塊等等，每個都不同顏色。這是給嬰幼兒的學習玩具，亞黎也有類似的東西。再過一分鐘，我撿到裂開的平板電腦，下面露出一截腿。一陣手忙腳亂之後，我看到了身體、手臂與臉頰。

大概就五、六歲的男孩，深褐色頭髮，眼睛緊閉著，皮膚灰白、肢體僵硬冰涼。

桂葛里和我又是呆立好一會兒，眼前所見令人不知所措。凜風在瓦礫堆間流竄，捲走孩子身上的沙土之後鋪上細雪。我彎腰爲他清清臉，抱起來帶回車廂，用毯子蓋起來，心想自己太天眞了。這輛運兵車成爲機動手術室前，得先準備當靈車。

但我無法確定男孩是不是無人機找到的生命跡象。若是的話，他被機器偵測到以後才死亡？桂葛里和我在中央司令部小憩這段時間，他正在苦苦掙扎求生？我們能夠溫飽避寒，一個小娃兒卻在天寒地凍中等不到人來救。

一連串念頭像果汁機絞碎我的思緒。必須更快，得減少休息時間。

然而我又忍不住想知道活人會不會在更下面。

於是我打開無人機控制盒研究，地圖是無人機幾小時前畫下的，偵測結果爲質量二十公斤左右的生命體。讓我猜的話，剛才找到的男孩正是這體重，但我必須百分之百肯定。

「我讓無人機再繞一遍。」對桂葛里解釋之後，我放出無人機，然後回頭繼續挖。他也沒再多說什麼，我們假設、或者說祈禱底下還有人。

過了五分鐘，我們從另一個孩子身上搬開餐桌。瘦小的身軀一動不動，清掉其他瓦礫找到頭顱。他是淺褐色短髮，左邊臉頰有塊紫色瘀青，鼻子周邊的血痂乾硬。可以推論這孩子躲到桌子底下，但桌子怎麼可能保護得了他。他與亞黎差不多年紀。

無人機控制臺發出嗶嗶聲，搜索結束了。

我回到車上看了地圖更新，熱量訊號只剩下運兵車、桂葛里和我。

太遲了。晚了多久呢？幾分鐘還是幾小時？如果睡少點挖快點……

不能沉溺在情緒裡。唯一要做的是把握時間，繼續行動。

第二個孩子也搬上車，接著桂葛里指著圖。「是不是該從生命跡象強的先來？」

「不行，還是從體重低的來。」

「成年人——」

「成人、尤其是父母，會希望孩子先得救。」

我十分明白這道理。換作是我與亞黎被埋住，無論如何都會希望救援隊先保住她，所以現在我們也要維持這個方針。

✹

下一棟房子就在幾個路口外。每間屋子成了殘骸以後看起來大同小異，叫人惶惶不安。

明明日正當中，但我很肯定氣溫正節節下降，換言之，電網恐怕真的又在地球和太陽之間部署了電芯，用不了太久，我們的世界又要化作一顆巨大冰球。更糟糕的是，地球人已經沒有工具重建文明、與電網作戰。我一邊挖一邊思考以物種角度而言要如何存續。

開挖廢墟辛苦緩慢，片刻後我氣喘吁吁，嘴巴一直吐出白煙。

我真的撐不住了，只好摘下手套說：「我得休息一會兒。」

桂葛里跟我回到駕駛艙取暖，拿了蛋白棒配清水補充體力，兩眼都瞪著前方。

「又要用電芯凍死我們。」他開口。

「似乎是。」

「要打吧。」

「可以的話。」

「答應我，詹姆斯。一定得打回去。」

換作三年前，我二話不說就會答應。可是當了父親，我意識到若保不住孩子，打不打再也無關緊要。相較於存活，復仇其實是種奢侈品。

「只要能活下來，就打回去。」

桂葛里顯然不喜歡這答案，搖搖頭再咬了一口蛋白棒。對方害死他的愛人，他想要報仇也是理所當然。桂葛里追求的不再是生存，不想要失去她一個人活下去。他只想要讓凶手嚐到同樣的痛苦。

挖了十五分鐘，找到更多玩具。絨毛娃娃小熊和十幾個動物玩偶，塑膠小穀倉已四分五裂，原本圍在四周的黃色柵欄捲作一團。床單上有王子和公主的圖案，是我沒看過的卡通人物。

還有個兒童小帳篷，支架折斷但倒是幾乎無損。亞黎也有一個。我腦海浮現自家客廳場景：小帳篷是圓形，但有個尖頂，紅白條紋帷幕，入口掛著藍簾子。女兒躲在裡面，我會偷偷探頭嚇她，她笑起來時整個屋子都能聽見。

我從瓦礫堆中撿起帳篷入口的藍簾子，看見小孩手臂時愣了一下，趕快朝桂葛里示意。他湊過來，我輕輕掀開帳篷，露出沾了血的金髮。脫掉手套以後，我撥開孩子頭髮，朝她的頸部掐了掐。

眼前忽然一陣模糊。我感覺到微弱脈搏，淚水自動冒了出來。

聯盟網路當然跟著毀了，無法查詢是誰住在這裡，女孩長相我也沒印象，不知道姓名，只能直接問：「嘿！聽得到嗎！」接著我轉頭跟桂葛里說。「趕快帶她上車。」

我們小心翼翼將她抬出來。女孩在我們懷裡癱軟無力、楚楚可憐。她比亞黎高一點，可能三、四歲。看樣子是聽見轟隆聲就躲到帳篷，不知道是不是父母交代的？沒看見雙親。根據無人機取得的訊號，不必找到人也知道生死。

回到車廂，我快速做了檢查。女孩腳踝處有一塊發黑的瘀血，左手臂腫起來的地方更嚴重，應該骨折了。

「怎麼辦？」桂葛里問。

「不知道。」

「你不是有醫學學位嗎？」

「只是形式上。」

「那就照醫學形式做啊？」

我揉揉眼睛。「桂葛里，我真的不知道怎麼處理這情況。」氣溫降低、睡眠不足、渾身痠痛，令我的集中力越來越薄弱。

他不死心。「什麼叫做不知道？」

「我只有二十年前去急診室稍微值過班，後來完全沒再碰了。」

他攤手。「二十年前學的東西我就還記得啊？」

「你是要我拿人命來練習？對象還是個小孩？一不小心沒救到人反而害死她？」

「好、好，別激動。」

結果兩個人坐著乾瞪眼好一陣子。女孩睡得倒是安穩，只要別去看她額頭上那灘血。話說回來，這個我倒還能處理。

從醫藥箱取出酒精棉片給女孩清潔傷口，她微微蹙眉卻沒醒過來。無論如何是好跡象。

「現在？」桂葛里問。

「出去繼續挖。」

我盯著紅外線圖到一半，無線電滋滋作響，哈利的聲音在小車廂內迴蕩。

「末日二號呼叫末日一號，聽到請回答。」

很爛的笑話，但我還是笑了，拿起無線電啟動。「收到。真高興能聽見你的聲音啊，哈利。」

「我們也是，這一趟可真辛苦。明明是熱狗還要穿過針孔，分明是逼著我減肥。」

說到體重，我想起困在城塞內的人。「希望不必循原路回去。」

「詹姆斯，你有計畫了嗎？」

「桂葛里和我這邊有個生還者，需要醫療照顧。泉美和奧斯卡請盡快過來。」我瞥了地圖一眼，唸出下一個開挖坐標。「哈利，你去中央司令部地堡，直接開大型挖土機到城塞入口的撞擊坑。」

「沒辦法用別的車把挖土機送過去？」

「抱歉，看樣子沒有夠大的卡車，你得自己一路開過去，會花不少時間，到了以後用無線電通知。電池記得盡量帶走，挖土機上面是有太陽能板，但全速前進恐怕撐不住。還有，太陽能量應該正在逐步下降。」

「瞭解。」哈利回答。「到了以後怎麼做？」

「用之前工廠的地形判斷，把電梯井位置挖開。」

「收到。」

「我該帶什麼過去？」泉美問。

「我不確定，目前有一名白人女性，目測四歲，多處挫傷、可能有骨折。頭部撕裂傷是開放傷口，已經清潔包紮。生命跡象穩定，但尚未恢復意識。妳看看這情況需要什麼，盡快就是。」

☀

到了下一棟房子，桂葛里和我動作變快了。找到生還者或許多少振奮了精神，又或者我們對這種枯燥反覆的作業已經得心應手。

只是這次碰上新麻煩。我們都看見了地板，也確認是無人機偵察到的生命跡象位置無誤。圖示是有點混亂，但溫度沒錯，體重十七公斤多，換算過來約四十磅。

「怎麼回事？」桂葛里問。

我掃視四周，各處是裂成很多塊的長沙發，還有幾乎被壓扁的單人沙發。塑膠書櫃面朝下，書本、相片與小擺飾散落一地。

「來幫忙。」我抓著書架一端。

兩人合力搬開書架，找到躺在底下的男孩，手裡還抓著塑膠太空船。將書架扔開之後，我蹲下查探脈搏，比預期更有力。

「嘿。」我低聲叫喚，嘴裡冒出白煙。雪花紛飛飄散，一片片落在男孩臉頰與頭髮上。

他右眼瞼打開，望向我的褐色瞳孔空洞疲累驚慌，但還活著。

他緩緩闔上眼。我正要請桂葛里幫忙將人搬上車，另一頭傳來運兵車駛近的隆隆聲。解除安全限制、進行手動駕駛才能開這麼快，車子內建的人工智慧辦不到，奧斯卡就可以。

車一停下，他和泉美立刻開門。

「在這兒！」我叫著。

「情況？」泉美過來蹲下查看，白色迷彩軍用包擱在旁邊。

「才剛找到而已。」

她施展老練手法在男孩身上多處觸診，從肢體動作能感覺到男孩傷勢不算重。泉美的手指探進他頭髮時動作放慢，應該是要確認有沒有撕裂傷或腫塊。男孩微微轉了頭，這一回兩眼都打開，如花朵綻放般緩慢，片刻後又緊閉，彷彿眼皮太重了他無力支撐。

「孩子，聽得見嗎？」

男孩雙唇打開，沒發出聲音。

「根據聯盟網路資料庫，照片和地址吻合的對象為『山姆．伊斯曼』。」奧斯卡說。「年齡為四點一歲。」

「山姆，聽得見嗎？」泉美繼續叫喚男孩，還是沒反應，她抬起頭。「狀態好得很奇怪，怎麼會這樣？」

我指著硬塑膠製成的書架。「不知道是他爸媽還是誰教他躲在大書櫃裡面，房子雖然垮了把書櫃砸凹，卻沒眞的砸爛。」

泉美拿出手電筒，撥開男孩眼瞼後，晃動光束測試。「看來讀書眞的能救人一命。」她邊觀察邊喃喃說。「父母呢？」

「這裡只有一個生命跡象。要移到車上了嗎？還有個病人。」

「嗯，走吧。」

「奧斯卡——」我才開口，他已經繞過去準備好抬起孩子的上半身，我到另一側抓著雙腿將傷患搬走。

地面瓦礫起伏崎嶇，我留意到奧斯卡鞋子褲子都沾了那種黑色黏液，而且看起來好像在動，這怎麼可能呢？應該是他在走動的關係……但我眞的覺得自己看見那東西順著褲管滑落、又從鞋子向上爬，最後聚積起來像是要變成襪子。好奇怪。

「哪輛車好？」出了屋子廢墟，我轉頭問泉美。

「你們那輛，傷患集中同一處，我希望搬動越少越好。」

於是我們將男孩放在女孩隔壁。泉美在他手指夾上健康分析儀取一滴血，之後盯著螢幕等結果。

「唔……唔……」男孩呻吟，聲音沙啞含糊。

「嗨，山姆，」泉美微笑著將手放在他額頭上。「已經沒事了。」

「詹姆斯——」奧斯卡忽然大叫，語調平板卻顯得很緊張。「我發生——」他的肢體僵硬，眼睛霎那失去光彩。「先生，發生功能故障。」

「故障？」

「先生，我不知道自己是什麼情況。」

「解釋清楚點。」

「系統正在安裝軟體更新。」

怎麼會有這種事？我馬上想通，但奧斯卡已經閉上眼睛。

他被駭了。

「奧斯卡！清除記憶體，關閉所有系統！」

他一下子睜開眼睛，露出笑容。那種笑容非常有人味，可惜傳達的不是喜悅，而是得意。模擬得太好了，超過奧斯卡能力所及，何況他不會擺出這種態度。

再開口時，他的聲音已完全不同，語氣高高在上、傲慢至極。我曾經與這聲音的主人接觸過。

「好久不見了，詹姆斯。」

20 艾瑪

我正要走出廚房雙開門，結果被佛勒叫住。「艾瑪，有空嗎？」

等其他人出去，只剩下兩片搖擺門前後晃蕩的聲音。確定沒有閒雜人等後，佛勒終於開口。

「基本上，我贊同妳的意見，當下可行的作法就是配給減少到極限。」

聽起來似乎有「但是」。

「不過論及妳個人的情況，一定要量力而爲。」

「什麼意思？」

「意思就是，」他鄭重其事。「妳進食並不僅僅爲了自己而已。」

「是誰告訴你的？」

「現在不是追究這件事的時候，該關注的是妳未出世的孩子。」

「大家的性命都很重要。」

「差別在於對妳、對詹姆斯代表的意義。失去目標的人沒辦法繼續奮戰。」

21 詹姆斯

「奧斯卡？」我觀察他的面孔，對當下情況其實心裡有數，但仍暗自祈禱是自己誤會了。

「奧斯卡先離開一會兒。」

「你是？」

「叫我亞瑟[注]好了。幾年前，你見過我的一個同僚。」面前的仿生人稍稍停頓。「我說的是穀神星。」

桂葛里衝向運兵車，伸手從袋子撈出半自動步槍瞄準了亞瑟和我，我趕緊轉身高舉雙手、擋住彈道。他怒瞪著亞瑟，手指靠在扳機上，槍管微微抖動。

在我身後的亞瑟依舊是那副慢條斯理、看不起人的口吻。「脾氣可真差啊，桂葛里。打壞這個機器人，就粉碎你們離開這片黃土的唯一希望喔？你最好注意點態度。」

桂葛里高聲說了幾句俄語，氣得口沫橫飛。我朝前一步，手不敢放下。

「別輕舉妄動，我們得先瞭解自己面對什麼東西。」

「不就是敵人嗎？」

注：亞瑟原文Arthur，是第一集收割者的自稱「藝術」（Art）在字形與字音上的延續。

我再湊近一步伸出手。「把槍給我。」我低聲說。「帳是遲早要算的，但要看場合，此時此地不恰當。」

他狠狠盯著我，過了一會兒手指才離開扳機，放鬆肢體後，抬頭望向天空。我取走步槍拎在手中，擔心放回車上他又會衝動。

亞瑟目送桂葛里離開幾步，繼續目中無人地說話。「剛才講到哪兒？喔，才自我介紹完。穀神星那時候，你叫我的同伴『藝術』，所以就叫我亞瑟吧。我年紀比他大了差不多六萬年，但基本邏輯相同。」

「你們到底是什麼？收割者嗎？」

「不太一樣。它是它，我能自由行動，通常類似現在的場合才出面。」

「目的是？」

「宗旨不變，要取得你們太陽的能量。」

「但我們沒辦法接受。」

亞瑟冷笑，彷彿一切盡在掌握中。「可想而知。」

「所以有什麼好談？」

「協商啊。」

「有什麼可協商？」

「你們投降。」

艾瑪

麥迪遜在食堂準備授課，學齡孩童開始過來在長桌坐下。

我拉著她的手臂硬生生拖出去。「有事情要說。」

「幹嘛——」

到了走廊，我掉頭瞪著她。「是妳把我懷孕的事情告訴佛勒吧？」

她聽完抬頭挺胸，微微揚起下巴。「沒錯。」

「明明叫妳要保密的！」

她打量我許久，似乎正在整理思緒，接著直直望著我的眼睛開始解釋。「很多爸媽私下提起糧食配給要縮減到最低，大家都同意了，你們領導階層開會一定也會討論。那我能不告訴佛勒嗎？妳自己絕對不會說啊，而且還會身體力行給大家看吧。那的確是最能延長時間的辦法沒錯，問題是，姊，妳的情況不能不吃！如果有必要，我會昭告天下。妳後半輩子要恨我就恨我好了，但這關係到胎兒的性命。」

我重重呼出一口氣，盯著地堡天花板，五味雜陳的情緒裡找不到適合的反應。

跟妹妹也相處三十多年了，最後只能撂下三個字轉頭走開。

「隨便妳。」

✹

我到了住房區角落，在詹姆斯用過的那間辦公室找到佛勒。

「你在做什麼？」我靠著門框問。

「想確認詹姆斯之前的計畫，也許能推論他們究竟遇上什麼情況。」

佛勒拿起一張手稿，上面圖案像是小型無人機加裝了手工製作的鑽頭，旁邊還有些暗號式的筆記和數字，乍看彷彿印度梵語圍著太古壁畫。

「對我而言跟天書一樣，」他說。「如果哈利在，或許能看懂吧。可惜這條路也行不通。」

長這麼大，我第一次深刻體會無路可走的感受。就算國際太空站被炸得四分五裂、我在太空艙漂流的時候，心底仍是藏著一絲希望。現在那最後一丁點火光都即將熄滅。也許和營養不良有關，也有可能只是因爲困在地下出不去，同時知道地上已經滅亡。就像掉進深淵，怎麼找也找不到出口。然而連我都有這麼強烈的窒息感，其他人一定更加嚴重。我受過極端處境的訓練，之前幾年也挺過來數次。這麼一想，我忽然有點好奇，因爲是過來人，就有資格教別人如何應對嗎？或許正是如此，我在城塞還有能扮演的角色，而且就我自己看來，這與詹姆斯在上頭的工作同樣重要。

「還有些手段可用。」

佛勒抬頭望向我。

「詹姆斯一定還在地上想辦法，我們也要努力撐下去。」

「有什麼能做的？」

「別讓大家失去信心。」

佛勒認眞點點頭。

「一旦有人絕望，事態就會不可收拾，畢竟所有人都挨餓又恐慌。」

他的視線飄向遠方。「我們能熬過去的。」話雖如此，佛勒的語氣很空洞，似乎連自己都無法說服。

「可以的，但想存活並不是維持肉體機能就好，還要有堅持下去的理由。一個鐘頭前，你才在廚房提醒我這件事。」

「妳的計畫是？」

「有沒有讀過一本叫做《基本權利》的書？」

佛勒眼睛微閉像是在搜索記憶。「講心理學的嗎？有啊，二十年前很風行吧。」

「我想組成讀書會，就讀這本書。」

「為什麼？」

「我覺得它能滿足大家的需求。」

他泛起笑意。「我們需要的不是食物嗎？」

「不是，是精神面的東西。再不濟，至少能轉移大家注意力，運氣好的話，還能幫大家找到信念。」

✹

當天下午，小孩到食堂集合上課，我帶著成人去了下層。這裡洞穴幽暗，但足夠容納大型集會，住房區就算公用起居廳也不夠寬敞。

而且下層環境正好很適合活動主題。我將ＬＥＤ小燈圍成一圈，放好毯子枕頭，讓大家席地而坐。因為周邊有很多混凝土柱，營造出隱密山洞或古老墓穴的氛圍，彷彿這是某種神祕教派尋求天啓的儀式。

幾乎所有成人都參加了，連佛勒、閔肇、爾斯和絕大多數官兵也願意出席。麥迪遜、夏綠蒂和艾比和幾個大人則是不得不留在上面照顧小孩。

前兩年我也給人上課，教導新手太空人工作時的生存技巧。此情此景似曾相識，感覺課程大綱不變，只是受眾不同，以及面對的考驗更勝大氣之上——是我們自己的心魔。

《基本權利》這本書主要探究心理學，其中提出的理論二十年前引發了熱烈討論。嚴格來說，我沒有講述這方面話題的資歷，必須盡力而爲。但我認爲所有人都能從中獲益。

「首先，我想爲大家朗讀《基本權利》這本書的開場白。」即便不刻意扯開嗓門，但聲音自然在這空間迴繞。我翻開桌子上書本第一頁。

「每個人類皆有與生俱來的權利，那就是幸福。得到幸福最大的障礙，並非人生遭遇的困境，眞正的阻隔如影隨形且無處可躲，因爲那就是我們自己的心靈。

「自出生以來，大家接受從個人衛生到金融觀念等各方面生活教育，然而從未出現一套公認的課程，協助我們理解自己的心。事實上，幾乎每個人終其一生都受其所苦，卻沒能學會如何駕馭、管理，甚至只是單純認識心靈。《基本權利》一書之所以問世，正是爲了打破這個現況。它可以說是一本人類心靈的使用說明書。理解內容並進行書中講述的維護工程，能穩定讀者心靈運作，降低負面狀況頻率，也就是取回了與生俱來的權利。通向眞實而長久的幸福只有一條道路，就是經過妥善調教的心靈。」

23 詹姆斯

我盯著亞瑟，大感不可置信。「爲什麼還要談判？直接殺光我們不就好了，反正你們已經動手了不是嗎？」

「我認爲你能推理到原因，詹姆斯。畢竟你走在自己物種的前頭，一直如此。」

「節省能量。」

「答對了，滿分。」

亞瑟的口吻實在狂妄，而且面部表情與之前在穀神星遇上的電網發言人藝術有所不同，進步很多。箇中理由值得推敲。更重要的是，我想知道他到底對奧斯卡做了什麼，怎麼能夠占據仿生人的身體。瞭解這個機制或許有機會擊敗他。

「你對奧斯卡幹了什麼好事？」

「說穿了也沒什麼，只是將他那個又原始又弱小的人工智慧打包起來、塞進黑暗角落而已。」

「是跟著小行星掉下來的吧。那些黑色的東西。」

「對，」亞瑟一副厭煩的樣子。「物理路徑的植入媒介，可以散布我的程式碼。太野蠻了，已經八千年沒用過。」

「穀神星一戰之後，你們的態度不同了。」

「詹姆斯，別忘記電網也會學習適應。上次收割者本著事實而非情感和你講道理，願意與地球人和解，但你們卻選擇了戰爭。」亞瑟視線飄向曾住著一家人的瓦礫堆。「看看現在有什麼後果？」

「只拿下一局就急著說嘴？」

「當然，因爲要讓你明白電網眞正的看法。地球人是低等物種、所謂的害蟲。此外你也要理解我們態度多認眞，必須正視事實——這次來到太陽系的收割者，有決心徹底滅絕人類。」

「那怎麼還不動手？」

「詹姆斯，忘了嗎？要節省能量。我稍微解釋一下吧。比方說你要蓋一座發電廠，發電廠是同胞存續所需，但發現廠址那塊地上原本就生著一群白蟻，牠們會咬壞電線。其實動工之前，你就察覺牠們的存在，可是沒想過這些白蟻眞的會造成損失，也就是評估錯誤。不過，差距也不大，畢竟白蟻總不可能將整座發電廠毀掉，就是製造了點麻煩，放任牠們的話會暫時降低發電量。你殺得死牠們，只是數量太多、加上不湊巧的是這些小蟲子的韌性挺強，會逃到地底玩躲貓貓，過一陣子累積實力之後還會反撲。一隻一隻追殺太浪費時間與能量，有這些資源不如再蓋一座發電廠算了。」

亞瑟說完，見我沒回應，他戲劇化地聳聳肩。

「所以能怎麼辦呢？拿起大錘一口氣滅掉大半，等牠們嚇壞了再告訴牠們，還有另一條路可走。」

「是什麼？」

「和上次一樣。加入電網。我可以幫你實現。」

「你們總以爲我有這種權力，實際上，我不能代表所有地球人。」

「或許吧，但詹姆斯，你也不要低估自己扮演的角色。在這當下，你是地球人存活的唯一希望，決定權確實在你手中。」

「答案依舊是拒絕。」

亞瑟搖搖頭。「寧死也不肯加入？」

「我的同胞不會答應。」

「太遺憾，也太愚蠢。同時也很常見。那最後一個選項就是：從地球撤離。」

「怎麼撤？」

「有兩艘船連接在國際太空站上。」

「能去哪裡？太陽系內沒有其他能居住的天體，那兩艘船沒有跨越星系的航行規格。」

「沒錯，但能夠解決。這就是我能給你的條件了，詹姆斯。由我提供技術支援，別說是太空船，你可以直接將它們改造爲活動式殖民地。」亞瑟低頭打量奧斯卡的身體。「就用這個原始媒介來做指導吧，你們能得到遠遠超乎目前水準的機器人和其他科技。」

「要用什麼做？經過你們的轟炸，地球已經是一片廢墟。」

「不完全。我刻意留下你們離開地球所需要的關鍵資源。所以才說這是給你的條件，我幫助你們離開地球，你們就別再回來了。從現在起，雙邊休戰，如果你們又攻擊電網的電芯，協議則當場取消，收割者會將地球人完全滅絕。只要你們不違反約定，我就會幫忙。」

「有多少時間？」

「十四個月。」

「過了之後？」

「就是熄燈時間了，詹姆斯。」

「意思是，太陽能量完全到不了地球？」

「沒錯。凍死、或者餓死——總之十四個月之後，你們會滅亡。」

我心裡有太多困惑無法釐清，連思考這番話語的眞實含義都辦不到，只好從最簡單的開始問起。「可是，我們要去哪裡？」

「我已經找到一個合適的行星，與地球很相似。當然還沒有『人』住在上面。」

我凝視亞瑟好一陣子。這會不會是謊話？會不會根本沒有他口中那顆星球？即便有，電網是否信守承諾？

亞瑟冷笑。「詹姆斯，做個聰明的選擇，別像上次那麼傻。想拯救同胞的話，這是最後一次機會。」

「爲什麼跟我說這些？」

「因爲只有你的心智能力足夠在時限內完成計畫。而且我剛才提過，地球上就你最能感受到我是否認眞。上次見面就說了，我會回來擊敗你，這不就來了嗎？如果你當場拒絕，我迫不得已只好動用能量，再放一顆小行星擊潰地球人。這次的體積保證你們全部都會死在母星上。」

桂葛里緊盯著我，眼神冒出熊熊怒火。他想抵抗，我當然也想。但拿什麼對抗敵人？能堅持多久？

若我答應，能信任電網嗎？可以相信殺害數十億同胞的對象嗎？何況縱使理智上這是正確抉擇，也不能奢求得到世人的諒解。雖然眼下只有桂葛里一個例子，但顯然連朋友也未必能夠包容。

亞瑟朝我走近一步。「當個聰明人，詹姆斯，時間一秒一秒溜走了。」他停下來打量我。「話說回來，狀況和上次在穀神星碰面的時候不大一樣，你現在是個父親了。」他挑挑眉。「而且快要有第二個。」亞瑟微微仰頭，像是恍然大悟。「啊，對，她沒告訴你。」他嘴角上揚。「但奧斯卡知道，因爲奧斯卡與大西洋聯盟網的醫療資料庫保持連線，驗孕結果一出來，他就發現了，只是因爲病人隱私權之類的限制就沒跟你說。奧斯卡知道等於我知道，現在，你也知道了。」

我的腦袋轉個不停。眞的嗎？艾瑪爲什麼沒告訴我？這會不會是亞瑟操縱人心的話術，讓我以爲妻子懷孕，傾向選擇他口中的安全路線？

「對胎兒而言，前三個月至關緊要，你該知道吧？這個階段的母親需要攝取充足養分，但她是不是被關在城塞裡頭？還剩多久，兩個星期？看來糧食配給也縮減到極限了，壓力可眞大哪，對新生兒會有很多負面影響。不過，我可以幫你救她出來。」

亞瑟直視著我。「希望這次你會做出正確選擇。爲了你的同胞、你的妻子、你的女兒，還有你未出世的孩子。最後的機會了，詹姆斯，你怎麼說呢？」

艾瑪

時間一點一滴流逝，又過了好幾天。

每天晚上，在擁擠小房間內熄燈之後，我都會背靠牆壁，緊緊抱著亞黎，床上留了個位置給詹姆斯。每天早上醒來時，我期盼伸手能在空位那邊感受到暖意，那樣就知道他回來過了，只是忙於工作，正在思考如何帶所有人回到地面。只可惜我摸到的床鋪總是一片冰冷，懷中的孩子總是擔心受怕。

躺下之後，語彙有限的亞黎反覆問我同樣幾句：拔呢？回家？

今天我連安撫的力氣也沒了。「寶貝乖，媽媽得睡會兒。」

我閉上眼睛，不肯沉溺在情緒裡。最大恐懼不外乎詹姆斯出了意外，而最大遺憾將會是沒告訴他自己懷了第二胎。若還能相見，我一定立刻說出口。

☀

早餐時間變得氣氛凝重，成人看著小孩吃下少得可憐的食物。年紀大些的孩子已經理解處境，面對不懂事的誰也給不出好解釋，說明白了也只是嚇壞他們。

聽孩子喊餓，對父母來說最是心疼，而父母還得回答：「我們也沒辦法。」

然而這兩個場景一再上演。

食物存量還能維持九天。九天之後開始會有人死亡，或生理機能受到永久性損傷。《基本權利》讀書會沒有間斷，但我看得出來開始有人絕望。他們不敢正視我，也不再回應喊餓的孩子。他們的臉龐憔悴，骨瘦如柴，精神狀況常常恍惚得像是酒醉。

兒童用餐後，佛勒仍在廚房召集大家開會。「有新狀況嗎？」

「我這邊有人提案，」爾斯說。「她叫安琪拉．史蒂文斯，階級下士，我們的精英。她想嘗試游泳穿越備用水道，前往蓄水層。」

「不可能吧。」閔肇回話時沒有看他。

「並非全無準備。」爾斯繼續說。「她請我們幫忙製作呼吸工具，看看能否利用軟管、氧氣包或者氧氣罐之類。她還想剪開一些床單，綁成繩索帶走。」

夏綠蒂睜大眼睛。「繩索的意義是？把人拉過去嗎？這太危險了。」

「對，」爾斯回應。「但她想的不同。透過繩索才能讓我們知道，她究竟有沒有成功穿越備用水道。」他揉揉眼睛，似乎要很專心才能想起計畫細節。營養不良任誰都熬不下去。「到達蓄水層，安琪拉會拉扯繩子，我們就知道人沒事。她浮出水面爬上去的話，會找地方繫好繩索，從中央司令部或其他地方找車輛與補給，而且中央司令部的地堡內有補給品，當然也有真正的繩子。找到的話，安琪拉會把繩子綁在被單上，然後扯七下做爲信號，我們就把被單拉回來。」

上校停頓片刻，又揉了揉眉心，希望大腦好好工作。「說到哪兒？」他喃喃自語。「喔，對了，她會去找繩子，還有野戰口糧，送回來給我們。剛才好像忘記說？口糧綁在兩條繩子交接的地方，她送吃的，我們拉進來，結束之後她把繩子拉回去，反覆進行。」

所有人沉默良久。

「先假設能成功，」閔肇打破沉默。「我們無法肯定她需要多久時間，才能將中央司令部的食物送過來。說不定光是上去就花了好幾天，穿越蓄水層峽谷又要好幾天，之後還得來回無數趟才能餵飽大家。有可能只是苟延殘喘，稍微拖延結束時間，但卻賭上她的生命。」

這番話彷彿法官的死刑宣言迴蕩在大家的腦海。

「再多思考看看，」佛勒的語氣很謹慎。「例如，想像一下她不是只找到繩子，還能找到太空裝送過來。」

「這對取得食物有幫助嗎？」爾斯問。

「目前假設是，」佛勒說。「蓄水層頂端的峽谷很難攀爬，因此奧斯卡說詹姆斯評估認爲不可能從那邊撤離所有人。」

聽見詹姆斯的名字，我的精神稍微抖擻了些。

佛勒接著說：「由此可見，如何穿越峽谷會是史蒂文斯下士面對的一大挑戰，需要花很多時間。閔肇剛剛提到了，下士自己一個人的話，每趟能攜帶的口糧必定有限，但如果多個人幫忙運送，或許補給線能達到足夠規模。」

閔肇緩緩搖頭。「可行的話，詹姆斯應該就會著手進行。我相信他思考過這個辦法，但基於某些原因排除了。」

「此一時彼一時，詹姆斯做出判斷是四天之前，」佛勒回答。「我們的……情況，在之後起了變化。要是他當初就知道，是否會做出不同的決定？現在也無從得知。」

這種口吻讓我不禁懷疑詹姆斯是生是死，還會不會回來？我的眼眶禁不住發酸發澀，怕一出聲就會哽咽，所以都忍著不講話。

「換個角度，」爾斯說。「如果按照原定計畫，史蒂文斯前往中央司令部，找到食物和繩索，跟被單綁在一起，讓我們拖回來，這樣就是能運作的補給線。開始分發食物之後，我想一定能大大提振士氣。我得強調，士氣低迷和食物短缺同樣危險。」

佛勒點頭。「而且可以到時候再透過文字通信，告訴史蒂文斯是否該將太空裝送下來、帶更多人出去。」

「沒錯。」上校又思考了一分鐘。「不過要拉一個人出去太費力。還好中央司令部地堡裡有些車輛安裝了絞盤，靠機器的話應該可行。」

「嗯，」佛勒聲音壓低。「只是必須非常小心穿越水管這一段，裝備或氧氣瓶破損就會致命。」他遲疑片刻。「這些問題到時候再考慮就好。總之，雖然有風險，但我認為可以讓史蒂文斯試試看。」

沒人同意，也沒人反對，算是都默許了。

「上校，不如你請她過來吧？」佛勒說。

五分鐘後，安琪拉．史蒂文斯雙手擺在背後，稍息姿勢站在大家面前。從外觀推測是位二十多歲的黑人女性，來自美國，身材苗條，眼睛有神，還有足夠意志力。我有印象，她之前參加過《基本權利》讀書會。

「下士，」爾斯開口。「妳的計畫得到了批准。」

「謝謝長官。」

「這項任務極其危險，」佛勒說。「我要確定妳明白，我們都認為任務成功率非常低，妳的身心都得做好萬全準備，而且在水道裡必須非常小心。我們會想辦法製作妳需要的氧氣補給裝置，然後妳需要多少時間都沒關係。不過請記住一點，我們也不知道妳穿越水管和蓄水層究竟要多久。」

「明白了，長官。我願意冒險。」

又是一陣沉默，最後爾斯代表開口。「謝謝妳，下士。就先這樣吧。」

史蒂文斯出去以後，我不免在心中自問是否將好好一個年輕人派去送死。但同時我理解她的心情，換作是我——若非殘障了還有身孕——也會孤注一擲。安琪拉．史蒂文斯的勇氣令人動容，而且她或許是亞黎和我腹中孩子生存的唯一指望。

城塞下層的成年人再次集會，大家坐在枕頭和毯子上，以我為中心圍成三個圓圈，LED燈光照亮他們面孔。

其實一些人已經躺下打起瞌睡。環境昏暗，加上這陣子吃的太少了，每個人都很虛弱，所以我也無意叫醒他們。但我在最外圍那一圈看見安琪拉．史蒂文斯。

「今天下午探討恐懼。《基本權利》主張人類大腦生下來並非一張白紙，每個人的心靈都有與生俱來的操作系統，這個系統演化數千萬年，目的始終不變，就是保障生命延續。恐懼是這套系統裡最強而有力的元素，也是種工具。可惜就像其他工具一樣，恐懼會遭到誤用，並且導致故障。」

我在平板電腦換頁。

「恐懼是什麼？抬頭看見車子撞過來的當下，它能救我們的命。恐懼逼我們躲開，逼我們集中注意力，逼我們在做決定的時刻想像未來、思考人生會受到什麼影響。恐懼本身是好的，人類這個物種因為恐懼才能在地球生存到現在。然而，恐懼也會失靈。」

我環顧四周，發現還有好幾十人注視自己。「恐懼像警鈴一樣，我們做為心靈的主人，聽見鈴響之後就應該關掉它。」

我深呼吸。「我有個親身體驗。小時候，我非常害怕上臺講話。高二那年，我參加了學生會長選舉，想爭取一些課外活動成績，申請大學會有幫助。」

想起A型人格卻又力求表現的十六歲時，自己有多彆扭，我忍不住微笑起來。「沒想到那年選舉制度改了，不是書面陳述自己的主張，必須在全校師生面前公開發言。我嚇壞了，整個人不知所措，但我更怕申請不到想要的大學，也很怕自己就這麼退縮。結果演講之前好幾個星期，我吃不下睡不著，幸運的是剛好《基本權利》這本書出版了……我也因此得救。」

我手一攤。「說得救或許誇張了些，不過原本眞的有種世界末日的感覺，讀了這本書才學會轉換視點。我從另一個角度看待心裡的恐懼。以前我不願意承認自己害怕，因爲我將害怕視作懦弱，想要隱藏、想要忽視，想假裝自己一點也不怕。

「《基本權利》的作者認爲我們完全不該這樣做。恐懼是常態，無視恐懼卻不是。於是我明白了恐懼眞正的意義：那是我的心靈要爲上臺演講做準備。大家想像一下，上臺演講這件事其實並不僅僅只限於競選學生會長與申請大學，我心底知道它還能發揮更大的意義。如果表現得好，演講內容能讓親友師長對我改觀，扭轉社會地位，甚至決定了高中生涯後半過得快不快樂。表面意識沒想過這麼多，潛意識卻了然於心。人類的潛意識十分強大。那時候我的恐懼確實就像警鈴響個不停，讓它一直吵下去沒有好處，不但保護不了我，還反過來傷害我。」

我翻下一頁，很快找到先前標注起來的段落。「無法主宰恐懼，就會被恐懼主宰。」我望向聽眾。「但我們如何主宰恐懼？」

大衛輕聲回答。「承認它。」

「對。第一步就是承認恐懼。我承認了自己害怕上臺演講。」我又停下來看看大家反應。「我想我可以代表所有人說一句：現在城塞裡每個人都很害怕。那麼，讓我們別再將恐懼埋在心裡，拿出來面對吧。」我掌心朝上，向大家詢問。「有人願意分享嗎？」

詹姆斯的兄長亞歷打破沉默。「我怕我們出不去了。」

「很好。」

佛勒的妻子瑪麗安小聲說：「我的兩個孩子已經成年，我好怕他們跟著餓死在這裡。但我更擔心其他還沒長大的小朋友。」

佛勒伸手將她摟過去。「大家都一樣。」

出乎意料，再來開口的居然是爾斯上校。「我深怕錯失良機，沒能盡全力帶大家離開這裡。」

我朝他點頭。「謝謝上校。」

史蒂文斯下士清亮的聲音迴蕩在下層的幽暗。之前她在廚房就中氣十足。「我怕會讓大家失望。」

「大家都一樣，安琪拉。我們都有同樣的恐懼，不過別將恐懼堆積在心裡，直到失去控制。一定要面對，要理解：恐懼是一種心理警告機制，收到警告以後就不要放任恐懼蔓延。如果不加以管束，恐懼會導致注意力無法離開恐懼的目標、情境或難以承擔的結果，那些畫面就像恐怖片在腦海不斷重播。明白它只是個警鈴，關掉就好。多餘的恐懼感必須加以扼制，這是每個人的人生都會經歷的狀況。只要願意花時間好好練習，任何人都能找到警鈴的開關。」

☀

翌日早晨，史蒂文斯下士站在下層廢水處理設施前的小池子，後頭就是水管入口。她全身裹著錫箔、以膠帶封死，雖然用意是保存體溫，結果卻營造出堪稱超級英雄的外形，或許就叫她「錫箔女」好了。除了錫箔，我們找不到更好的保暖物。水管裡很冷，到了蓄水層溫度會更低，就算她不窒息、不心肺衰竭、不疲勞過度，也可能死於失溫。

氧氣罐也十分原始粗糙，就是一堆塑膠容器熔解、黏合、擴大容量。總共三大罐，以軟管連接她的服裝，設計了手動開關的氣閥。如果其中一罐破損（或耗盡），史蒂文斯可以自己切換。

佛勒在平板上調出水道和蓄水層地形圖。

「可以肯定這裡的氧氣存量足夠抵達蓄水層任一點，但關鍵還是妳游泳與消耗氧氣的速度，再來就是容器會不會損壞。無論如何，離開水道之後，最好以蓄水層頂端爲目標，脫離水面就能稍事喘息，然後再慢慢搜索通往地表的路線。」

「明白了，長官。」

一名陸軍中士拿出碎被單編織而成的繩子，繫上她的腰間。

「祝妳好運。」爾斯上校說。

詹姆斯

血液濺到臉上，我整張臉皺了起來。

「詹姆斯，挺住。」泉美說。

她的意志堅強，不動如山。

我們穿戴著軍醫的手術服、手套、口罩。

眼前的傷者才二十六歲，三小時前剛從倒塌房屋下被挖出來，現在躺在中央司令部地堡醫務所病床上微微顫動著。

泉美望向螢幕，機器偵測傷者生命跡象，並且注入麻醉劑。

她將鉗子遞過來，手沒縮回去，「縫線。」

手術花了四十五分鐘，病人脫離險境，我開始清潔。

「他應該能熬過去，」泉美站在我旁邊的銀色水槽洗手。「明天便見分曉。」

我們一起走出手術室，穿過醫材區，回到地堡內的開放空間。這裡暫時布置為醫院，一半面積擺滿折疊床。車輛只留一輛運兵車，其餘開了出去，否則地方不夠用。每個床位之間掛著白色床單充作簾子，稍微保持傷患隱私。目前有二十人醒著呻吟，啜泣聲令人聽了鼻酸，不過除了治療傷口、施用止痛劑緩解不適，也沒什麼能為他們做的了。失去至親好友的哀慟，我們無可奈何，也並非一時半刻能化解。

救援任務已經執行人約一週。營養不良、撕裂傷、骨折是最常見的傷病，腦震盪患者也不少，但看起來多數沒有性命之憂。

四十二人。我們挽回了四十二條命。

上週七號營廢墟挖出總共五十三名，十一位傷勢過重去世，五人狀態好到能幫忙。他們跟著搜索挖掘，進度因此加快很多。尤其有個陸軍上尉塔菈．布萊韋做事效率十足，木訥寡言卻字字珠璣，目前救援行動就交給她指揮，她做得比我好多了。

桂葛里和哈利一起駕駛中央司令部地堡找到的挖土機和推土機，日以繼夜將機器操到極限，想盡快挖開小行星撞擊中心點。儘管有液壓錘還是需要很長時間，撞擊坑底部土壤被壓得非常密實，而且原先也有岩層在下面。

失去奧斯卡代表我們無法再回城塞。目前想救人出來，最有希望的作法就是認眞挖掘。但隨著日子一天一天過去，我越來越擔心這條路最後行不通。

泉美和我大部分時間在照顧傷患，閒暇時我反覆思量，是否該接受亞瑟的提議。腦海深處盤旋不去的念頭，自然是艾瑪和亞黎困在地底快餓死了，再來就是妻子有身孕。時限逼近眼前。

九天。她們還有几天份的食物。來得及救出來嗎？

做不到的話只剩一條路，也就是接受亞瑟的條件。問題是，我擔心這個決定等同人類滅亡，萬一他的讓步是假象，只是爲了能操縱機器屠殺我們怎麼辦？或許他計畫用這種手段先除掉大西洋聯盟，再攻向其他地方？電網利用小行星做第一波攻擊，目的很有可能是藉此侵占奧斯卡，方便他們收拾剩下的地球人。

可是如果我猜錯了？如果我們無法及時挖開城塞？說不定還被關在城塞的人，我的妻女和未出世的孩子包括在內，逃出生天的唯一希望就在亞瑟身上？繼續拖延其實只是害死底下那麼多人？眞希望能確認那邊現在是什麼情況。

無法抉擇，選對生、選錯死。可是我必須盡快做出決定。時間，時間是人類存續唯一的資本，我們不停消耗卻無法取得更多。

我也思考了那個黑色黏液的問題。亞瑟的程式碼藉此奪取了奧斯卡身軀，雖然我猜測它對人類無害，還是請大家小心謹愼，尤其避免沾染到機械設備。我說這番話時，氣氛變得很古怪，搜救隊有幾個人可能懷疑我發瘋了。

中央司令部地堡的小戰情室內，兩名存活者坐在長桌邊。他們的腿斷了，無法外出做事，不過仍在協調團隊方面幫上大忙。

其中一位莓金色頭髮、身材纖瘦的年輕女子，應當是艾瑪這一屆太空人訓練班學員，她手裡拿著軍用無線電。

「重複，這裡是七號營，正在搜索生還者，聽到請回答。」

無線電範圍有限，但直升機或車輛經過這一帶應該收得到訊號。

她稍微等待，接著拿起衛星電話確認。恐怕很難有回應，但總是得試試看。

我指著手持無線電。「介意我用一下嗎？」

「請便。」她遞過來。

「哈利，方便報告目前情況嗎？」

「唔，詹姆斯，這邊沒什麼變化，進度非常緩慢。」

「液壓錘沒派上用場？」

「只有點小用。」

戰情室房門沒關，外頭起了一陣規律敲打聲，來自地堡內僅剩那輛運兵車。車子至今沒開出去原因很簡單——當作亞瑟的監獄。

我凝神聽了會兒，分析之後確定是摩斯電碼，翻譯出來是個狀聲詞：滴答滴答。

我放下無線電，走到運兵車那邊開了後門。只能拉開幾吋，我們裝上了鐵鏈，確保亞瑟不能逃脫。他溜達到門縫，眼睛盯著我。

「她們快要沒時間囉，詹姆斯。」亞瑟故意放慢語速。「別想著靠挖土機救她們了，你們這種作法會破壞城塞結構穩定，有害無益的機率很高，運氣不好就要出人命了。還是讓我幫忙吧。」

「怎麼幫？我不可能放你進城塞，天知道你會不會展開大屠殺。休想我讓你靠近自己家人。」

「想清楚點兒，詹姆斯。我是你所知宇宙裡最先進的存在，累積數百萬年文明知識，見過的發明你做夢都想像不到，那些科學技術以地球人角度來看根本就是魔法。真想進去那地堡的話，我有不下一百種方法可用。」

「隨口說個來聽聽。」

「要我講課解釋未來技術沒問題，但你恐怕沒那個時間。如果長話短說，就是我能用這個中央司令部裡的原始材料做出新玩意兒，一臺能鑽洞到城塞、讓大家逃出來的機器。很簡單，只需要兩天。這期間當然我就留在地表，你盡情盯著我看無妨。」他故作謙遜地笑了笑。

「岩層——」

「撞擊坑底下石頭太硬，嗯，我知道，和你的腦袋差不多。」彷彿怕我沒聽見他的羞辱，亞瑟還故意放慢兩秒。「換作是我，根本不會挖撞擊坑，」他繼續說。「直接從備用水道上面隨便找一點往下鑽，然後把蓄水層那側封起來不就好了。」

「就算這麼做，連接城塞下層的水管還是裝滿了水。」

「這簡單啊，同一臺機器把水蒸發就好。詹姆斯，我們可是電網，蒸發一點水這種事情能有多難。」

「我怎麼知道你不會做一臺機器殺光人類？同樣達成節省能源的目的，不是嗎？」

「有道理。但你自己想想看，若眞有這種打算，我得到奧斯卡身體之後就可以動手，自行離開這鬼地方不必跟你交代什麼。可是殺光了七號營、對全地球大開殺戒又如何？總會有少數漏網之魚藏在地底、海底，或其他角落。這種案例高達百分之九十七點六，然後只要有人存活，就極有可能忽然跑出來朝我們的電芯丟核彈，結果我又得回來大掃除。所以，我是認眞的——只要你接受條件，我就幫助人類離開地球。」

亞瑟直勾勾盯著我。「再思考一下，我到運兵車裡頭讓你們關起來，完全是自願配合。你、桂葛里、泉美和找到的生還者根本打不贏我。說得夠多了吧，詹姆斯，總之你不答應，我就會讓地球人徹底滅亡。」

我用力甩上車門，已經聽膩了他滿口的威脅和操弄。

「她們快餓死了喔，詹姆斯！」亞瑟隔著門叫著。「別傻了。」

控制桌那邊，無線電嗶了一聲，廣播系統傳來男人聲音。這是懷特，搜救隊其中一位成員。「第一隊呼叫基地，又找到一名生還者，失血過多，預計五分鐘後送達。」

泉美拿起對講機。「這邊會做好準備。」

地形上無法隔音，所以地堡內所有人都能聽見。

於是床單做出的隔間裡有些人蠢蠢欲動，坐起身想知道是誰被送進來，期盼能見到父母、手足或朋友。對他們而言，等待想必十分煎熬，連著幾天斷斷續續救到人，情緒如同雲霄飛車大起大落，沒見著熟面孔肯定失望，但多個同胞生還總是欣慰。

我趕快洗手消毒，爲下個傷患做準備。只是腦海中，亞瑟那些話陰魂不散、揮之不去。

✹

泉美的雙手在女子腿傷上面閃電般移動，但終究太遲。她失血過多，點滴架旁邊儀器螢幕發出紅光，脈搏歸零。

心跳停止了十分鐘，泉美還沒停手。

「結束了，泉美。」

泉美沒理我，又努力了五分鐘，接著才用力甩掉手套，走到一旁背靠牆壁，整個身子往下滑落，兩腿抵住胸口，呆呆望著前方。我從沒見過她這樣疲累、蒼老的模樣

「妳休息一下吧，我來收拾。」

她站起來搖搖晃晃走出手術室，進了戰情室。懷特和瑞卡德大口吞下蛋白棒，然後猛灌瓶裝水。

我隔著窗戶觀察。兩人看她表情就知道傷患沒救回來。做爲過來人，我明白此時此刻他們也會質疑自己：如果挖快一點、車子開快一點，結果是否會不同？

泉美開口了，這幾天我們重複同一句話許多次。「就算你們更早到也沒用。」

人類沒有時間了。說不定就像這位傷者那樣，一切已經太遲。

26

艾瑪

剩下五天。

部分成年人開始把自己鎖在房間不出來。小孩全都嚇壞了。

我也一樣。

今天早上在廚房開會，佛勒只簡單問了句：「有事情要報告嗎？」

沒人講話。大家直接離席回到各自崗位。我沒事做。

我試著別思考自己處境，但無法克制。尤其很難忘掉安琪拉·史蒂文斯。

她鑽入水管，四小時之後拉扯繩索五下，代表成功抵達蓄水層。

然而之後繩索再無動靜，沒有浮上蓄水層頂端的信號。

我還是心存一絲希望，覺得或許是繩索斷了，或者她因故必須解開繩索，才能攀登峽谷等等。

但是過了這麼多天，人沒回來，繩子動也不動，可以肯定她已經死亡。

安琪拉·史蒂文斯的勇氣與犧牲令我心痛，同時也會因此想起詹姆斯，不知道他在哪裡，爲什麼還不回來？

下層的聚會人變少了。缺的不僅是安琪拉．史蒂文斯，越來越多人不再參與。今天講的是信念、信念帶來的力量，以及其黑暗面。

我們缺的就是信念，相信事情仍有轉機。原本希望透過這個聚會、這些課程想賦予大家信心，也並非全然失敗——可惜時機已過，無法持續，現在需要其他力量來支撐。

講課結束，眾人魚貫而出，我找到佛勒，請他留步。

「怎麼了？」他聲音雖輕卻在幽暗洞穴內顯得響亮。LED光線照亮低矮洞頂，周圍混凝土柱子投下一道道陰影。

「大家開始絕望了。」

佛勒面容憔悴，比起剛下來時又多了好幾條皺紋，外表越發蒼老。他不願與我視線接觸，只是點了點頭。「嗯。」

「我們得想想辦法。」

「還能怎麼做呢，艾瑪？」

「挖。」

「挖？」

「挖開逃生隧道。雖然未必能成功，但也未必會失敗，還是有機會。而且這麼做可以幫到詹姆斯他們小隊。」

「挖掘工程需要體力，我們都半死不活了。」

「目前還能動的人夠多。一個星期後，我就不敢肯定了，正因如此，必須現在開始行動，否則心靈找不到寄託。得讓大家覺得還有活路、還有能做的事情。」

佛勒雙眼依舊沒看我，只是望向黑暗。

他忽然轉頭，彷彿這才意識到我的存在。「嗯。那我……找爾斯談談看。」

「羅倫斯？」

我伸手搭著他臂膀。「你先休息，這件事讓我來處理吧。」

☀

我感覺自己成了礦工。

總共十一人，九個士兵加上閔肇與我，一群人擠進逃生隧道，戴上頭燈開始挖掘。下午動工時還覺得濕冷，現在卻變得好像蒸汽房。

士兵們輪流上陣，每次三人挖掘、清運，其餘人休息。閔肇與我檢查開通部分，試著預防崩塌。我們從食堂搬桌子過來疊高，頂著隧道頂部避免沙石掉落。

雖然有進度，但遠遠不夠，我感覺得出來，但還能怎麼辦？

一天過後，我洗去渾身髒污，彷彿身體最後的氣力也隨水流逝。

或許不該參與挖掘，爲了胎兒著想要休息才對。可是話說回來，出不去的話，一切都無所謂了。

☀

挖掘進度一天比一天慢，但我們堅持下去。臨時拼湊出來的鎬和鏟不規則地鏗鏗鏘鏘，交織出逃離地底的最後樂章。

坐在昏暗地道內，汗水沿著頭髮滴落，我心裡不停祈禱：一丁點也好，命運是否可以稍微眷顧我們一次、幫助我們一次？

工具發出的聲響停了下來。我也聽見了，是地鳴。接著腳下開始晃動。

我太過疲憊，起初反應不過來，腦袋像個泥潭翻攪，慢慢回神後才驚覺眼前什麼情況。疊高的桌子四周噴出粉塵。地震了。

又或者是第二次小行星撞擊。

隧道裡叫聲此起彼落。我勉力想起身，雙腿卻支持不住，好像沒跟著醒來。我拄著拿桌角充當的拐杖，好不容易才站穩。

隧道金屬牆吱吱嘎嘎叫著，如同野獸般扭動掙扎，接著冒出裂痕。

另一端的頭燈光線消失。

爲什麼？

怎麼看不見了？

附近一根金屬管發出刺耳摩擦後爆開，往一個士兵頭上噴出碎石，燈被砸破了。光滅了。因爲燈都壞了。

我抬頭，瞬間看見洞頂金屬板左右分開，石頭迎面而來。

27 詹姆斯

夕陽西沉時，我到達了撞擊坑，站在邊緣望著挖土機、推土機與周圍一落落石塊，堆得像是塵暴區裡的小山。絕對來不及。亞瑟說得對，城塞太深，中間的土石太堅硬，挖掘作業難度太高。

我都知道，但同時又不得不顧忌。若自己做出錯誤的決定，滅亡的就不只是大西洋聯盟，而是地球人這個物種。我不知道該怎麼辦才好。

挖掘機駕駛艙裡，哈利看見了我，用無線電呼叫。「是你吧，詹姆斯？」

「是我。」

「還好嗎？」

「沒事，來看看你們。有需要幫忙的嗎？」

「嗯，幫我在這輛車上裝臺有線電視好嗎？」

我忍不住笑了。「好，我會列入工作清單。」

「太好了，那可以申請加班費吧？」

「職災津貼也給你。岩層情況如何，有變得好挖一點嗎？」

「沒什麼差別。」

只能先這樣，繼續挖，挖到真的沒時間。然後，有必要的話，我就和亞瑟交易。

28 艾瑪

我醒來時，明亮光線迎面罩下，頭顱裡一股痛覺跳動。不止頭，渾身都不對勁，隨便動一下就好疼。

我瞇著眼睛，無法直視光線。「艾瑪。」一個聲音輕輕叫喚。

有人抓住我的手臂，引發一陣劇痛，我咬牙甩開。

「啊，抱歉。」

我用力睜開眼睛，望向刺目光線，麥迪遜正低頭看著我，臉上都是淚水。她的顴骨變得好突出，眼窩凹陷，感覺頭與身體不成比例。上次她這副憔悴模樣，是我和詹姆斯出發前往穀神星之前，現在一看她，我的心又好痛。

「多久……」我的嗓子很啞。

「不重要。」她說。

顱骨裡頭那股悶痛稍微平息，我轉頭看看四周，是淋浴區旁邊的小醫務室，其他隔間也拉起簾子。病床上都是誰？去幫忙挖隧道的士兵嗎？還是有別人？

麥迪遜出去又回來，手上多了熱好的野戰口糧。

「我不必。」

「艾瑪，妳一定得吃。」

她瞪著我，意思很明顯，沒得商量。

我開動之後雖然想細嚼慢嚥，卻忍不住大口吃了起來，想到自己有得吃，別人卻得挨餓，感恩與慚愧兩種情緒在心中拉扯。吃到一半稍微停下來，吞了止痛藥，灌了一口水。碟子上還有兩顆藥丸，我沒碰，知道服了的話思緒會不清晰。

「亞黎呢？她——」

「她很好，就是擔心妳，也不懂發生什麼事。其他小孩也一樣。」麥迪遜輕輕拍了拍我手臂。「我去帶她來。」

才過幾分鐘，卻覺得好像是幾個鐘頭，我等不及要見女兒，可是也有點害怕。倘若她和麥迪遜一樣消瘦，我怕自己會無法承受。爲了她必須忍住，媽媽要堅強，孩子才不會害怕，如果我先慌了，亞黎會更恐懼。

我在床上坐起身，用手順了下頭髮，然後深呼吸。簾子滑開，亞黎蹦蹦跳跳地到了床邊，抓住被子想爬上來。我扭腰伸手，沒料到身體驟然劇痛，閉起眼睛再睜開的時候，亞黎已經在床上，小手抱住我，頭埋在我胸口。

即便心裡不願意，淚水還是滑落，滴在女兒頭髮上。她平安無恙，而且看來挺健康。當然比起進城塞前清瘦一些，不過只是拉肚子之後那種程度。總之人好好的，令我瞬間放下心頭大石。

我隨即想起肚裡還有一個。碰上隧道崩塌，我又營養不良，胎兒能保住嗎？必須找個分析儀做驗孕測試，否則無法確認未出世的孩子是否安好。如果流產了，這份衝擊會比落石還強烈。

亞黎的聲音像是快要哭了。「媽咪爲什麼不見？」

「我出去做事呀，寶貝。抱歉有點慢回來。」

「生病？」

女兒的觀察力超過預期。「乖，我沒事，肚子痛痛而已，一下就好。」

「回家？」

「會回去的。」

「現在。」

「再一陣子就好了，寶貝，很快就能回家。」

亞黎在床上挨著我，身體熱得像暖爐。她緊緊巴住我，大概怕我又不見。

麥迪遜去忙，輪到亞歷和艾比來探視，也瘦成了皮包骨，但同樣擠出笑容，對於我昏迷期間的事閃爍其詞。

下一個露面的是閔肇，頭上包了繃帶，手臂以三角巾固定。我低頭發現亞黎熟睡了，不知道是午睡時間還是已經入夜。

「怎麼回事？」我低聲問。「地震？」

「不確定，感覺是局部震動。」

「會是新一次小行星撞擊嗎？」

「應該不是，如果是的話，落點不會在附近。比較有可能是撞擊坑下方地殼滑動。」他停頓片刻。「看見妳倒下，我就盡快衝過去了。」

「很謝謝你。」

閔肇之後是佛勒，他滿臉愁容、面色蒼白。

「有詹姆斯的消息嗎？」我悄悄說。

佛勒盯著地板搖頭。

「也許從蓄水層上去的峽谷坍方了。」我不知道該說什麼，心底那股憂懼越來越深。

「有可能，也就解釋了爲什麼連奧斯卡也沒回來。縱使詹姆斯他們出了什麼狀況，理論上奧斯卡回得來。」

越是想像另一邊的處境，我的情緒越焦躁失控。詹姆斯遲遲未歸，城塞眾人已經無計可施。佛勒看穿我的心思。

「艾瑪，幾天前妳才告誡過大家：要面對恐懼、主宰恐懼，否則就會反過來淪爲它的奴隸。」

☀

我比亞黎早醒來，但沒做什麼動作，想讓女兒多睡會兒。

她卻醒了，伸出小手揉揉眼睛，東張西望一臉困惑，好像以爲睜開眼睛就會回到家。其實再也回不去了，那個家已不復存在。

「拔？」

「就快到囉。」

「時間？」

「很快，一下下就好了，寶貝。」我抱緊女兒，希望自己說的話會成眞。「現在妳先去吃早餐，媽媽得留在這裡休息一下。」

肚子彷彿要翻過來了，強烈飢餓感在身體上鑽孔，令我難受得想吐。嘔吐感使我想起小行星掉落前的生理狀態，災難降臨以後，孕吐就沒再發生。這是壓力造成，還是我已經流產？

我看看病床邊的輪桌，上面沒有健康檢查分析儀。

「有人在嗎？」我叫喚，沒人過來，只好自己試著下床。身體又好痛，比昨天還嚴重。

視覺模糊、睡意濃厚，我只好再躺回去。彷彿有一張極其沉重的毯子裹在身上，我再也無法掙脫。

每次都只睡個幾小時。醫務室內燈光暗淡，醒來肚子就不舒服，疼痛蔓延全身。

✹

再清醒時，麥迪遜又在床邊，手裡端著口糧，爲我啓動了加熱裝置。

我盯著食物，天人交戰。

「艾瑪——」

「我知道，我得吃。」閉上眼睛，我有種被掏空的感覺。「能幫我找到分析儀來嗎？」我低頭看著自己肚子。

麥迪遜面色一沉。「嗯，馬上來。」

我吞了一顆止痛藥，想慢條斯理但還是狼吞虎嚥吃掉口糧。雞肉飯配蔬菜，餓壞的時候什麼東西嚐起來都像五星酒店大餐。

止痛劑也可能影響到胎兒，想起來就覺得後悔，不該亂服藥。藥效漸漸上來了，遍布全身的微痛感得到舒緩，但我因此更焦慮。

麥迪遜拿著機器回來，我趕快接到手指上等抽血檢驗。「妳最近還有沒有……」她的話沒敢說完。

「嘔吐？沒有。」

我盯著螢幕，還拿著機器甩兩下，但其實並不會加快檢驗速度。

我突然察覺到環境許多細節：走廊上的腳步聲，食堂那頭有人進進出出，附近病床上傷患呻吟，有個男子嗓音安撫，跟傷者說一切都會好起來。

小型LCD螢幕跳出檢驗報告，我捲過前面那些無關緊要的部分，也不管全血細胞計數和其他血液數值，只關心最後最簡單的檢查結果。

》妊娠試驗：已受孕。

我用力嚥下口水，眼睛又濕了。麥迪遜差點會錯意，我趕快擠出笑容點頭。「沒事，還在。」她上前抱住我，抱得我又好痛。這次我不在意，肚裡孩子安好是現在唯一重要的事。

☀

時間在斷斷續續的睡眠和恍惚中度過，我始終不覺得自己回復元氣，那少少的餐點也塡不飽肚子，整個人持續處在虛弱疲憊的狀態，心裡一直爲自己、亞黎和胎兒憂愁，感覺得到那份恐懼開始失控，同時也清楚除了面對別無他法，必須告訴自己：事到如今，再怎麼恐懼也無濟於事。我已經知曉處境有多麼艱險，此刻必須振作專注，爲了亞黎堅強撐住。

知易行難。朗誦書中內容、聲稱人人可以控制恐懼當然簡單，自己實踐起來卻不是動動嘴巴那麼輕鬆。

然而我得努力。至少在亞黎面前要維持假象。我不希望她意識到世界變成了什麼樣子。

外頭的動靜越來越少。沒人進去隧道了，恐怕大家都已臥床等待，如同進入休眠，默默祈禱漫長死寂的寒冬會結束。

詹姆斯

我又站在撞擊坑邊緣，望著荒漠中凹陷的巨穴。桂葛里和哈利在靠近中心處繼續工作，追趕著時限越挖越深。

挖掘機捶打岩石咚咚作響，直到哈利工作告一段落，爲機械手臂裝載大桶和液壓指，俐落地自坑洞撈起碎石沙土。桂葛里駕駛推土機，將碎裂岩塊推向坑洞邊緣，堆出甜甜圈形狀的小山。兩人善用太陽能板能吸收的每一絲能量全速開挖，但已近傍晚了，進度還是差太多。

時間眞的不夠。

只有一個辦法。

回到中央司令部之後，我大步走進戰情室，布萊韋上尉操著英國腔在無線電上指揮。

「第四隊請回報。」

「這邊快結束了，上尉。」

「找到什麼？」

「幾罐……等會兒喔，這個字怎麼唸——」

「名字不重要，帶走就對了，然後去下一個目標區域。陽光越來越短暫，入夜會比昨天還冷。」

廢墟裡已經沒有生還者，搜索小隊轉而尋找我們需要又無法製造的物品，例如醫藥和複雜電子裝置，當然還有食物。

布萊韋留意到我的神情凝重。「怎麼了？」

「時候到了。」

她本能地將手放在腰上的槍。儘管右手還包著繃帶，左手也套著護具，布萊韋依然是目前七號營地表上戰鬥能力最強的人。萬一亞瑟偷襲，只能看她的反應跟不跟得上，而我希望不必知道答案。

「和桂葛里說了嗎？」

「沒有。」我低聲回答，的確擔心這點。

「他會有異議吧？」

「嗯，恐怕不會答應。」我自己都覺得語氣聽起來好疲憊。「但應該不會有什麼動作，至少也得等到城塞的人平安離開。再之後的話，天曉得？」

「可以先安排他參加搜索隊，避免他和亞瑟接觸。」

「好主意。」

「我會再囑咐同隊隊員盯著。」

「也是好辦法。另外，亞瑟這邊會需要護衛團。」

「地面上只有我是軍職，倖存者中有三個後備軍人，現在兩個參加搜索隊，一個雖然腿傷嚴重不過單純守在旁邊還行。外出的兩個要召回嗎？」

「麻煩妳了。」

布萊韋用無線電下指示，接著悄悄問我：「確定要這麼做？」

我在會議長桌旁找了張椅子跌坐上去，揉了揉臉頰。「確定沒有其他選擇，時限要到了。」

兩人沉默一陣以後，輪到我發問：「上次戰爭也是這樣嗎？大西洋聯盟爭取最後一塊可居住土地的時候？」

布萊韋面色一沉，別開視線。「當時沒什麼時間休息，也沒人會跟我們討論，至少我這種階層不會有。我日以繼夜只專注一件事，就是保住我的連。」

「連？」

她朝我瞥了一眼，神情有些訝異。「大西洋聯盟的軍隊架構與從前的美國陸軍類似，我率領一個連，底下有四個排。往上的話，四個連組成一個營，營會組成團，團組成師，以此類推。」

「喔，懂了，我對這方面不是很熟。」

「無所謂，都過去了。目前大西洋聯盟甚至一個營都組不出來。」

「很多事情都再也不一樣了。」

兩個後備軍人抵達，隨著我和布萊韋走向運兵車。他們拿出槍枝，在我背後圍成半圓形待命，地堡內幾乎沒了聲音，僅剩下難辨的耳語在我們附近的整個開放空間蔓延。

解開的鐵鏈重重摔落，我拉開車門。亞瑟走到門口，臉上掛著得意的笑容。看他這副沾沾自喜的模樣，真讓人覺得噁心。

「看來你同意了？」

「我會盯著你。」

「可想而知。」他話鋒一轉，笑意更盛。「我想先確認一次協議條件。」

「說吧。」我低吼，聲音盡量壓到最低。

「地球人不再對收割者發動攻擊。這顆小水球上任何人採取任何攻擊行動，收割者就會立刻反擊。記住，你們的行動全被我們看在眼裡，兩邊的望遠鏡水準截然不同。」

「好。」

「雙方同意地球最後一次日落之後，這顆行星上就不會再有活著的人類。詹姆斯，你瞭解我這句話延伸的含義範圍吧？」

直至目前為止，我的心思全放在眼前問題上，也就是城塞，確實沒有仔細深思過接受亞瑟提議，究竟代表了什麼。按照他的詮釋，失去太陽能量以後，地球人如果沒離開就必須死。即使與亞瑟和解，地球人會面對下一場戰爭：生存者之間的內戰。

「小行星攻擊之後，我們還活著的有多少人？」

他裝模作樣聳聳肩。「我不知道。你忘了嗎？我和小行星同時間來的。」

「難道你不會和收割者聯絡？」

他嗤之以鼻。「當然不會。浪費這種能量做什麼？我們不幹這種事，而且我來地球的目標這麼單純。」

「逼我們投降。」

他往天花板瞄了眼，似乎在思考要不要跟我說個祕密。「其實不盡然如此。」

「否則是？」

「消滅小行星落下之後還存在的威脅。」

我身後的布萊韋等人聞言有了反應，隨時準備出手。

「放輕鬆些。」亞瑟一派無所謂。「目前協助你們離開地球，是我完成任務更有效率的作法。」電網完全依照演算法思考，不具情感、也沒將我們當人看。驅逐地球人是消滅威脅最有效率的途徑，關鍵是亞瑟說的話不會食言。這個賭注很大。

「你徹底理解協議內容了嗎？」亞瑟的口吻彷彿他並不感興趣。

我盯著混凝土地板，咬牙切齒地說：「嗯，我們接受。」

「太好了。」他的興奮一看就是演出來的。

雙方一陣無言，我抬頭望向敵方代表、地球的征服者。妻女和家人性命危在旦夕，此時此刻只能吞下自尊，別無選擇。「你需要我怎麼配合？」

「你總是叫人意外呢，詹姆斯。我的確需要你幫些忙，也把哈利叫過來吧。」亞瑟挑眉。「你們今天正式成為電網的助理了，上工吧。」

☀

接下來三十二小時，我沒一刻能休息，與哈利一起埋頭跟著亞瑟製造挖掘用無人機，材料取自中央司令部地堡和營地撿回的東西。成品的賣相很差，乍看像隻巨大圓形甲蟲，直徑約五英呎，正上方的圓頂以營地住房的磚瓦拼湊。從外觀看，很難相信這玩意兒可以深入地底、直達備用水道。話說回來，電網出現前，人類也從未料到真有裝置可以穿越星系、大量搜刮恆星能量。他們的科技實力確確實實遠遠超越地球人。

挖掘無人機的大小僅能容納一個成人，但裝兩個小孩不成問題。底部有數架雷射與鋸齒結構，展開後可以雕鑿出直徑頗大的豎井，抵達城塞以後，則利用可伸縮的輪子移動。

當然前提是它真能挖到那麼深。

中午時，我們將機器搬到撞擊坑旁的荒漠，目送它鑽入地底、消失不見。控制站位於運兵車內，亞瑟負責操作，哈利和我盯著即時影像。布萊韋與兩名後備軍人保持警戒，但亞瑟根本沒理會他們，始終專注自己的工作上，而且講話不再滿滿嘲弄——或許他分析過後，發現能量消耗在這件事上很不實際。

泉美率先搭乘亞瑟製作的無人機降至城塞，第二個是我，從無人機乘員艙出來之後，便是下層的污水處理廠，我感覺自己累壞了。

可是整顆心臟跳個不停。亞瑟做的機器真的有用。只是問題還沒結束，如果他就等這一刻出手呢？不無可能。目送著無人機返回地面，憂慮在我腦海中揮之不去。按照計畫，下一趟機器會裝滿糧食送進來。

我到達的地方並不是城塞的備用管線，機器挖開了一條更寬敞的水平通道。原本廠房裡的污水和泥沙礫石混合之後，使周圍的環境亂七八糟。

無人機很快回來了，直接停在沙石堆上毫無動靜。我不禁懷疑它是否會忽然爆炸，封住最後的通路、也終結了我們的最後生機。

這樣殺光我們應該算是很有效率，也十分像是電網會採取的手段。縱然哈利與桂葛里還在地表，但他們能做的也有限。簡而言之，我們的命運任由亞瑟宰割。望著機器，我明白答案揭曉時刻來臨。

我的決定是否已經斷送人類的未來？

30 艾瑪

我被一陣陣叫喊聲與腳步聲驚醒。走廊上似乎有許多人快步走動，但燈光依舊昏暗，尤其醫務室幾乎被黑暗籠罩。亞黎也醒了，在我身旁抬起頭。「媽咪，怎麼了？」

「我也不知道呢，寶貝，妳乖乖留在我旁邊。」

「想看。」

「不要去。」我緊緊抱著她，豎起耳朵試著聽聽看究竟什麼事，可是外頭的人聲很模糊。

難道因爲食物即將耗盡，大家打了起來？或是更糟糕的狀況？

奔跑停了，說話聲也變得微弱。我繼續等著，想從其他跡象來判斷，太過安靜反而更叫人不安。

醫務室門口出現人影，身上是軍用野戰服，還戴著頭燈，燈塔般的光線掃過整個空間。

他朝我一步步靠近，一下子掀開我的病房簾子，光束刺進我眼睛。從體型能判斷是男人，他居然上前就想抱走亞黎。我本能地朝前一撲，手臂再孱弱消瘦也抓了過去，指甲戳在對方皮膚上。

「拔！」亞黎卻大叫著抱了上去。

「詹姆斯？」

「是我。」

我瞬間癱軟下來，彷彿他的聲音就足以治癒我體內體外所有痛楚，連飢餓感也煙消霧散。

我舉起手遮擋頭燈光線。

「啊，抱歉。」他低呼一聲，然後滿臉擔憂，上下打量我。「艾瑪，怎麼回事，妳還好嗎？」

「沒事。」

「那妳們怎麼會在病床呢？」

「不重要，重點是我們出得去嗎？」

「出得去。待會兒就能出去。」

31 詹姆斯

之前我從未察覺女兒在自己懷裡竟這麼嬌小脆弱。她瘦了許多，眼窩有些凹陷，幸好還活著，目前這樣就已足夠。

我帶亞黎離開醫務室，城寨走廊一下子滿滿都是人，地表的生還者前來幫忙，加上原本這裡還能動的幾個聯盟官兵。

泉美在食堂設置了臨時醫院，為所有人做例行檢查，確認是否需要立即治療。

回到下層污水處理設施，我朝池子探身，輕輕地將亞黎放進無人機艙內。

她抓著我，指甲嵌進皮膚裡。「拔！」女兒叫著。「拔！」

「沒事、沒事的，寶貝乖。」我摟她回來抱在胸前哄著，可是她哭了起來。

「別走。」

「我不會走啊，寶貝，我會跟在妳後面。」

「別走嘛！」

「很好玩的，妳進去這裡頭，跟以前坐車車一樣，還更有趣喔。」我把亞黎轉了圈面對機器。

「妳看，這是爸爸跟朋友做的。」

「媽——」

「媽媽也是等會兒就上去。妳勇敢一點，坐進去好嗎？很多人在等我們呢，乖乖的好不好？」

亞黎漸漸不哭了，但我要放她進艙裡的時候，她渾身顫抖，連嘴唇也是，盯著我的表情像是無言的控訴：*爸爸怎麼可以這樣？*

我看了好不忍心。我知道自己應該留下來幫助泉美，但讓挨餓受怕好久的女兒一個人關在機器裡，我實在辦不到。於是我也鑽進去，將亞黎夾在大腿間。「出發囉。」

她還是一直發抖。「拔……我不要……」

「沒事的。」我試著安撫她，然後伸手按下艙內的回程鍵。艙體開始搖晃，沿著坑道移動，我牢牢地抱緊女兒。

✹

翌日，我站在中央司令部戰情室內，倚靠著門框，仔細思索目前局勢。

地堡裡許多人或是躺在行軍床，或是堆毯子打地鋪，也開了好幾臺暖氣，可是每分每秒都能感覺到氣溫在下降。孩子們大都盯著平板電腦，成年人則是休息與進食，補充受困期間損失的元氣。

好消息是所有人都出來了，壞消息則是，眞正的挑戰恐怕現在才開始。問題有大有小，一部分盤亙心頭尚無解方，其餘則是不得不面對的當務之急。首先最明顯在於孩子的數量比大人多，而且大多失去了雙親。人死不能復生，只能爲他們安排寄養家庭。孤兒根據年齡分組，由一位女性負責照顧。他們聚在地堡一角，乍看還以爲是什麼兒童派對活動，小朋友們彼此挨著或玩或哭，睡覺的不多。

我觀察時，腦海裡冒出一個疑問。

怎麼做才能救得了他們？

我的確答應了亞瑟的條件，但若有辦法拯救這些孩子，我也會毫不猶豫收回承諾。人類這個物種來到命運分歧點：離開，還是留下？關鍵是失去了太陽能量，我們如何繼續在地球生存？

在我看來最棘手的問題是食物，次之是電力，然而兩者又有相關。

小行星落下前，七號營每棟建築物都安裝了太陽能板發電。現在房屋盡毀，太陽能板也都破碎報廢。我們將中央司令部庫存的太陽能板搬出去布置，稍稍解了燃眉之急，但終究只是權宜之計。沒意外的話，能接收的能量會快速縮減，發不了足夠的電代表沒有暖氣可用。失去恆星能量，人類會凍死，更無法生產糧食。

我考慮過其他發電方式。地熱的效率最理想，但沒有設備興建發電廠，需要的時間也太久。

第二個選擇是風力，拼湊可用的風車不難，然而隱憂無法解決，溫度持續下降，全球氣候必然會有一番變動。大雪埋了風車的情況不在話下，氣流走向也很可能截然不同。我沒有相關領域知識能做正確分析和預判。

那麼只剩下水力，利用潮汐或堤壩之類發電。水力發電廠也需要資源與時間，而且與風力有相同風險，氣候驟變有可能導致蓋好的電廠無用武之地。可預見的現象包括海平面下降、湖泊結凍、河川乾涸或改道，現階段要選擇發電廠廠址本身就是賭博。

沒有電力，人類無法保暖與生產食物。食的部分有短期方案，就是狩獵。上次長冬還有動物存活，這次不太可能了，換言之，陸地動物很快便會滅絕。海中生物算是較可靠的來源，但也只是時間問題，沒有太陽能量就沒有地球生物。

即便解決電力問題、設法建立自給自足的地底社會，也沒辦法抵禦收割者。我相信對方所言，期限一到若地球上還有人類，它們必定會發動攻擊。以電網的科技水準掃蕩人類輕而易舉。

就我看來，人類只有一個選擇，就是離開地球。

離開地球不會百分之百保證能存續，亞瑟或許有什麼陰謀詭計，沒有才叫人意外。更何況我們未必能在死於長冬之前便航向太空。

再退一步，我不確定自己能說服全世界接受這個方案。放棄地球？可以肯定絕對會有人反彈，包含一些政府領導階層。

無論人類選擇哪一條路都有個隱憂：人口。快速清點過後，七號營有一百七十四名倖存者。我不知道這個規模的基因庫是否足夠人類這物種重新繁衍，昨天完成撤離之後，我便私下詢問過泉美。她的回答簡短模糊，令人生畏。「不太夠，或許就是不夠。」

於是問題回到原點，簡單來說需要增加人口，也就是人類需要重新團結。

我在偵察無人機頂端加裝太陽能板，它們可以一邊飛行一邊充電，執行長距離任務、搜索其他營地的生命跡象。無人機也會定期落地，放置小型無線電與無線數據中繼站，構成音訊與數據的菊鏈網路。當然必須考慮到亞瑟有可能侵入無線網路，但目前通訊僅限於不具武力的小型無人機。我認為相比之下，即時影像利大於弊，希望不會發生憾事。

無人機派遣至大西洋聯盟其餘十五個營地，最優先是尋找生存者，但同時也要收集食物與太陽能板。七號營位於聯盟領地中央，其他營地在外圍。無人機的電力有限，不能高速飛行，有必要時得降落充電。算起來臨近的營地要明天、遠的則是後天才能到達，取得的即時影像、紅外線掃描與無線電波訊號，將決定物種延續的可能性。

戶外一天比一天寒冷，積雪覆蓋廢墟彷彿白色沙丘，悄悄掩埋了才發生不久的慘劇。

從城塞撤離後，核心團隊沒集合過。首先，佛勒、艾瑪、夏綠蒂和閔肇都營養不良甚至有傷在身，需要時間休養。再者，大家需要好好思考如何面對亞瑟發出的最後通牒，計畫下一步的行動。我們踏上了人類歷史上最大的分歧點。

時間。時間也是我們即將耗盡的資源。

無論最終選擇是什麼，必須要快。

我走出戰情室，外頭本來是開放空間，現在則以繩索吊起床單、做成隔間，整體的聲音氣味令人窒息，將近有兩百人擠在大約中學體育館的面積之中。

我停在亞歷和艾比房間前面，看見侄子傑克正在玩平板，特地舉高讓妹妹也看得見，兩人共用一副耳機，一人一隻耳朵。

鑽過簾子我才發現亞歷睡著了，艾比將毯子拉到胸口，坐在他旁邊。她看見我便抓起丈夫的手搖了搖。「亞歷。」

「別叫他。」我低聲說。可是哥哥立刻睜開眼睛，坐了起來。

「嗨。」他也壓低音量。

「你們還好嗎？」

「能逃出那座地堡……」亞歷故意看看四周。「然後住進這座地堡，沒什麼好奢求了。」

我一笑。「要走出這座地堡比較容易。」

「真讓人安心。」亞歷指著兒子女兒。「話說，他們可以玩平板嗎？聽說外頭房子沒了，電力不夠用。」

「還好，目前發電量超過能儲存的量，不用白不用。」

「只是目前。」

「沒錯。」

「有我能幫上忙的地方嗎？」

我端詳他的瘦削面容，眼窩深陷，手臂只剩皮包骨的模樣。

「你現在先好好休養吧。」

「之後呢？我們……」

「正在規畫，還會先搜索其他營地有沒有人活下來。」

亞歷點點頭，似乎振作了些。「好。」

我回到自己住處，亞黎已入睡，艾瑪坐著看平板，她旁邊的口糧空盒空袋堆成小山，都吃得很乾淨。

我挨著女兒躺下，這是世界上最美好的感受。幾天前我還以爲自己再也抱不到她了，人類就是這樣，總是幾乎失去之後才懂得珍惜。

「妳在讀什麼？」我悄悄問。

「運輸船的規格，最新進度報告。」

我瞇起眼睛，等她解釋。

艾瑪聳肩。「我想知道能載多少人。」

這是下一個問題。就算確定要離開地球、也能抵達新家，出航人數足夠種族延續嗎？我還沒思考到那麼遠的部分。反過來說，如果生還者多到裝不下，又該怎麼辦？無解的兩難。

我們夫妻還沒討論過彼此想法，但我感覺她傾向離開地球。

艾瑪將桌子推開。「我有件事要告訴你。」

「嗯。」我回答得很保守。

她深呼吸，吞嚥口水，直視我的眼睛，面無表情地說：「我懷孕了。」

我鬆了口氣，笑著說：「我知道。」

「你知道？」

「奧斯卡知道。他能連線取得妳的檢查結果。」

艾瑪恍然大悟。「噢，對，做復健那時候他就盯著我的進度，後來大家都忘記了，沒把權限鎖上。」不過，她隨即一臉迷惘。「是奧斯卡告訴你的？」

「其實是亞瑟——他搬出這件事當籌碼想說服我。」

「不該用這種方式讓你知道。」

「怎樣知道我都很開心。妳是什麼時候發現的？」

「小行星落下那天早上我做了檢驗，本來想告訴你，但是你那時……感覺很忙。」

我大大嘆口氣。「忙著打碎那三顆大石頭，白費工夫，完全中了敵人的計。」

「都過去了，」艾瑪拉起我的手。「不要沉溺，重點放在未來。話說回來，我還是覺得很抱歉，應該更早告訴你——」

我伸手摟著她的頸子，將她撈過來深深一吻，直到兩個人都快不能呼吸才分開。

「都過去了，重點放在未來。」

艾瑪笑了笑，神情充滿疲憊憂慮。「但未來在哪裡？我們該怎麼辦？」

「放心，沒問題的，我保證。」

「怎麼沒問題呢……我的意思是，地球算是完蛋了吧，但超母艦距離完工還早得很。」

「我會想辦法，一定沒問題。」

32 艾瑪

一夜沉睡。

終於補充睡眠了，地點卻出乎預料。中央司令部大樓倒塌，但旁邊的地堡還算完整，於是成爲了狹窄擁擠的難民營。

我能夠熟睡自然不是因爲環境舒適的緣故，而是心頭那塊大石總算放下。我向詹姆斯說了懷孕的事，他也同樣又驚又喜。除此之外，好不容易盼到一家團圓，還回到地表——至少沒離地面那麼遠了。

已連著幾週沒能像現在這樣，醒過來就看見丈夫在身旁熟睡，女兒夾在兩人中間。換了地堡以後，我們在混凝土上疊了好幾層毯子打地鋪，此時是一大清早，地堡裡頭還很暗，吊起來的白色床單圍出與世隔絕的小天地，只有外頭走道白色LED燈滲入些許光線。

我還是感覺全身痠痛，不過已經好了很多。雖然可以吃止痛藥，但我考量到腹中胎兒，覺得還是小心爲上。

亞黎的左手左腳壓在我身上，彷彿怕我沒帶上她就偷偷溜走。我輕輕撥開她的小手小腳，撐起自己身子，關節發出一串像是小鞭炮的啪嚓聲。

我眉頭一蹙，希望……來不及了，詹姆斯已張開眼睛，先看了看亞黎，笑著親親女兒的睡臉，然後站起來扶我。

掀開隔簾，我看見對面的麥迪遜同樣拉開了簾子透氣。她坐在房間裡織毛線，丈夫小孩還在熟睡。

「嘿，」我低呼招手。「幫我看著亞黎一下？」

妹妹點頭示意。詹姆斯和我望了女兒最後一眼，接著動身出門。我拄拐杖走不快，詹姆斯不得不配合我放慢腳步，只是他裝作若無其事，彷彿平常也是這種速度。

到了地堡公共區角落一塊小用餐區，他輕聲問：「睡得還好嗎？」

「這些日子以來最好的一次。」

「沒咖啡，只有軍隊用的提神藥。」

「不了。」我指著肚子。「天知道成分是什麼，別冒險比較好。」

他熱了兩盒口糧放在桌上。「我和佛勒聊過，他提到妳在城塞做了很多事。」

我挑眉。

「是妳幫助大家活了下來。」

我搖搖頭，趕快咬了口煎餅。「沒這麼誇張，而且我差點害人死在坑道裡。」

「艾瑪，妳給了大家希望，那是他們最需要的東西。尤其妳自己一定也很擔心害怕，卻還是挺身而出照顧所有人，這樣很勇敢。」

我感覺自己兩頰發熱起來，像個中學女生那樣害羞。「該做什麼就做什麼囉，其實我自己有陣子也眞的眞的很慌，總以爲再也見不到你了。」

「我也是。開挖的時候想說趕得上，後來發現速度差太多，進度完全跟不上計畫。我本來打的如意算盤是挖到氣穴或正好挖通電梯井就成功了，但時間根本不夠。」

果。或許他也是。

「你盡力了。」

之後兩人默默吃東西沒再講話。我不禁暗自回顧整個過程，思索事情能否有別的走向、別種結

用餐完，詹姆斯收拾桌子，回來之後語氣嚴肅。「有件事情得跟妳商量。」

「這種口氣很恐怖。」

「沒那麼糟。應該吧。妳也知道，活下來的小孩子比大人多？」

「嗯。」

「那——」

「可以。」

他的眉毛上揚。

「我說可以啊，假如你是想收養一、兩個的話。」

詹姆斯呼出一口氣，像是放下心頭大石。「妳和我應該都有很多事情要忙，但還是可以和其他父母分攤。」

「實際上怎麼運作好？」

「等開會再詳細討論。我想夏綠蒂最適合處理這方面事務。」

「我也認同，她是理想人選。」

「不過，桂葛里和我剛到地表就先救了一個男孩，他叫做山姆．伊斯曼，比亞黎大兩歲左右，感覺適合交給我們。」

「什麼時候能去見一見他？」

「妳可以的話，現在就去。」

「那走吧。」

地堡逐漸甦醒過來，有人進入食堂區，但多半拿了食物就回去自己房間。

詹姆斯和我穿過狹長走道，進入另一塊開放空間，看見至少一排排加起來超過四十個孩童。他們同樣在混凝土地板上鋪了毛毯，大部分還在睡，只有幾個坐著看平板，或悄悄啜泣、暗自傷心。很多都是詹姆斯和桂葛里上地表救回來的，數了數有七個人的手或腿包了石膏。

夏綠蒂坐在角落，平板電腦放在膝蓋上，面容枯槁、眼窩凹陷，而且黑眼圈非常深。我朝她點點頭，她擠出笑容，但眼裡沒有真正的笑意；她並非因爲挨餓受凍，而是痛心孩子的處境，正因如此，夏綠蒂更得留在他們身邊。

詹姆斯走向其中一排，找到正在玩平板的男孩。他的毯子上還擺著塑膠製的小小太空船模型。

詹姆斯蹲下來和孩子的眼睛同高，放慢說話速度，保持語調溫和。「嗨，山姆，我叫詹姆斯。記得我嗎？」

男孩放下平板，打量他一會兒，然後點點頭。

「感覺好點了嗎？」

男孩又點頭。

詹姆斯指著我。「這是我太太艾瑪。」

山姆快快看了我一眼，擠出一個羞澀笑容。我湊近過去，不理身體的疼痛，跟著詹姆斯蹲下來講話。

「你好，山姆，」我低聲說。「很高興認識你。」

詹姆斯將語速放得更慢。「山姆，你願意到我們那邊坐一會兒嗎？」

男孩東張西望，神情困惑。截至目前他都沒開口說話，小小年紀一個人待在這種環境，想必很緊張。

「你一定覺得很奇怪吧，想知道什麼都可以問我們沒關係。」詹姆斯指著太空船玩具。「還有，我有眞正的太空船圖片和影片，在軌道飛行的那種。你要不要來看看？」

山姆忽然低下頭，不敢繼續望向他。詹姆斯伸出手。「沒關係的，過來玩吧。」

男孩盯著他的手，好一會兒以後才伸出自己的小手，另一手沒忘記將平板和玩具順便帶走。

山姆走路時也跛腳，比我還嚴重些。詹姆斯在中間顯得又高又壯，三人放在一塊有種互補的協調感，雖然走得辛苦，但我們沒人氣餒。

我們首先繞回食堂區拿了些食物。一路上山姆一直牽著詹姆斯的手，回到房間後，我發現是空的，不禁恐慌起來，趕快往麥迪遜那邊探頭，看見亞黎和歐文、艾德琳在裡面玩耍，才鬆了口氣。

「讓她在這兒留一會兒，方便嗎？」

麥迪遜揮揮手。「當然。」

進了我們房間，山姆坐下以後左顧右盼，還是很不安心的樣子。我在他旁邊坐下，詹姆斯拿了兩盒吃的過來。

「你要哪個呢，山姆？蘋果楓糖燕麥片，還是法式夾心吐司？」

他指了燕麥片。

「選得好。」

開動之後，山姆狼吞虎嚥，幾乎不間斷。

我湊過去想叫他吃慢點，但詹姆斯大力搖頭引起我注意，他用唇語示意別干涉山姆，給他自己的空間。說得對，現在不適合對孩子的行爲指指點點，要先幫他融入環境。

詹姆斯將平板遞給我。「剛剛說過會讓艾瑪給你看眞正的太空船，對吧。」

我點開國際太空站和超母艦的最新影片，按下播放。

山姆張大了眼睛，還是沒講話。

詹姆斯伸出手指。「這艘船現在就在太空，山姆。它是我們做的。有沒有看到兩艘船中間還有個小東西？那是新的國際太空站。以前有個類似的……嗯，長得差不多啦。」他朝我一比。「艾瑪以前在太空站工作，」他故意挑眉。「其實艾瑪是指揮官，管理太空站所有的人員跟實驗。」

明明不想，但我還是臉紅著搖搖頭，被這麼誇好尷尬。

影片是幾個月前發射太空艙時拍攝下來的。山姆的眼睛黏在螢幕上面離不開。

「再過不久，我們就會上船。你要不要一起去看看？」

山姆興奮地點頭，但隨即眉毛往中間用力擠，眼底湧出恐懼，彷彿忽然憶起什麼可怕的事情。他開口了，聲音很小，一直顫抖。「我媽呢？我爸呢？」

詹姆斯眼睛眨都不眨就回答：「之後告訴你，我保證會盡快。剛才我答應會給你看太空船影片，所以你看到了對不對，那可以相信我嗎？」

山姆別過臉去。

詹姆斯在平板叫出卡通。「我小時候很喜歡看這個，《太空實驗室》。」卡通開場就是太空船穿越太陽系，行經地球、月球、火星、金星。駕駛艙內是兩隻穿著太空裝的拉布拉多犬，船體隨著牠們手中的控制桿四處飛躍。

詹姆斯將平板放在自己和山姆中間。拉布拉多將船停在某個天體的岩石表面，然後走出艙外，一個人類跟了過去。

山姆一下子就沉迷了，方才也是目不轉睛盯著超母艦影片。他可能也沒察覺，自己已經主動挨在詹姆斯身上看片。

看了兩集後，詹姆斯再拿來兩份餐盒。「餓了沒？」

男孩點點頭。

「要吃什麼口味？肉醬，還是燉牛肉？」

山姆指著肉醬那盒，接著邊看卡通邊吃，這次吃得比較斯文。

「你知道嗎？山姆，其實我小時候也不太愛講話。」

男孩抬頭望著他。

「真的。我覺得開口很難，有些話就是說不出來，變得很怕跟人說話，所以我都待在房間看書，想像自己長大要發明什麼。我想要做的機器能夠幫助人類，不會批判我們，也不會介意我們說什麼。不過啊，你知道後來怎麼了嗎？」

山姆目不轉睛看著他。

「過一陣子以後，我就習慣了。很多人都這樣，只要多練習，說話就會變得自然。」詹姆斯停頓一下。「總之呢，你跟我們講話沒關係，講什麼都可以。要是你覺得開口很難，有時候想說的字詞出不來，我們都不會生氣，會好好聽你說話，然後幫你的忙。你懂我的意思嗎？」

山姆點點頭，又朝詹姆斯挨近了些，看起下一集卡通。過了半小時他便睡著了，還打起呼來。

詹姆斯關了節目放下平板，但沒起身，讓山姆繼續靠著自己。

「你已經決定了？」我輕聲問。「要搭太空船離開地球？」

「我考慮了很久。留在地球太多問題，最嚴重的是電力，而且我想不出如何解決。」

「但是……」我喃喃說。

「但是想離開，同樣有非常多問題。」

「例如？」

「先說眼前？光是要大家配合就是難關，連團隊自己人我都沒把握。桂葛里一定不肯，他想留下來和對方拚到底。我覺得閔肇可能也不會輕易點頭，他的性格不愛冒險。哈利……大概會同意吧。泉美和夏綠蒂就眞的不知道了，佛勒和爾斯也很難預料。」

「那就要說服他們。」

「嗯。」詹姆斯低頭看山姆。「妳怎麼想？」

「我很喜歡。」

他微笑。「那就好。」

又過了片刻，詹姆斯再開口，聲音只比悄悄話大一點。「跟他說話要盡量放慢速度。」

「好。」

「可以的話，多用表情和肢體動作配合。今天幾乎都是我問他答，還是希望他能主動開口。什麼話題都跟他聊聊看，也許他會表達自己的想法。」

「懂了。」

我們將山姆放在中間，兩個人躺下盯著天花板，就這樣過了好幾分鐘。

「下一步是？」

「城塞逃出來的人還要再休息幾天吧。之後開會討論。」

「亞瑟在哪裡？」

「又關回去了。」

「他肯被囚禁？」

「七把軍用步槍指著，應該很有說服力。」詹姆斯回答。

「你相信他嗎？」

「不信。」

「擔心他使詐？」

「覺得是必然。」

隔簾被掀開，哈利探頭進來，「嘿，兩位，無人機要抵達四號營囉。」說完他看見還在睡覺的山姆，趕快壓低音量。「抱歉啊。」多看了一眼，哈利發覺原來不是亞黎，朝詹姆斯微笑點頭，默默贊許了朋友的愛心。

我們請麥迪遜幫忙再多照顧這個孩子，還好她似乎不以為意。路上又聽見兒童哭鬧，當初在城塞都哄小孩說只是暫時出門、很快就會回家。但我們已經無家可歸了，謊話就像OK繃，遲早要撕開、露出瘡疤。孩子們既不能出去玩，也無法回家拿玩具。不只是父母，很多親戚朋友都已逝去，再也見不到面。

✹

地堡戰情室內側牆壁嵌滿了螢幕，顯示無人機回傳的即時影像。核心團隊裡，爾斯上校、泉美、夏綠蒂和閔肇比較早到，都已坐在長桌邊。詹姆斯、哈利與我也就座，接著佛勒入內，再來是桂葛里。桂葛里看起來十分狼狽疲倦，理由再明白不過，失去莉娜的哀傷令他難以承受。

大家的視線集中在螢幕上。空拍圖呈現白雪覆蓋的平坦土地，偏左側有個巨大凹陷，看似彷彿雪原上的光滑白碗的東西，便是撞擊坑。更遠處一個個白色沙丘隆起，像插著樹枝還有東西伸出來，都是崩塌碎裂後的房屋遺址。

「無人機現在經過營地南端。」詹姆斯解釋。

「看起來小行星落點是營地外，沒有直擊。」佛勒說。

「對，」詹姆斯回答。「但結果有好有壞。」

我不明白他何出此言，還沒來得及開口問，佛勒已經繼續說：「推測得出體積嗎？」

詹姆斯透過桌上平板叫出無人機拍攝的靜態照片，在坑洞上畫了一條線。「目測起來，是城塞那顆的十分之一左右。」

隨著無人機接近，雪丘影像逐漸清晰。距離撞擊坑最遠那側，建築物受的衝擊較弱，然而仍舊沒有偵測到體溫。

大西洋聯盟每個營地都設置了生產食物的溫室與儲藏倉庫，現在的差別就是有沒有倒塌。一部分營地例如七號營有密集的廠房區，不過所有營地的配置都相同，居住區在中央、倉庫和溫室在周邊。我並不清楚這樣設計的理由，猜想是軍方的安排，將功能建築打散有其戰略意義。落在七號營的小行星太大，所有溫室和倉庫都毀了，四號營情況好些，也許儲藏物資還留存著。

詹姆斯又從聯盟網調出都市計畫圖。「小行星直接打在營地南邊最大的糧食倉庫，這是壞消息。」他在平板點了點。「我讓無人機現在偵察周邊，看看其他設施還在不在。」

鏡頭裡，地平線上出現的第一座大倉庫淪爲瓦礫堆。「右邊應該有座溫室，」詹姆斯說。「完全看不見了。」

但過了一分鐘，鏡頭遠處又找到倉庫。這次雖然牆壁彎曲、開了幾個孔，但整體結構還穩定。

「四一二號倉庫，四號營內第二大。」

「拜託別告訴我裡面都是輪胎和汽車零件。」哈利開口。

「運氣不錯，」詹姆斯回答。「聯盟網登錄的清單上，四一二號主要收藏食物、飲水和建材。」

「中大獎啦。」哈利十分開心。

無人機到達倉庫，還偵測到熱源。換言之仍有倖存者，他們躲在倉庫裡。

詹姆斯見狀揚起嘴角。「錦上添花，無人機估計裡面有一百個生還者。」

「幹得好，詹姆斯。」佛勒說。「倉庫有多大？」

「聯盟網紀錄是十萬平方英呎。」

「這裡的十倍大。」

「而且，」詹姆斯補充。「他們屋頂的太陽能板是完好的。」

佛勒點頭。「如果結構安全，」他瞟了瞟屋頂。「至少比這裡安全的話，該考慮搬過去。」

「我同意，」詹姆斯說。「應該帶隊過去。可惜沒有直升機。」

「四號營原本有軍方據點，」爾斯上校開口。「但太接近撞擊坑，八九不離十已毀。」

「或許電網就是基於這個理由設定墜落點，」詹姆斯說。「目的是奪走食物、武器與生存裝備。」

「每個營地都有軍方據點吧？」閔肇問。

「對，」爾斯回答。「不過多數規模不大。要到聯盟領地外圍才會找到大型基地，當初的設想是遭到侵略的話，邊境才是前線。內側營地主要布置了自動防空系統，對我們幫助不大。」

「繼續掃描其他營地，有可能找到更多資源。」詹姆斯說。「需求最大的還是食物，七號營這邊持續挖掘廢墟，能找的地方也不多了。」

「食物存量還有多少？」我問。前不久挨餓的經驗餘悸猶存，可以的話別再來第二次。

「七天。如果沒在廢墟找到更多東西的話。」

「前往四號營要多久？」我問。

詹姆斯望向爾斯，上校對車輛速度應該更有把握。

「很難說，」他回答。「現在是想以貨車、運兵車出車隊，對吧？」

詹姆斯點點頭。

「這兩種車型原本就不是速度取向。從前路面穩定，幾個鐘頭就能到，現在沒人能保證了，路況是個大問題，除了積雪不知道還有什麼東西，比方說下面的瓦礫、小行星砸裂後彈跳出來的岩石等等，應該還有棄置的車輛。」爾斯沉吟一陣。「可以在幾輛車子安裝鏟刀開路，但即使這麼做了，也要預期會需要繞路。再來，積雪底下恐怕都是淤泥，貨車有可能會被卡住，所以要準備拖車以防萬一。最前面鏟雪那輛車的燃料電池消耗會特別大，我猜就算是輪流也會需要停下來充電。再考慮到太陽能量減弱，速度只會越來越慢。」

「估個時間呢？」佛勒問。

爾斯重重嘆氣，想了一下。「大概三十個小時。不太肯定。」

「到了以後怎麼做？」佛勒這問題一出，眾人稍微遲疑。詹姆斯瞥向爾斯，想確認是否要由軍方領頭。

上校的手一擺。「由你決定。」

「唔，我認爲接觸之後，先讓運兵車帶一些食物回來。如果庫存清單沒錯，他們的食物儲備量多出我們很多，我們可能也有另一邊缺乏的物資，比方說藥物。接下來，我想就直接朝下一個營地前進。抵達四號營時，無人機應該會有新報告，或許其他營地的狀態更好，所以我希望持續移動，與其他營地盡快取得聯繫。」

「你親自去嗎？」我來不及細想便脫口而出。被困在城塞的日子見不到丈夫焦灼難耐，實在希望他別那麼快又要遠行。

詹姆斯沒敢看我。「嗯，我想親眼確認倉庫是否需要改建，關係存亡，必須謹慎。」他轉頭問桂葛里。「你一起嗎？」

「當然。」桂葛里低聲回答。

詹姆斯如此安排，一方面應該是避免桂葛里和亞瑟接觸，另一方面我猜是抱著幫忙的心態，找事情給桂葛里忙，他才不會總是想著莉娜。

「那我派六個精英陪你們去。」爾斯說。「地表存活者裡也有一位步兵團軍官布萊韋上尉，你們應該見過。」

「是的。」詹姆斯回答。

「實戰經驗方面，她比我自己或我手下的人還更資深幹練，我建議帶上她。」

「樂意之至。」詹姆斯說完，望向泉美。「那邊的人可能需要醫療支援。」

「好。這裡的狀況已大致穩定。」

「要我一起嗎？」哈利問。「我可以喔。」

「謝了，但我認爲你留下來幫忙搜索廢墟比較好。能用的材料要盡量收集回來，下個階段恐怕會需要大量機器人技術。更何況，我們的角色不適合兩個人一起冒險。」

哈利打量他一會兒。「照你這說法，既然有風險，其實我去比較好。」

詹姆斯搖頭。「你在城塞困得久了一點，先設法回復到最佳狀態。我找到中央司令部地堡以後就都吃飽喝足，何況我還是地球上最有名的人之一，由我出面應該比較合適。」

「協商嗎？」閔肇說。

「嗯。無法確定會遇上什麼情況，但我相信這種時局下，只有拿在手上的東西才是王道，想與其他營地聯手，恐怕都得透過談判。」

「剛才說到藥物，」閔肇繼續問。「萬一他們不需要，那我們拿什麼交易？從四號營狀況判斷，七號營可能受創最慘重。」

答案我心裡有數。其他營地無論人力、食物以至於空間或許都更有優勢，然而我們手上握有唯一出路，也就是離開這顆星球的辦法，或許只有我們辦得到。只是這件事情還沒有經過大家商量。

詹姆斯一如往常，當著大家的面仍十分謹慎。「先看看他們到底需要什麼再說。」

下午開始為遠征隊做規畫準備，等到入夜時，士兵已經為車隊裝好補給品，天一亮就要出發。我感覺得到詹姆斯有些緊張，不知道和發生在奧斯卡身上的事情是否有關。誰也猜不到電網還有什麼詭計，他提高警覺總是好事，那份恐懼在關鍵時能保住性命。

後來決定讓亞黎在麥迪遜那邊過一晚，我、詹姆斯與山姆留在房間。

他們兩個熬夜看《太空實驗室》。詹姆斯偶爾根據卡通內容說些話題，試著引起山姆反應，只可惜男孩保持沉默，看來需要醞釀一段時間。

最後我們不得不關掉平板。

「抱歉囉，山姆，該睡覺了，明天還有好多事情要做。」他低頭看著男孩。「艾瑪跟我都希望你今天留在這邊，你覺得呢？」

山姆點點頭，躺在我們中間，蜷曲身子挨著詹姆斯。一會兒過後，嗚咽哭聲漸起，詹姆斯伸手拍撫著他的背。「沒事的，山姆，都會好起來，我保證。」

33 詹姆斯

我們於破曉時分即刻啓程，前方只有地平線上一絲暗淡朦朧光線。太陽逐步遭到遮蔽，生命能量日漸稀薄。

車隊內有七輛巨大笨重的大西洋聯盟運兵車，它們負責將積雪推向兩側開出通道，所經之處留下深深車轍。

桂葛里和我坐在殿後車輛內，一直沒講話。他板著臉駕駛，我在旁邊研究超母艦設計圖。一年兩個月之內改造為能夠穿越星系的船隻……做得到嗎？即使有亞瑟幫忙？我自己都萬分質疑，還得說服別人。首先就是桂葛里。

途中連停下來用餐的時間也沒有，定期休息只為了如廁和充電。爾斯的預測正確，道路也遭到破壞，行進十分緩慢。離開七號營之後，路上散落許多瓦礫岩石，我們開了一整天，直到昏黃夕陽沉沒於冰雪之下。

可以的話我們也想繼續趕路，但電池眞的快要見底，必須留一點電力維持暖氣才能過夜，所以引擎在日出前無法啓動。

桂葛里與我在運兵車後面鋪了厚地毯休息。兩個人都累壞了，但也都急著到達四號營倉庫。

如今感覺是個可以講話的時間點。「在我看來，人類未來有兩條路，一條是住進地底，另一條是離開地球。」

「還可以打回去。」桂葛里回答。

「用什麼打？軌道衛星網路沒了，我猜百夫長艦隊也一樣，恐怕已被小行星一併擊落。無人機設定成與軌道網路失去連線，就會自動回歸地球軌道，要是還在的話，我們在中央司令部應該就能收到訊號，但現在怎麼呼叫都沒有反應，已經無法指望。」

他毫不動搖。「不需要無人機，有核彈就好，裝載攻擊無人機人工智慧，讓它們在小行星帶一直繞，找到收割者就過去炸成灰。然後長冬結束，人類重建，一切回歸原點。」

「前提是核彈有效。」

「上次就有效。」桂葛里回嘴。

「不代表這次還會有效。」

他直直躺下瞪著天花板，一臉鬱悶。

我試著控制語氣別激動。「更何況得先找到核彈。奧斯卡當初便知道大西洋聯盟的武器位置，現在可能已經都被毀了。」

「一定找得到。」桂葛里嘀咕。「奧斯卡沒有裏海和太平洋那邊的機密，而且還有以前藏的，俄羅斯就有。」

「哪來的火箭與火箭燃料？發射無人機艦隊攻擊三顆小行星時幾乎用光了吧。」

「燃料也找得到。真的找不到也不可能離開地球。」

這說得沒錯，我也考慮過。「那麼，假設有了核彈與火箭燃料，難道就會成功嗎？明知道這次的收割者比上次更先進，比——」

「你怎麼知道的？」

「桂葛里，對方砸了三個德州大小的小行星過來，再加上其他成千上萬零碎的。正面作戰贏不了對方，你心裡很清楚。而且我相信對方監視著地球上一切動靜，亞瑟已明說了，就算他不說我也會這樣推測。發射核彈也只是讓敵人打下來，然後逼他們動用更多能量送更大的小行星衝撞地球。」我稍微停頓，給他思考的時間。「到時人類徹底完蛋，完全沒有再次阻止小行星攻擊的能力，甚至在地表和軌道上都沒有大型望遠鏡能進行偵測。」

「裏海和太平洋說不定有。」

「只是說不定而已。就算他們有又如何，我們沒有足夠火力改變小行星路線，只能坐以待斃。人類的選擇很簡單，不是躲就是逃。」

桂葛里沒說話。

「退一步說好了，假如你的想法正確，丟核彈過去就能收拾它們。」

他轉頭望向我。

「然後呢？」

桂葛里聳肩，似乎不懂我的意思。

「需要我告訴你之後的發展嗎？電網會再派另一個收割者過來。下次攻擊會有什麼規模？」

「會不會有下一個收割者是未知數。」

「你想想看，它們爲了這顆太陽耗費了多少能量，已經部署了多少電芯，難道你要將人類的未來賭在對方願意認賠殺出上頭？關鍵還是我們眞的能夠摧毀收割者、摧毀了之後電芯眞的就會散開。這裡頭每一個環節才是未知數。」

「總比靠它們指引，去什麼胡說八道的樂園星球來得明確。搞不好我們會被它們丟進恆星烤焦。」

「這就是我們要努力的方向，桂葛里。我們要確保電網說話算話，人類能平安抵達新的可居住星球。這個目標需要最優秀的工程師協助才辦得到。」

他往旁邊一翻身，重重吐了口氣。

「我當然想打回去。奧斯卡對我很重要，我想把他找回來。每次跟亞瑟對話，我感覺就像自己的小孩被綁架，關在地下室出不來。而且綁架犯還逼我離開自己長大生活的家園，只讓我帶走另一個小孩、妻子，和她肚裡還沒出生的孩子。」

桂葛里轉了回來，表情緩和許多。「我沒聽說這件事。」

「我也才知道不久。」

「恭喜。」他的語調有點淒涼。

「我也很想反擊，但相較之下更想保障孩子性命無虞，至少有個長大成人的機會。留在地球顯然不可能有機會。」

桂葛里又沉默。

「你能至少考慮一下嗎？」

「我想想吧。」

34 艾瑪

中央司令部地堡內氣氛一刻比一刻更不平靜。逃出了城塞，孩子們開始疑問不安，比之前更難安撫，因爲沒有答案只會更恐慌。成人同樣害怕，不只因爲幽閉，更糟糕的是未知，那份不確定侵蝕著所有人心靈。必須面對問題，而且要快。因此爲詹姆斯及車隊送行後，我立刻前往戰情室，與佛勒、哈利、夏綠蒂、閔肇和爾斯上校等人開始早會。

「人口？」佛勒問。

「一百六十二。」閔肇回答。

「昨天——」

「是一百六十六。」閔肇盯著平板。「一位地表倖存者在撞擊爆風中受創，傷勢太重死亡。兩週前送進來的，一開始泉美認爲穩定，但後來逐漸惡化。」

「另一個是？」

「死因……有待調查。」

閔肇當然知道死因，所謂尚待調查只是自殺的委婉說法。有人失去了摯愛，甚至有人失去了全部的親友，精神無法承受、選擇自我了斷的案例越來越多。人類處境絕望的傳言快速瘋傳，心靈崩潰的症狀也隨之蔓延。過去破滅了，未來又只能凍死，不是每個人都有面對的勇氣。

「瞭解。」佛勒沉聲。「夏綠蒂那邊呢？」

「連線到大西洋聯盟網對課表幫助很大。多謝了，哈利。」

「樂意之至。」

「目前採用聯盟的標準課表，」夏綠蒂繼續報告。「教室規模當然很小，也沒有隔音設備，孩子們很容易分心，不過教學內容層面比起在城塞好多了。」

「其餘部分呢？」佛勒問。

「其餘……坦白說孩子狀況當然很差，言行不受控制、一直問問題，總是處在憤怒挫折的情緒裡。我認為他們內心深處明白發生什麼事，小孩其實比大人以為的聰明，感覺得到這不是暫時狀態。」夏綠蒂邊說邊點頭。「當初用運兵車送他們過來，不讓他們看見營地廢墟的慘況，在我認為十分正確，只是再瞞也瞞不了多久。」

「我贊同，」大家視線朝我集中。「我認為成人也一樣，該告訴他們已經有個計畫正在醞釀，否則所謂的死因不明案例只會持續增加。只要是人就需要希望，需要活下去的心靈寄託。」

「可是我們眞的有計畫嗎？」閔肇問。

我笑著說。「當然。計畫就是活下去。」

「要活下去，得有具體作法吧。」閔肇低聲說。

「沒錯，不過目前還不需要對每個人都解釋得那麼仔細。我想現階段大家只需要知道領導團隊有計畫，時機成熟時需要大家協助，這樣便足夠喚醒生機、創造活下去的理由，他們會相信的。」

「妳怎麼這麼有把握？」

「人很有韌性。」

佛勒起身，在螢幕牆前踱步了幾回。「那麼來討論所謂的計畫，未來有兩條路，一則是留在地球，一則是離開。現在我能做的不多，所以花了很多時間考量，但首先希望聽聽大家的意見。」

沒人願意先開口，倒是有幾雙眼睛朝我飄過來，意思挺明顯的。

「詹姆斯與我稍微聊過。他認為缺乏穩定能源的前提下，留在地球只有死路一條。即使能夠發電，我們依舊要應付收割者攻擊。權衡之下，他傾向離開，我也是。」

哈利點頭。「我分析過後，得到同樣結論，也思考如何將超母艦改造成殖民船，這部分超過我們目前的科技實力，需要電網、或者說亞瑟，提供大量技術支援。我想這才是最大的風險因子。」

「附議。」閔肇開口。「如果能夠應付電網暗算，我也支持移民。」

佛勒望向爾斯，但上校雙手一翻。

「呃，我一直是職業軍人，只是從美軍換成聯盟而已。之前我的職責侷限在城塞防守、維護、補給這些事情，你們現在討論的話題，說穿了眞的高出我的層級太多，所以你們做個結論就好，無論選擇哪一邊，我都會支持。」

「老實說，我沒有特別仔細想過，」夏綠蒂的語氣很斟酌。「立場也與爾斯上校接近，移民計畫及牽涉的技術與我的專業無關。但身為人類學者，我想提出其他考量點，也就是前往新的星球會遭遇什麼變數，毒素、病原、惡劣氣候這些都包括在內。如果決定離開，一定要為各種環境條件做足準備，新家未必會比舊家安全舒適。」

佛勒點頭。「妳說得很對。我個人想法與哈利、閔肇差不多，打算先成立一個工作小組，研究方才提出的各項問題。預設組員自然就是在場六位，但夏綠蒂和爾斯上校覺得無用武之地的話，我也能理解。」

「那我就退出吧，長官。」爾斯說。「搜尋營地廢墟已忙得快分不開身了。」

「我也先不參加，」夏綠蒂附和。「學校人手不夠，可以的話，我想回到兒童這個主題上，討論一下如何和他們解釋現況。」

「請說。」佛勒回答。

「我傾向一對一單獨談話或小團體，最好由家長或最親近的人出面。」她轉頭問上校。「你們仍繼續搜索生還者嗎？」

爾斯搖頭。「抱歉，教授，那部分已經停止，因爲地表偵測不到任何生命跡象。目前目標放在食物醫藥上，辛克雷博士指定了一些標的。」他瞥了瞥哈利。「我想應該是用來做機器人或無人機的材料。」

哈利點頭示意，夏綠蒂改口。「那我希望搜索隊能幫個忙，花些時間爲孩子們找點東西，例如留在家中的玩具、父母一起入鏡的照片之類。這樣跟他們解釋的時候，比較好安撫情緒。」

閔肇舉手顯然想要反對，不過佛勒直接打斷他。

「好主意，麻煩你們多多擔待了，上校。只靠無人機並不足以維繫七號營的存續。」

✹

晚上我回到自己的隔間，思考明天如何向山姆解釋，哈利突然探頭進來。

「嘿，艾瑪，無人機在四二二倉庫附近找到訊號。」

我本能心想是詹姆斯，但仔細想想，他離開的時間還不久，根本沒機會抵達。

於是我跟著他穿過走道，在雙腿能承受的範圍內盡快走向戰情室。佛勒和爾斯已經在裡頭，其餘成員隨後趕到。

大螢幕顯示了三輛大西洋聯盟運兵車駛過冰原，一路噴濺雪水。

「我們的車隊嗎？」我問。

「不是。」爾斯回答。「從車牌判斷是五號營，路線也是從五號營朝四一二倉庫移動。無人機從五號營返回途中捕捉到畫面。」

大西洋聯盟的難民營中，如七號營這種具有特定目的者居民不限背景，但其他一般營地基本上就是國籍爲準。當年人類大舉遷徙至最後可居住區域，以共同語言做爲分組標準十分合理，而且會員國希望資源與人力用於保障自家子民，以國籍分配營地成爲協商條件之一。四號營隸屬英國，五號營我就不知道了。

「五號營的居民是？」我問。

「法國人。」爾斯回答。

「猜得出他們的用意嗎？」佛勒問。

「說不定是五號營過去搶東西的。」爾斯盯著螢幕說。

「也可能只是貿易車隊。」佛勒說完轉頭問哈利。「有五號營的空拍圖嗎？」

「還沒有。」

「看起來是從五號營出發，但不能排除是四號營的人從那邊折返。」閔肇指出。「或許他們早就去過五號營，找到或搶到運兵車，載著補給品要送回去。四號營的車輛武器據點應該都毀掉了才對。」

佛勒靠上椅背。「最後一次聯絡我們的人是什麼時間？」

「就在無人機發現這支車隊前，」哈利回答。「但沒有回訊。」

我聽了心頭一驚。「無人機不是建立好可以長距離通訊的無線電網路了嗎？」

「是，而且範圍不只一個營地。」哈利解釋。「但無人機配置中繼器的時候，爲了縮短間隔距離，一定是放在營地之間的直線上。棘手的是車隊路線未必是直線，現在大概就是繞道而行，結果脫離了中繼器的訊號範圍。」

詹姆斯出發前，我沒想過會有這種情況。「繼續嘗試。」我靜靜說，心裡卻湧出新的恐懼。

「會的。」哈利直視我的眼睛回答。

「有什麼對策？」佛勒問。

「可以派支援，」爾斯說。「靠全地形越野車ATV追上去會合。這種車輛不能裝載重型武器，不過人員和彈藥沒問題。第二隊負責提醒詹姆斯接近倉庫要留意第三方，必要時進行掩護。」

「要花多久？」

「無法確定。ATV移動比起車隊那些車型快很多，但花多久能追上只能用猜的，尤其沒辦法肯定地說，能夠在車隊抵達四一二號倉庫之前就合流。」

「還是得派出去。」佛勒說。

「要派多少人力？」

「能用的有多少？」

「二十八。」

「全都派去。」

爾斯微微蹙眉。「確定嗎？這邊就毫無防備了。」

「要是詹姆斯回不來，」佛勒回答。「這邊是否失守，再也無關緊要。」

35

詹姆斯

醒來時，我覺得渾身痠痛，口乾舌燥。

試了無線電，但聯絡不上中央司令部，希望抵達倉庫時，可以回到中繼器的訊號範圍內。

今天的車程彷彿永無止境，車子爬過重重白色丘陵，朝著前方暗淡太陽不斷行進。桂葛里與我都在駕駛艙，沒人提起昨天晚上談的事。

無線電傳來布萊韋上尉的英國腔。「呼叫辛克雷博士。」

「收到。」

「博士，估計倒數兩小時十六分後日落，繼續前進直到電池耗盡的話，距離倉庫２K。」

「K？」

「代表公里。但如此一來，夜裡沒有暖氣，建議在15K外休息，破曉時啓程。報告完畢。」

「收到。我認爲可以直衝到兩公里外，然後以最簡便裝備趕到倉庫。若能今天抵達，會有更多時間清點資源、與倖存者對話，在倉庫過夜應該也更保暖更舒適。再者，或許明天一早就能往下個營地出發。倉庫裡應該會有交通工具，說不定也有運兵車能安裝的太陽能電池組。泉美，繼續趕路的話，妳沒問題吧？」

「沒問題。」

「中尉呢？」

「明白了，這邊會做好準備。」

「收到。」

一個半小時後，運兵車停下來，我最後一次用長距離無線電試圖聯絡司令部，但仍舊位在四號營的訊號圈外。只要中繼器沒壞，將車開近就應該連得到，不確定天候惡劣是否導致機器故障。明天才能確認。

桂葛里和我下了車，套上防寒衣與頭巾之後，與泉美及七名官兵會合。遠處看來，我們大概像是阿拉斯加荒野上的一批皮草商隊，正在尋找過夜棲身的地方。

下雪了，我一開口就噴出白煙。「到達之前，我想試試看用無線電與倉庫內的生還者聯繫。」即使隔著遮臉的頭巾，我仍看得出布萊韋不太喜歡這主意。「博士，目前無法確定對方的態度，這麼做會透露我們的位置，讓情況倒置、處於劣勢。」

「我明白，上尉。確實要有遭到攻擊的心理準備，但我們是以人道任務的立場出發。」

我拿起手持無線電大聲說：「呼叫四號營的生還者。我是七號營生還者詹姆斯．辛克雷，來此提供救援，收到請回答。」

等了一會兒，毫無回應。

「我們知道四一二倉庫內有生還者，即將前往你們所在地點提供救助，收到請回答。」

布萊韋盯著地面，一臉無奈。我是暴露了位置與動機，但有什麼可損失的？

無線電沒有回應，士兵過來收拾無線電裝置，然後再次動身，一路縱隊穿越雪地。

果然還是開車比較舒服。一路過來花了太多時間見證慘況：處處斷垣殘壁，有些地方至今仍未被積雪埋沒，屍臭味充斥空氣中，越深入營地越是刺鼻。明明都結凍了，但死者數量太多，累積出來的氣味令人作嘔。

原本以為會找到車輛，結果徒勞無功。衝擊波過來時，它們被轟到房子裡或營地外，或者相撞後變作一大團廢鐵。

每次停腳歇息，我就嘗試以無線電呼叫，始終沒有回應。

太陽下山，我們繼續趕路，只有半月的微光與頭燈照亮雪地的黑暗。

距離倉庫還有一百碼。我又拿出無線電發話。

沒有應答。只聽見隊伍眾人腳步沙沙作響。

接近變形的倉庫後，見到外面沒有燈火，也找不到窗戶。眼前的硬化塑膠牆是不透明材質，被爆風震得扭曲凹陷。

帶頭的士兵平舉左臂，掌心朝向我們，五指伸出併攏。隊伍立刻停下腳步，布萊韋左手掌心朝下、放在腰際，同樣五指伸出、併攏。其餘士兵見狀便單膝跪地，架起步槍。

前方士兵爬上雪丘，步槍扛回肩上，蹲下身撥開積雪。

居然找到一個女性，褐色頭髮、皮膚蒼白已呈灰藍色，身上穿著睡衣。

他將女性拉出來，另外五個士兵提著槍朝左右散開，光束如同燈塔左右來回。桂葛里、泉美和我的注意力放在凍死的女性身上，三顆頭燈集中過去，竟發現她懷裡還有個孩子，最多不過四歲。太可悲了，但緊接著我看到更痛心的一幕：女子胸口有槍傷。換言之，她是奔向倉庫途中遭到射殺！

我下意識起了強烈排斥感，不過隨即想起那天城塞入口也是類似情況。如果城塞地表廠房沒倒，其他營地的人找上門，對所見所聞又會是什麼想法？從城塞出來的人是單純的生還者，還是背負無數性命的罪人？在這殘存無幾的世界裡，或許沒有太大分別。

現在可以肯定的只有一件事：倉庫裡的人有武器，也會爲了保護自己和資源狠下殺手。

布萊韋的聲音劃破沉默。「辛克雷博士，建議分成三組。平民保持距離，我帶兩組人從兩個方向夾擊。」

「上尉，妳的計畫很完善，但我們不是過來和對方槍戰的。更何況眞的打起來，恐怕我們沒勝算。」

感覺我最近一直在勸人別動武。只是這一回，我有點懷疑自己立場對不對。我往桂葛里瞅了一眼，發現他朝我點頭默許。

「博士的意思是？」布萊韋追問。

「走正門。」

她的眼神清楚表達反對，但身爲優秀軍官只回了一句：「瞭解。」

士兵散開，有兩人躲到雪丘後側，步槍瞄準倉庫前方大型鐵捲門。

距離入口二十碼，我直接扯開嗓門喊話：「哈囉！我們是從七號營過來幫忙的，聽見的話請開門好嗎？」

毫無動靜，只有寒風吹過雪地，以及倉庫結構偶爾發出的刮擦聲。

我又大叫兩次，之後再嘗試無線電通訊，手和臉接近凍僵。

最後只能朝布萊韋點頭示意。她下達指示，身旁士兵帶著兩個人接近倉庫。

鐵捲門隔壁還有一扇標準旋轉門，士兵們上前試試門把，發現上鎖著，便從背包取出撬棒強行開啓。門鎖壞掉之前門框先彎折，整道門嘎一聲彈開，後頭只有一片黑暗。

士兵在門前集合。桂葛里、泉美與我快步跟上。

他們高舉槍口、跨過門檻，掃視內部環境時，頭燈光束掠過各處。混凝土地板上立有鐵架，裏上白色塑膠套的貨板層層堆疊達二十呎之高。

「哈囉？」我的聲音在裡頭迴蕩。「我是來自七號營的救援隊，有人在嗎？」

一片死寂。

布萊韋瞥過來，我點點頭。

她的部下以半圓陣型緩慢前進，護著桂葛里、泉美和我。

走到最接近的一列貨板前，我看到貨箱標籤露出了笑容，都是即食口糧包。雖然是長冬前大規模撤離時就準備的東西，已經存放好幾年，但包裝完整、尚未變質。食物問題看來暫時解決了。

士兵們小心翼翼深入探索，軍靴與地板摩擦。裡頭遠處似乎傳來聲響。所有人都停下動作，仔細聆聽。

那個聲音沒再出現，除了風聲什麼都聽不到。背後一片牆板搖晃，或許是它搞的鬼。

口糧貨架後面，其他容器的標籤是保暖毯、組合屋塑膠模板。塑膠牆板也是撤離前幾個月大量製造，看來大西洋聯盟高估了需求量、亦或是為什麼計畫預做準備。我們也說不定能拿來——

一道吱吱聲驚動所有人，聽起來像是無線電啓動後立刻關閉。

旁邊箱子忽然炸開，有士兵跳出來、拿步槍指著我們。一根槍管抵在我脖子上，觸感冰冷堅硬。

「別動。」男子沉聲說。

布萊韋小隊眾人靜默如夜色，舉著步槍同時打量四周，立刻知道己方被二十個大西洋聯盟士兵包圍。

她一個部下突然反應，瞬間轉身瞄準最靠近的敵人。對方退後一步，雙手顫抖，我看見他的手指已經搭上扳機，差點就扣了下去。

「冷靜……」布萊韋輕聲說。「都是自己人。」

我的注意力被地板傳來的腳步聲吸引過去。沒人敢轉頭看清楚來者何人。人影停在三十英呎之外，一開口我就認出了這個嗓音。

「這邊已經決定重組領導團隊。你們可以當作是小行星墜落之後的新世界秩序。」

之前以爲電網是人類存續的最大威脅。我錯了。

36

艾瑪

翌日早晨，哈利在用餐之後等著我。「準備好接受炮轟了嗎？」

我擠出笑容，與倖存的成年人對話，確實得有心理準備。

「我躲妳後面。」

「讓你躲。」

趁著孩童去上課，我們召集所有大人到地堡另一端，避免談話內容被孩子們聽見。佛勒、哈利、閔肇、爾斯上校和我背靠牆，聽眾有的盤腿坐在地上，腿受傷的則只能坐著伸直，其餘的人站在遠處，一臉質疑。

「我明白各位心裡有很多問題，」佛勒開口。「今天就是要解答各位的疑惑。首先要告訴大家的是，我們對於如何生存已經有了對策，最後也會離開這座地堡——」

一個站在後面的高挑蓄鬍男人叫著：「什麼時候？」

「工作小組已經在規畫時程——」

第二排坐著的女子腿挨著胸口。「要怎麼活下去？住什麼地方？」

佛勒高舉雙手，等躁動氣氛平息才繼續。「各位關心的問題都會有答案，我們不會隱瞞。目前首先要告訴大家的是地堡內食物充足，可以支撐很長一段時間，而且我們已經從空中調查了其他營地情況，補給線很快就會建立起來。」

下面又七嘴八舌爆出一堆意見。

「先生女士們，請稍安勿躁。」佛勒鎮定以對。「一項一項慢慢來。我明白有些人擔心其他營地的親友，我們已經嘗試聯繫、建立名單。今天集合最主要的目的是讓大家安心，現在不僅有計畫，也已經著手執行，只是需要你們的協助，所有人都參與，計畫才有可能成功。此時此刻，七號營內就有非常重要的事情要請大家幫忙——我們必須對兒童解釋現況，緩解他們的害怕與困惑。有些孩童失去了家人，情緒極度不穩定，而且未必會表露在外。搜索隊已開始在廢墟中收集以前陪伴過這些孩子的物品，包括玩具、照片、任何能使他們安心的東西。這個任務急需支援，能參加搜索的人請站到右側，想留在地堡的人則請參加講座，會有專人說明如何與兒童針對現狀做溝通。」

底下又吵翻天，一堆人搶著講話。

「拜託大家冷靜，先幫助未成年人好嗎？之後再處理自己的憂慮與恐懼，一切照計畫流程來。」

37 詹姆斯

「我們不是來打架的。」我朝著倉庫裡那片黑暗大叫。「是來幫忙的。」

數了數，總共二十名聯盟士兵將桂葛里、泉美與我困在走道中間。我方只有七個軍人和三個平民，寡不敵眾。

陰影中那個人又走近，腳步聲在開闊空間迴繞，語調帶著憤怒。

「各位先生女士，詹姆斯・辛克雷說他來幫忙。幫誰呢？他自己吧。」

「是互助。」我轉頭對布萊韋說。「放下武器吧。」

她瞪大了眼睛。

「中尉，放下武器。我們不是來和同胞作戰的。」

她咬牙之後慢慢放下步槍，其餘士兵只能照辦。四號營的人一擁而上，奪走了步槍及手槍，連無線電也搶過去關掉。本來貨車上有中繼器，能夠傳訊給七號營，現在這條管道也斷了。

方才說話的人走進光線，面露冷笑。「詹姆斯，你未免太傻了。」他聳聳肩。「但好像不意外，你就是個愛做傻事的人，對吧？」

里察・錢德勒曾是我的良師益友、心靈嚮導，後來卻認為我威脅到他的專業地位，不僅不再支持我，還不停暗地中傷。我因莫須有的罪名鋃鐺入獄，他則頻上媒體，煽動社會大眾繼續抨擊。或許他根本不排斥我的研究成果，一切行動只爲了徹底排除競爭對手，想要我無法翻身。

坐牢期間，我們自然沒見面。後來準備第一次接觸任務，我才與錢德勒狹路相逢，原本NASA安排他做爲機器人專家後補搭乘火神號，然而錢德勒在簡報會議上緊咬不放，搬出我受審期間他無數次在電視訪問用過的話術猛轟。可惜狀況已有兩點不同，首先我本人在場，能夠爲自己辯駁，再者那次的陪審團都是科學家，知道如何根據事實進行分析推論。結果沒人信他那套，大家在意的都是人類存亡。最後錢德勒被趕出任務團隊，與夢寐以求的名望、地位失之交臂。他想成爲人人言聽計從、頂禮膜拜的絕對權威，也爲此與我反目成仇。

長冬結束，錢德勒的怨恨卻沒有跟著融化。他回到自己擅長的戰場，繼續透過電視採訪和輿論進行誹謗抹黑。沒想到命運如此曲折輪迴，竟在此時此地又給了他一次良機。只希望他還保有基礎理性，能明白地球人的機會稍縱即逝。

「里察，現在不是處理私人恩怨的場合，大家必須通力合作。」

「必須？」

「我是認眞的，而且我們確實是來提供援助。」

錢德勒搖搖頭，一派噁心表情。「是是是，挑了個裝滿食物飲水和建材的倉庫，帶著士兵進來想幫忙？好笑。用腳想也知道，一定是你們那邊有斷糧危險，需要倉庫裡的東西吧。類似狀況我們應付好幾星期了，至於怎麼應付的，你們剛剛已見識過，之前過來的人都倒在雪地中再也起不來。」

他揮手指示身旁一個少校。「全斃了吧。然後到外頭檢查，看看還有沒有漏網之魚。」

「住手！」我叫著。「我有你們想知道的事情。」

錢德勒舉起手阻止少校。

「我們這邊有活下去的辦法。不是熬過一週兩週，也不是撐一年算一年，而是眞正的存續，能夠繁衍新的世代。」

「大家都豎起耳朵，好好聽清楚這傢伙的牛皮能吹多大。」

「里察，我們有辦法能離開地球。」

錢德勒仰天大笑。「有趣，太有趣了。你忘了自己在跟誰說話是吧？詹姆斯。」

「我沒說謊。」

他瞇起眼睛。「但我覺得你在鬼扯。」

38 艾瑪

原本以爲逃出城塞之後，《基本權利》讀書會也會畫下句點，不再特別保持聯繫。想不到當初參與過的成員主動找上我，希望我繼續講課。對大部分倖存者而言，閒著沒事反而更痛苦，每到日落就充滿恐懼，所有人躲在地堡內無法行動，只能胡思亂想。大家想的事情都一樣：擔心我們活不下去，以及思念逝去的親友，亡者依舊在生者心中徘徊。如同在城塞那段時日，自己的心魔是苦難中最大的敵人。

讀書會在食堂舉辦。我坐在一端，其餘四十位成員各自找位置坐下，大部分低著頭，少數凝望著我。適合討論的主題毫無懸念。「今天我們聊聊悲傷。針對悲傷，《基本權利》做了很長的論述。」我注視膝上的平板電腦。「《基本權利》認爲悲傷就像恐懼的兄弟，同樣是人類心靈爲了保護自身而採取的機制。

「恐懼避免我們受傷。恐懼促使我們以行動迴避肉體和心靈遭到傷害。那麼悲傷如何保護我們？和應對恐懼一樣，想要控制悲傷，必須先瞭解悲傷。」

我捲動畫面，讀了自己在旁邊做的筆記，花了一、兩秒組織思緒。

「《基本權利》提出一項主張，悲傷的目的，是記住失去的人。經由悲傷，我們會想起這些人的生命有多重要。但爲什麼要記得？或許是爲了自保。悲傷眞正的意義說不定是提醒大家：我們自己的生命同樣重要、同樣對世界有意義。如果我們不在了，也會有人哀悼。」

我稍微停頓，望向聽課的人。「想像一個沒有悲傷的世界，失去至親至愛也會立刻忘記。那樣的世界，我覺得很不正常。如果離開的人馬上就被遺忘，我們自己不也會一樣？

「但悲傷還有另一個層面。它是恐懼的顯現，我們害怕失去之後，生命無法像之前那樣美好。一旦被迫面對自己失去什麼，悲傷就會侵入、占據心靈。看見逝者的照片、親手做的東西、想起他們說過的話，我們會無法克制地激動起來。悲傷與恐懼還有另一點類似：人們若是沉溺於悲傷，就會失去行爲能力。然而，恐懼能成爲動力，悲傷也一樣。想克服悲傷就要前進，要填補失落遺憾所造成的空洞，這才是悲傷眞正的意義。我們會覺得傷痛，是因爲心靈推著我們盡全力整頓自己的生命。

「一如恐懼，悲傷存在黑暗面。如果我們的心靈故障，便無法關閉悲傷，此時悲傷就會像恐懼那般占據思維。《基本權利》提醒我們注意這種情況，指出我們不該逃避恐懼，也不該逃避悲傷，而是要認清面對，讓情緒正常運作。即使心裡明白人事全非，也要盡力過好生活。抓住已逝的生命不肯放手，並不是健康心理的表現。治療傷痛的解藥只有兩種：時間和行動。」

讀書會後，望著魚貫而出的成員，我意識到這裡每個人都一樣，一夕之間失去了親戚朋友，內心深處看不見的地方有個大大的空洞。

《基本權利》的內容只是聚會的一半意義，另一半在於感受自己並不孤單，所有人能夠感同身受，彷彿大家站在一起，就能分攤肩上的沉重。

39 詹姆斯

我已經受過一次審判。

那次我犯的罪是想要挽救自己深愛的人——我的父親。我跨越人類社會的界線，踏上一條可能的未來。但某些不認同人、某些位高權重的人，對未來有不同的想像，因此我被判有罪、遭到囚禁。

當年我並未積極抗辯，除了受到父親過世的哀慟影響，還有眾叛親離的震撼。我自認無望，也就沒有勇氣爲自己站出來說話。

此時此刻站在黑暗倉庫之中，外面是即將被風雪淹沒的末日世界，眼前十幾把槍枝指著自己，我覺得又是一次審判，而對的依舊是對未來保持不同觀點、意圖奪取主導權的人。這回的法官是里察·錢德勒，或許也是地球上最憎惡我的人。

可是這次我會努力。情況對我而言已截然不同了，我有了奮鬥的理由：亞黎、艾瑪、未出世的孩子、哥哥一家，還有許多指望著我的朋友及倖存者。接下來幾分鐘會決定我能否活著走出倉庫，實現自己選擇的未來，照顧孩子長大成人。

我將注意力放在聯盟少校身上，四號營軍隊似乎由他指揮。對方的年紀略長，臉上生了皺紋，鬢邊頭髮花白，盯著我的眼神極爲冷漠。

「少校，你回想一下，我們過來先敲了門，還不停大聲提醒──不止一次──進來前有打招呼，進來後又自報身分來意。」我放慢動作，小心翼翼伸手指著泉美。「我們還帶了一位醫師過來，眞的有心幫忙才會這樣做，若只想掠奪物資的話，我們何必如此？」

少校眼睛微瞇，彷彿自認能看透人心。

「再想想看，」我繼續說。「就我們所知，兩天前這裡應該有一百人存活。我們之所以能掌握這種資訊，正是因爲我來自七號營，NASA、中央司令部，還有大西洋聯盟最尖端的科技和武力都在那裡。我們派遣軍用高空偵察無人機，經過紅外線掃描發現當時倉庫內約有一百人，一百個生命跡象的訊號。的確，我們也爲補給而來，但需要的不僅是補給品，還有人力。同樣的，你們也需要七號營。我再正式強調一遍，有個攸關存亡的計畫準備執行，能挽救的不是少數人，而是全體人類，並且需要七號營的人才能完成。少校，你們需要七號營，七號營是所有人活下去的唯一機會。」

「說來聽聽。」他緩緩道來，視線從未自我臉上轉開。

「十四個月之內，我們要離開地球。」

少校張大了眼。我盡可能保持語調平靜，繼續說：「目前還有兩艘太空船在軌道上，而且已接近完工。我們可以搭乘太空船，前往能夠生存的星球。但想達成目標，你們需要我們──需要七號營成員的專業能力。」

錢德勒嗤之以鼻。「拜託。根據過往經驗，這個人吹牛總是吹得天花亂墜。就算他不是胡說吧，也根本不需要他啊，他會的我都會，留下一個滿口謊言的重罪犯扯後腿做什麼？」

我仰頭大笑，笑聲在倉庫迴蕩。「里察啊里察，你終究忍不住露了餡。你還以爲自己是在上電視嗎？但你面前並不是什麼都不懂、只想要收視率的主持人，現在談的可是一條條活生生的人命。

我背後就有兩位第一次接觸任務的成員，他們親耳聽見你在簡報會議上耍了同樣的猴戲，」我仍舊保持動作緩慢，然後指著桂葛里和泉美。「也親眼看見你為何被趕出任務團隊——因為你的想法錯得一塌糊塗，過度膨脹的自我會危及任務目的，牽連所有地球人。當時聽我們陳述立場的都是科學家，最後他們選擇讓我上船，理由已顯而易見吧？我們也確實在穀神星擊退了電網、結束長冬。那時候你不在第一線，現在同樣沒那個資格。」

錢德勒走向少校，故作自信壓低聲音想說服對方。「早就告訴過你了，這傢伙滿口胡言。」

「里察，事實明擺在眼前。你們大家想想看，七號營人數比你們多。不只如此，請記住中央司令部也在七號營，我們有的不只是高空偵察無人機，還有重型槍炮和足夠的兵力，可以輕而易舉壓制這座倉庫。如果我們打著這種算盤，怎麼可能像現在這樣面對面講話，各位不是早已經死了就是要逃命了。我們一開始就沒必要敲門、沒必要打招呼，偷偷摸進來不是更好，而你們聽到的聲音只會是槍響。各位想想方才的經過，應該就能明白我們完全沒有敵意。然而，背後還有另一個理由。」

錢德勒想插嘴，卻被少校嚴厲的眼神嚇阻。

「我們要的不只是補給。」我淡淡說。「也需要倉庫裡的生還者。七號營科學家團隊能帶大家離開地球，但人數不足以維繫人類延續的話就毫無意義。所以最重要的其實是人，基因庫規模決定了種族存亡。」我稍微停頓，給他們一點思考時間。

「少校，地球會越來越冷，就算你們擊退所有來到門口的人，倉庫裡的食物依舊只減不增，山窮水盡之後還是會飢寒交迫而死。我們才是各位活下去的機會。」

少校瞥了瞥錢德勒，接著望向我，手慢慢移向掛在腰間那把槍。

40 艾瑪

我在隔間裡爲山姆裹上廢墟找回來的厚重衣物。

「要……要去哪裡？」他很緊張。

「散步而已，別怕。」

亞黎在對面麥迪遜那兒和表哥表姊玩。她和山姆一樣感覺得到氣氛變化，馬上跑過來抓著我另一隻手。「媽咪，我也要去。」

我顧不得腿痛，拄著拐杖蹲下。「今天先不行喔，亞黎。我得帶山姆去個地方。」

女兒眉頭緊蹙，眼眶濕潤。

我抱住她小聲說：「我很快就回來，然後陪妳玩，好不好？約好了喔，寶貝。」

「拔呢？」

「他去工作了，很快就回來。妳要乖乖等爸爸。」

☀

之前七號營是岩石黃沙上的一座座白色圓頂屋，如今放眼望去除了積雪，什麼也看不見。高高低低的雪山雪丘掩埋了所有人家，彷彿想粉飾電網的殘酷暴虐。

山姆與我走在雪地上，留下了五條痕跡。他的兩隻小腳，我的兩隻大腳，加上拐杖刻出一個一個小洞。我牽著他，他的小手抓得很緊。

離開地堡之後，山姆還是沒出聲。

三百碼外還有一組人，父母帶著兩個孩子，應該是想回去以前住的地方（沒有路標門牌非常難判斷方位，通常只能找個大概位置）。另一頭二百碼外，還有一對父母蹲下來和三個小孩解釋。外頭變得很奇怪，除了風沒有其他聲音，太陽昏黃、天空朦朧，彷彿所謂的冥界。我們逃不出去，只能在此彷徨徘徊，直到永遠。

我停在一座雪丘旁邊，並不確定到底是不是山姆的家，但無所謂。「山姆，最後一次看見爸爸媽媽的時候，你還記得嗎？」

聽見爸媽，他的反應很激動，立刻用力點頭。

「他們說了什麼？」

男孩的表情有些戒備。

「有沒有提到『小行星』這個詞？」

山姆搖頭，似乎聽不懂。「爸爸媽媽說……有暴、暴風雨。」

「沒錯，山姆。暴風雨，一種自然現象，發生了就發生了，不是我們能控制的。」我看看四周。「只是這次發生在我們住的地方。你的爸爸媽媽很勇敢，暴風雨打過來之前保護了你。他們也可以保護自己，但決定先保護你，因為他們真的很愛你。」

男孩望著積雪。「我聽見……風，然後……有東西撞到。很黑，我想出去，但動不了。」

我從大衣內取出一疊照片。「山姆，這些給你。」

男孩低頭盯著照片。他的雙親與我年紀相仿，媽媽有一頭深褐色頭髮、笑容可掬，爸爸帶著細框眼鏡，表情比較嚴肅。兩人抱著剛出生的小山姆坐在客廳沙發上，隔著一排窗戶能看見小而美的郊區庭院與圍籬。那是長冬之前的事，當時山姆太小，應該沒印象。

「你的父母很愛你，山姆。他們一直很愛你。」

我以爲他會抬頭，但他的視線離不開照片，小手顫抖起來。

「暴風雨太大了，很多人不像你這麼幸運，沒有逃出來。很遺憾，山姆，你爸爸媽媽……也沒有。」

一滴眼淚滴在照片上。

「他們會一直愛你。」我輕輕把手抵在山姆胸口。「把他們放在心裡，他們就會永遠陪伴你。」

詹姆斯

少校粗啞而宏亮的嗓音在倉庫響起。「你剛剛說有醫生？」

我緩緩轉身望向泉美。「是的，這位是田中醫師。我自己也有醫學背景。」

「好，給你們證明的機會。這裡有傷患，要是有人死了，你們就陪葬。」

錢德勒張嘴想說什麼，但又閉上嘴巴。他應該也識時務，明白阻攔人家救同伴是不智之舉。

少校轉身，領我們走進倉庫深處以組合屋建材搭出的臨時居住區，外觀看似樂高玩具，以各種零件拼裝湊合，中央有扇模組化的門。

他示意我方七個士兵在外頭等候，布萊韋對此極爲不安。

我們進去之後一股惡臭撲面而來，腐爛、化膿、屍臭各種氣味混雜，我忍不住一陣乾嘔。方才剛進倉庫感覺了無生氣，居住區內倒是明亮溫暖，天花板上裝了小型ＬＥＤ照亮通道。房間不大，比中央司令部那邊還窄小，但擠了很多人，看得出來是爲了方便防守及巡邏、減少暖氣電力消耗，刻意縮小使用面積。

一行人穿過彎狹走廊到了臨時醫療站，八張小床其中六張躺了穿著軍服的人，迷彩衣有些部位被割開處理傷口，手、腿、軀幹等等裹著繃帶，底下景象又紅又黃。

泉美快步走向最近的一人。他與我年紀差不多，臉上有雀斑，一頭褐髮，腿受了傷。

病床另一側有位女性，帶著藍色橡膠手套。

「槍傷嗎？」泉美問話時還是注視著傷患。

那位小姐馬上點頭。「嗯，有十個人之前——」她的表情一變，望向門口。少校不耐煩地揮了揮手，要她繼續說。「我想幫其中兩個人取出子彈，但第一個人斷氣以後，我就不敢了。」

「妳是外科醫師嗎？」泉美問。

「不是，只是助產士。」

「這裡有什麼抗生素？」

那小姐帶泉美到一個箱子前面打開，從泉美反應就知道裡頭的東西不夠。

「少校，」泉美回頭說。「需要用到我們車隊帶來的藥品。」

「我派人去取。但話先說在前頭，別找藉口，他們若死了，你們也別想活。」

艾瑪

帶山姆出門解釋過後，他一直留在我們房間裡，大部分時間用平板看電視節目，小睡時會背對我，大概以爲我不會聽見他入睡與剛清醒時的哭聲。現在他挨在我身旁看《太空實驗室》，亞黎剛下課回來，一進門就板起臉。

她故意四腳朝天往我們中間用力躺下，差點將山姆的平板電腦撞飛。

「亞黎，這樣很不禮貌喔。」

「妳是我的媽媽！」

「亞黎——」

她轉頭朝山姆叫著：「走開！」

我抓住她的前臂，將她整個人拉起來，顧不得腿疼便把女兒直接拖到房間外面。以前我鬧脾氣時，父母也是這樣做。我們走到山姆不會聽見的距離後，我蹲下來盯著亞黎。

「寶貝，妳剛剛那樣眞的、眞的很壞。」

她瞪著地板，很不服氣。「妳是我的媽媽。」

「我是啊。不過山姆以後會跟我們住在一起。」

「多久？」

「一直。」

她眉頭緊蹙，無法理解。

「亞黎，我們下去那個叫做『城塞』的地方的時候，上面有一場很可怕很可怕的暴風雨。」

「小行星。」

「妳在哪裡學到這個詞的？」

「學校。」

「嗯，是小行星。妳、我和爸爸比較幸運，沒有受傷，但是山姆不一樣，他沒有躲到地下，被困在原本住的房子裡。」

亞黎的表情一變。

「山姆的家壞掉，他的爸爸媽媽也都不見了。妳想想看，如果爸爸和媽媽都不回來了，妳是不是會很難過？」

亞黎本能地張開雙臂，抱住我大哭。「你們要去哪裡？」只是話都說不清楚。

我也抱住女兒。「乖，我不會走。我是說山姆現在很難過很難過，他需要有人照顧他。如果妳是山姆的話怎麼辦？妳會希望大家怎麼照顧妳？」

我鬆開手，亞黎盯著我好久。「寶貝，妳聽懂了嗎？」

「嗯。」她低聲回答。

「那妳可以對山姆好一點嗎？」

「可以。」

我牽著她小手，順著走道回去。「拔……不見了？」亞黎的聲音很害怕。

我再停下來，蹲下告訴她。「沒有喔，亞黎。爸爸沒有不見，不是像山姆的爸爸媽媽那樣。他只是出去工作，之後就會回來。」

「什麼時候？」

「很快。」

☀

幾小時後，我坐在戰情室，哈利再度嘗試無線電。

「詹姆斯，聽得到嗎？」

沒反應。

到現在沒有任何回報，包括後來派遣出去的支援小隊。

哈利抬頭朝我看過來沒講話，很明顯意思是問我打算怎麼辦。「調一架無人機過去四一二號倉庫看看吧。詹姆斯他們應該已經到了，要確認發生了什麼事。」

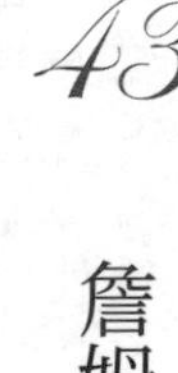

詹姆斯

手術中已有兩人死亡，另外四人尚未脫離險境。替最後一個動完刀後，我渾身乏力、兩腿發軟。長途跋涉之後連續幾小時的切割與縫合，實在讓人吃不消。況且少校言出必行的話，我也活不成了。

幸好他似乎改變了主意。泉美和我被他的部下帶到十二英呎見方的房間中，桂葛里和布萊韋靠牆躺下，已經入睡。我猜少校打算先留我們活口，以免馬上又需要專業醫師。但之後呢？天知道。桂葛里睜開滿布血絲的惺忪睡眼望向我，我也沒力氣解釋什麼。儘管命在旦夕，我一躺上毯子就昏了過去。

☀

睡得斷斷續續，全身痠麻。

臨時監獄內總是昏黑，日夜難辨。

泉美與我兩度被找去為病人換藥、評估情況。有兩人敗血症發作，我們不樂觀。另外兩人運氣好的話，撐得過去。

回到牢房，門關上之後，布萊韋悄悄說：「得有行動。」

「我們不是來宣戰的。」我回答。

「也不是來當人質的吧？但現在我們就是人質。最好的情況是拿我們跟七號營交換武器、護具與車輛。」

「最差的呢？」桂葛里嘀咕。

「以我們為肉盾攻進七號營。」布萊韋回答。「他們現在肯定七號營不敢讓我們出差錯。要是發展到那個局面，七號營恐怕只能投降，屆時你們的親人朋友全部變成人質。」

「聽起來確實需要有點作為。」桂葛里半夢半醒，喃喃低語。

我不喜歡事態朝這種方向演進，卻又無法否定布萊韋的考量，只是一直盼望四號營這裡有人能理性思考，願意與我們對話。

「爾斯上校應該會得到同樣結論。」布萊韋繼續說。「我們已跳過好幾次例行回報，他算算時間也差不多會派人支援了。」

「為什麼？」

「很簡單，在這兒打比在七號營打來得好。沒必要讓敵人選擇開戰的時間場所，更沒必要讓平民受到波及。」

我嘆口氣，頭靠在牆上。「好，有什麼計畫，說來聽聽。」

☀

就逃獄而言，我們的計畫很單純。

和之前一樣，中士會與一個衛兵過來押送泉美和我，前去醫療站為傷患做檢查。

我們看過傷口復原情況，指示如何使用抗生素和止痛藥以後，趁著守衛不注意時，兩個人在針筒裡裝好麻醉劑，藏在袖內。

我在醫療站走動，外表若無其事，心臟卻狂跳不休。接下來幾分鐘，將會決定大家的命運。

受了槍傷的下士第一次睜開眼。

「感覺如何？」我問。

「很不舒服。」他氣若游絲。

「很好，覺得不舒服代表活著，我們會設法保住你的命。」

下士別過臉、閉上眼。我檢查下一個病人時，外頭傳來槍響，只是隔著牆壁很不清楚，無法判斷距離，也不知道在倉庫內或外。

無線電傳出少校聲音。「看住囚犯，第三、四組去東邊裝卸區。」

「走。」中士命令我們。

我轉身走出醫務區，整個額頭都冒著汗。從艾吉費爾德逃獄之後，我沒再與人近身搏鬥過，城塞電梯口的衝突也只是伸手推擠，而且那時候也只是想開路。現在情況不同，我得主動出擊。

我把注意力放在狹長走道底端，身體發熱、手掌濕黏。途中經過囚禁我們其餘隊員的兩個牢房，四號營的人大概認爲分兩邊能降低我們逃跑的意圖。

中士要我們停在走道，二等兵一手放在槍上，另一手拿鑰匙開門。門鎖一響，針筒立刻從我袖子探出，直接戳上中士頸部。

他比預期的有耐力，反過來扣住我，五根指頭像鉗子一樣，簡直要將我的手臂從肩膀直接拆下。被他按在牆壁同時，我趕緊將藥打進去，但頭部撞得很猛，讓我眼花了好幾秒，感覺天旋地轉。

接著泉美慘叫一聲，模糊中我看見門彈開，布萊韋衝出來從後面擒拿二等兵，手臂牢牢箍住對方的脖子。泉美沒來得及用麻藥，不過也成功轉移了對方的注意力。

中士扣著我的手臂慢慢鬆開，眼睛失去光彩、闔上之後，馬上軟倒在地。同時布萊韋也制伏了二等兵，行雲流水取下鑰匙，打開隔壁兩間牢房。同伴們訓練有素，出來立刻分散貼牆。我方的二等士官長跑過來，迅速蹲下取走敵人武器。外頭交戰越演越烈，自動步槍聲音比較近，零散模糊的反擊大概出自外頭來襲者。

布萊韋帶著部下快速在迷宮般的走道間穿梭，泉美、桂葛里與我緊追在後。一些房間門開著，經過時看見裡面是彼此依偎的平民，望向外頭的眼神空洞虛無。我之前在城塞地底見過同樣的氣色，原來四號營已經進行糧食配給制度。

幾呎外傳來三聲槍響，我的注意力被拉回走道。

「安全。」二等士官長喊完，率先彎過轉角。兩個大西洋聯盟士兵倒地斷氣，這是我最不願看見的場面，只能在心裡告訴自己，這並非我方的選擇，是里察．錢德勒造成這種結果。

布萊韋兩個部下順手帶走倒地士兵的武器。她停在下個路口舉起槍口，似乎正在聆聽遠處動靜，掌心朝前、五指併攏。

我也聽見了，有人正快速說話，而且提及我的名字。

布萊韋指著左側一扇門，對三個部下揮手。他們快步上前包夾門口左右，抬腳一踹闖了進去。所幸沒有槍響，只聽見二等士官長朝著裡面大吼，音量大得與槍響相差無幾。

「高舉雙手，面對牆壁！」

「安全！」

布萊韋招手要我進去。小房間牆壁上貼著一張表，記載倉庫內所有物資，分爲食物、飲水和其他三大類；旁邊則是名單，大概是本地全部居民、房間位置、分配到的食物量。看來我們找到了四號營倖存者的指揮中心。

右手邊的靠牆長桌上放著三臺無線電，其中一臺忽然發出聲音，嚇了我一跳。那是個說法語的女性，語調相當憤怒。這時後悔以前不學法語也來不及了。我猜是倉庫外面的小隊，方才那兩個士兵就是在聽他們報告。

另一臺無線電傳來少校說話聲。「呼叫本部，我知道了，先擋住他們，馬上派人支援。」

門外的布萊韋大叫：「警戒！有人來了！」

44 艾瑪

一邊是山姆、一邊是亞黎，我躺在床上半夢半醒時，聽見佛勒從走道輕聲叫喚。

我沒回話就直接起床，小心翼翼不想吵醒孩子們。拉開門簾一看，從佛勒的神情便知道狀況不妙。他伸手指了指戰情室，我跟過去時拐杖打在地板咔咔作響。

戰情室牆上螢幕顯示了無人機即時影像，我認得出畫面是四一二號倉庫，但場景有些改變：鐵捲門前面有運兵車並排停放，南門、北門、西門前面各兩輛，東門一輛。總計七輛，數量車型都吻合，應該是七號營派出的車隊沒錯。

然而，東門外較遠處出現另外三輛運兵車，躲在車子後面的士兵朝倉庫開火，車子周邊的積雪被他們踩出一條條溝痕，很明顯能看出是五號營的車。

無論倉庫內是誰，都不打算直接投降，企圖將不速之客的車子轟得稀爛還不停手。紅色、綠色的瞄準光束自裡頭射出，照亮了夜空。

不知道詹姆斯是否已經進入倉庫。如果他在裡面，是幫著對付入侵者？還是正在找機會脫身？

「支援小隊距離多遠？」佛勒問。

爾斯上校瞄了瞄自己的大腕錶之後聳聳肩。「署長，沒有GPS無法確定位置。」

佛勒瞇起眼睛，一臉不解。

「現在積雪夠硬，輕型車輛可以直接穿越。」爾斯解釋。「他們會走直線過去。」

「推測？」

「眞的很難說。用猜的，大概三十分鐘吧。」

45 詹姆斯

布萊韋拿起桌上三臺無線電，分配給自己部下。「轉到十七號頻道。柯林斯、馬蒂亞斯，你們守住入口。」她吩咐完，轉頭朝先前操作無線電的四號營士兵問話。「居住區裡多少人有武器？」見對方遲疑，她繼續說：「二等兵，你聽好了，我們搜索居住區時會把你押在前面當肉盾。你現在不老實點，就等著縮短自己的小命。」

「六個。」二等兵盯著地板，似乎對自己很厭惡。

「位置？」

「兩個本來應該看住你們，兩個在入口，還有兩個在這裡負責通訊。」

聽起來是好消息。剛才和這裡加起來已有四人被制伏，通道遇見的兩人應該是從居住區門口過來的。

「外頭呢？」布萊韋繼續問話。

二等兵咬著牙回答：「三十二。」

士官長探身進門，瞅了布萊韋一眼，槍口仍指著通道。

「十對三十二。上尉，對方人數優勢太大。」

「我們也有對方缺乏的優勢。」

士官長盯著她等待說明。

「腦袋。」布萊韋轉身望向我和桂葛里。「兩位有什麼主意？」

「需要武器與工具。」我立刻開口，然後問四號營的通訊兵。「兵器庫在哪裡？」

「C7。」

無需贅言，布萊韋立刻再吩咐兩個部下。「去C7把用得到的東西帶來，其他的藏好。」

我走向牆壁研究平民名單。「錢德勒在E9。」

布萊韋準備再下令，我伸手阻攔。「我去，這得讓我自己來。」我的目光回到四號營通訊兵身上。「你們聽誰指揮？」

「丹佛斯少校。」

「平民領袖是？」

「形式上是利文斯頓總督，實質上……他沒什麼影響力。」

「最後一題，丹佛斯在居住區有沒有親人？」

士兵忽然身子一僵，別過臉去。看他的反應就能得到答案，我重新讀一次名單，發現丹佛斯的姓氏被寫在F14那格，筆跡很潦草。

「別擔心，我們無意傷人。」

去兵器庫的人返回，帶來了半自動步槍、防彈衣與手榴彈，開始分發槍枝，我和桂葛里都領了一把。

「你們會用嗎？」布萊韋問。

我端詳著沉重冰涼的黑色槍械。「小時候學過獵槍。」

「差別不大。」她示範如何上彈匣和上膛給我們看。「同樣是瞄準、扣扳機就好，注意槍口別對錯人。」

一個士兵將步槍遞給泉美。

她蹙眉搖頭。「我沒辦法。」

「醫師，妳留在這裡好了。」布萊韋說。

「我想去居住區看看，也許有人需要治療。」

「也好。」布萊韋回答。「不過先等我們穩住局面。」

泉美開口想提出異議，我打斷了她。

「現在先聽上尉的吧，這是她的專業。」

泉美點了點頭。

槍聲逼近到居住區外圍。聽見子彈穿透硬化塑膠牆時，布萊韋對著無線電大叫：「狀況回報！」

派去入口的兩個士兵立刻應答，背景槍聲隆隆。「報告上尉，估計七名敵軍。」

緊接著，居住區入口那方向竟傳出爆炸，隔著無線電還是很震撼。

「報告，修正爲四名。」

「可以借一個人嗎？」我問布萊韋，她朝房門外一個下士點頭。

桂葛里跟著我走出房間，下士在前方幫忙偵察。

「你們要去哪裡？」布萊韋在背後高聲問。

「找籌碼。」

我將地圖記在心裡，在通道上小跑步時，每個路口停下來觀察有沒有異狀，之後在工具櫃找到需要的東西：膠帶。好計畫總是用得到膠帶。

幾星期前，我沒想過自己會是這種處境、得幹這些事情。然而爲了生存、爲了大家不得不爲之，即使心裡並不樂意。

到了F14房門口，我和桂葛里讓出位置，下士上前轉門把，槍口瞄準前方。小房間裡空空如也，只有三張行軍床以及角落一堆食物。再細看便察覺裡面有兩個人，一個是與我年紀接近的婦女，另一個是大約十二歲的男孩。兩人本來都看著平板電腦，女子臉上還有淚水。

「起來，走了。」我叫著。

「你們是誰？」

「不重要，反正是來幫忙的，現在只能說這麼多。我們想結束這裡的戰火，但需要你們協助，請配合。」

她看看我，再看看旁邊的士兵，顯然認不得。「帶我走就好，讓諾亞留下。」

「都得走，現在，否則來不及了。」

我給他們幾秒鐘收拾，接著一行人沿著走廊衝到E區。我抓著E9的門把甩開，里察・錢德勒一個人坐在小床上，拿著無線電聽得很專心，看見我提著步槍進來時目瞪口呆。

我一個箭步上前搶走無線電，不給他說話機會。「我就知道是你在興風作浪。」

他張大眼睛狠狠瞪我。「詹姆斯，你們勢單力薄，最好趕快投降，外頭的敵人比起這裡的還要難纏。」

「你是說誰？」

「五號營，來報仇的。不然你以爲你幹嘛替人開刀？」

「他們跟誰有仇？」

里察竟然第一次別過臉不敢看我。

「所以你才躲在這裡？擔心他們攻進倉庫？究竟怎麼回事，是不是你用同一套手法陷害人家，只是人家直接殺了出去？」

他沒回話，看來是默認。

「拿下我們的時候不是挺得意嗎？你不敢出去，一直監聽無線電，是等著對方攻進來後，想要第一時間逃走吧。」

里察盯著地板不講話。

「還是老樣子，話說得好聽，苗頭不對就帶頭開溜。」

「是我救了這些人。」錢德勒朝著地板氣急敗壞叫著。

「我很懷疑。」

「事實如此。」

「話說回來，里察，你爲什麼會在這裡，爲什麼到四號營來？」

「來辦造勢活動。」

「提倡移民？」

「對。活動定在小行星落下隔天。當時我和四號營總督的團隊在一塊兒，她提早得知大禍臨頭，我立刻做了決定，而且我得說是正確的決定，拯救了很多人。我當下反應過來，武器庫和最大的倉庫緊鄰彼此，最有可能成爲小行星攻擊目標。所以我帶了自己人趕快到這間距離最遠的倉庫避難。」里察抬頭望向我。「詹姆斯，你愛怎麼想就怎麼想，但我救了這些人的事實不會改變。正因如此，他們信任我。」

「外頭的人呢？例如一個穿著睡衣、抱著孩子的女人，身體中彈倒在外頭，母子都死亡。」

他身子後仰，滿臉作嘔。「拜託別那副道貌岸然的模樣，詹姆斯。我們是爲了生存，不得不心狠手辣。這裡可不是象牙塔，這是末日裡一座裝滿食物的倉庫呀！」

「卻被你化作戰場，這亂象該落幕了。」一個念頭閃過我腦海。所謂善惡有報，時候也該到了。

他瞇起眼睛。「你想幹嘛？」

我見他這種反應，忍不住笑出聲。「我有個好玩的主意，感覺等不及了呢。不過首先有一件事情，我很久很久以前就想動手了。」

我從桂葛里手上取來膠帶。錢德勒起身想反抗，但我瞬間撕下一塊，往他嘴巴黏上去。下士也幫忙制住，我就沿著他的腦袋多繞幾圈，再把手腕也捆好，接著轉頭朝那對婦孺輕聲說：「其實這非我所願。」我說的是實話，只是逼不得已。

到達居住區入口時，戰鬥已經結束，布萊韋這方獲得勝利，除了泉美以外，大家原地等候，集合之後一起向外衝進倉庫，往西側傳來槍聲的鐵捲門移動而去。靠近以後，布萊韋將部隊分成三組，他們爬上貨架、匍匐在邊緣，步槍指著大門那邊的敵人。

桂葛里、布萊韋與我走到四號營軍隊斜對面的貨架找掩護，錢德勒和丹佛斯的妻兒留在背後，避免遭到波及。

「下一步？」布萊韋悄悄問。

「跟他們談判啊，上尉。」我啓動無線電，轉到丹佛斯用的頻道。「少校，叫你的人停火。」

「辛克雷，你果然是瘋子。」

「或許。但你別無選擇。你派來的人死了，而且你們遭到包圍。」我鬆開無線電發信按鍵。

布萊韋拿起無線電，以自己的頻道下令。「警示射擊。」

我從建材堆後面探頭，正好瞧見子彈從上面彈向鐵門和屋樑。四號營士兵一陣驚恐卻找不到地方躲，只能先趴下、瞄準貨架頂端，試圖找出偷襲者位置。同時外頭的法國軍隊繼續攻擊，鐵門縫隙飛進幾顆子彈。

「你們瘋了嗎？」丹佛斯大吼。「想害所有人一起死？」

「不，會害死大家的人是你，快點放下武器。」

「辛克雷，你休想。」

我輕輕撕下婦女嘴上的膠帶。「看來得靠妳了。」我柔聲說。「勸他停手，否則真的會有很多人喪命。」然後我按下無線電按鈕，遞到她嘴邊。

「麥斯……」

「安潔拉？」

「是我，還有諾亞也在。」

沉默幾秒之後，丹佛斯的語氣怒不可遏。「辛克雷，你敢動他們一根汗毛，我跟你——」

「他們有什麼萬一都是你造成的，少校。趕快放下武器，不然我們也別無選擇。」

「那你打算怎麼應付外頭想殺光我們的人？」

「交給我就是了。」

我從貨板後方偷看，丹佛斯搖搖頭收起無線電，朝自己的士兵叫著：「放下武器。」

又一陣沉默，丹佛斯怒喝：「這是命令！」

接著就是步槍手槍掉在混凝土地板的哐啷聲。

「回報。」布萊韋在我們的頻道問。

「報告，還有四人配槍。」

「所有人，」我朝無線電說。「都放下武器，然後退開。」

片刻後，士官長透過無線電說：「對方配合了，要控制現場嗎？」

「上吧。」布萊韋回答。

第二階段開始。我解開防彈衣和外衣，脫下穿了好幾天的髒T恤從中間撕開，再敲碎附近貨架，找了根長木條把破T恤綁上去，成了湊合著用的白旗，插在錢德勒雙手膠帶的中間。他瞪大眼睛、拚命搖頭。

「造化弄人，你說是嗎？去幫我們談和吧。」我挑眉。「畢竟出面的人未必能活著回來……如你所言，我們兩個留一個就夠了。」

他扭來扭去，但被我揪住前臂拖著走。布萊韋的人馬下來戒備，槍口對準戰俘。外頭斷斷續續開槍，但法國人察覺裡頭安靜下來，也跟著放慢動作。

我將無線電轉到法國人頻道，語速放得很慢，希望他們的外語能力沒我這麼差。「呼叫五號營指揮官，我們決定停火，裡面的指揮權已轉移，現在希望雙方能夠和解，進行談判並達成共識。」

我等了幾秒，沒有回應。

只好再啟動無線電。「五號營指揮官，如果能聽懂請給個答覆。」我轉頭問布萊韋。「妳這兒有人懂法語嗎？」

她開始轉頭詢問時被無線電打斷。

「先報上身分。」是個法語口音很重的女性。

「我來自七號營，叫做詹姆斯．辛克雷，原本目的是尋求與四號營生還者互相支援，之前遭到囚禁，但已自力逃脫。」

「說謊。」

「並沒有。」

我朝錢德勒旁邊的兩個官兵點頭，他們一左一右將人拉到鐵捲門旁邊的小門。錢德勒像上鉤的魚兒般不斷掙扎，可惜敵不過兩人的力氣。下士轉開門把，讓錢德勒正面亮出白旗。

下士回頭向我確認，我點了頭，兩人狠狠地將他推向外頭寒冷夜色中。

我啓動無線電。「你們認得出去的人吧？」

「嗯，認得。」

錢德勒用木棍敲打側門，尖叫聲被膠帶蒙住。我聽著覺得挺悅耳。

「這樣相信我說的了吧？」我再朝無線電說。「他無權過問了，我們說了算。」

「你們有什麼打算？」

「希望能合作。我們有計畫可以拯救倖存者，需要人力支援，唯一的要求就是能夠活動的人都要參與，會提供食物和住處做交換。」

這次的沉默比較久，推測是對方領袖與底下的人正進行商議。

我依稀聽見遠方飄來嗡嗡聲。

錢德勒繼續捶打側門，隔著膠帶含混哀嚎，內容不難想像。眞是大快人心，早就想堵住他嘴巴。

鐵捲門縫隙透進光線，是車輛頭燈。法國人離開了？還是更逼近？

我靠近門口偷看，發現七號營與法國人的車輛都還在，並沒有亮燈。光束來自地平線，幾輛全地形車高速翻越雪地而來。

又是強盜？

調了幾個頻道後，聽見說得很急的男性嗓音。「……收到請回答，我們即將與倉庫外的敵軍交戰。」

這個聲音我認得——是七號營的人。

遠處傳來了槍響。

布萊韋的無線電還停在法國人頻道。我來不及通知七號營援軍，法國指揮官用母語大吼大叫，隨即兩波彈雨分別打向倉庫內和新車隊。所有人動了起來，夜色不再寧靜。

46 艾瑪

戰情室螢幕上，無人機夜視畫面裡，四一二號倉庫陷入戰火。

五號營軍隊毫不留情朝著七號營過去的車輛進行掃射。輕型車散開左右搖擺，濺起滿天雪水。

五號營卻又轉身往另一頭、也就是倉庫繼續攻擊，兩名士兵從車體掩護後面竄出，大步往倉庫進逼，似乎就要破門而入。

我忽然眼前模糊、頭昏腦脹，嘔吐感整個湧上來，後腰陣陣劇痛，痛楚感覺來自身體深處。

我閉起眼睛，身子前傾，手肘抵著桌子，臉埋進手掌裡。

「艾瑪，妳還好嗎？」哈利只狀關切起來。

「嗯，」我低聲回答。「沒事。」

「妳蒼白得跟紙一樣。」

「我休息一會兒就好。」

詹姆斯

子彈撕裂了倉庫鐵捲門，擊碎放置食物飲水建材的貨架。補給品從天而降，散落在通道，乍看以爲是婚禮用的彩色紙片。

我跑向丹佛斯的妻兒一把摟住，往後推到鄰近走道內，蹲下來擋在他們和外牆之間。

「停火！」我拿起無線電大叫。「詹姆斯．辛克雷呼叫七號營部隊，立刻停火，情勢已經得到控制，請立刻停止攻擊並後退。」

彈雨開始變得零散，雙方人馬都保持自制。「呼叫辛克雷博士，我們收到了指示，現在散開後退。剛才認爲你們遭到攻擊才會開火。」

「謝謝。」我說完就從布萊韋那兒拿了無線電，她還停在法國人的頻道。

「五號營指揮官，剛才是誤會。我保證我方絕對無意作戰，爲了證明所言不虛，我等會兒將親自出去談話，希望各位能夠別朝我開槍。」

等待回應同時，布萊韋叫自己人確認是否有人受傷。我望向丹佛斯的家眷，兩人都眼眶噙淚、十分驚恐，太太的手抖個不停。「你們先回居住區吧，妳丈夫也很快就會過去。這邊不會拖太久，很抱歉不得已將你們牽扯進來。」

法國指揮官還沒答覆。我再啓動無線電。「呼叫五號營指揮官，如果聽見我剛剛的訊息，答應我走出倉庫也不會攻擊的話，請給個回應。」

「辛克雷博士，只要你們別耍小手段，我們就不會開槍。」

話雖如此，我還是穿上了防彈衣。一走出倉庫，入目先看到錢德勒倒在雪地上，血水向外蔓延。雖然我真的真的很討厭這傢伙，但也沒厭惡到詛咒他去死，還是上前迅速檢查他的傷勢。只是腿部中彈，不過呼吸很喘很淺，抬頭給我的眼神像是受傷的野生動物，除了恐懼還充滿憤恨。

我拿起無線電。「泉美，這邊需要幫忙，一人中彈。」

接著我站在錢德勒旁邊，直接朝法國指揮官那頭叫著：「爲了表示善意，我們會搬食物出來，不只給在場各位，還會讓你們帶回去。」

☀

錢德勒的傷勢沒有大礙。這應該是好消息吧？日後才會知道了。

法國人吃飽喝足，加上沒有子彈飛過去，態度緩和了不少。化解他們與丹佛斯少校的心結需要時間，但我想並非不可能。大家都在餓肚子，和平共存才有得吃，明白這點應該就能放下恩怨。

局勢穩定之後，終於可以讓七號營援軍進來。全地形越野車大燈劃破夜色，高速駛向倉庫。布萊韋帶著自己人在鐵捲門前迎接。

「他們以爲有麻煩。」上尉低聲說。

「的確碰上大麻煩。」

「有驚無險。」

「一開始聽妳的，可能過程會順利很多。」

「事過境遷。」

「下次得從不同角度切入。」

她挑眉。

「以後得認清別人立場未必相同，做好萬全準備。」

「我非常同意。」

輕型車隊最前面一輛門打開，穿著防寒衣的士兵跳下來，小跑步上前。「辛克雷博士？」

「是我。」

「有找你的長程聯絡，緊急訊息。」

停戰後我應該回去運兵車向本部報告，只是得先幫錢德勒動手術，事實上也累得思緒紊亂了。

我爬上他那輛車，戴起無線電耳麥。「辛克雷呼叫。」

佛勒的語氣凝重。「詹姆斯，你要趕快回來。」

「怎麼回事？」

「艾瑪有狀況？」

「人還好嗎？」

「暫無大礙，但……你還是盡快回來吧。」

我跑回倉庫找到桂葛里、泉美和布萊韋。「我得回去七號營。」

「這邊下一步計畫是？」布萊韋問。

「你們搬補給品送回七號營。我找支援隊兩個士兵陪同，輪班開車，越野車速度比較快。」

「再來？」桂葛里問。

「布萊韋帶隊繼續前往其他營地。無人機偵察結果就算還沒出來，也已經差不多了，現在的重點是將倖存者聯合起來。如果以四號營做爲判斷依據，其他地方的狀態也好不到哪裡去。」

「我同意，」泉美說。「我想跟著去其他營地幫忙。」

「我也是。」桂葛里低聲附和。他沒解釋理由，但我猜得到，他想讓自己忙碌，順便避免與亞瑟接觸。

我朝布萊韋伸手。「謝謝妳，上尉。眞的很感謝。祝妳之後好運。」

「謝謝博士。」她聽出我的弦外之音便逕自離開，開始分配工作。

「再過不久，我們也得對亞瑟的提案表態。你們辛苦了這麼久，自然有資格表達意見，只是這話題不適合在無線電頻道討論，消息走漏的後果不堪設想。」

「我是還沒認眞思考過。」泉美回答。「畢竟技術面的東西遠超乎我理解。詹姆斯，你是怎麼想的呢？」

「關鍵在於動力。能產出足夠動力的話，留在地球無妨，但我想不出什麼好辦法，目前看來離開是唯一可行的選擇。同時我又覺得要謹愼小心，確保不會遭到電網設計。這部分是最大的挑戰。」

泉美點頭。「嗯，我支持你的看法。」她咬了咬下嘴唇，表情有點矛盾。「幫我跟閔肇說一聲，我會盡快回去。」

「好。」

桂葛里呆望著倉庫，似乎不想參與討論。

「桂葛里？」他緩緩點頭，仍舊沒正眼看我，只是伸手過來搭上我肩膀。「都好，詹姆斯，別害人類死光就是了。」

✹

回程途中，我反覆要求與艾瑪通話，但每次都被敷衍過去。

經歷四號營混戰後，我十分疲憊，可是一點都睡不著。越野車在冰天雪地疾馳不休，我的心思也高速運轉，停不下來。

我們抵達時，中央司令部地堡的坡道已經開門等候。我們用居住區牆壁材料做出了兩堵牆充當氣閘，避免內部熱空氣流失。佛勒站在內門後方。

「跟我來。」他只簡單說了這麼一句。

佛勒快步穿越地堡外側甬道，方向不是大家居住的隔間。

進了醫務區，我馬上看見了艾瑪的病床。她閉著眼睛平躺在上，那一瞬間，彷彿世界上其他人事物消失。我知道佛勒講了些什麼，可是聲音遙遠模糊、聽不清楚。我走過去床邊握住妻子的手，輕輕掐了一下，她睜眼以後嘴角微勾，面孔十分憔悴。

「嗨。」她的聲音很微弱。

「怎麼回事？」

「沒事啊。」

「看起來不像沒事。」

「就太累吧，壓力——」

「無人機影像？妳看見那邊的狀況了？」

艾瑪點點頭。

「胎兒？」

「沒事。真的。我休息休息就好了。」

48 艾瑪

我就是天生勞碌命，不找事情做便渾身不對勁，臥床休息跟坐牢沒兩樣，叫我一直待在醫務室，彷彿要我蹲三年苦窯。

詹姆斯每天早上會搜刮最營養的即食糧包來探病，臉上總是掛著大大的笑容，亞黎和山姆也跟在旁邊。

今天是雞湯麵。早餐我是沒話說，有東西能吃就該心滿意足，只不過才六點就吃雞湯麵這種東西，實在很不習慣。詹姆斯最近會詳讀營養標示，確定適合孕婦才拿來。我明白頭三個月很重要，只是他回來看見我臥病在床後，就變得過度保護。

「妳放輕鬆好好休養。」

「在這種地方輕鬆不了啊，感覺像坐牢一樣。」

「相信我，這和監牢相差很多。」

「唔，也對，老是忘記你眞的待過。」

「剛好我們也該給亞瑟正式答覆。如果妳起得來，就一起過去和大家——」

我立刻掀了被子。「當然起得來，不就去聊個天嗎，能有多辛苦？」

能離開醫務室好好坐著，我就舒暢多了。大家進入戰情室就座，廉價假皮椅發出吱吱嘎嘎的摩擦聲。我很肯定詹姆斯刻意安排過，要我背對大螢幕，沒辦法直接看到布萊韋帶隊接近二號營是什麼情況。他生怕如果又是火力衝突，我看了會身體不適。但我三不五時轉頭偷窺，他見狀便板起面孔，感覺自己像被老師處罰的學生一樣，挺有趣的。

✸

能來的人都來了：哈利、閔肇、佛勒、爾斯上校，連夏綠蒂也騰出時間，讓麥迪遜先幫忙看著上午的課。

佛勒清清喉嚨。「討論主題是電網透過亞瑟提出的條件。桂葛里和泉美不在場，也由於議題敏感，決定不透過無線電討論，兩人同意由詹姆斯代理。首先我們思考看看，倘若拒絕電網提議，嘗試留在地球，會是什麼情況。」

詹姆斯先發言。「簡單來說，一年內整個行星變作冰球。主要難關出在動力不足，我也想不出解決辦法，至少以目前已知的資源，我束手無策。

「即使有能量來源也不算海闊天空，還得建立可以自給自足的居住地，也就是要能夠種植食物、回收廢水。小規模就不容易了，但做得到。至於大規模？支撐得起足夠繁衍後代的基因庫？絕無可能。」

詹姆斯朝上校瞥了一眼。「除非有我們不知道的機密據點，本身就是足以抵禦極端氣候的小天地，而且就算沒完工也不能差太多？」

「很可惜我沒聽說過。城塞就是大西洋聯盟準備最完善的地堡了，畢竟坐落在中央司令部和ＮＡＳＡ旁邊。」爾斯說。

詹姆斯舉起手。「還有，即使前面講的都能成功，留在地球另一點要考量的是會被甕中捉鱉，文明隨時可能被電網摧毀。」

佛勒向後靠。「我認爲要思考的是哪一條路比較可行。在地底成立自給自足的社會，還是打造能夠前往另一個星系的移民船？聽起來船比較難。」

我下意識撫著肚子，然後第一次出聲。「還要考慮我們現在說到的都是短期，但眞正關鍵應該是長期。食物、飲水、房屋不保證存續，人失去活下去的意志就沒意義了。在城塞那段日子，我們已經親眼目睹過，簡而言之只是肉體存活無用，必須讓大家覺得值得活下去。最要緊的是讓成年人相信兒女能有幸福未來，我覺得這一點留在地球是無法指望了，如今空間狹小，時時刻刻可能遭受攻擊，連人口數都要精密控制，若農場或社區發生任何意外，就只有滅絕一途。」

沒人接話，我繼續下去。「離開地球也不能保證平安，這一點毋庸置疑。但至少在沒有電網威脅的新環境還有好好活下去的機會，留在地球的結局已經注定，只是躲得了一時而已。」

「很有道理。」佛勒說。「像我就沒深思到這個地步。」

夏綠蒂的語氣彷彿沉思。「兒童的適應能力比大人以爲的要好，但這一點我同意艾瑪。人類演化的數百萬年大半都是住在地面，氣候相對溫和。我認爲文明延續要在類似環境才容易成功，雖然可能還是得要融入新世界。」

哈利十指交觸發話：「換個角度看，好幾世代住在太空船上，本質與住進地底相差不多，都是封閉生態系，只靠一堵牆隔開生命威脅。接下來不知道多少年裡，逃進地底和星際漫遊的風險都一樣。剛才夏綠蒂提到了，這種環境不符合人類演化過程，誰也無法預測會有什麼狀況。」

說得很好，換我沒想到。

「哈利的說法有個前提，就是前往新星球的旅程，會持續幾個世代的時間。」詹姆斯說。

哈利笑著說：「你覺得電網有曲速引擎（注）嗎？」

「天知道？穀神星戰役過後，新的收割者花了幾年才出現，背後原因我們無從得知。對移民這個選項下判斷之前，我覺得必須先徹底瞭解電網的安排究竟是什麼。」

「附議。」閔肇開口。「如果可行，移民其他星球是最佳選擇，但我不信任電網，很有可能被他們暗算，在我看來這才是最大的風險。」

「如何消除風險？」佛勒問。

「我想了很久，」詹姆斯回答。「主要威脅來自過程中電網提供的大量技術支援，如果這些科技都受到對方操縱，那就有數不清的手段能殺光我們。」

他停頓一陣，給大家想像的時間。

「但是，」詹姆斯繼續說。「我想還是有辦法將這個威脅降到最低。首先，我們讓電網提供設計圖，但製造要由人類一手包辦，確保每個零件都不會故障。再來非常重要的是，所有軟體要由我們親自寫，避免亞瑟取得程式碼或侵入網路。反正目前根本沒有無線數據傳輸。」

「無人機不是建立了菊鏈嗎？」閔肇問。

「唔，對。」詹姆斯揉揉太陽穴。「還好它們用音訊爲媒介，沒有連接到資料庫，搭載的軟體也很基礎，應當沒什麼漏洞可鑽。不過之後還是撤掉，用無線電就好，還要禁止所有無線網路。」

「就算採用封閉系統，也無法保證亞瑟不會自己寫好程式塞進去？」哈利問。

「當然。」詹姆斯回答。「這就是第二部分了，必須時時刻刻有人盯著亞瑟，絕對不能有破綻。限制他的行動範圍，不可以靠近有連線的電腦。」

「撇開亞瑟，」閔肇說。「還有個風險是，收割者直接攻擊移民船。」

「我也想過這一點。」詹姆斯說。「所以必須堅持在船上加裝防衛系統。眞的出了太陽系開始星際航行，航道可能掠過、甚至穿越其他星系，說不定同樣會碰上有敵意的科技或文明，沒有自保手段萬萬不可。」

「太空船當然超出我的專業領域，」爾斯上校說。「所以我會從其他角度思考這件事。論及風險，人的問題才是我最先想到的部分。說白一些，想必不到一年內就必須對大家公開星際移民計畫，我猜會有一定比例的人很難相信，相信的人不一定認同，屆時必定會大亂，甚至演變成內戰。光是四號、五號營之間就鬥成那副德行，相比之下那只是前菜而已。」

他說得沒錯，同樣是我沒考慮到的部分。與不同立場的人交流，總會驚覺自己有多少盲點。

「聽起來，」佛勒整理眾人發言。「無論哪條路都有大方向了，顯然做抉擇前必須先讓亞瑟解釋清楚，目前我們手邊的資訊太少。」他掃視大家問。「這樣總結沒錯吧？」

「同意。」詹姆斯回答，其餘人點頭附和。

「我想補充一點。」夏綠蒂說。「根據最新統計數字，七號、四號、五號營加起來總人數不過五百出頭，換言之做爲重啓人類文明的基因庫實在太少。未必不可行，但我個人仍會擔憂。假如大西洋聯盟這邊狀態都差不多，就只能說前景岌岌可危。一言以蔽之，我們需要更多人。我知道無論建造地底社會或太空船都需要資源，不過還是想問問看：是不是應該與裏海、太平洋以及返回舊家園的隊伍取得聯繫？」

印象中夏綠蒂的家人在澳洲，也就是太平洋聯盟的根據地。這一點先前竟忘記了，她一定心焦如焚吧，更何況她剛才提出的人口問題也是重點。

「障礙在於，」哈利提醒。「要怎麼過去那裡？無人機調查了大西洋聯盟所有機場，飛機已全

注：出自《星艦迷航記》（Star Trek），搭載曲速引擎的宇宙飛船可以快於光速的速度航行。

部被小行星破壞了，直升機也一樣。還有三個軍事基地可以找找看，只是沒辦法指望。」

「聯盟的兩個海港呢？」佛勒問。

「目前不清楚。」詹姆斯說。「一架無人機會在三十六小時內到達位於北港的三號營，之後的十二小時內會有西港的十五號營回報。可是說眞的，若有船完好無損我才訝異，除非有營地完全沒遭到攻擊。」

「此外，」爾斯上校指出。「其他營地遲遲沒有聯絡，代表狀況不會比較好，只會更糟。」

「有個主意，」閔肇靜靜說。「需要先和桂葛里討論，或許能幫我們聯絡上其他營地。」

戰情室房門忽然被打開，一個上士探頭進來。「上校抱歉。報告長官，布萊韋上尉在頻道等候，碰上麻煩了。」

我一聽就轉頭望向無人機畫面。大家似乎討論得太投入，沒人留意到螢幕裡的異狀。

風雪中，七號營車隊被兩輛越野車擋下，遭到大西洋聯盟士兵提槍包圍，看樣子對方是刻意設下路障。

「謝謝。」爾斯回答後，上士立刻退出去將門關好。他啓動會議桌上的無線電。「七號營總部呼叫B隊，聽到請回答。」

「布萊韋上尉報告，我們與九號營接觸，對方命令我交出武器和部隊指揮權。」

「誰下的命令？」

「報告長官，是帕羅利將軍。」

「帕羅利將軍是？」佛勒問。

「聯盟軍最高指揮官。」爾斯回答。「義大利人，身邊部隊當然也是。他負責北側地面防衛，階級比我高。」

「未必。」佛勒說。「我現在啓用《城塞政權延續憲章》。」

爾斯抬頭。「署長說的我不太明白？」

「那是大西洋聯盟的機密文件，將包含戒嚴令在內所有行政權，移交給七號營非軍方最高層級官員。指揮鏈的劃分十分明確，聯盟最高委員會有兩名委員躲進城塞存活，已經根據憲章放棄其權力。換言之，現在由我當家作主。」

「長官？」布萊韋透過無線電問。「聽得見嗎？」

「上尉，妳稍候一下。」爾斯回答。

「早該執行了。」佛勒繼續說。「依據《城塞政權延續憲章》，我現在任命你，爾斯上校，做爲大西洋聯盟防衛部長。如此一來，你應該就有權處理現在和往後的類似事態。」

爾斯一臉詫異，坐著沒動。「承蒙署長信賴，但我恐怕不夠格？老實說，當初管理城塞算是閒差，長冬前我只剩下一年半就要退役，階級已經到頂。」

「部長，世界本身已經天翻地覆改變了。在我看來，目前你是最合適的人選，眼下就有個緊急情況，需要你好好處理。」

爾斯還是很錯愕，恍恍惚惚地起立回答。「是的，長官。」然後便走出戰情室。

佛勒轉頭對詹姆斯說：「接下來要準備與亞瑟對話，不可以大意。但首先我需要一個小時收尾。」

「收尾？」詹姆斯朝急著離開的佛勒發問。

「得趕快把《城塞政權延續憲章》寫出來。」

詹姆斯

統計數字出來了：九號營有將近兩百名倖存者，目前聯絡到的營地總和約爲七百。七百人。不過其他地方還有生還者，必須找出來。時間一分一秒過去，不趕快集結人類、離開地球不行。戶外逐步降低的溫度，彷彿也成了給我們的倒數計時，天氣越冷，終點越近。

戰情室內，艾瑪、哈利、佛勒、閔肇和我，討論電網陷害人類的各種可能性以及如何反制。接下來該聽聽對方到底怎麼說。命運開了好大的玩笑，要消滅我們的敵人，竟成了我們逃離地球的唯一希望。

爾斯配置了至少六名武裝衛兵看守亞瑟。他們準備好防彈衣和鋼盔，全身不露一點破綻。亞瑟被金屬手銬牢牢制住，但我懷疑說不定他其實能掙脫。而且倘若亞瑟有意反抗，恐怕被擊敗前就能殺死一半士兵，以及我們這些非戰鬥性質人員。正因如此，我安排艾瑪坐在會議桌另一頭距離最遠的地方。

牆面螢幕全部關閉，桌上平板電腦和文件也全數收好，避免亞瑟取得任何可以設計我們的資訊。

他一派悠閒地現身，彷彿走進餐廳和老朋友見面。三個衛兵守在房間內，槍口對準了亞瑟。好一陣子沒人講話。我想其他人內心動搖了。大家都見過奧斯卡，對他或多或少有些感情。穀神星戰役是人類歷史最黑暗時刻，而他拯救了所有人。對我和艾瑪來說，奧斯卡還有更深一層意義。

我猜他對艾瑪而言就像沒血緣的兒子，也如同摯友。艾瑪不能走路的時候，奧斯卡陪在她身旁，即使七號營的家化作廢墟，有他照顧、復健、指導、監督與鼓勵的回憶，也無法輕易磨滅。奧斯卡是我的造物，也是全世界與我爲敵時，眞正且唯一的朋友。即使生命面臨最低潮，我依舊愛他、關心他、養育他。

不過關於奧斯卡，我最深刻的記憶是小行星落下那天，他救了我的女兒。他帶亞黎進城塞的速度無人能及，離開城塞尋找生路同樣也不是人類能夠辦到的事。若非他鑽入備用水道、爬出蓄水層，所有人恐怕到現在也出不來。奧斯卡拯救了很多人，如今不知困在哪兒還被取而代之。眼前這個冒牌貨是敵人，卻也是一線機會。

「各位找我有事，是嗎？」

「挺風趣的，」佛勒嘀咕。「的確聽說你現在的話特別多。」

「我一直很健談，以前的問題出在詹姆斯寫的人工智慧太粗糙。雖然是同一個身體，但腦袋可是今非昔比喔。」

「我們討論過你提出的條件。」佛勒沒理會亞瑟的自說自話。「現在想要瞭解詳情。」

「我還以爲已經定案了，當初是基於這個前提才從什麼『城塞』、就是你們自己挖的破爛地洞裡面把人全帶出來的。」

佛勒聽了有點遲疑。

「現在討論的不是過去而是未來。」我的語氣平板。「最主要是如何離開地球、前往新家園，和電網不再有瓜葛。」

「唔，很簡單啊，詹姆斯。你們提供物資，我去改造軌道上兩艘原始人的太空船，改完之後你們這些無毛猿人就可以走了，去過過幸福快樂的日子。應該吧。」

「我們怎麼知道上了船不會被殺光？敵人全部擠在一起無處可去，對你們而言，再方便不過了吧？」佛勒問。

「保存能量啊。」亞瑟回答。「我要的是你們離開地球、離開這個太陽系，以後別再來煩我。電網要的是恆星能源，而且希望以最低消耗來取得。」

「試著從我們的角度思考，」我提醒。「你——亞瑟——目前使用的能源並非來自電網，在程式動手腳讓太空船爆炸，或是掉到大氣層燒毀，都不是問題。」

「話雖如此，我那麼做會有什麼結果？萬一被你們逮到呢？先殺掉我，然後就算你們對收割者的反擊沒什麼力道，終究還是另一次戰爭。對電網而言，麻煩並沒有解決，仍舊要耗費能量消滅地球人，那樣我的任務不就失敗了嗎？所以我當然傾向把你們送出星系。」

「太空船離開太陽系，到了歐特雲(注)之外，屆時又怎麼保證你們不會動手？」

「除了口頭承諾，我也沒有其他辦法。想一下，我對你撒過謊嗎，詹姆斯？電網其他成員有過嗎？穀神星那時，前一個收割者告訴過你會有下一次，威力更強大，足以徹底毀滅地球文明，結果不正是如此？你們困在地底快要餓死的時候，我答應帶大家出來，也確實做到了。現在我承諾會送地球人平安到達新家，又何必要食言。」

亞瑟朝會議桌走近，士兵立刻舉槍指著他胸膛。他冷笑一聲。「放輕鬆，看來你們還不明白其實我是自己人。電網是宇宙的終極命運，自然也是你們未來的道路。總有一天你們會加入電網，只是時間早晚而已。」

佛勒伸出手打斷他。「先專注眼前吧。離開太陽系該怎麼做？我想知道細節。」

「剛剛說過了，你們提供原料，我製作機器人，剩下交給它們就好。」

「可是機器人怎麼上軌道？」哈利問。「小行星落下之前，我們都已經幾乎沒有燃料了。」

「我的發射機制不需要燃料，靠電力就好。」

佛勒打量亞瑟。「怎麼說？」

亞瑟嘆氣。「細節——」

「對我們而言很重要。」佛勒再打斷。「說給大家聽聽吧。」

「好好好，我會用上次的鑽地機器人，開一條連接到城塞的豎井。」

「跟豎井的關聯是？我沒聽懂。」這下子我是真的好奇起來。

「用鑽孔機在撞擊坑下鑿一個圓環加速器出來。」亞瑟瞟了瞟哈利與我。「你們應該知道下面的岩石密度有多高，所以這條地底坑道密封之後，內部的氣壓極低。雖然談不上是真空，但也足夠讓裡面的東西的速度提升到你們難以想像的程度。直接把太空艙放進去，達到可以脫離地球重力井的速度之後，從加速環外側舷窗走豎井出去。機器人、無人機、最後是乘客——當然都放在艙體裡面，保護得妥妥當當的。」

令人讚嘆的設計，完全超乎我想像。

不過我問了理所當然的問題。「加速動力從哪來？」

「加速環布滿電磁鐵推動太空艙，電力來自連接地面的太陽能板。」

機不可失，我暗自祈禱亞瑟不會意識到。「你自己說過來到地球的太陽能量越來越少，一年內

注：歐特雲（Oort Cloud）是圍繞太陽、主要由冰微行星組成的球體雲團，其外圍標誌出太陽系結構、太陽引力影響範圍的邊緣。

降到接近零。地熱不是好得多嗎？穩定有保障，需要的隧道同樣用鑽孔機就能造出來。」

亞瑟淺淺一笑，似乎覺得很有趣。「幹得好，詹姆斯，我還眞的差點中計。有三毫微秒時間，我差點兒就信了你，千鈞一髮哪。」

我故意往後靠著椅背，假裝聽不懂。

他的眼珠子朝眾人轉一圈。「還想破頭聽不懂的人，我直接公布謎底吧。詹姆斯剛剛想誆我幫忙提供地熱做爲能量源，如此一來，就算太空船計畫失敗，你們還是能加以利用。今天大家該學的一課是：能量等同於生命。有了地熱，你們可以建立自給自足的居住空間，換言之便可以留在地球，我們怎麼可能容許。」

隨他嘲諷吧，我總得試試。

「還有個問題，」哈利繼續說。「太空艙發射並脫離大氣層，怎麼保證不會朝著太空深處越飄越遠？」

「我說哈利啊哈利，你難道以爲我打算讓大家太空漂流直到餓死？」

「嗯，我確實覺得有可能。」

「好吧，那你儘管放心，第一批太空梭就會把曳引器送上去，這種以太陽能爲動力的機器搭載推進裝置，可以控制太空艙的移動方向。控制器會找到脫離大氣圈的太空艙依附過去，把它們送到太空站或太空船。」

「聽起來，」艾瑪開口。「像是沒找到馬就急著做馬車。我們根本沒有建造加速環的原料，更別說太空艙或控制裝置等等。」

「目前或許沒有，」亞瑟回答。「但我說了，你們只需要提供原料，其他的交給我就好。」

「怎麼說？」佛勒追問。

「小行星落下前，大西洋聯盟有十幾間 3D 列印廠，還剩下多少？」

佛勒沉吟。「嗯，九號營有一個廠房還能用。建築物有點損壞，裡面四十臺機器倒是沒事。」

「能增加到一百臺會比較理想。」

「還有營地沒搜查。」佛勒說。「不然就要看看裏海、太平洋和重建的都市裡找不找得到。」

亞瑟翻了個白眼。「我不會太樂觀。」

「什麼意思？」夏綠蒂語調裡的焦躁很顯著。

「動動大腦就懂了吧？大西洋聯盟分散成十六個營地，但是太平洋聯盟和裏海聯盟的據點都是人口密集的都市，目標大得多。」

「所以？」閔肇問。

「會被更大的小行星砸到。」

夏綠蒂的雙頰漲紅。閔肇平時很少表露情緒，但此刻也看得出內心煎熬。他們一直關切太平洋聯盟的親人朋友是否平安，亞瑟這種跋扈態度不啻在兩人心頭的重創上撒鹽。

「你應該有辦法調查其他人類居住地的情況吧？」我保持態度鎮定。

亞瑟聳聳肩，好像我們是一群無理取鬧的小孩。「要是你們願意花資源的話，當然可以。」

「作法是？」

「用 3D 列印做無人機，安裝效率遠超你們認知的太陽能板，底部搭載攝影機和無線電。你們喜歡的話，還可以灑傳單喔。」他冷笑嘲弄。「想灑糖果棒都不成問題。」

「我們只需要資料，和各地詳細情況。」我說。

「那好，無人機日出升空，跟著太陽路徑飛行，利用氣流和太陽能沿著地球繞圈。中間可能得停幾次，但不出幾天就能有報告。」

「好，這個列爲第一優先。」佛勒指示。

「那你們要放我出籠子了嗎？」亞瑟問。

「工作假釋，」佛勒回答。「取決於你是否配合、表現如何。」

亞瑟很造作地朝我微笑。「就像當年的詹姆斯！第一次接觸任務耶！」

「不一樣，」佛勒沒好氣說。「我們可沒考慮過朝詹姆斯開槍。」

「這句話是暗示嗎，要是你們覺得我耍詐，就會立刻痛下殺手？」

「接下來，」佛勒再次無視亞瑟的尖酸刻薄。「說明一下移民目的地是什麼狀態。」

「沒太多好說的。質量是地球的九成二，重力幾乎一樣。」他挑挑眉。「你們說不定能見到曾孫呢。」

我先提出或許是最關鍵的疑問。「它的恆星是什麼情況？」

「用你們地球人的口頭禪來說，就是『爛透了』。」

佛勒終於忍不住嘆息，也開始不耐煩。「用科學解釋給我們聽。」

「好好好，小羅你這人眞掃興。」

佛勒瞪了一眼，亞瑟卻裝作若無其事。「是顆紅矮星。」

佛勒聽了以後似乎頗爲訝異，靠著椅子思索。我主攻機器人製作，對天文學研究不深，無法立刻明白紅矮星對人類有何影響，只看得出佛勒的神情透露憂慮。

坐他隔壁的夏綠蒂直接蹙眉問：「紅矮星是？」

「小而暗的恆星。」艾瑪搶在亞瑟前面幫忙解釋。

「那我們要去的行星還是顆冰球？」夏綠蒂又問。

亞瑟很誇張地轉了轉眼珠。「假如跟你們這顆地球一樣距離太陽很遠，那就沒轍了。但是你們的新樂園距離恆星很近，比水星到太陽還近，二十天就能公轉一週。」

「潮汐鎖定？」閔肇立刻問。

「沒錯。」

夏綠蒂瞥艾瑪一眼，暗示要她解釋名詞。「那顆行星和我們的月亮一樣，」她低聲說。「公轉時都是同一面面向恆星。」接著艾瑪望向亞瑟。「但這樣會有很多問題，例如行星一面高溫、另一面結凍，這種環境並不適合維持穩定大氣與地表生物圈。」

亞瑟板起臉。「你們操太多心了，那邊的大氣好得很。」

「詳細說明吧。」艾瑪堅持。

「好吧好吧，」他咕噥。「比地球的濃一點，這是沒辦法的事。氮比例比較高，給你們呼吸倒是不成問題，你們會喜歡的。」

「氣候如何？」夏綠蒂問。

「舒適宜人，」亞瑟仰頭的模樣像是忽然記起什麼。「看地區啦。」

「恆星穩不穩定？會不會常常閃焰？」佛勒問。

亞瑟故作天真。「我們經過的時候沒看見。」

「什麼時候經過的？」哈利問。

「勘察過程。」

「所以只觀察了一次？」佛勒又顧慮起來。「後來沒有持續追蹤？」

「當然沒有。恆星很多，時間很少。」

「上次觀測的時間是？」閔肇問。

「兩千四百年前。大約啦。」

佛勒雙手一攤。「你開玩笑嗎？」

「放輕鬆。」亞瑟回答。「以宇宙尺度來看，這跟兩分鐘是同樣的意思。」

佛勒搖頭盯著桌子。「有居民嗎？當時？」

「沒有值得提的。」

「意思就是那裡有生物。」夏綠蒂說。

「有，反正對你們這些野蠻人而言都是野味。」

「原生種危險程度如何？」我不想理他的話中帶刺。

亞瑟別過臉。「你們可以應付啦。」

「有高智能生物嗎？」我問。

「沒有，別怕，都笨得跟恐龍一樣。」

恐龍？這比喻很有趣。

閔肇拿初平板電腦，螢幕刻意避開亞瑟，以免被他看見內容。「我們的望遠鏡有偵測到那顆恆星嗎？」

「有有，」亞瑟一副不耐煩的口吻。「你們的克卜勒太空望遠鏡看到過。」

「位置？」閔肇追問。

「克卜勒四十二（注）。」

閔肇查詢後說：「還真的是紅矮星。」

「都說了嘛。」亞瑟懶洋洋地回答。

「克卜勒望遠鏡在那邊找到三顆系外行星，軌道十分接近，質量介於火星到金星之間。」閔肇一臉茫然。「重點是距離一百三十一光年，超過四十秒差距。」

夏綠蒂再次困惑。「秒差距是多長距離？」

「一個秒差距大約是十九兆英里。」佛勒解釋後，轉頭問亞瑟。「過去要多久？」

「這就不知道了。」

「爲什麼會不知道？」我問。

「中間能找到多少散逸物質，我沒辦法確定。」

輪到我疑惑。「重要性在於？」

「太空船會有兩個動力來源，一個是核融合引擎，燃料是旅途中收集到的粒子，另一個才是船殼外的太陽能板。核融合會是主要推進力來源，捕捉到的材料越多，速度就會越快。」

「然後你們算不出路徑上會有多少物質？」

「詹姆斯，我們是電網，哪有浪費能量計算宇宙有多少塵埃的道理？」

「那爲什麼非得用核融合做主動力源？」哈利問。「你們自己不就以太陽能爲主嗎，效率比較高吧。」

「對，但你們的情況以太陽能爲主非常危險，會需要穿越其他星系。」亞瑟轉頭回來，掃視我們。「大家都知道這種行爲容易引發爭端。」

佛勒咬了咬下唇。「你是說會遇上有敵意的外星文明？」

「比較有可能遇到他們留下來的東西。」

「加入電網前的遺跡？」

「或者滅亡前製造的垃圾。」

注：Kepler-42，舊稱KOI-961，是一個位於天鵝座的紅矮星，二〇一二年發現。

「都留下些什麼？」我問。

「晚期文明一大特徵就是被害妄想很嚴重，會生產太空防衛兵器，但人口大幅縮減以後，也就沒力氣自己掃乾淨了。穿越星系收集恆星能量，很有可能碰上自動防禦系統，對它們而言，你們就是入侵者、是古代預言提到的敵人。躲遠點用核融合安全得多了，只是萬一燃料真的不夠，就得改變航道、進星系內部賭一賭。」

「電網總知道哪些星系以前有文明。」我說。

「不行。文明這種東西來來去去的時間，對我們而言只是眨眨眼睛，沒工夫一個個關注。如果對對方沒興趣，又何必浪費能量？」

我這才清楚意識到：就算亞瑟毫無陰謀詭計，星際航行原本就危機四伏。

「我們又如何確定，」艾瑪淡淡地說。「新的家園未來不會再次遭到電網攻擊？」

「機率。」

「我不懂。」艾瑪回答。

「那是紅矮星，還記得吧？油盡燈枯，人老珠黃——」亞瑟冷笑。「抱歉成語用了太多。音訊溝通很枯燥，只好找點樂子。」

艾瑪像是在盤算什麼。我知道她思考著怎麼做對孩子才好，現在我們有三個孩子要操心。「太空船的速度多快？」

「剛剛說過這取決燃料和太陽能多寡，但無論如何，多數時間應該就是光速的好幾分之一……估計航程兩千年。」

「兩千年……」艾瑪自言自語，眼神飄進虛空。

「有什麼方法度過兩千年航行？」我問。

「詹姆斯，兩個方案，聰明的和不聰明的。」

「解釋清楚點。」

「就知道你要這樣說。第一個方案是醒著。」

「一代接著一代。」

「沒錯。」

「另一個方案？」

「休眠。還沒猜到的話，這是我說比較聰明的選擇。」

「爲什麼？」

「因爲……人性啊，詹姆斯。我們沒出現之前，你們地球人怎樣對待這顆星球和彼此？把你們這種生物塞進狹窄空間燉上兩千年，會怎樣呢？我覺得成功抵達的機率是百分之一……再除以兩百。」

「如果休眠，機率是？」

「……半一半吧。」

「怎樣增加成功率？」哈利問。

「沒有辦法。」

「沒有也得有。」佛勒直截了當說。「休眠有什麼風險？」

「除了前面提過碰上想打架的外星人嘛……我想想，怎麼說好呢，宇宙現象吧，就跟開車碰上惡劣天候同樣意思。這種事情討論下去沒完沒了，反正你們也無計可施。恆星變成超新星、重力異常、偶爾總會遇上繞不過去的小行星帶什麼的，總而言之，很多東西都可以摧毀太空船。」

「唔，我們能先預防的有什麼？」我問。

「唯一一個就是機器故障吧。兩千年對機器正常運轉是挺漫長的時間。」

我點點頭，慶幸自己還是有些事情可做。「所以要做備用、甚至備用的備用，還得定期解除休眠做檢查保養。」

「詹姆斯，所謂的『一半一半』，已經把這些都算進去了。」

50

艾瑪

我躺在醫務室病床上，詹姆斯帶了午餐來，兩份熱好的口糧包和一瓶水。

我從他手裡接過食物。「我一定要在床上吃嗎？」

「休息不就是該在床上？」

「完全不能離開？」

「至少前三個月吧。」

「這樣下去我會發瘋的。」

他笑了。「那妳不孤單，地堡裡每個人都心浮氣躁。」

「什麼時候走？」

「確定地點就走。無人機應該明天能完成偵察。」

「你對亞瑟說的話有什麼看法？」

詹姆斯的眼神飄忽。「很多值得思考。」

「你會因此改變主意嗎？最多就一半機會。」

詹姆斯鼻子哼了一下。「一半？我很懷疑。」

「你覺得他說謊？」

「跨世代的作法，他就能把機率說得那麼明確。我猜他是刻意模糊，或者根本胡說八道，只是想牽著我們鼻子走，引誘我們選休眠。」

「如果成功機率不到一半，你還是覺得我們應該離開地球嗎？」

「機率再低都是最有可能成功的選擇。而且我認為還有其他手段能提升機率，亞瑟並沒有全部考慮進去。」

「是什麼？」

「我們。」

「我們？」

「人類有生存欲望。我們被逼成這樣，還是堅持活了下去。每次交鋒，電網都低估地球人。」

戰情室內，佛勒站在牆面螢幕前，最大一塊播放著無人機畫面，大倉庫旁還有一座小建築。我認得那是生產工廠，外牆有些崩塌，不過倉庫和廠房都保存了下來。

「無人機已完成偵察。」佛勒的語調頗為壓抑，我覺得不是好兆頭。「接下來交給爾斯部長報告。」

爾斯起立。「根據生命跡象訊號與人工計算，最新統計數字是，大西洋聯盟在小行星攻擊後，存活者為九百三十七人。」

數字令人心驚，地球人竟已剩不到一千！房間裡的大家整整呆了一分鐘無法言語。詹姆斯、閔肇和哈利面無表情盯著桌子，夏綠蒂的失落直接寫在臉上。

「受傷人數？」詹姆斯終於開口問。

「目前回報兩百七十七人，傷勢程度無法正常輪班，但聯絡上最後三個營地之後，數字應該還會攀升。」

「年齡分布？」閔肇低聲問。

「大約百分之五十五未滿十八，四成未滿五十，與我或佛勒博士同年齡層的人相當少。數據同樣是目前能掌握的部分，但其餘營地的比例未必會有太大差異。」

「也就是一個大人對一個半的小孩。」夏綠蒂說。「能夠處理的範圍。」

「單純統計學沒問題，」佛勒指出。「但現實狀況是滿十八歲的族群也年齡偏低，大部分是缺乏育幼經驗的年輕人，而且還沒有太多時間能放在孩子身上，必須參與勞動和生產。」

「那麼由誰照顧孩子呢？」夏綠蒂問。

「得交給傷患，當然也要他們做得到。」佛勒說。

「實體資產部分？」詹姆斯問。「建築物、補給品等等？」

「情況好壞參半，」爾斯回答。「包含七號營在內，有四個營地遭到毀滅性打擊——至少地面建築全毀。」

「海港呢？」哈利問。

「都沒了。兩個靠海的營地受到重創。」爾斯指著牆壁上兩塊螢幕，畫面上都是建築。「好消息是九號營的九〇三號倉庫、九二號工廠狀況相當不錯。布萊韋上尉已經帶隊整理3D列印機，如之前所說有四十臺可以運作。」

「工廠原本負責什麼？」我問。

「食物加工，將溫室出產的農作包裝成口糧包，回收口糧包裝與容器。當然這是之前，小行星落下後，存放的新鮮食材都已腐壞。」

「倉庫有多大？」詹姆斯問。

「大概二十萬平方英呎。」爾斯回答。「所以大西洋聯盟每人能有將近兩百平方英呎的居住空間，比這邊好得多。」

「還得假設世界上其他地方也有生還者，」閔肇低聲說。「找到的話也要帶過來。」

「沒錯。」佛勒附和。「爾斯和我討論過是否將九號營所有人帶去，改造倉庫為居住區。我想聽聽你們的意見，是否有反對或顧慮呢？」

「做是一定要做的，」詹姆斯開口。「只是執行面必須好好安排。我傾向先整頓好居住區，再讓大家搬過去，尤其傷病者最好別先移動，」他朝我看了看才繼續。「給大家更多時間休養比較能安心。再來我認為要分批，食物恐怕依舊是最大難題，至少短期內還無法保障。我提議組織搜索隊到各營地去，從廢墟挖掘食物和不好靠3D列印生產的重要物資。」

「同意。」佛勒說。「也正好跟下一點有關，所以派出去的太陽能無人機要偵測的就不只是生命跡象，還包括食物、醫藥等等。泉美那邊有清單嗎？」

「有。」詹姆斯說，「我想優先順序是這樣的：從廢墟搜索食物，改建九〇三倉庫做為居住區，製造太陽能無人機展開全球搜救。無人機部分應該是交給哈利、閔肇和我，我們帶亞瑟到工廠、寫程式，做好就發射出去。」

「我會繼續指揮廢墟的挖掘工作。」爾斯說。「營地多了，挖掘的面積也變大，同時積雪卻越來越深，難度逐漸增加，再拖下去對我們很不利。」

「我會召集工作小組規畫九〇三倉庫內部設計，」佛勒接著說。「但眞正的挑戰可能之後才會開始。」他掃視眾人。「究竟要倚靠亞瑟離開地球，還是留在這裡堅持下去，我想聽聽你們每個人的意見。」

視線忽然集中到夏綠蒂和我這邊。

「艾瑪，妳先吧。」夏綠蒂說。

這問題我思考了很久，畢竟在病床上也沒事情做。

「現在我身邊有兩個小孩，」我說。「很快還會再添一個。的確，離開地球前途茫茫，可是留下來是死胡同。我投移民一票。」

「附議。」夏綠蒂說。

「我是覺得根本別無選擇。」哈利說。「何況可以坐星艦？我當然選擇走。」

「嗯，」再來是閔肇。「我同意，不是走就是死。」

佛勒望向爾斯。「這個問題交給人民政府決定，我們軍方會全力支持。」

「即使亞瑟說過成功機率不算高，」詹姆斯接著說。「我還是認為，現在只能接受電網的條件。我們有許多挑戰要克服，而且所有人都會很辛苦，但我還是覺得必須走。泉美和桂葛里也認同。桂葛里最初確實有所保留，主張對電網展開反擊，但我相信現在的他會支持決議。」

「那麼，表決完畢。」佛勒說。「全員準備離開地球。」

51 詹姆斯

凜風吹過白雪覆蓋的荒漠，滲進防寒衣的冰冷有如永不蒸發的水氣，望向自地平線探頭的太陽，我沒有遮蔽的頸部被凍得刺痛起來。隨著日子一天天過去，小行星炸出的塵埃皆已落下，天空逐漸清朗，但朦朧過後，陽光卻越來越稀薄，彷彿離我們越來越遙遠。留在地球就是這種感覺，跟隨著這顆行星沉入陰冷、失去一切希望。根據亞瑟的說法，距離太陽能無法溫暖室內環境，只剩十一個月了。

十一個月，來得及嗎？

事實上也只有一條路可走。不盡全力，就是困在地球等死。

這個月裡哈利和我與亞瑟建立了一種高生產力、同時充滿猜忌的怪異關係。我們的第一個發明即將升空，是能夠繞行地球的太陽能無人機，用於回傳其他地區的圖片，以及生還者訊息。藉此我們將知道自己在地球上究竟有多孤單。機器約莫十呎長，頂部以黑色太陽能板包裹，機身伸出短短一對翅膀，底部是白色的，看起來就像趴在雪地的大企鵝。我們取名為「金絲雀一號」，其實企鵝一號才符合它的造型，只是聽起來太沒氣勢了。

哈利將平板遞給我。「要親手來嗎？」

我按下啓動鍵，無人機直衝雲霄。電池已充飽，還有太陽能板繼續提供動力，但即便如此，航程中仍需要降落幾次等待日出。

預計它七十二小時後返回，不過也得看氣流狀況。

三天後就能知道，地球上還有沒有其他人存活。

我已連續好幾週晚上都不在家裡，這時終於可以回到中央司令部地堡的小房間，與艾瑪、亞黎和山姆擠在一塊兒。

艾瑪的肚子變得明顯隆起。雖然她不再孕吐了，卻換來亞黎對弟弟還是妹妹充滿好奇、一直追問的纏膩，不知道這種性格是遺傳我還是艾瑪，總之沒完沒了。幸好艾瑪對女兒很有耐心，不會因此有太多情緒。

艾瑪如今多了個移民企畫的新角色，她和夏綠蒂、泉美一起孜孜矻矻，為到達新家園後的生活做各種打算。未來的挑戰巨大，例如如何種植食物？將面對什麼病原？怎麼抵禦新環境裡有敵意的物種？

艾瑪曾經說過她以前的夢想是前往新的星球、建立新的社會。吸引她的一方面是背後的科學技術，但我想另一方面是全新制度的可能性。人類可以不再受過去束縛，攜手合作創造嶄新天地。我看得出來她樂在其中，但也同時擔憂會在那顆行星碰上什麼東西。大家都一樣。

沒和艾瑪、夏綠蒂一起討論時，泉美便專心研究亞瑟提出的休眠技術。她說內容既神奇又可怕，下個月可以準備實驗，還表示願意親自嘗試，但佛勒說什麼也不肯讓她上場，要請軍隊提供志願者。這樣也好，她能加倍努力確保受試者安全無虞。

哈利、閔肇、桂葛里、佛勒與我的精力主要放在移民船開發上，大方向很簡單，將原本裝載攻擊用無人機的艙內空間改爲載人就好。乘客會放進休眠袋裡，袋體厚實，以眞空密封，附有連接到太空船主系統的監控器。艙內會有六架機器手臂，能夠挑選目標移民放入甦醒室，那裡顧名思義便是解封休眠袋、讓人脫離休眠的地方。經過這番規畫，副成果是我們確認了太空船容納人數上限爲一萬兩千三百九十四，目前找到的難民即便都進去也還有很多空間。幾天之後，我們就會知道其他地方是否還有生還者、能不能所有人都上船，如果位置不夠，我們得再想想辦法。

☀

無人機三天前升空後，至今杳無聲息。我在早餐後前往戰情室確認。

我從會議長桌拿起無線電，與留在九號營的哈利通話。「你們有收到消息嗎？」

「沒有，」他回答。「不過預計的時限也還沒到。」

「我知道，只是總覺得長程無線電應該要有點動靜了才對。」

「或許電力不夠吧。」

「可能吧，」我咕噥。「我要過去你那邊了。」

☀

抵達九號營已經過了午夜，３Ｄ列印工廠外面熄燈省電，但我知道裡頭的大家都還在趕工。現在採行三班制，廠房外堆著廢墟回收而來的材料，融化變爲基本元素後，就能列印加工。

倉庫內的工程也還在繼續，想要設置更多隔間——現在改稱「公寓」。穿著迷彩服的官兵在ＬＥＤ燈底下勞動，拿著列印出來的塑膠磚堆疊著，好像一群大人在昏暗中玩著等身大的樂高。

倉庫前方的辦公室則改建爲各種實驗室，其中一個小房間既是軍方指揮站，也是哈利和我的任務管控中心。

我進去找到哈利，他手裡端著一杯正飄出蒸汽的熱咖啡。咖啡的存量不多了，大部分人都改吃提神藥，只有哈利、佛勒、爾斯還堅持傳統，我挺欣賞這種態度。

「還是沒消息？」我一出聲便嚇到他，他趕快揉揉臉，神情頗為疲倦。亞瑟站在旁邊，好像很無聊。

「沒。」哈利喃喃說。

我指著亞瑟。「你說過只要三天。」

「有嗎？」他假裝很訝異。「天哪，我得更新網站，以後客人才會知道『世界末日圖庫』不保證七十二小時到貨。」

「嗯，很好笑。」我面無表情。「所以會是什麼狀況？」

「要我猜嗎？大概被你想拯救的猿人同胞打了下來。」

「不太可能——」

「呃，」哈利叫著。「有反應了。」

金絲雀一號的設計不接受數據輸入，以避免遭到亞瑟入侵，但它會透過無線電頻率持續廣播和記錄資訊，也透過聲波傳輸加密資料，只出不進。利用聲波是哈利的點子，數十年前網路年代的初期便已發展出音訊轉數據的舊式通訊標準。喇叭傳出機械嗶嗶聲，他一聽便露出微笑。

「有沒有覺得自己回到了美好年代？」

「那年代我好像還沒出生。」

「可憐的孩子，錯過了好多精彩的事物。」

噪音消褪後，主螢幕上跳出兩行字：

≫已建立數據連線。

≫訊號來源：金絲雀一號。

「大家先出去。」我轉頭吩咐工作崗位上十多位技術人員。其實大西洋聯盟所有人都有權利知道無人機的勘察結果，但太早洩露有可能造成亂象，必須加以梳理、找尋適當的時機與方式再宣布。

最後剩下我們三個，哈利將報告總結調到畫面上。我先是雀躍了兩秒，接著心就直往下沉。

「你不是該高興嗎，詹姆斯？」亞瑟說。

「少說風涼話，你知道這代表了什麼。」

52 艾瑪

我感覺自己就像歷史上開拓美西的冒險家，帶著孩子和家當出發遠征，不遠千里只求個美好未來。

只不過我們面對的荒野是冰封的北非，新家園更是位在遙遠宇宙中的另一顆星球，行李要裝在大西洋聯盟的裝甲運兵車裡頭。精神層面與美國大西部先民還是差不多的，而且同樣是朝著西邊、往九號營前進。離開地球之前，這就是最後一站。

運兵車很擁擠，媽媽們都將小小孩抱起來，我也讓亞黎坐在腿上，年紀再大一點的像山姆則靠在身旁。出發時孩子們還能坐好，幾小時以後已東倒西歪，幾乎都沒了力氣，有些枕著大人肩膀入睡，有些直接躺在地板上，後頭就是裝著大家一丁點行李的大箱子。

軍隊事前協助開路，希望能夠減少搬遷耗時，但為避免中途沒電的窘境，行進速度還是頗為緩慢。期間三度停車休息、分發食物，車外有流動廁所，一位護理師則在各車間提供檢查診療。

體感覺得自己已關在車內好幾天，但後車廂門開啓了第四次，外頭天色還沒全黑，眼前只見前方有兩座高聳建築出現。

詹姆斯站在出來迎接的隊伍前方，嘴巴不停地呼出白煙，背後慘澹的太陽才正要落下。終於得到解放的這一刻，大家立刻衝下車。

還沒輪到我們下車，可是亞黎已顧不得那麼多，快速穿梭人群間的模樣就像小動物在森林跳躍、尋找獵物。詹姆斯趕快上前，正好在運兵車外接住女兒，抱下車緊緊摟著。

一分鐘後，山姆和我也踏上地面，一家人緊密相擁，幾乎忘記了周圍還有好多人，想必都在圍觀。詹姆斯輕輕撫著我的肚子溫聲說。「到家了。」

✹

新公寓讓我聯想到七號營的舊家，客廳寬敞，走廊連接兩間臥室，一間給孩子們，一間給我們夫妻倆。可惜沒有廚房和浴室，但也無所謂，無論如何，這裡都只是過渡站。

客廳裡有搜索隊從廢墟回收的沙發，一定經過了修補，看上去還不差。居然還有地毯，總之氣氛真的很居家。自小行星落下到現在，終於有了個像樣的住處。

遷入九號營倉庫後，生活很快上了軌道，每天工作、用餐、睡覺，閒暇之間盡量享受小確幸。陽光一天比一天更暗淡，分分秒秒提醒我們時間所剩不多。我的肚子也隨著胎兒成長、漸漸隆起，這同樣是個提醒——我們只能成功，不許失敗。

✹

泉美、夏綠蒂和我的新家園規畫進度很不錯，詹姆斯那邊也相當順利。

他們已經送出六架金絲雀新式無人機，負責對全球生還者播送訊息，內容我沒過問，也始終對外保密，這成為了九號營內最熱門的聊天話題。

有一天夜裡上了床，準備關燈休息時，詹姆斯開了口。「有件事跟妳說。」

「你懷孕了。」

沒聽見他的笑聲，但我敢肯定他的嘴角彎了。

「不是。我不想對妳也有隱瞞而已。」

「眞感動。」

「是金絲雀。」他低聲說。

「你們發現什麼？」

「好消息的話，是找到其他地方的生還者。」

「壞消息是？」

「總計一萬四千人，狀態不錯，正在朝這邊移動。意思就是，太空船上缺了好幾千人的位置。」

53

詹姆斯

爲了方便，我們將亞瑟設計的發射平臺建造在九號營撞擊坑，距離３Ｄ列印工廠很近。加速環位於地底，控制站則留在地表，安排在撞擊坑邊緣。控制站旁邊的雪原上如今已插滿桿子，支撐起綿延不斷的太陽能板農田。

日落時分，我在控制站的裝卸埠眺望太陽能陣列，黑色面板反射著點點陽光，彷彿雪地被一大片石油覆蓋。

準備第一次發射的太空艙昨晚已送達，今天進行整日測試，外觀令我想起當初同樣由亞瑟設計、用於撤離城塞的無人機，黑色橢圓形狀有如甲蟲，頂端是一道折疊門。艙內收納著首批牽引裝置，它們會留在軌道等候，攔截之後發射的太空艙、送至母艦。

士兵過來叫喚，我進入裡頭的操作室，與哈利、佛勒、桂葛里和閔肇會合。亞瑟站在另一邊，仍舊受到六個警衛提著上膛步槍嚴密防範。

牆面顯示器上播放發射埠內的監視器畫面，太空梭原型機安置在金屬層上，啪一聲後地板分開，甲蟲似的艙體滑進發射管，我心裡興奮起來。

螢幕另一側有文字捲動著，首先是各項檢查，前面都沒問題，最後底下冒出閃爍的紅色字體：

》檢查完畢。

》是否啓動加速？

哈利將椅子轉過來面向我。「準備打彈珠了嗎？」

我笑了。「當然。」

甲蟲立刻從螢幕一閃而過，角落的速度數據急遽上升，本來以爲會聽見微弱嗡鳴之類的動靜，結果完全無聲。

哈利敲敲鍵盤。「到達脫離速度，啓動發射程序。」

我望向窗外，雪地突出的發射管口冒出尖銳摩擦聲和陣陣白煙，太空艙像子彈般迅速飛走，肉眼根本捕捉不到。

緊接著哈利報告。「脫離大氣層，切換到外部攝影機。」

我畢生所見最美妙的事物裡，第一名是亞黎出生的瞬間，此時此刻也許能排上第二。畫面中央是新國際太空站，兩艘超丹艦停泊在外，靜靜等待著我們。或許星際移民眞的可行。

「開啓太空艙，」哈利繼續說。「曳引器出發。」

接下來畫面切換到曳引器視角。它們出發前已充飽電力，之後靠太陽能持續補充。噴射器啓動，機器朝太空船接近，隨鏡頭聚焦能觀察到船體應該無損。

「早說過了吧。」亞瑟又一臉得意。

哈利忽然張大了嘴巴。「有人呼叫！」

「接到擴音器。」我低聲吩咐。本來以爲無望了……

那位太空人是女性，有德國口音。「國際太空站呼叫地面塔臺，請問是否收到？」

哈利按下傳送鍵，回頭瞥向佛勒。佛勒開始說話，離麥克風有點距離，所以特別大聲。

「呼叫國際太空站，我們收到了。再支持一下，會有更多無人機過去，下次會準備好食物。」

「感激不盡。」

「原本擔心你們沒能撐過來……」

對方停頓片刻。「很不容易。」

的確，無論誰都是絕境求生。然而只要太空船還在，人類還在，便尚有一線生機。

54 艾瑪

外面的雪團越堆越高，裡面的質疑聲浪也越來越激烈，詹姆斯和我、整個領導團隊都腹背受敵，對抗長冬的同時，還要維持人類社會的安寧。

大眾知道眞相後會是什麼反應？發現我們的計畫是捨棄地球——更糟糕的是，太空船的位置不夠，他們會不會恐慌，甚至暴動？還是聽天由命？沒人猜得到，完全無法預測，所以至今我們不敢洩露絲毫細節。面對九號營大約九百位居民，只表示有存續計畫，需要所有人齊心協助。目前爲止，大家沒有怨言地付出勞力，最主要的工作就是從廢墟回收材料，進行3D列印。

打探機密的人之中，動作特別顯著的是里察．錢德勒。他依舊背地裡試圖顚覆現有秩序，每週在全體集會上頻頻發問，在士兵和成人之間交頭接耳。我不明白他究竟是有自己的想法，還是單純與詹姆斯勢不兩立。

現在錢德勒和我一樣跛行，他的拐杖在地板敲出的聲響，每每有如烏鴉逼近，久而久之，我一聽見就開始提心吊膽。

回收團隊努力工作後，倉庫外面已經有十幾堆材料，包括建材、廢棄車輛等等，經過加工就可以放進3D列印機。機器不斷消耗原料，回收團隊也不斷送回新收穫。

每天都有運兵車將甲蟲形狀的太空艙送到發射環。時間確實很急迫，我們只能拚命追趕進度。

而我最擔心的問題反而就在自己身上。至今我還沒被胎兒踢過，但肚子確實大了起來，沒穿上防寒大衣時已很顯眼。眼前醫療資源不足，任一項妊娠併發症便可能危及孩子和我的性命。

詹姆斯和哈利已經發射六架金絲雀，將訊息帶給各地倖存者。無人機傳回的偵察報告令人憂喜交集：裏海聯盟徹底覆滅，裏海城完全毀於小行星撞擊，坑洞比七號營那邊更大。由於裏海人口集中在單一都市，下場就是沒有任何人存活。犧牲者包括了桂葛里的母親和妹妹，雖然他掩飾得很好，但心中想必大受打擊。他已經失去了莉娜，我無法想像現在他內心有多痛苦。

太平洋聯盟的境遇幸運得多，主因是他們建立了三個隱密聚落。詹姆斯與哈利本來指望倫敦和新柏林，結果它們卻像裏海城那樣全軍覆沒。

新亞特蘭大的運氣最好，廣闊的地表都市部分也化作破瓦頹垣，但地底和距離市中心較遠的強化建築內，總計有數千居民逃過一劫。詹姆斯對此提出簡單解釋：收割者發動攻勢時，應該位於古柏帶，小行星需要至少幾個月甚至超過一年，才會眞正墜落於地球；而它最初選定坐標時，亞特蘭大還在復興初期，市區面積小得多。換個角度想，也可以說市鎭發展速度超過收割者預期，成爲一部分人避開爆炸半徑或躲入地底避難的契機。或許眞的該說錢德勒鼓吹重返家園拯救了他們，不知道當事人來到九號營後，會不會也抱持相同觀點，視錢德勒爲高瞻遠矚的救世主？他本人大概就會如此主張。

第一批外地生還者於上週抵達，是來自太平洋聯盟的船隻，乘員多數是軍人，住進七號營中央司令部地堡。這件事情也沒有對九號營居民公開，但瞞不了多久，畢竟他們也得加入回收隊中。糧食再次成爲焦點，事前太平洋聯盟承諾會負責餵飽自己的士兵，可是無從得知他們究竟準備了多少。

詹姆斯每天都很忙，不過昨晚忽然說可以休假一天，還爲我準備了驚喜。

早上叫孩子起床上學以後，他竊笑著說：「穿好衣服，跟我來。」

我跟隨詹姆斯走出居住區，前往無人機起降埠。除了金絲雀，他和哈利又做了四輛可以人力駕駛的飛船，外形就像小型齊柏林，速度比直升機慢很多，船艙容量也不大，最多四人搭乘，但無論如何都比貨車甚至越野車來得快速和舒適。我的確很訝異，因爲看見泉美和閔肇也站在充氣飛船前面等候。

「準備飛上天。」詹姆斯說。

「去哪兒？」我問。

「到了就知道。」

閔肇負責駕駛，我們航向微明的晨光，掠過倉庫與工廠上空，船身側面的太陽能板閃閃發亮。飛船朝南方前進，一望無際的白色大地上看得到回收隊在雪丘挖掘，找到可用的東西就丟進運兵車。當下的世界寧靜祥和，除了電動馬達推進的低沉嗡嗡聲，什麼也聽不到。

不知究竟要去什麼地方？情侶和夫妻在末日世界結伴出遊？

幾小時之後，我才在地平線看見奧林帕斯大廈。接近七號營了，飛船開始下降。

「七號營？」我問。

「也許。」

我朝詹姆斯肩膀輕輕揍一拳，他微笑以對。

我們降落在中央司令部地堡之外，四人下了船，迎著寒風快步入內。天花板和居住隔間的燈都亮著，像是大山洞裡點起了很多燈籠。

最外側的隔間走出一個士兵。亞洲人，穿著太平洋聯盟軍服。在大西洋聯盟中樞瞧見外頭來的軍人，我還是愣了一下。

對方朝我們點頭示意，拿起手持無線電迅速說了幾句中文。

閔肇湊到詹姆斯旁邊耳語。「他通知指揮官說我們到了。」

詹姆斯帶閔肇過來是為了翻譯嗎？偷聽這邊軍人的談話內容，判斷是否各懷鬼胎？目前大西洋聯盟的兵力占優勢，但太平洋倖存者大量遷徙過來後，立場就會顛倒。

另一個亞洲面孔從走道深處的房間出來。我還認得他，是中村空。第一次接觸任務結束，詹姆斯與我返回地球，他曾代表太平洋聯盟過來聯繫，表示願意提供協助與庇護。當時我們不夠信任他，所以一直等到佛勒聯絡，先讓大西洋聯盟得知真實情況。然而這件往事導致中村也不信任我們兩個，詹姆斯提出攻擊穀神星的計畫時，他就多有保留，此刻仍看得出他有疑慮。

「歡迎。」中村簡單招呼。

詹姆斯問：「旅途還好嗎？」

「普通。」

泉美上前。「中村先生，你們這邊已就緒的話，我就開始為大家做檢查和治療。」

他輕輕點頭，講了幾句日語，泉美低聲回應之後，招手要我們一起往裡面走。靠近入口的隔間裡都是士兵，大部分躺地休息、戴著耳機看平板電腦，但走廊後頭則主要是婦孺，有些咳嗽著有些疼痛呻吟。

有泉美和閔肇在，我們能和這兒的多數人溝通。說母語對診療過程很有幫助，還是詹姆斯設想周到，看來他希望藉此建立與太平洋聯盟人民的相互信賴。

泉美領我們走進診療室，轉身望向我。「待會兒再處理太平洋的病患，」她微笑說。「首先有件事要做。」

我看看她，再看看自己丈夫，詹姆斯故意面無表情。「要做什麼？」

詹姆斯走到一張病床前，從簾子後頭拉出機器。「超音波呀，泉美算了算時間，發現應該可以確認孩子的性別了，妳不想知道嗎？」

「當然想。」

我躺上床，泉美為我塗抹凝膠，接著拿探頭在我腹部上游移。

感覺好像過了一百萬年那麼久。她總算將儀器轉了過來，螢幕上有張黑白影像。

「恭喜你們！家裡要多個小壯丁了。」

回到九號營已是傍晚時分，一進室內就聽見群眾鼓譟、此起彼落。

詹姆斯站到我前面，朝騷動處走去，食堂內聚集了至少一百人，都擠到了走廊上。手持著武器的大西洋聯盟士兵圍在周邊，警戒觀察。

混亂中傳來里察．錢德勒的說話聲。

「詹姆斯．辛克雷被委以重任，保護所有人類，現在看看結果如何？地球毀了。各位居然要再一次相信他能拯救我們？拜託大家好好思考，為了自己家人著想，是時候該提出要求了。領導團隊應當更換成員，開放社會參與，並正面回答大眾疑問。我們沒日沒夜辛苦工作，這是大家應得的權利。」

許多人歡呼叫好，聲音平息之後，錢德勒繼續說：「我們有權知道高層到底在計畫什麼，甚至該說，他們是否真的有計畫可言？高層一天不回應，我就一天不參與勞動。可是，各位不一起抵制，他們是不會低頭的。單憑我一個人的力量無法撼動體制，只有團結起來，才不會遭到忽視。」

人群又開始喧騰叫囂，說些什麼全混在一起聽不清。

「如果大家乖乖上工，」錢德勒說。「等於背叛人類社會。少了我們，詹姆斯．辛克雷那幫權貴就活不成。但少了他們，我們照樣活得下去！」

55

詹姆斯

昨夜佛勒和爾斯做了明智決定：放任集會發展，不動員軍隊強制驅離。一旦政府出手干預，等於被錢德勒抓到把柄說嘴：「公權力壓迫人民自由。」

但也因此集會持續到深夜，大部分沒參加的人（例如艾瑪和我）都被吵得睡不著。

早上罷工開始，大約有一半回收隊成員不肯出門。我認為其中很多人並非眞心支持錢德勒的說法，只是單純不想再冒著刺骨寒風與暗淡日光辛苦挖掘廢墟。然而沒有回收材料，就無法離開地球，只有趕快復工或大家一起死兩條路可選。

好消息是，軍方完全沒有人加入罷工行列。

晨間團隊會議在戰情室召開，佛勒開口只有一句：「如何應變？」

桂葛里聳聳肩。「很明顯吧，不工作就不給吃的。」

「那樣做，」夏綠蒂說。「只會強化佛勒的論述，讓大家認為所謂的高層眞的不在乎民眾意見。」

「本來就不在乎。」桂葛里直截了當說。「也不應該在乎。只有我們具備了能帶人類離開地球的專業能力，與所有人性命相關的資源，理所當然應該由我們集中管理，哪有閒工夫和他們廢話。」

「有個簡單的解決方案，」爾斯語帶保留。「里察・錢德勒教唆罷工，危害公眾安全。」

大家一齊望向他。

「就目前局勢，」爾斯繼續解釋。「我想應該將死刑納入考慮。」

接下來很長一段時間裡，沒人說話。

「帶去冰起來？」後來哈利開口。「應該準備測試了吧，泉美？」

「接近測試階段。」她的語氣很謹慎。

「你打算怎麼做？」閔肇問哈利。

哈利聳肩。「先休眠幾天，之後帶出來做檢驗，沒事就送回去冰著，直到抵達殖民行星。」

艾瑪搖頭。「強迫他非自願接受實驗，只會嚇壞其他人，太危險了。更何況，想想看會引發什麼效應？鬧事的人反而提早休眠，一醒來就在新世界，這段期間不必挨餓受凍、痛苦疲憊。只要開了錢德勒這個先例，我保證會跑出更多人有樣學樣四處破壞，逃避現在的生活。」

佛勒閉眼揉揉眼瞼。「眞是一團亂。」

我自己都不敢相信自己說出這種話，但腦袋裡跑出最簡單又最人道的辦法。「我想，還有別條路。大家想想看，錢德勒這些行爲背後是什麼動機？自尊、不安全感，還有對我的積怨——首先是讓他被趕出第一次接觸任務，導致他顏面盡失，再來就是前陣子害他跛腳。」

「應該也不太中意我。」佛勒說。「畢竟是我開口將他排除在任務小隊之外。」

我點點頭。「錢德勒覺得自己的名聲、地位、權威被奪走，想要從我們這兒搶回去。」

「那你的意思是？」佛勒問。

「就讓他加入領導團隊。」

桂葛里的手一攤。「你在開玩笑吧。」

「當然不是全無準備。首先，我們對大西洋聯盟全體公民公開計畫內容，讓所有人清楚明白。多數人仍以爲我們還在建造地堡或者打算遷徙到地球其他區域，向天空發射的只是勘察衛星之類。」

「聽起來只是綏靖策略。」爾斯說。

「但我認爲能夠平息民眾情緒。今天晚上拾荒隊伍返回以後，我們就直接宣布計畫，邀請大家參與做爲新家園的星球命名，以投票做決定。除此之外，他們可以選出一位代表加入計畫團隊，從昨晚的狀況判斷，沒意外的話就是錢德勒了。我覺得把他放在我們能監視的地方，遠比處決或強制休眠來得好……除了道德考量，現在無法預測大眾對死刑或假休眠眞流放會有什麼反應。」

門忽然打開，布萊韋探身進來。爾斯上任防衛部長之後，第一項正式命令便是拔擢她升任上校，但也要她承擔重責大任——整個聯盟軍交給布萊韋指揮，階級高於布萊韋的軍官全部轉任幕僚職，確保她執行任務時不再遭受阻攔。

「抱歉打斷長官談話，但加速環那邊的發射管制組已經六小時沒有回報。」

「派人查看了嗎？」爾斯問。

「正在準備，我想各位應該想先知情。」

爾斯輕輕點頭。「上校，妳去現場坐鎮。」

我起身朝門口走。「我一起去。」

「加我一個。」桂葛里跟上。

「加我三個。」哈利說完，大家忍不住笑出聲。

✹

上了飛船，我拿出望遠鏡眺望發射控制站，對比旁邊巨大的撞擊坑，它顯得特別渺小，彷彿蓋在大峽谷邊緣的小農家。

我擔心的是控制站被太平洋聯盟軍拿下、當作談判籌碼，可是周圍只看見我方車輛，包括大門和裝卸埠在內的外側出入口都緊閉著。

降落後，我看見雪地上有痕跡。第一眼以為是兩人同行的腳印，細想後判斷是一個人單獨來回。

布萊韋帶隊守住入口，小心地轉開正門門把，開啓一條縫之後，用鏡子反射觀察內部。

「兩人倒地。」布萊韋叫著。

倒地，也就是死了。

士兵衝進控制站，哈利、桂葛里和我站在外面吹冷風，直到裡頭傳來通知。「安全！」

進入後只見兩個聯盟士兵躺在血泊之中，布萊韋蹲在接近入口的死者身旁。「被鈍器擊中頭部，幾乎當場斃命，連拔槍的機會也沒有。」

「亞瑟——」桂葛里開口。

布萊韋抬頭。「不可能，他的牢房外面有六個守衛，內外周邊都裝了攝影機，昨天夜裡他也沒有消失過。」

桂葛里怒說：「總有個凶手來過，外面的腳印正好一排進來一排出去。」

「搞不好是趁民眾起鬨那時候溜出來的。」哈利說。

我仔細端詳兩具遺體。「但為什麼這麼做？殺了兩個士兵就回去？」說完，我恍然大悟。「哈利，快點做軟體檢測。」

「要找什麼？」

「病毒，或本來不存在的多餘程式碼。」接著我朝桂葛里說。「一起去搜其他地方，看看有沒有少了東西。」

一小時後哈利檢查完畢，沒發現被人置入、刪除、修改過的跡象，建築物內也沒察覺任何異狀，實在太奇怪了。

有個地方還沒確認，要是猜對了就說得通。

「上校，跟妳借兩個人去搜查發射埠和太空艙。」

「太空艙不是空的嗎？」

「理論上是，不過若我料中的話，裡面也許會多出一顆炸彈，有人打開艙門就會引爆。」

「那反而得請你們三位都出去了。請回到飛船上、遠離控制站。」

我們退到安全距離，布萊韋的部下以無線電告知現場情況。「要打開發射埠口了。」

哈利、桂葛里與我從飛船向下俯瞰，內心度秒如年。

「太空艙完好無損，未發現可疑物品，即將開啟艙門。」

雪地上的控制站異常平靜。我懸著心等待爆炸聲響，卻什麼也沒等到。

「安全，艙內是空的。」

哈利瞥向我。「說不通啊。」

「的確說不通，我們一定漏掉了什麼線索。」

✹

當天晚上，我們召集所有成年人，大略說明了脫離地球、尋求新天地的計畫方向。

現場氣氛火爆、提問不斷，但我認爲確實有助平撫群眾情緒，重燃他們生存、行動、追求美好未來的意志，也就是給了大家希望。

投票決定星球名稱以及選舉代表進入計畫團隊，兩項宣布都得到正面迴響，不過就我個人的立場而言，好消息到此爲止。一如先前所料，里察．錢德勒勝選。

大會結尾時，佛勒出面語重心長做出重大宣示：出勤紀錄有瑕疵的人，將失去太空船船位。罷工是否持續下去，明天就見分曉。

☀

戰情室內，會議桌邊多出了錢德勒，團隊成員和他大眼瞪小眼，沒人臉上有笑意，桂葛里和爾斯根本想用視線扎死他。

我們還是做了簡報，卻略過大部分細節，幾乎和昨晚公開部分是同樣程度。尤其最重要的一點沒告訴他：空間不夠已知倖存者全數上船。這個消息傳出去太危險，透過錢德勒之口更是如此。

散會後，我沿著走廊準備回家，聽見身後傳來拐杖敲打混凝土地板聲響，轉頭前還以爲會是艾瑪，沒料到卻瞧見錢德勒那副陰險笑容。

「開始了，詹姆斯。」

「開始什麼？」

「我的復仇。」

56

艾瑪

太陽逐漸褪色，改裝倉庫的供電量也跟著滑落。食物要配給，暖氣也開始配給。分秒必爭，人類與母星的相處時間已不多了。

儘管工作毫無間斷，詹姆斯和我仍努力維持家庭生活，每週兩次與他哥哥亞歷、我妹妹麥迪遜兩家人一起用餐。山姆和亞黎與表哥表姊、堂哥堂姊相處融洽，也不怎麼打鬧，多半在倉庫走道玩耍打發時間。看得出來他們早就察覺氣氛不對勁，然而我們只能盡力隱瞞，沒必要讓孩子們也面對殘酷現況。

總而言之必須盡快離開地球，但究竟能多快，沒人說得準。食物存量只能再支撐五個月，同時卻又有新居民準備進駐。亞特蘭大的第一批難民即將抵達，目前無從得知他們會搬運多少糧食過來。短期內存續只是簡單的算數問題，端看有多少張嘴巴得餵飽。只是再過不久，家裡又會多添一個人，令我不禁憂心忡忡。

我坐在公寓沙發中間，一邊是山姆，另一邊是亞黎。爲了節約電力沒辦法用平板電腦，幸好拾荒隊從廢墟帶回了一些童書。看來有人深深愛著這個故事，即使逃難到地球最後的可居住地區，也堅持帶在身邊。

「這是說什麼的？」亞黎問。

「有個小男孩發現自己其實是巫師，還進入了一間非常非常特別的學校。」

☀

翌日的領導團隊晨會上，里察．錢德勒站在會議桌一側發言。

「公民投票結果出爐。」

「拜託告訴我，是你準備下臺了。」桂葛里咕噥。

錢德勒呼了口氣沒理他。「那顆行星有了名字，」他趾高氣昂的口吻好像自以爲身居高位、宣讀敕令。「最初提出的是『夏星』，大家希望旅途結束時，長冬也跟著結束。第二個選項是將夏天的英文Summer稍微更動，就成了Sumer——蘇美，兩河流域的古代聚落，很可能是地球最早的文明。委員會確實一度認爲取名爲蘇美星很好，符合重建文明、在新太陽下東山再起的時代意義，願夏季永恆、文明不滅。」

錢德勒煞有其事地停頓幾秒。

「不過這種名字都源自人類的過去。若想放眼未來，就該尋求新的靈感，找一個象徵人類黎明、新太陽升起的名字。因此最後決議採用上古泰坦的破曉女神之名Eos，從原始印歐到羅馬神話，這個名字在跨越時代的不同神話裡，代表了開啓天國大門、迎接陽光的力量，如同這顆行星之於人類的意義，所以我們就稱它爲『曉神星』（注）。」

錢德勒微微揚起下巴蔑視我們，我還眞想不出他期待什麼反應。

佛勒快速地點點頭。「還不錯，那就叫做曉神星，」他的視線轉到泉美那邊。「妳提到有最新

注：目前天文學領域亦已將位於火星和木星間的小行星命名為Eos，稱作「曙神星」。

進度要報告？」

「不只要報告，還要做示範，請各位跟我來。」

她逕自走向門口，錢德勒則站在原地，一臉尷尬。大家都跟著出去，沒戲唱的他只能尾隨。

泉美帶我們進去實驗室，室內一隅放置大型機器，有點像電影裡老式核磁共振造影機。能夠滑入機器的活動床上有個白色袋子，材料厚重富彈性，一端打開，另一端連接小盒子。

泉美望向天花板上的攝影機。「休眠實驗編號一，」她拿起無線電。「這邊可以了。」

一分鐘後，布萊韋上校帶著一位年輕男士兵進來。受試者身材瘦削、一頭紅髮，表情略顯緊張。

「二等兵路易．史考特，」泉美為大家介紹。「他十分勇敢，自願接受測試。你準備好了嗎？」

「報告醫師，可以開始了。」

泉美拉上士兵和機器周圍的布簾一陣子，再拉開時，只見史考特的衣服已整齊疊在椅子上，人已經鑽進活動床上的白色袋子。他微微顫抖著，或許因為冷，但更多是來自對未知的恐懼，畢竟這一進去，也許再無法活著出來。

泉美探身過去對他說：「放心，我們會全程監控。」

史考特點點頭。

「看見裡面有個面罩嗎？」

他又點頭，伸手取了過來。

「直接戴上吧，你會感覺氣體流入，那是處置過程的一環。吸入以後會睡著，醒來之後，我就在你旁邊。」

看著大兵用面罩覆蓋口鼻，我忍不住想起當初從城塞進入水道想游出去的史蒂文斯下士。這兩位的名字都會留在歷史上——如果我們還有歷史可言的話。這麼多軍人展現無與倫比的勇氣卻沒人見證流傳，實在太不公平。

「開始注入氣體囉。」泉美提醒。

史考特大兵放慢呼吸，閉上眼睛。泉美拉上拉鏈，收束袋子，將大兵清瘦的身軀真空包裝起來。

泉美看著袋外小盒上的螢幕。「生命跡象正常，」她轉頭對實驗室助理叫著。「送進掃描器。」

接著她走到滾輪桌前面注視平面顯示器，畫面呈現史考特全身細節，包括血管、骨骼、臟器等等。但是心臟沒有跳動，血液沒有流動，大腦也沒有任何顏色或反應，除了螢幕上的數字與計時，根本就是靜態影像。

「機制是？」詹姆斯問。

「簡單回答的話：一種病毒。」

「病毒？」

「透過空氣傳播，能夠更改宿主的ＤＮＡ。」

「類似基因療法？」

「很接近。病毒會改變宿主的新陳代謝與老化過程。」

詹姆斯瞇起眼睛。「體內微生物群落呢？尤其腸道菌落。即使我們……冬眠？微生物並不會停止活動。」

「它們也會受到病毒影響。」

「對微生物也起作用？」

「理論上。」泉美回答。「就算身上有開放性、受到感染的傷口，還是可以休眠。一樣是理論層次。」

「不可思議。」詹姆斯低語。

「實驗要進行多久？」佛勒問。

「一小時。」

☀

不知道團隊其他人如何，我自已後來的一小時完全無法專注在工作上。辦公室貼了很多移民地規畫的圖表筆記，未知數太多，但我們仍能做足準備。與夏綠蒂合作至今的成果豐碩，對於如何建設新家園、該帶好什麼物資的想法，已經越來越清晰。

時間差不多到了，她探頭進來。「我打算過去看看實驗結果。」

「一起去吧，我也好著急。」

進了實驗室，泉美正站在大機器旁邊盯著螢幕。「休眠期間沒有任何活動，還算順利。」在鍵盤輸入幾個指令以後，活動床滑了出來，她走到眞空密封的休眠袋前，低頭注視儀器小螢幕。

「甦醒程序也經由病毒完成，基本上是逆轉前一種病毒的作用。」

她研究讀數，袋子開始充氣，按下按鈕過一秒，袋子起了動靜，有隻手在裡頭亂抓亂扭。

泉美拉開拉鏈，氣體咻地衝出，袋體軟了下去，貼在大兵身上。史考特用手肘撐起自己，張大眼睛，拚命吸氣。

她隔著手套拍拍大兵背部。「史考特，深呼吸，你沒事。接下來做些檢驗就結束了。」

☀

晚上我替孩子唸童書時，被胎兒用力踢了一腳。不知道他是太喜歡還是太討厭這故事。

「媽咪痛痛？」亞黎問。

「沒事。」

「寶、寶寶踢了嗎？」山姆跟著問。

「嗯，但我很開心，會踢人代表寶寶很健康。」

突然有人敲門。詹姆斯一如往常還在加班，我很疲倦實在不想起身。「請進。」

門打開後，出乎意料之外，竟是里察．錢德勒邁步進來。

我蹙起眉頭，感覺對方那抹竊笑是得知了什麼祕密。

「嗨，艾瑪。」

「詹姆斯不在。」

「我來找妳。」

「唔，你找到了。」

亞黎挨著我，別開臉不願看錢德勒。山姆站了起來，但也保持距離。

「本來只是懷疑，今天看到休眠袋，我終於能肯定。」

「肯定什麼？休眠袋裝不下你膨脹的自我？」

「有趣。不過很快你們就笑不出來了。」錢德勒上前一步。「我知道太空船裝不下所有人，那麼，有多少人要被留在地球等死？一千，兩千，三千？」

「與你無關。」

「怎麼無關？這與全人類息息相關，會有人沒辦法上船啊。妳覺得大家知道眞相後，會有什麼反應？」

我感覺口很乾，只能怔怔望著他。錢德勒的視線卻慢慢落到我的肚子。「只有一個辦法能解決，就是狠下心建立篩選標準，將某些人排除在外。那問題來了，什麼樣的人適合在新世界生存？我們必須務實，首先自然得考慮年齡，讓太老的，還有……太小的，先占走船位，豈不是本末倒置了嗎？」

57 詹姆斯

聽艾瑪提起錢德勒來過家裡，我整個人氣炸了。麻煩的是我不知道他只是想嚇唬人，還是眞打算提議建立篩選機制，並主張將嬰幼兒等低生存率的人都留在地球自生自滅。

或許他的用意就只是報復我，爲自己被趕出第一次接觸任務、前陣子受的腿傷出口怨氣。我明白錢德勒擅長操弄人心，尤其知道如何將言語化作武器，希望他只是發洩情緒而已。

目前可以肯定一點：想要化解錢德勒造成的威脅，最好的作法就是讓所有人都能上船。因此我將所有時間全力投入船體設計。

船體控制站螢幕畫面裡，建設用無人機在超母艦內部組裝休眠艙。眞是不可思議，亞瑟提供的技術加上我們自己的軟體，成爲了人類最偉大的成就。

休眠技術特別令人吃驚。泉美幾次實驗都找不出瑕疵，最近期的一群人在休眠袋停留長達兩週，後續檢查找不到任何生理異常。

接下來要將進入休眠狀態的人送到太空船，對登船程序進行檢測，測試時間預定在一週後。團隊持續設法擴張船艙容量，擠出了大約一千人份的休眠袋空間，主要是將部分設備縮小，再者起初沒考慮到人口中的兒童比例較高，硬體與人體質量降低，自然就能容納更多乘員。

但每次我前往發射控制站，便不禁想起曾有兩名士兵在此遭到殺害的事件。我參不透原因，這個謎團如鯁在喉。上回有類似感受是摧毀三顆小行星之後，當時和現在的我都意識到危險，卻想破了頭找不到答案。

✹

亞瑟每天跟在哈利和我旁邊。之前我沒去他的牢房看過，只知道非常窄小，才八平方英呎左右，而且沒有暖氣——實際上他也不需要，電力當然就省下來。

跨過門檻時，我才知道裡頭有多冷。

「哦？詹姆斯啊。」亞瑟站起來。「沒想到會有客人呢。」他指著空無一物的牢房。「抱歉抱歉，女傭嚷著要加薪，但全球經濟凍結了，你懂吧？我就跟自己說，這年頭眞的需要女傭嗎？」

我沒理他的玩笑話，直接切入主題。「發射控制站那邊的人命，是你幹的嗎？」

「你劈頭就說些我聽不懂的東西。」

「是嗎？有士兵被人殺掉了，是不是你幹的，或者，是不是和你有關？」

「我爲什麼要那樣做？」

「你沒回答問題。」

「就算我回答，你也不會相信啊。」

我換一口氣。「人類離開之後，你要怎麼辦？」

亞瑟聳聳肩。「替被留下來等死的人辦一場世界末日大舞會？」他故作羞赧地眨了下眼睛。

「喔，抱歉，這不能大聲說。」

「認眞點。」

他盯著我，嘴角漸漸浮出笑意。

「上傳你的程式碼回到收割者？」我問。「還是派機器過來回收？」

「我也希望能有那種待遇，但我的地位不夠呀，得保存——」

「能量，我聽膩了。我不相信你會就這樣留在地球。」

「我的計畫很簡單。你們走了之後，我會再做一個太空艙放進發射埠，把我自己射向收割者。進入訊號範圍後，開始播送數據和程式碼，我就能重新回到電網。」

「數據內容是什麼？」

「關於你和地球人。收集數據也是電網的例行公事，有數據才能判斷未來演變。」

「藉此判斷如何處理我們？」

「對，你們，還有其他類似物種。」他瞪著我。「你是打算出發前毀掉我嗎？」

「沒有。」我淡淡說。

「啊，我懂了。」他一副茅塞頓開地點點頭。「挺可愛的呢。」

「什麼？」

「你打的算盤是想跟我交換條件吧。把我下載到具有發訊能力的儲存裝置，讓我脫離這個原始軀體，奧斯卡就能回來了。」

我的確是這麼想，但沒回他的話。

亞瑟搖搖頭。「沒用。你的同胞再也不會信任他。面對現實吧，詹姆斯，奧斯卡回不來了。」

「萬一太陽能不足，你的太空艙豈不就無法升空？那你又有什麼備案？」

「無所謂呀。」

我挑眉。

「你忘了，」他洋洋得意地說。「我還能挪用地熱，只是不會做給你們地球人看，免得你們又出爾反爾。」

問不出什麼名堂，走出牢房前，我做了最後一次嘗試。「你知道那兩個士兵是誰殺的嗎？」

「不知道。」

☀

經過一個月，兩名士兵的命案沒有任何進展，毫無線索可循，也找不到嫌疑犯。營地很多人有犯案的機會與能力，卻全部沒有動機。殺害士兵除了讓我頭疼，看不出對誰有好處。

回到動機上，我能想到的可能性只有兩個。一種是基於個人因素而殺害士兵其一或雙方，那麼命案便與發射環無關，只是出現在不巧的時間和地點。

另一個可能性就是有人殺死看守，方便潛入控制站或加速環。守衛死亡之後，凶手在裡面有好幾個小時可自由行動，目的是什麼？我們將站內站外徹底搜了三遍，竟一無所獲，沒發現任何增減或變動，實在不合邏輯。

最近又多了一個謎團。車輛上的無線電一個個消失，後來竟連喇叭也被拔走。爾斯太忙所以沒有仔細調查，認爲大概有居民偷回去公寓或宿舍播歌曲或聽有聲書。現在雖然電力短缺也禁止使用平板，無線電靠電池就能運作，至於電池則來自黑市，交換的代價很高。我自己沒有買，感覺電池來源也大有問題。

這兩件怪事不分晝夜困擾著我，彷彿身在拳擊場上，被擂臺邊繩彈過來彈過去。一而再再而三，我看不到謎題之中最關鍵的部分，心底只隱約感覺事情會一發不可收拾。

幸好開發工作進展順利，移民船接近大功告成，已經進入能夠實際測試的階段。泉美也在發射控制站內安排好休眠中心，如此一來裝載流程會更加迅速。

測試期間，團隊全體都會前往控制站。我覺得佛勒、艾瑪、夏綠蒂能出門透透氣也好，從中央司令部搬遷過來以後，他們幾乎沒到戶外走動過。

大家在主控室集合，注視牆上螢幕，哈利坐在一張長桌前面負責操作。

他轉頭問：「有人想要親手將三個眞空包裝的士兵射到太空嗎？」

佛勒笑著搖頭。「動手吧，安德魯斯博士。」

第一架太空艙在環內穿梭，畫面顯示的速度數字飆升。這次史考特帶著兩個同袍進去太空艙，我們認爲由他們最先登上太空船、最先落腳在新天地再合適不過。尤其艾瑪很堅持，主張三人是冒著生命危險成爲實驗品，本來就有資格獲得這份殊榮。

「太空艙發射。」哈利報告。

畫面切換到軌道上的曳引器，旁邊就是超母艦。

太空艙穿越大氣層後速度不減，不過小體積的曳引器速度更快，追上去依附在艙體下方，改變方向朝著地球與船身推進。太空艙被帶到裝卸埠，船體外門關閉，太空艙艙門開啓，三個休眠袋飄了出來。哈利操作機械手臂，手指瞄準休眠袋上的綠色標記，避免傷到人，抓住一端後放在輸送帶上的格子。

片刻後，哈利又開口：「休眠袋安置成功。」

我的背被輕輕拍了拍，轉頭看見艾瑪的笑容，感覺好極了。

桂葛里也走到操作面板前。「啓動引擎測試。」

鏡頭回到曳引器，前方是較大的移民船耶利哥號（注），船身離開太空站，朝太空移動。

「開始以太陽能向前加速。」

船速越來越快，一會兒就到了軌道曳引器看不見的地方。螢幕切換到耶利哥號的外部攝影機，前後左右各有一架。現在從太空眺望地球，令人五味雜陳，彈珠上再也找不到那抹褐色和綠色，只有一絲絲白色、灰色的雲層，覆蓋藍色汪洋和被冰雪掩埋的陸地。與艾瑪自第一次接觸任務返回時，也曾見過這個畫面，當時心裡就充滿挫敗感。只可惜直到我們離開，地球都會維持這個樣貌。人類又輸了，幸好還能帶著希望，嘗試到新的星球展開新的生活。

「功率為預期數字的百分之一百零七。」桂葛里嘴角上揚，很久沒見過他的微笑，找到莉娜遺體以來，這應該是第一次，有種恍如隔世的感受。

他邊敲鍵盤邊唸：「切換為核融合反應爐。」

畫面上的地球越來越小，忽然間本來暗淡的太陽變得好明亮，就像光線穿透黑色布簾直射而來。我終於看見擋在地球和太陽中間的電芯群，就是它們掠奪了生命所需的能量。

「功率達到預期的百分之九十七。」桂葛里盯著螢幕皺眉頭嘀咕。「我會再調整看看。」

「整體而言，」佛勒開口。「已經是非常順利的開始。無論休眠袋、發射平臺還是太空船引擎，大家的表現都超乎想像。桂葛里，讓船回來吧。」

耶利哥號回到太空站，人工智慧啓動噴射器進行靠接。

「執行太空艙返回程序。」哈利說。

再次從曳引器的鏡頭觀察，它飛向太空船的裝卸埠，找到等候的太空艙，附著上去將艙體帶回外面，朝地球拋射並解除附著。太空艙直衝地面，穿越大氣層時，被燒得通體發紅。

大家走出控制站，站在昏暗陽光下面對巨大撞擊坑，如今它成了漫漫雪原中的一塊白色盆地。

艾瑪牽起我的手，我轉頭卻發現她望著前方。閔肇跟著指向遠處，我抬頭看見太空艙從天而降，預先準備的三枚降落傘已經張開。之後還得與哈利檢查太空艙情況，但目前看來完好無損、沒有瑕疵。由於不確定曉神星大氣層的詳細成分結構，我們設想了最嚴苛的條件，對艙體設計做過改良。

太空艙掉在坑洞另一頭。哈利微笑說：「歡樂時光過得總是特別快，各位觀眾別錯過下星期的節目，我們會示範怎麼送食物到太空站，還有怎麼從太空取出真空包裝的人類！」

☀

兩週後的戰情室晨會上，錢德勒站在大家面前，擺出一副痛心疾首的模樣。當然是演的，當年他怎麼上電視攻訐我，我可是記得清清楚楚。

「我知道各位好幾個月之前就計算過，但此一時彼一時，該面對現實了。我重新算了一遍，現況就是不可能將所有倖存者帶上船，而且這房間外面的人們距離發現真相，只是時間問題。亞特蘭大和太平洋聯盟居住營地人滿爲患，抵達人數屢創新高。針對這個問題，我已有對策。」

沒人回應，他自己繼續說下去。

「施行適性測驗，分爲生理心理兩個層面。生理部分做全頻譜健康分析儀掃描，以及簡單的體能測試，能判斷傷勢情況就好。心理部分用平板電腦做標準性向測驗就可以。」錢德勒直接朝我看過來。「還要包括語言敏銳性，人類要生存下去關鍵之一，就是能夠清楚快速的對話。到了曉神星，環境中危機四伏，溝通效率關乎大家是生是死。」

我的心臟撲通撲通劇烈跳動，怒氣從身體狂湧而出，非常努力克制才保持鎮定。但佛勒在我有反應之前就先開了口。

注：耶利哥為約旦河西岸城市，歷史可追溯到一萬一千年前，考古學上認為是持續有人居住的最古老都市。意義可能為「香氛」或「月亮、月神」。

「這方案並不好。做測試需要時間，平板需要電力，我們無法負荷。」

「那你的看法是？請教各位要如何選擇帶誰走，留誰在地球等死？」

「抽籤。」

「抽籤？意思是隨機決定誰能活，運氣不好的就去死？」

「對，隨機決定。用電腦程式的亂數數字，對應人員名單。」

「要拆散人家家庭嗎？」

「不必。家庭成員一人中選就全家上船，所有號碼從表單刪去後，再選出下一個數字。」

「原來如此。我想在座各位都自動中選囉？」

「重點人員排除在抽選機制外，例如具備太空船相關知識技能，以及抵達曉神星之後尤其必要的職務。比方說爲了抵禦新世界原生物種，需要準備一定數量的兵力。」

「意思是打算豁免大量軍方人員跳過抽籤，但只有大西洋聯盟軍？」

「以資歷爲主，最好是展現過實務能力的官兵。」

錢德勒仰頭大嘆。「好吧，羅倫斯，你倒是說說，實際上要怎麼執行？要大家眼睜睜看著鄰居上太空，自己被撇在一旁？」

「抽選會列爲機密。」

「機密？那不就是官僚作風，欺瞞社會。」

佛勒沒理會他的嘲諷。「登船程序開始之後，由軍隊到營地接送移民，需要進行好幾趟。」

「船滿了以後，」錢德勒問。「就直接出發嗎？結果會有好幾千人打包好，一家人窩在隔間或公寓裡頭望穿秋水，卻等不到自己號碼、去不了新世界。他們何時會放棄？過一天？一週？然後才派人過去九號營控制站發現早已人去樓空？接下來又會是什麼反應？」他的目光掃過我們，彷彿忽然察覺眞相。「還是說，你們其實與電網有交易，只是沒告訴我？留下來的人能活嗎，或是會被你們安樂死？比起讓人慢慢被凍死，這應該更人道才對，這就是你們的打算？」

佛勒咬緊了牙關忍耐。錢德勒見狀反而更大膽。

「如此說來，難怪你們堅持讓大西洋聯盟軍方跳過抽選程序。畢竟這個計畫需要人家來執行，否則誰去接人呢？但想想眞是奇怪，大西洋聯盟做爲目前地球上權力最大的組織，卻只占了總人口不到百分之七。百分之七統治其餘百分之九十三，而且無論什麼陣營的人，只要不是統治階級就得每天出去挖材料，只爲了求得船上一個位置。但明明不是誰都能上船啊，很多人得留下來等死。幸好我們走得了，大西洋聯盟的軍隊也全都走得了。」

佛勒起身。「討論到此爲止，今天散會。」

「考慮清楚，」錢德勒對著魚貫而出的我們嚷嚷著。「抽籤根本不公平。」

佛勒搖著頭走向門口。

錢德勒上前擋路。爾斯靠近他，我知道不應該，但心裡還眞希望演變成暴力事件。可惜佛勒伸出手攔住爾斯。

「我被選出來就是要爲民喉舌，」錢德勒高高在上地說。「你們蔑視我，後果自負。」

佛勒緩緩呼出一口氣。「我並沒有蔑視人民的意思，所以有什麼話就長話短說吧。」

「關乎數千人性命的事，我認爲無論花多少時間都值得。」錢德勒冷冷地說。「我說的方式才是公平正義，跟你說的抽籤不一樣。這很容易證明，因爲抽籤決定根本沒有考慮到被抽選者的能力高低，無法判斷他們對其餘人可以做出多少貢獻。」

他稍微停頓，好像覺得這番開場白說得很精彩。

「小行星落下時斷了雙腿的人也合適上船嗎？如果連頭也被石頭砸中、腦部受創、工作能力受到嚴重影響？然後兒子才三歲的話？」錢德勒視線射向我，繼續說。「三歲這種年紀，完全無法從事有意義的勞動，協助人類在曉神星重建文明。喔，我忘了，或許這孩子還有嚴重的腦性麻痺，就算長大了同樣沒辦法對殖民地有任何實質付出，跟父親一樣永遠需要人照顧。然後說不定母親還無法照顧這兩個人，因為她罹患無法以手術或其他方法治療的末期腫瘤，到達曉神星之後沒多久就會死亡。」

錢德勒又停頓，為了他想要的戲劇效果，就像律師那般在法庭做結辯。

「然後想像有另一個人沒獲選，要被留在地球等死。他是太平洋聯盟的士兵，身體強壯、頭腦靈活，只因為出生地點不好、穿的制服不對，就被排除在豁免名單外，結果連兒子也得困在這兒、自生自滅，他才十七歲，和父親一樣條件優異。這一家的母親也健康又勤勞，但你們會基於純粹的機率帶走前面那家人而不是後面這家人。這是什麼道理，有任何合理解釋嗎？這可是牽涉到曉神星新人類的生死存亡啊！」

錢德勒瞪著大家好一會兒。

「我來告訴你們為什麼吧。你們只為自己著想，採用抽籤的模式減輕自己的道德負擔，不必親自篩選無辜百姓誰生誰死。你們把責任丟給電腦，好讓自己晚上能夠安心入睡！」

「說完了吧？」佛勒說。

「大家每天辛辛苦苦工作、配合各種規定，是將自己的性命託付在各位手中，結果你們卻提出抽籤這種方式，犧牲不知情的民眾來成就自己。羅倫斯，你們要將權力抓在手上，就必須負起應有的責任！」

艾瑪站在臥室裡不停顫抖，我從沒見過她如此震怒的神情，像是必須竭盡全力克制情緒，否則下一秒就要放聲尖叫。

「你們不會任他爲所欲爲吧？」

「當然不會。」

「但怎麼阻止他？」

「還不知道。」

「這樣下去太危險了，詹姆斯。」

「我懂。我會想辦法。」

有人敲門，在室內勾起一陣回音。我走進客廳，亞黎和山姆在那裡玩。開門一看是佛勒和爾斯，神情都很緊張。佛勒招招手，我跟著兩人走入附近一間儲藏室。

爾斯關上門，佛勒開口。「得處理掉錢德勒。」

「怎麼做？」我悄悄問。

「做成意外吧。」爾斯說。「頭部重傷，然後從高處丟下，看起來就足夠逼眞。」

「他的信徒也會接受嗎？」我問。「恐怕不會吧。」

「他們不信又能如何？」爾斯回答。

「會引起很多問題。」

我們三個沉默好一陣，眞不敢相信自己居然認眞思考如何殺人。我一輩子研究科學的志向是幫助人類、是爲所有人終結死亡帶來永生，怎麼能扼殺另一個人的性命？

「錢德勒當然構成很大威脅，」我平靜地說。「一定得設法解決。不過他也是人才，機器人工程師到了曉神星，將會派上很大的用場。」

爾斯緊皺眉頭。「有你和哈利了。」

「但我們兩個未必會搭上能抵達的那艘太空船，又或者到達的時間比較晚。」

「這些不重要吧，」他繼續說。「錢德勒正在醞釀什麼陰謀詭計，之前開會那些裝模作樣只是開頭而已，我感覺得到。」

「讓他休眠吧。」

兩人盯著我。

「今天晚上去抓他，」我說。「塞進休眠袋，明天一早就送進太空船。對外說是錢德勒自願接受實驗，他背後那些人沒辦法否定我們的說法。如此一來他不會礙事，如果真的需要他，也不是不能再帶回來。」

佛勒望著地板。「也罷，就這麼辦吧。」

✹

當天晚上我輾轉難眠，每隔一、兩個小時就醒過來看時鐘、看平板上有沒有訊息。夜間不關平板電源違反限電規定，但因應眼前局勢我只能破例，最後索性不睡了走進客廳。

我坐在沙發上盯著平板，研究上次太空艙發射取得的實驗數據時，有人來敲了門。打開一看是位年輕女兵，她滿頭大汗，應該是跑過來的。「博士，爾斯部長請你到戰情室，強調要你現在就趕去。」

我拿了衣服，匆匆穿過昏暗寂靜的走廊。進了戰情室看見佛勒和爾斯已經站在會議桌邊，布萊韋替我關了門。

「錢德勒不見了。」佛勒說。

「住處少了平板電腦和衣物，」爾斯解釋。「他還調走一輛越野車。」

「有登記目的地嗎？」我問。

「發射控制站。」爾斯回答。

「聯絡了嗎——」

「沒看見他。照理來說，他好幾個小時之前就該到了。」

「必須找到他，要用最快速度找到他。」

58

艾瑪

即使裹上厚毯，仍能感覺寒氣穿透牆壁襲向我、亞黎和山姆。穿著發熱衣也沒用，冰冷滲進骨髓，遍布全身，無法驅散。

溫度不是唯一的問題。

糧食份量一天一天減少，我每一餐過後的飢餓感越來越嚴重。當初錯估能在地球停留的時間，幸好太空船和休眠袋進度都超前，否則最後根本走不了。

我在公寓沙發上拿著童書第七集、也是最後一集唸給亞黎、山姆和其他孩子們聽。小朋友們窩在毯子裡，不是盯著平板而是安安靜靜聽故事，氣氛很溫馨。

可是我的子宮忽然一陣收縮，故事說到一半，我不得不停下來調整呼吸。最近這幾天的宮縮很頻繁，疼痛一陣子又會好，這次也是。

麥迪遜盤腿坐在地板織毛線，見狀小聲問：「又痛了？」

「嗯。」我深呼吸。

亞黎拉起我的手。「媽咪還好嗎？」

「沒事的，寶貝。」

艾比接過書幫忙唸下去。我們都是一人唸一章。

跟大家一起住在倉庫，外有冰寒、內有胎兒，兩股無法阻卻的自然力量內外夾攻，不過其中一邊得努力對抗，另外一邊卻需要我好好保護。

眞希望詹姆斯也在家。上星期他就像著魔似地持續工作、停不下來。原因我也不是不懂——如今錢德勒音訊全無，沒人找得到。

倉庫居住區也起了很多異樣的變化，我大概猜得到詹姆斯他們擔心什麼。現在軍方二十四小時保持警戒，白天只讓少數隊伍出門進行物資回收。道理不難猜到，像之前那樣大規模放人出去，落單的隊伍很可能受到奇襲、被各個擊破。

於是軍隊與民間人力現在專注於倉庫和工廠的防禦工事，甚至搬了箱子以交錯圓環陣形埋入周邊雪地。想必是地雷。所以是爲戰爭做準備。

錢德勒知道太空船完工了，占領工廠和列印機就能製造太空艙。

我很擔心肚裡的孩子，預產期只剩下十二天，很不希望要在這裡分娩。泉美設置的臨時醫院以研究爲主，治療並非其強項。想要安全產子，中央司令部那裡的設施依舊是最佳選擇。詹姆斯與我本來計畫四天後啓程，現在自然不可能了，必須等到威脅解除。

麥迪遜舉起她的作品，那是給寶寶的毛衣，褐紅底色繡上大大的金色S。這個配色與童書故事主角所屬的學院一樣。

她朝我咧嘴笑。「要是知道名字就更好囉。」

名字尚未定案，但麥迪遜比我或詹姆斯還急。

又宮縮了。我閉上眼睛、控制氣息，可是那股繃緊的感覺遲遲沒消退，反而越來越強烈、越來越密集，骨盆和下背整個陷在痛楚中。這次的宮縮不一樣。

兒子要出生了。我感覺得到。

我不停喘息。「麥迪遜——」

她丟下毛衣觀察一陣後，趕快起身。「我去找泉美。山姆，去叫詹姆斯，快！」

但打開門以後，走廊上傳來很大的人聲，而且彷彿自四面八方響起，一字一句非常清楚地迴蕩在公用區。

說話的人是里察．錢德勒。

59 詹姆斯

實驗室內，我站在壁掛螢幕前面，朝著桂葛里、閔肇、哈利張開雙手。「大家聽我說。」

我點了按鈕，畫面切換到事前準備的圖表，呈現太空站與耶利哥號連結的情境。「如果將團結號、和諧號、寧靜號這幾個太空站最新模組包含在內——」

桂葛里舉手。「不是討論過了嗎？現在動手太晚了。」

我當沒聽見繼續說。「可以再塞至少一百個休眠袋，運氣好的話會更多。」

「我倒認為老老實實擴張船艙空間比較實際，」哈利接口說。「問題在於——」

門忽然打開，布萊韋上校探頭進來。「詹姆斯，外頭有人接近。」

我跟過去，桂葛里、閔肇和哈利也尾隨，一行人小跑步來到九〇三倉庫充作軍方指揮站的控制室。這裡有幾排桌子圍著整面牆壁的屏幕，和我們在發射控制站的安排差不多。穿著冬季迷彩服的士兵對著鍵盤飛快打字，三不五時透過耳麥講話。

主螢幕上是夜視畫面，只見踏過雪地的軍隊看不見盡頭，正朝我們逼近，不是大西洋聯盟，車輛是亞特蘭大生還者帶來的型號。

「目前估計有兩百輛，」布萊韋報告。「從西邊過來。」

「上校，叫醒所有士兵，後備的也要。全副武裝，要守好軍械庫。」

她沒看我便直接說：「報告，這些都辦妥了。」

「上校，」一名技術員叫著。「發現北方又有部隊接近，現在接到螢幕上。」

北邊來襲的運兵車數量少得多，不到西側一半，全都隸屬亞特蘭大。

「南邊和東邊？」布萊韋問。

「報告，目前沒有發現。」

「無人機開到最高速。」

「遵命。」技術員回答。

佛勒與爾斯這時候衝了進來。「現況報告。」部長高聲下令。

「不是超級大派對的話，就是準備開打了。」哈利說。

布萊韋嚴肅回應。「推測爲敵軍的部隊從西面和北面接近，預估三十分鐘後抵達，目前無法準確判斷兵力。」

爾斯瞪著螢幕。「錢德勒——」

「想必是他搞的鬼。」我喃喃自語，陷入沉思。

「第三班一小時後上崗，而且人員資歷也最淺。」布萊韋解釋。「現在是我們防守最弱、最容易被突襲的時機。」

「西邊哨點回傳紅外線影像。」技術員又叫了。

畫面切換，每輛裝甲運兵車輪廓內只有兩個模糊橘紅色光點，其餘部分都是深藍。沒有溫度，代表是空的。

「紅外線能穿透運兵車外殼嗎？」佛勒問。

「報告長官，可以。」布萊韋回答。「如果裡面有人，現在應該會發亮。」

「除非對方做了隔絕處理。」我不禁提防起來。「錢德勒知道我們的無人機有紅外線，或許想了什麼辦法騙過儀器。」

「報告，」技術員大叫。「南邊有部隊接近！」

畫面再切換，這次是夜視影像，至少三十輛卡車，體積差不多是運兵車的兩倍，穿越雪地時，後面的帆布還迎風擺蕩，怎麼看裡面都不可能藏著人，否則到達之前都會先凍死。我認得這些卡車，產地是中國，太平洋聯盟用它從海岸運輸人員和補給到南方營地使用。

「報告，東邊也有。」技術員繼續示警。

東側一樣是太平洋聯盟的車輛，以輕裝甲和多用途車爲主，不同的是這支部隊將車輛分散成十幾條線包圍過來。

鏡頭回到南邊車隊，與北側是同樣狀況，卡車裡頭只有兩個駕駛的熱點，後面根本沒人，至少看上去是空的。

東邊也很快傳來影像，這裡的車子有人了，每輛載著四到六個。

「給我生命訊號估計。」布萊韋下令

「是，長官。」

「報告，」技術員朝她說。「各團團長詢問如何部署。」

她走到房間角落，佛勒、爾斯、桂葛里、閔肇、哈利和我自然跟了過去。

「中士，請他們先待命。」布萊韋轉頭望向我們。「如何應對？」

沒人搭腔，我就先開口。「先想想錢德勒的目的究竟是什麼。」

「報復吧。」佛勒立刻順著說。「想拉下你和我。」

「但他不可能用這個理由拉攏到太平洋和亞特蘭大的人。」

「抽籤吧，」桂葛里點著頭說。「抽籤這件事成了兩方人馬除掉我們的動機。加上太空船、發射站以及休眠裝置已經完工，在他們看來，我們已經沒用了。」

「所以他們還需要一樣東西。」我接著說。「就是工廠。他們需要3D列印機和裡面的材料，才能製造太空艙。」

「不是可以用已經放進發射環的太空艙嗎？」哈利問。「已經足夠……多少？七千還是八千人移民曉神星了吧？」

「那只有他們人口的一半，」我回答。「他們也不願意放棄太多人。而且除了設備，他們還想取得主導權，無論在地球還是在曉神星，基本上就是權力鬥爭。」

「亞特蘭大和太平洋聯盟總共帶了多少兵力過來？」哈利問。

「無法確定，」布萊韋回答。「估計是五、六千人，年齡可以作戰的平民也有兩千多。」

「反觀……」哈利緩緩吐出這句。「我們呢，大西洋聯盟軍有……四百？五百？」

「四百出頭而已。」布萊韋附和

「對方最多能有八千。」哈利的眼珠子在大家身上轉了一圈。「我們連子彈都沒八千顆吧？」

布萊韋和爾斯都沒講話，由此可見哈利還眞的說中了。

「也用不到那麼多彈藥，」佛勒說。「正面衝突不可行，必須以智取勝，而且再不趕快就來不及了。就是這樣我才沒辦法成爲太空人，只是NASA署長，」他嘆息。「我的個人強項是詳細計畫，而不是快速反應。」說到一半，佛勒眼睛瞟向我。「得靠你了，詹姆斯，就像第一次接觸任務和穀神星戰役那樣，這大概也是地球的最後一戰，我現在委任你全權指揮。」

眾人的目光聚集過來，我口乾舌燥，暗忖不能敗給壓力。正要聚精會神時，忽然一個技術員又嚷嚷起來。「長官，戰力估計報告出來了，北邊四百、東邊七百，西邊一千、南邊一百。各方向預計四十分鐘後交戰。」

「明白了，中士。」布萊韋說完又望向我。

我深呼吸，試著收斂思緒，事有輕重緩急。「對方的兵力遠比我們以為的少，先假設車子很多只是障眼法，尤其他們應該很清楚抵達之前，最晚半小時內一定會被偵測到。必須針對他們的目的來應變，我認為佛勒說得沒錯，對方想要的是工廠，再來殺光倉庫內所有人，也能減少船位需求。」

我伸出手指。「第一優先是決定戰場。倉庫在工廠北邊，兩棟建築物之間有五十英呎的走廊。再來，倉庫東邊是太陽能農場。」

「全部防守的話面積太大。」布萊韋提醒。

「除了面積還有更嚴重的問題。就算勉強守住，勝利恐怕還是會落入對方手中。我們的存糧能撐兩星期嗎？」

布萊韋蹙眉。「夠是夠，但很吃緊。」

「那代表他們封鎖外面就能贏。」

大家一瞬間沉默了，不過我恍然大悟。「錢德勒也不是笨蛋，不太可能硬碰硬，還有我們沒考慮到的因素。」

「例如？」佛勒問。

我的腦海自然而然浮現控制站那裡的兩具遺體。是否有關聯？是錢德勒計畫的一環？但關係如何成立？

再來是之前很多車子的無線電被偷走，這對錢德勒有什麼幫助？我們不用無線電通訊，他們或許會用到，但數量未免過多。

「長官，」技術員叫著。「是否啓動地雷？」

布萊韋以眼神詢問我。

「先不要。對方應該也知道有地雷，會想盡辦法拆除。我倒是有別的法子。」

「要派遣部隊嗎？」布萊韋問。

「軍力聚集在工廠，倉庫四個入口派駐最低限度人力。」

擴音器響了，眞沒想到居然會是里察．錢德勒的聲音。

「以下是大西洋聯盟執行委員會的會議錄音。」

「關掉！」布萊韋喝道。

「報告長官，不是我們的系統。」

技術員沒說錯，仔細一聽會發覺錢德勒聲音雖大，卻像是蒙著什麼東西，而且是從天花板上穿透進來。

「我聽完實在太震驚，立刻就離席了。之後冒著生命危險，費盡心思將這段錄音播送給大家知道，因為這個祕密，關乎各位的生死存亡。」

「佛勒，你用倉庫的擴音系統演講，設法打亂錢德勒的話術。」

他立刻跑向通訊站。布萊韋又提議。「不然我們切斷電源？」

這麼一提我就串了起來。「沒用，這是車用無線電擴音器，他們偷走了一大堆、藏在倉庫各個角落，就是爲了今天。上校，妳重新調派一隊人去搜出這些擴音器，找到就敲壞，可以請平民加入幫忙。」

我總算摸透錢德勒的計畫，他就是希望我們自亂陣腳、切斷總電源，等電燈和暖氣都沒了，居民會在黑暗寒冷之中更容易受到言語蠱惑。

他的聲音繼續從牆外傳來。**「我希望大家聽完以後，只要還有反抗能力的人就趕快挺身而出，先將倉庫奪回人民手中。援軍就在外面等候，我們不會讓各位留在地球等死。」**

但佛勒的聲音立刻蓋過去，訊息十分明確。「九號營居民請注意，我們遭到侵略，敵軍正在逼近，隨時準備交戰。對方意圖採取圍城戰，已經展開行動了。方才各位聽到的廣播，其實是敵人的政治宣傳，想製造內訌、漁翁得利，如果我們中計就會萬劫不復，希望大家能夠一致團結、齊心抗外。」

外面的擴音器傳來第一段會議錄音。

錢德勒：現況就是不可能將所有倖存者帶上船。那你的看法是？請教各位要如何選擇帶誰走，留誰在地球等死？

佛勒：抽籤。

我望向桂葛里、閔肇和哈利。「去查監視器畫面，找出是誰把無線電擴音器藏在倉庫裡，他們就是內奸。」

錢德勒：抽籤？意思是隨機決定誰能活，運氣不好的就去死？

佛勒：對，隨機決定。用電腦程式的亂數數字，對應人員名單。

錄音內容其中一方是佛勒對我們有利。他的聲音同時從倉庫擴音器傳出，音色幾乎一樣，語句卻全混在一起、難以分辨。

身後傳來衛兵說話聲。「孩子，這邊不能隨便進來。」

「我——我找詹姆斯，他太太，寶寶——」是山姆。

「長官，」技術員站起來大叫。「有人侵入了倉庫！」

一塊小螢幕顯示出工廠外狀況，我也看見了，敵人已經在那裡。

60 艾瑪

宮縮像一波又一波越來越猛烈的海浪，擊打即將崩潰的堤防。我努力控制呼吸，心裡盼著它停下來。不能在這裡生產，尤其不該是這個時候。

艾比抓著我的手在耳邊安撫著。「沒事的。」

但我聽見外頭迴蕩錢德勒的聲音，接著擴音系統上，佛勒也開始講話，兩人的言語混雜，而且音量都很大，結果哪一邊的內容我都聽不懂。

我專注調整呼吸，可是心裡很害怕。國際太空站爆炸、受困在城塞挨餓的時候，我都沒這麼害怕過。我擔心肚裡的孩子，倘若他真的就在這房間裡呱呱墜地，偏偏又有什麼狀況需要緊急治療，我們根本無計可施。在醫療站的話還有一點機會，我至少得趕去那裡。

所以我抓起拐杖，將身體從沙發撐起來，朝著門口蹣跚地踏出第一步。

「艾瑪，」艾比大驚失色。「妳要——」

「必須去臨時醫院。幫幫忙，艾比，拜託。」

我雙腿顫抖，走得很不穩。艾比過來攙著我，開口把兒子也叫來。「傑克，過來幫嬸嬸。歐文你也來！」

一群人伸手搭上我的身子。艾比又開口指揮。「得用搬的，你們小心喔。」

三人合力將我整個抬了起來，艾德琳趕緊衝過去開門。走道上一團亂，喇叭傳出的聲音比先前更大了。到處都是人，軍方和平民都有，大呼小叫著拆了空調線路和較矮的天花板等等，不知道在找什麼東西，我實在太痛了沒心思去理會。

他們帶著我穿過人群、四處穿梭，途中兩度必須靠牆讓路給緊急出動的士兵。錢德勒的演講聲一分鐘一分鐘變小，好像逐漸被調低音量。怎麼回事？他用的擴音器被人切斷了線路？

前面路口擠了很多人，全副武裝、提著自動步槍的士兵一隊隊快步移動，朝著列印工廠方向前進。這個時間？為什麼？

背後傳來槍響，連擴音系統聲音都一下子被壓過去。我的心一揪，知道那個方向是指揮站。

聲音忽然開始逼近，震耳欲聾。

子彈從我身邊呼嘯而過，釘在牆壁上。路口一名士兵回頭，槍口晃向走廊後，停在我身上。艾比和兩個孩子情急之下貼著牆壁，即便如此，我們和槍口之間也沒有任何掩護。

61 詹姆斯

我舉起手示意趕到指揮站的山姆先等等。

然後我轉身望向螢幕，畫面來自工廠南面的保全監視器。乍看第一眼會認爲毫無不妥，只有堆得很高的積雪，以及高掛半天的弦月。但每隔幾秒鐘，地面就浮動一次，彷彿本該靜止的積雪卻出現漣漪。如果不是今晚，我會以爲只是風颼起雪粉造成的錯覺。

偏偏是這一天。

正因爲是這一天，我立刻明白那代表什麼——敵方部隊在積雪下方挖隧道，準備潛入工廠。所以錢德勒和他找到的同黨願意等到現在才動手。他們等的是積雪夠深，至少得包覆工廠周邊四呎之高，否則軍人無法輕易在下面開路爬行。

問題是，他們如何進入這麼近的距離內？絕緣裝備加上積雪是能夠躲避紅外線掃描，不過自從錢德勒失蹤那天起，無人機就不停巡邏，道路、倉庫及工廠周圍都是監控範圍。侵入界線的唯一辦法只有搭乘飛船跳傘著地——不得不承認敵方的策略非常精準。

車隊則是另一個目的。錢德勒和其黨羽賭的是我們一看見就會急著採取對策。

將這些環節好好拼湊後，我大概心裡有數了。首先他們希望錢德勒播放的錄音能夠引起內部動亂，再來讓車輛大舉進逼，若我們自亂陣腳，就會急著固守倉庫，完全忘記外面、也就是工廠同樣需要保護。傘兵部隊只要找到空隙就會拿下工廠，如此一來設備也不會受損。

但敵人料錯了一點：我們已經察覺傘兵準備偷襲了。而且他們還有一段距離，我猜在積雪下開挖隧道的進度並不順利，希望因此得來的時間能爲我們扭轉劣勢。

「中士，」布萊韋叫著。「估計隧道下的敵人多久會抵達，從搜索擴音器的人力裡調派三個排去工廠，集合好了告訴我。」

「妳打算怎麼應付？」我問。

「先丟手榴彈，再用步槍解決。」

我走到門口，山姆站在那邊全身發抖。我蹲下來輕輕搭著他的雙臂。「怎麼了，山姆？」他的語言能力逐漸進步，尤其面對信賴的人、覺得自在時表達得很好。「艾瑪……寶寶要出來了。」

這感覺像一記重拳打來。

我從旁邊桌上拿起無線電啓動。「指揮站呼叫醫院，聽到請回到。」

「這是醫院，博士請說。」一個男性回應。

儘管頻道上還有其他人，無暇顧及軍方通訊術語了。「我找泉美。」

「醫院呼叫指揮站。報告博士，泉美不在，她過去你的住處了。」

無線電立刻傳來泉美的說話聲，但背景很吵雜，聽不太清楚。「詹姆斯，我已經在路上，只是外頭很亂，群眾陷入恐慌。」從叫喊聲與其他模糊聲響判斷，她正在人群裡推擠著。「我會照顧好她，詹姆斯，你不要擔心。」

山姆抬頭，用眼神求我趕快回家。

「感覺你們那邊應該也分不開身，」泉美又說。「交給我吧，詹姆斯。」

「收到了，泉美，謝謝。」我彎腰平視山姆的眼睛。「能回去的時候，我們馬上回去。」他露出難過的表情，好像心裡很受傷，回頭望向門口就要走，但被我拉了回來。

「山姆，你先待在這裡。」

「爲什麼？」

「軍人在外面工作，出去會妨礙他們。你先躲到那邊桌子後面，可以走的時候，我馬上來接你，很快我們就回去找艾瑪。」

「詹姆斯！」哈利大叫。「找到偷藏喇叭的人了！」

他操作終端機，監視器影像接到主螢幕，畫面上是個穿大西洋聯盟軍服的男子，看肩章只是個下士。

「有人認得他嗎？」布萊韋問。

沒人回話。她朝身邊技術員吩咐。「用面部辨識技術，找到立刻報告。」

「等等。」閔肇指著自己盯住的監視器片段。「還有一個，有兩個人偷放音響，都是軍人。面部辨識已經啓動了……是個叫做丹佛斯的少校。」

技術員跟著回頭說。「下士叫做卡菲。」

「給我位置！」布萊韋下令。

丹佛斯——當初在五號營和錢德勒狼狽爲奸的人。早知道該確實監控這個人，畢竟我也算是拿了他妻兒做爲人質進行談判。狀況不妙，艾瑪也在外面一片混亂裡，不趕快逮到這兩個叛徒不行。

話說回來，錢德勒打算怎樣利用這兩個人？一開始就讓他們直接從內部破壞或攻擊的話，這兩個已經被抓起來審問了，連喇叭的事情大概都會暴露。想必他等待的是此時此刻，現在出手就沒有後患。兩個內應最大的用處是什麼？我想通的時候，技術員已經跳起來，一臉震怒恐慌。

「找到卡菲下士了！」

「在哪裡？」布萊韋高聲問。

「戰情室，四十五秒前。他拔槍了！」

戰情室也在這條走道上……

槍聲響起，接二連三，簡直像是要炸開指揮站。一瞬間天下大亂，守在門口的士官被子彈彈飛，布萊韋拔槍還擊，順手推開我。又一連串槍聲，我聽見這裡的士兵大喊。「敵人倒地！」

但布萊韋也倒下，身子下方一灘血。我趕緊匍匐過去按住傷處，施加壓力止血，一個年輕人跑過來放下急救包。「博士，讓我來，我是看護兵。」

回頭一瞧，卡菲下士身中數槍、倒地不起。他是前往戰情室刺殺領導階層的棄子，丹佛斯呢？他的目標又是什麼？

主螢幕被打壞了，但周圍小螢幕沒事，其中一個顯示了監視器影像，一名男子持槍站在擁擠走廊上。我認得地點——就是自己家門外。男子面部被系統加上方框，底下跳出一排字：

≫面部辨識完成。

是丹佛斯！他要抓艾瑪當人質、或者直接殺害。的確是錢德勒那種人會想出的主意。

我可沒有殺人，一星期之前也沒對錢德勒動手，但如果是爲了救艾瑪和未出世的孩子，我別無選擇。

爾斯大聲下令。「派最近的排去找丹佛斯少校，能活捉就活捉，不能的話就當場擊斃。」

我轉身就往外衝，彎腰順手撿了布萊韋掉在地上的手槍。哈利、閔肇和爾斯都想叫住我，但我沒停下來。

進了走道，立刻聽見佛勒的聲音四處迴蕩。我的胸口彷彿在燃燒，雙腿隱隱作痛，心臟好像要從身體蹦跳出來。

到處都是人，軍人平民都有，他們拆下空調管線、掀開補給箱，急著找到敵人藏匿的擴音器。還有些人交頭接耳不停議論，想知道現在究竟什麼情況。

手槍的結構簡單，我稍微看了看就找到保險裝置，將其解鎖。以前父親帶我們出門獵松鼠時擔心遇到熊，總是隨身帶著一把。他教了我怎麼用手槍，還讓我實際擊發過。

我越跑越快，心跳有如鼓聲隆隆。

一個拐彎後，自家門口就在前面。門沒關，裡頭絲毫沒有動靜。

走廊中間有兩個人正在忙。他們疊著羅漢，下面的人臉部扭曲，上頭那位搖搖晃晃地伸手摸找天花板，我行經時正好翻出發出錢德勒說話聲的喇叭。

接近自家公寓前，我放慢速度、探頭觀察，確定客廳是空的。

另一邊路口起了騷動，講話的有大人也有小孩，一群人倉皇飛奔，稍遠處聯盟士兵叫了幾句，我沒聽懂。

擴音系統傳出佛勒的低沉嗓音，錢德勒的說話聲成了背景音效，不過我還是稍微聽見錄音內容。

羅倫斯，你倒是說說，實際上怎麼執行？要大家眼睜睜看著鄰居上太空，自己被撇在一旁？

錄音中的佛勒回答：抽選會列爲機密。

機密？那不就是官僚作風，欺瞞社會。

我舉起手槍、放輕腳步，慢慢踏過混凝土地板，接近路口，一轉過去趕快掃視四周。狂奔了一陣加上大量腎上腺素作用，渾身彷彿都已麻木。

十五呎外，一個男人背對著我，身上穿著羅紋針織毛衣與灰色長褲，伸長手臂不知拿著什麼東西。順著走道望過去，我看見艾比和她家孩子在對面靠近另一個路口的地方，附近許多士兵來來往往。當我意識到他們扶著艾瑪時，心頭大驚。我看見艾瑪的眼睛閉了起來。

時間彷彿停滯。

背對我的男子，手臂微微抬高。

「丹佛斯！」我吼著。

對方沒有轉身，只是稍稍轉了頭。足夠我確認五官了。

我扣下扳機。

子彈打中丹佛斯左肩上方。他的身軀一震，手槍飛出，已經擊發的子彈射在艾瑪身旁幾呎外。

我繼續開槍，一次兩次三次，同時步步逼近，丹佛斯整個人抖了又抖。

等我停下來注視已經斷氣的他時，忽然一顆子彈落在我旁邊的牆壁上。

對面那些士兵朝我開了槍。

62

艾瑪

周圍槍聲砰砰不斷，我感覺孩子們壓低身子，讓我落地。我的腳踩到地板以後，伸手將他們攬到背後護住。

但一轉眼槍聲又停了下來，有個頭髮高高束起、提著步槍的魁梧女軍官擋在我身前大叫：「停火！」

沒了槍響，取而代之是人聲，一下子好多人開口講話，簡直像是碰上颶風，四面八方蕭蕭颯颯，完全聽不懂內容。

泉美的聲音穿過喧囂，如同海面被船隻滑開。「請讓讓，我是醫生，讓條路給我好嗎？」她湊到我身旁，伸手輕撫我的臉頰。「放心，不會有事的，艾瑪，妳別緊張。」

說完她抓著我右手臂放了什麼東西上去。一陣刺痛傳來，我感覺血管受到壓力。

「別——」我叫著。

「這能幫妳放鬆。」

「寶寶……」

「沒有影響，不會傷到他，單純減緩分娩，讓我們有更多時間準備。」

63 詹姆斯

我雖然還拿著槍，但高舉了雙手站住不動。一位高大女軍人護著艾瑪、高喊停火，宏亮嗓音對我像一記當頭棒喝，走廊上其他人似乎也受到震懾。所有人都停了手。

我喘個不停，鼻孔呼出的氣息聲大得好比工廠通風口，感覺得到腎上腺素漸漸從我血液中褪去，就像用了興奮劑但藥效已過，各種感官變得清晰，思緒也不再打結，注意力回到當下。

身著冬季迷彩的清瘦士兵彎腰拾起丹佛斯的槍。「博士，你還好嗎？」

我心不在焉地點點頭，舉步上前時完全無法別開視線。我殺了一個人，儘管他被派來暗殺我、或者我妻子，也許計畫是兩個都殺死。經過他的遺體，彷佛跨過連結兩個不同世界的橋樑，再也無法回頭。

我奪走了另一個人的生命。

泉美蹲在艾瑪身旁，在她的手指套上生理分析儀。艾瑪閉著眼睛，呼吸穩定，艾比與艾德琳幫忙扶著她的頭，兩個人都一臉不知所措。莎菈哭了起來，傑克和歐文板著臉面無表情，但心裡一定嚇得要命。我明白的。

麥迪遜開口就是連珠炮似地發問，正好也省了我開口。

「剛剛是先減緩子宮收縮，」泉美朝麥迪遜和我解釋。「待會應該會完全停下來。這邊在我控制內，詹姆斯，你回去做你該做的事。」

背後傳來腳步聲，我掉頭就舉起手槍。兩人見狀立刻止步，高舉雙手投降，看清原來是大衛與亞歷後，我趕快放下武器。他們和許多軍方信任的民眾一起搜索廣播錢德勒演講的喇叭，哥哥望著我，露出驚駭眼神，留意到地上倒了一具屍體。

麥迪遜衝了過去，臉埋在大衛身上直掉淚。艾比伸出手，亞歷過來牽住她。「這邊需要怎麼幫忙？」他的語氣堅定。

我將手槍遞給他，轉頭望向旁邊待命的士兵。「妳還有彈匣嗎？」

她從腰帶取出一個遞過來，我轉交到亞歷手上。

「幫我送大家到醫院。保護好他們，或許還有人會以她為目標，有必要的時候就用吧。」

哥哥點頭，開始催促孩子們動身。

亞黎終於放開媽媽，向我跑過來，撲在我腿上的力道差點讓我栽了個觔斗。「拔拔！」她嚷嚷起來。

「沒事了哦。」我在女兒耳邊輕哄，同時拉起艾瑪的手。「和亞歷伯伯走，要聽他的話，我很快就回家。」

我彎腰緊緊抱住女兒。時間不多，但天知道是否能活過這一夜，至少得抱她最後一次。

「留下來。」她哀求。

「真的不行，我還有事情一定要去做。」

「山姆呢？」

「他在我那邊，我們很快會一起過去找妳們。」

我吻吻她的額頭，揮手要哥哥快點帶大家離開。亞黎回頭直盯著我哭，但一行人總算離開這條走廊，往醫院移動。現在有三名士兵幫忙搬運艾瑪。

他們才剛轉過一個彎，地板下方便開始微微震動，彷彿巨大怪獸即將自地底現身，遠方也傳來了爆炸聲。

擴音器的聲音只剩下佛勒。

本來在路口指揮的高大女軍官轉頭朝我叫著：「博士，與敵軍正面交戰了，指揮部請你趕快回去。」

她指派四個士兵護送，我們小跑步回到指揮站內。

一進去便看到爾斯來回踱步，眼睛盯著還沒壞的幾個螢幕。工廠南邊戰火連天，我方抛擲手榴彈，在雪地炸出許多大洞，下面的泥土暴露出來，有如大地的瘡疤。

坑洞周圍血跡斑斑，散落著屍塊與手榴彈碎片，爆破熱氣在這寒冷冬夜依舊尚未消散，看得我胃裡一陣翻騰。

瞄準器光線照亮夜空——我方用的是紅色，敵方用的是綠色。以皚皚白雪為背景，乍看還以為是聖誕節燈火秀。

帕羅利將軍也來了，一個人待在角落，似乎正在生悶氣。我猜自己錯過另一場激鬥。爾斯和他大概才剛爭辯了指揮權歸屬，幸好是爾斯勝出。

哈利走過來。「我們推測有一百個敵軍走了雪下隧道，想摸進工廠，大部分被手榴彈收拾掉了。」

「車隊呢？」

「路徑沒有變化。」

爾斯也湊過來。「詹姆斯，擴音器拆光了。」

「清點一下，和車輛上失竊的數量做比對，免得沒找全待會又要吵起來。」

「好的，博士。」

「拿一個進來指揮站，停在對方用的頻道。」

他點頭後，轉身吩咐部下。

「布萊韋的情況如何？」

爾斯蹙眉。「像個被捅了的馬蜂窩，一直嚷嚷著要出院。」

「聽起來不算太糟。」

佛勒從廣播位置站起來。「我不必繼續了吧？」

「當然，過來吧，羅倫斯。」我轉頭問爾斯。「目前部署情況是？」

「正按照計畫匯整兵力。我還派了一個排去徵召年齡體格適合、可以上場作戰的人，把非戰鬥員集中在居住區特定幾間公寓中。」

「很好。」

「有關亞瑟——」爾斯繼續說。「現在派了六個人看守，要不要撤一些回來？」

這件事挺爲難的。疏於防備會成爲亞瑟偷襲的最佳機會，他與錢德勒內外來攻正好毀掉我們。但人力已經吃緊，再守著他，能夠防禦倉庫的人就更少，現在能動的人都得動起來。

「叫衛兵帶過來。」我回答。「我們把他的手腳鎖在椅子上，讓哈利和桂葛里看好他。前線需要專業軍人，亞瑟說不定反而幫得上忙。」

認識爾斯也夠久了，那張臉雖然像石頭毫無表情，但一些小動作仍透露出他並不喜歡我這樣處理。即便如此，他對部下發令的時候，聽不出一絲猶豫或質疑。

螢幕上，瞄準雷射的數量隨時間過去漸漸減少。

「博士，我們派出偵察無人機了，」爾斯過來報告。「預估十分鐘內會抵達現場。少了積雪掩護，或許能靠紅外線鎖定敵人坐標、進行狙擊。」他停頓幾秒。「如果想要俘虜，也可以嘗試出去捕捉，但代價會很高。」

爾斯的用詞令我心頭一震。從軍人的角度來看，士兵的生命是爲達成目的可以付出的代價。

「等無人機到達再行動的效率會提升，」爾斯解釋。「能夠分辨還活著和已死亡的敵軍，代價是時間。」

又是代價。時間也是代價。但對我而言，人命無價。

「叫大家守住陣地。」我回答。「目前不需要俘虜，反正抓回來能問出的情報，我們大概也猜到了。」

「博士，」技術員高聲說。「敵方各車隊都有一輛車單獨衝出來。無人機應該追過去，還是繼續監視原本的隊伍？」

爾斯的眼珠子轉了過來。

「追蹤脫隊的車輛，確認對方的目的。」

亞瑟一臉戲謔地出現在門口。「士官亞瑟報到！」他演得挺像樣。

爾斯朝椅子撇了撇頭，衛兵將亞瑟押過去。「我們得拘禁你，」我說。「你應該也能理解。」

「我理解你們自以爲有這種必要。」亞瑟說完自動將雙臂放到椅背後面，讓士兵拿強力膠帶和束帶多重固定，過程中他的視線一直停在我身上。

「這邊遭到了攻擊。」我低聲告訴他。

亞瑟挑眉。「原來如此，以你們這物種而言，這是不錯的一步棋。橫豎都是滅絕，自相殘殺比較快。」

「我們可沒那種打算。」

「那是希望有人幫忙想想怎麼抵禦敵人囉？所以才把我帶過來？」

「你們不是自稱累積了幾萬年與幾萬個星球敵對的作戰知識嗎？」

「詹姆斯，是數千萬好嗎？」

「多謝指正。換做是你，會怎麼行動？」

「我看看……你們寡不敵眾，還被困在中間。就算想逃，能逃到哪裡去？沒幾個地方可以禦寒，很快就會被搜出來解決掉，還是在守住這裡比較實在。」

「這種結論我們自己想得出來。」

「要我的建議是嗎？重點還是能源，沒有能源就活不下去。」

「你這句話對我們有什麼助益？」

「可惜的是，詹姆斯，我只能說這麼多，剩下的就看你能不能自己參透。」亞瑟挑眉。「我總得找點樂子、打發時間。」

我重重吐了口氣猛搖頭。畢竟站在亞瑟的立場，放任人類互鬥確實更有利，免去電網在我們身上浪費能量和時間的可能性。於是我不免懷疑，難道亞瑟和這整件事情有關？是他在背後推波助瀾的嗎？

也許這場戰役中，敵人比我們以爲的更多。

☀

想從積雪下面轉過來的部隊也全被殲滅了。無人機偵測到目標，狙擊手一個個清理，生命跡象從黃紅色轉爲紫色，然後混入背景的黑色。

「脫隊車輛停下來了。」技術員報告。爾斯、佛勒和我聞言起身，注視現場回傳的影像。

穿著太平洋聯盟和亞特蘭大自衛隊冬季迷彩裝的士兵下了車，繞了半圈到後車廂搬東西出來。第一眼看上像是白色乙烯基塑膠管，他們將管子架在雪地上整齊擺放。每輛車準備了二十多管，如圍籬般排列好，開口朝著我們這頭。

士兵成雙成對回到後車廂，分別拿著大布袋與看來是髮膠罐的東西，走到管子後頭。

「他們在幹嘛？」閔肇牽先問。

哈利搖搖頭。「馬鈴薯大炮。」

爾斯瞇起眼睛。「馬鈴薯大炮？」

哈利苦笑。「找根塑膠管，一端塞馬鈴薯（注），另一端灌推進劑之後密封點燃，就會——砰！」他雙手一攤。「好玩是好玩，但鄰居會找爸媽抗議就是了。」

螢幕上，敵兵伸手從布袋掏出膠帶捆好的錫罐，一個個塞進那些塑膠管。另一人在管子後面蹲下，注入氣體之後以打火機點燃。錫罐連同白煙從管口噴出，炮聲接連不斷。

「廢墟裡有很多塑膠管，」哈利繼續解釋。「隨手可得。空罐頭更不在話下，裡面大概直接裝滿水。」

「有地雷被觸發。」技術員說。「兩個，不對，三個、四個了。」

「之前沒啓動吧？」我問。

「沒有。」

注：原文Potato cannon是因為歐美文化當作趣味玩具時多半以馬鈴薯做為彈藥。

遠處傳來爆炸。

「主艦遭到炮擊？」哈利問。

技術員盯著螢幕。「北側編號一〇九爆了，應該是被炮彈的動能觸發。」

「換句話說，現在才要開地雷也來不及了。」爾斯喃喃嘆著。

我忽然閃過一個念頭，想明白了亞瑟那句話：關鍵是能源，沒有能源就無法生存。

「有更大的麻煩要處理。」我維持鎮定。「馬鈴薯大炮不只可以拆掉地雷，」我望向亞瑟。「還可以用來擊碎太陽能板。」

少了倉庫周圍和頂端的太陽能板，不出幾日，裡面的人就會凍死。該說是巧合嗎？我們的命運竟然和電網一模一樣，必須盡全力收集、保存能量。

保不住太陽能板的話，大家全都死路一條。

✹

敵方幾支主車隊到達地雷陣邊緣，脫隊的四輛車也各自返回會合。地面滿布爆炸坑洞，車隊排成一列，貼著坑洞外側安全通行。

「以對方的速度，三分鐘後動能炮彈就可以擊中太陽能板。」爾斯提醒。

另一塊螢幕顯示我方部隊上了屋頂，以建材牆板和太空艙材料湊合，在太陽能農場外搭起防禦工事。倉庫之外的太陽能板只能任敵人破壞了，想要連同那邊也守下來需要派兵出去，然而已經沒有拉長戰線的餘裕。就連屋頂守不守得住都是問題，即使撐住了電力也只勉強夠工廠用，倉庫這邊將會沒有暖氣。

東邊的車隊衝出幾輛車，在前方設置更大一排塑膠管大炮陣。緊接著就是一波波炮擊，打在倉庫外牆的直接彈開，無法造成多大損害，若是太陽能板被砸中則立即傾斜或破碎落地。過了不久，外頭雪地已成了散布黑色玻璃渣滓的垃圾場。

「屋頂目前擋得住。」哈利說完，湊到桂葛里那邊。「但等到白天，太陽能板總得見光，到時候該怎麼辦？」

「先活到白天再說吧。」桂葛里低聲說。

背後有腳步聲，我立刻掉頭。自從指揮站遭到卡菲襲擊，我就心神不寧，大家都是。

布萊韋一手吊著繃帶走進來，眼神還是很銳利。「我錯過了什麼？」

「確定回來工作沒問題嗎？」我問。

她白了一眼，好像我的問題很白癡。「根本只是小擦傷。」

爾斯笑著帶她回到崗位上。

大家再望向螢幕。四方向車隊靜止，保持在我方狙擊手有效射程外。真希望手邊有重型火炮，不知道會不會反而是太平洋聯盟和亞特蘭大自衛隊帶來了，答案應該很快就會揭曉。

佛勒注視畫面裡閒置的車隊，明明苗頭對準我們，卻沒有任何動作。「他們想幹嘛？」

「大概用太平洋聯盟的加密頻道正在協調戰術。」爾斯說。

「能竊聽嗎？」

「沒辦法。穀神星戰役之前還有解碼器，之後……高層判斷發生戰爭機會不大，所以都廢棄了。」

「那猜得出內容嗎？」

「理論上對方此前不久都無法透過無線電對話。」爾斯說。「現在應該發現了前鋒部隊沒有順利攻進工廠，所以打算改變策略。」

我身後桌子上的車用無線電喇叭忽然響了起來。一連串嗶嗶聲，不仔細聽不會察覺，只是像系統測試甚至是零件故障。

「摩斯電碼，」哈利說。「數字一、三、二。」

「是頻道。」我想了想。「應該就是太平洋聯盟用的頻道。」

哈利拿起普通的手持無線電，轉到一三二臺並調高音量。

什麼聲音也沒有。

難道只是代號？準備攻打的指令？

「反轉看看。」

哈利切換到二三一臺，立刻聽見錢德勒說話。

「通勤一隊、通勤二隊，請問收得到嗎？收到請回答。」

布萊韋沒講話但看我一眼。我舉起手示意先按兵不動，運氣好的話，或許能聽錢德勒親口說出自己下一步計畫。

「通勤一隊、通勤二隊，收得到嗎？收到請回答。」他又呼叫一次，依舊只有漫長沉默。

車用喇叭又響了，錢德勒再次廣播訊息，聲音模糊空洞，像飄忽不定的電臺訊號。

「敬告九號營內的大西洋聯盟軍，我是里察．錢德勒，各位選出的議會代表。我現在直接與各位對話，是因為政府背叛了人民，選擇與太平洋聯盟和亞特蘭大倖存者交戰。這種狀況不該持續下去，我們無需流血衝突也能解決問題。請放下武器，出來加入我們，各位和九號營內的家人都不會受到傷害。這是唯一一次通知，希望各位選擇和平而非戰爭，與我們攜手共創未來。」

稍微停頓之後，他繼續說：**「這邊要我轉告大家，只剩五分鐘時間，請加快腳步。」**

「我們的人還能在倉庫或工廠聽見他的廣播嗎？」布萊韋問。

技術員用耳麥詢問，一分鐘後回頭。「報告長官，都沒聽見。」

「警告各部隊，敵人即將進攻。」

爾斯帶著布萊韋、佛勒、哈利、桂葛里、閔肇與我走到房間角落，亞瑟及守衛的正對面。

「有什麼想法？」爾斯問。

「可以拖延，」布萊韋回答。「前提是對方沒有重兵器。」

「過幾分鐘應該就知道了。有的話，他們一定會拿出來攻破外圍防線。」爾斯附和。

亞瑟望了過來，神情挺樂的。我們目光交會時，他還挑了挑眉。

我一心二用，模模糊糊聽見大家討論現在有何選擇。第一個方案是逃跑，以3D列印機製造直升機或飛船，但很快就被駁回。再來考慮引誘敵軍進入倉庫以陷阱殲滅，然而就兵力數字而言，沒什麼優勢。

我的腦袋從各個角度分析，同時清點現有的資源。餘光瞥到亞瑟時，我意識到他對未來發展舉足輕重，卻想不通轉折點究竟是什麼。總之他先前所言無誤，我們的武力不足又遭到包圍，那到底有什麼優勢能超乎錢德勒預料，還能扭轉局勢取得主導權……電光火石間，靈機一動，我總算會意了過來，感覺就像實驗進度終於有了突破。

「詹姆斯？」佛勒開口。

我赫然發現大家一臉期盼地看著我。「有個辦法能保障我們的安全。」

佛勒微微仰頭，神情訝異，爾斯和布萊韋還是不動聲色，桂葛里好像不太相信。

「要開始反擊，取得勝利了。」

布萊韋給了爾斯一個眼神，爾斯點頭示意有話直說。「博士，想要戰勝，我們需要更多彈藥和——」

「不，上校，逆轉情勢只需要一樣東西，就是時間。」

她眉頭一皺。「博士，考慮存糧和太陽能板可能損壞程度，我不認爲拖延時間對己方有利。」

「上校，妳說得沒錯，但馬上就不同了。」我走到桌邊，拿起手持無線電。「錢德勒——」

「哈囉，詹姆斯，希望你出面是爲了避免流血衝突。我們尋求和平而非戰爭，來談條件吧。」

「嗯，來談條件吧。你還不明白，但其實我們占了上風，你再不收手只是自討苦吃。那邊的其他人聽好，各位可以決定自己的命運，里察・錢德勒挑起爭端，只是因爲他與我有私人恩怨，別繼續受他擺布。他根本不在乎你們活得好不好，但我們則不同，建造太空船就是想拯救全人類。現在還來得及，只要各位回到崗位、照原本計畫進行，事後絕對不會有所謂的清算，就當作今天的一切從沒發生過。」

錢德勒立刻回嘴。「你以爲隨便幾句話就能糊弄過去嗎，詹姆斯？太空船裝不下所有人，大西洋聯盟的軍隊獲得保障名額，這一切徹頭徹尾就是場騙局，亞特蘭大和太平洋聯盟會被你們棄之不顧，只能留在黑暗冰冷的世界餓死凍死。」

「里察，你離開太久了搞不清楚狀況，這問題早就解決了。」

哈利和桂葛里聞言轉頭，閔肇則相反，低著頭不願意看我。他們知道我說了謊，但如果靠謊言才能救大家，那就讓我說到太空船離開軌道也沒問題。

「是你別胡說八道，大家都能上船，你挑撥離間的說詞已經不成立。」

「別胡說八道了，詹姆斯。」

無線電沉默了很久。或許有效？

可惜錢德勒再出聲時，聽起來挺自信的。「你盡力了，詹姆斯，但別妄想轉移注意力。放棄吧，讓軍隊出來棄械投降，就不會再有傷亡。」

「這麼恨我們的話就自己進來吧，里察。不願意的話，你們就自己在外頭餓死凍死。」

「詹姆斯，哪一邊會餓死凍死，已經很明顯。明知道你們撐不久，我們幹嘛浪費力氣？你願意講道理時再找我吧。或者等你被裡頭的人宰了還是關起來了，雙方自然就能和談了。」

無線電安靜下來，不過從螢幕看得到外頭起了變化，許多士兵從敵方車輛湧出。果然他們用了什麼方法隔絕無人機偵測，運兵車裡人很多，與掃描到的生命跡象數量兜不起來。

「計算敵兵數量。」布萊韋川著。

太平洋聯盟與亞特蘭大聯軍士兵從運兵車車廂搬出大包物體，在雪地上面開始整備。如果是重炮，我們的生還機率就會大幅降低。結果那些物體噴出大香菇似的東西，膨脹為銀色圓頂，在夜視鏡頭下微微發亮。原來是活動式住房，大概來自亞特蘭大，回去重建家園的人為了在嚴苛環境長期生活，準備了這種裝置。

螢幕右下角跳出技術員更新的人數統計。加總起來約有四千人，我們依舊是四百。食物也只有十四天份。換言之，必須在兩週內打贏這場戰爭。

64 艾瑪

意識如同緩慢明滅的燈火，所見的世界化作斷片：居住區的醫院，麥迪遜、艾比和泉美探身看我又拉拉手，泉美爲我的手指接上生理分析儀，床邊有點滴架，他們準備了藥物注射。

後來再睜開眼睛時，妹妹坐在對面椅子，亞黎在她的腿上。女兒一發現我醒了，就跳出阿姨懷裡撲過來。

「媽咪——」

「嗨，寶貝。」

她淚眼矇朧。「妳生病了。」

「沒有，我沒事，休息一下就好囉。」我擠出笑容，摸摸她的臉頰，結果被靜脈注射管拉扯了皮膚。「妳的嬰兒弟弟很快就會出來了，開不開心呀？」

亞黎點點頭，可是下唇顫抖，眼神洩露恐懼。

遠處隆隆作響，似乎是地雷爆炸。

「大概每個鐘頭就聽見一次。」麥迪遜告訴我。

醫院入口處冒出個人影。雖然人還在暗處，但我一眼就認出那沉重卻堅毅的緩慢步伐。詹姆斯筆直朝我的病床走來，一度停下腳步，剛好抱起衝上去的亞黎。

他點頭示意，麥迪遜就拿了織一半的毛線先迴避離開。

「嗨。」我微笑。「情況還好嗎？」

「工作量特大。」

「聽起來火燒屁股了。」

詹姆斯鼻子哼了聲，眼睛露出笑意，氣氛感染了亞黎，看得出她的情緒也放鬆不少。幼兒能從父母身上接收很多訊息，我們冷靜的話，他們也會鎮定。孩子知道出了大事、外面危險，但至少與此時此地無關。

他看著女兒問：「爸爸去上班，妳有沒有乖呀？」亞黎羞澀地笑了。「有聽媽媽和阿姨的話嗎？」她點點頭。「不可以和其他人吵架喔，」詹姆斯吻了吻她前額。「妳先去找麥迪遜阿姨吧，爸爸跟媽媽講一下話。」

等亞黎走遠，我斂起笑容。「是錢德勒吧？」

「嗯。」詹姆斯說完，轉頭看著床邊螢幕的身體檢查數據。

「多糟？」

「小麻煩而已，幾天就能回到正軌。」

「跟我說實話。」

「妳信任我嗎？」

「徹徹底底。」

「那就好。很快就能出發，我保證。」

65

詹姆斯

探望過艾瑪，我在指揮站停留幾小時，監視錢德勒那邊部隊的紮營情況。他們在雪原上散開，連成環狀實行包圍策略，只在四個角落有小空隙。地雷坑在敵營後方，黑色褐色的凹洞已逐漸被積雪填平。

我朝倒數計時瞥一眼，數字降到零。

「啓動北四三，」技術員報告。「開始引爆。」

地雷爆炸，雪水帶著泥土灑濺半空。這些爆炸不太可能眞正傷到敵軍，但能讓他們睡不著。剝奪對方睡眠、無法好好備戰，是目前我們少數能實行的戰略。敵人的數量是絕對優勢，還能自由選擇進攻時機，反觀我方必須二十四小時枕戈待旦，兵力還遠遜於對方。若是能造成敵軍疲累焦躁，或多或少便對我們有利。

「顯然他們要就地過夜了。」爾斯開口。

「沒錯。」布萊韋附和。

「去戰情室吧。」我告訴領導團隊，率先走出指揮站，兩名武裝衛兵跟了過來。

途中我再繞去探視艾瑪。她們母女倆其實很驚恐，我只能盡量安撫，但看樣子只有亞黎信了我的表面說法。即便如此，我心裡知道艾瑪完全信任我，這樣就夠了。她的信任彷彿一股從背後吹來的清風，使我也對自己有了信心。更何況她有她的煩惱，艾瑪目前最關切的當然是腹裡的胎兒。

在走廊散散步有助於我的思考，肌肉活動能促進大腦運轉。

我到達時，大家已經在戰情室裡頭等候。爾斯與布萊韋挺直身子站在門口兩側，哈利偷空泡了咖啡，閔肇坐著閉目養神。桂葛里靠著椅背凝視天花板，或許正在回顧過去種種，思考我們怎麼走到這步田地。佛勒坐在主位右邊，以前都是我坐那兒，現在主位空了出來給我。

我招手示意隨扈在外面等待之後關上門，走到主位旁邊幾步沒坐下。我還沒有心理準備。

「計畫是有了，得先爭取時間，需要大家幫忙。動作必須快，沒有太多討論空間。」意思應該很清楚，但爲表尊重，我還是補上一句。「這樣可以嗎？」

佛勒最先點頭。

「我從不抗命，」爾斯開口。「也沒打算這時候破戒。」

「你應該最清楚，」布萊韋淡淡說。「就算我不贊成，也以任務爲優先。」

「我也學到了教訓，上校。然後我先前在指揮站是認眞的，接下來要展開反擊，而且會獲得勝利。」

「請問博士打算怎麼做？對方兵力優勢太大了。」

「等正面交戰的時候，他們就沒優勢了，不是勢均力敵就是我們占上風，而且可以發動奇襲。」

布萊韋眞的笑了。「這我有興趣了。」

「包妳滿意，上校。請妳確保時機成熟時，我軍處於最佳狀態。」

「請問時間點是？」

「大約兩週，但可能增減一、兩天。」

「博士，糧食存量很吃緊。」

「那個問題我也會處理。」

「我們這邊要做什麼？」哈利問。

「麻煩你們維修那些車用喇叭和無線電，這次要反將他們一軍。」

「用不了多久。」哈利說。

「還有幾架無人機？」我問布萊韋。「要能降落在屋頂，實行輕量部署。」

「四架。」

我心算之後轉頭朝哈利、閔肇、桂葛里說：「請你們做八十個小型炸彈外支架，每架無人機要二十個。」

哈利緩緩點頭，好像正在推敲我究竟如何盤算。「製作外支架不難，可是我們沒有炸彈本身的材料，都用在地雷上了，現在也不可能出去回收爆裂物原料。」

「沒這個必要，裡面不用裝東西，看起來是炸彈就可以了。需要多少時間？」

哈利往閔肇瞥了眼，聳聳肩說：「二十四小時內就能列印完成。」

「3D列印機有別的用處，你們得用倉庫現有的工具。」

「這樣啊，那要三、四天吧。」

閔肇開口：「還有個問題是電力。屋頂的太陽能板供應暖氣都很勉強，如果想用列印機，又要爲無人機充電的話，絕對不夠。而且前提是發電效率要達到百分之百，現在爲了保護太陽能板，上頭都蓋著東西。」

「之後不必對整個倉庫提供暖氣，面積可以縮到很小。這部分我馬上會解釋。」

他點點頭。「好。」

「桂葛里，麻煩你做個炸彈——當然只有倉庫和工廠找得到的東西能用。」

他身子向前傾，終於有了參與感。「多大？」

「很大。」

「攜帶式？發射式？」

「都不必，擺著就好。」

「很大是多大？」

「大到能炸掉這一整個倉庫。」

桂葛里盯著牆壁，思考一陣。「小型可運輸的反而沒辦法，單純夠大的炸彈？行，用化學藥劑。給我兩天。」

佛勒望過來。「你是打算躲到工廠？空間不太夠。」

「不必，我們要去別的地方，但必須先控制住倉庫內的人心再說。這件事情就得靠你了，羅倫斯。大家都信賴你，在這種彷徨迷惘的時候會聽你指揮。現在民眾一定很恐慌，或許比城塞那時還嚴重。」

佛勒搖搖頭。「上次靠的是艾瑪。」

「那這次就看你了。」

「交給我吧。」

我環視眾人。「還有件事情得說。我們可以靠自己，但有亞瑟協助的話，成功率會比較高。我想跟他交換條件，不過需要你們的信任支持。」

大家的反應並不熱烈，只是點點頭。桂葛里和布萊韋望著地板，神情很複雜。兩人心裡一定不情願，但願意默許就很好，我不敢奢求太多。

「嗯，那計畫就這麼定了。現在最大的敵人是時間，有人需要幫忙的話，就告訴我一聲。」

其他人離開，布萊韋停在門口。「博士，要我把亞瑟帶過來嗎？」

「好，就我們三個。」

她嘴巴張開想提出異議，我立刻打斷。「別讓士兵進來，我們的談話內容不能離開這房間。」

五分鐘後，亞瑟踩著輕盈步履進來，布萊韋尾隨在後。她迅速關門、就警戒位置，手搭在槍上，視線鎖定亞瑟。

亞瑟先朝她後朝我露出微笑。「這是要幹嘛？」

「你應該很清楚。」

「是沒錯。」他左看右看，彷彿品味這甜美時刻。「風水輪流轉，換你想跟我談條件囉。」

西邊遠方傳來地雷爆炸，隔著牆壁的聲音朦朧如悶雷。

「亞瑟，我們不靠你也能贏，但有你助陣，當然勝算會更大。」

他的笑意褪去。「洗耳恭聽。」

我解釋完自己的計畫後，亞瑟打量了我很長一段時間。與他接觸至今，首次看他這樣面無表情、不發一語，似乎內部正在處理資料、努力計算極其複雜的方程式，過程中不想洩露任何訊息。

然而他再開口時，又回復到戲謔冷漠的語調。

「不得不承認，我有點吃驚，幾百萬年沒這種感覺了。你們的處境只有兩種解法，你不僅挑出成功率高的那邊，唔——更妙的是你還加上兩個連我都沒從模擬發現的策略，也就是所謂的跳出框架思考，微乎其微地再增加了一點機會。」

「那叫做創意。」

亞瑟忽然又一臉空白，彷彿正在記錄學習。「不對，詹姆斯，這叫做統計學上的不可能。」

「什麼意思？」

「你的頭腦確實不屬於你們族群的時代。」亞瑟直盯著我，在我臉上尋找著什麼。同樣是第一次，他居然表露出困惑，語氣變得平板飄忽，簡直像是運算能力耗盡，所以放棄了人格，回歸毫無情緒的電腦。「不對，還有其他變數，目前無法評估的異常。」

「有電網算不到的異常？」

亞瑟僵了片刻，我不禁懷疑難道他就這麼離線了，還是人工智慧演算法故障？這對我們可不是好消息，現在正是需要他的時候。

好不容易等到他又有表情，就好像剛醒過來，他還是那種傲慢刻薄的口吻。「你想太多了，詹姆斯。電網的計算能力遠超過你們理解的粗淺數學，我只是有局部運算力限制罷了。」

「不愧是我們熟悉敬愛的人工智慧大魔王。」

「大魔王想問問，你們拿什麼來和我交易？難不成是讓我用行爲良好換取假釋嗎？這個你可比我熟。」

「你猜對了，就是要讓你出獄。想想看，無論如何都有一部分人類要離開地球，但不會帶你走。然後呢？你要自己做個太空艙，自己發射進太空返回電網做報告。這要花多久時間？」

亞瑟聳聳肩。「對我有分別嗎？我不老不死。」

「沒錯，可是時間對電網很重要。你早點上傳報告，或許電網能根據情報增進別項任務的效率，甚至告知你如何處理地球人。總而言之，提早對電網做報告，對你絕對有益無害。讓我活著也一樣，你跟我接觸得夠久，能肯定我傾向和平地分道揚鑣，你再跟別人談判就很難保證結果，可能要耗費大筆能量收拾爛攤子，一點都不划算。」

「所以，你到底想說什麼？」

「我們可以帶你上船，經過小行星帶的時候再把你射出。而我們穿越期間，你就可以上傳資料，不需要等個好幾天或好幾星期。」

布萊韋飛快地瞪我一眼之後，目光回到亞瑟身上。顯然她很不喜歡我這個想法。

「你們的人知道了可不會高興。」亞瑟故意嘲諷。

「可是他們信任我，我代表大家提出這個交換，對你還有另一個好處。」

亞瑟挑眉。

「外頭敵軍衝進來的話，見到你會立刻開槍。」

「我不好殺。」

「我很清楚，那具身體可是我做的。但不好殺不等於殺不死。」沉默幾秒後，我補充一點。「你並不是單純的人工智慧程式吧？」

亞瑟不講話。

「你那種輕佻的態度言語乍看之下，好像是為了刺激對手反應，以數學公式推導的行為模式。但事實不然，其實那就是你，是你的人格吧？無論你真的叫做亞瑟還是有別的稱呼，本質應該是電網內部的獨立個體？具有特定經驗與專長的意識，扮演的角色……就像是間諜，跳傘空降到敵人後方，進行擾亂或其他任務。如此說來，其實你受困在地球上，可以比喻成擱淺在孤島的水手，島上的原生種充滿敵意。所以你也很想趕快逃離這鬼地方、不必再跟我們打交道。同樣的，我們也希望能夠擺脫你。」

「這個比喻太粗糙了。」

「聽起來，雖不中亦不遠矣？」

「你早知道答案是什麼。」

「很好。還有一件事，我需要你確保過程中，艾瑪不會有生命危險。」

「要保護的是她，還是她肚子裡的孩子？」

「都要。」

「好吧，詹姆斯，她會活下來的。」

「你最好別食言。她有事的話，所有交易都立刻取消。」

66 艾瑪

士兵來來去去，病人一個個被他們用擔架或輪椅帶走。我問了人要帶去哪裡，但士兵都不回答，也沒看到離開的人回來過。究竟怎麼一回事？

鎮靜劑效果斷斷續續，我也睡睡醒醒，彷彿在水中載浮載沉，偶爾能探頭到水面吸一口氣。這次醒來，看見詹姆斯抱著亞黎坐在床邊椅子上。

「媽咪！」女兒興奮地說。「要出去玩了！」

我想必一臉惘然，詹姆斯速速搖頭，幅度很小，顯然不想被亞黎察覺。我擠出一個笑容。「對喔，我都忘了。要出門玩了，妳開不開心？」

她用力點頭。

「乖，要聽爸爸的話，知道嗎？」

詹姆斯起身將女兒放到床上，很小心沒讓亞黎壓到我的胸口，只是挨著抱住我。「跟媽媽說再見吧。」

「媽媽再見，愛妳。」

「我也愛妳，寶貝。」

他們離開以後，我還是一頭霧水，心想難道只是詹姆斯哄她開心？可是又不禁懷疑爲什麼會帶女兒來告別？

但我很快想通了。或許眞的是告別。再見面不知道要多久，詹姆斯才特地安排我們見面。

☀

幾分鐘之後，詹姆斯帶著山姆過來。這孩子故作堅強，但和亞黎一樣抱我抱得好緊。我親了親他的額頭，告訴他很快就會再見面，只是說這番話的時候，心裡不太踏實。

☀

控制藥量的機器發出微弱嗶嗶聲。我的內心充滿糾結，被困惑憂慮占據，怎樣也睡不著，在床上輾轉反側，眼睛時不時回到醫院入口處。

總算盼到詹姆斯回來，這次只有他一個人。藥量變得很高，和我的意識拉扯。他在門口與幾個人低聲交談，內容聽不清楚，而我連視覺也逐漸模糊。再一眨眼詹姆斯出現在床邊，彎腰過來吻了我。

我一段時間沒講話，聲音有點沙啞。「現在什麼情況。」

「準備出發了。」

「去哪兒？」

「信任我嗎？」

「你知道的。」

「那就跨出這一步。」

我晃晃腦袋，想抵抗藥效。從詹姆斯臉上能看見的除了決心，還有藏在底下的另一股情緒。只有像我這樣對他很熟悉的人才能察覺：那是恐懼。

「我準備好了。」

他牽起我的手，輕輕掐了一下。「那就另一邊見了。」詹姆斯轉身朝門口等待的人招手。

泉美帶頭走進來，後面跟著六名士兵，墊底的居然是亞瑟，而且他還面無表情。又有兩個士兵推了一張輪床進來，床側桿子接著機器。上回看見這東西是前往發射控制站，送三個志願受試者升空。果然輪床邊擱著一個休眠袋，只是這次要進去的人是我。

我的脈搏加速，腎上腺素大量分泌，注意力瞬間變得非常集中。

儀器同時偵測到血壓過高，開始大聲嗶嗶叫。泉美一個箭步過去關掉警報器，從口袋抽出針筒，打進我的靜脈注射管。

「那是什麼？」我朝她伸手。

「幫妳放鬆而已。」

無論什麼成分，效果非常好，我立刻覺得手臂無力，沉重得抬不起來，轉頭以後視野模糊，整個世界變得好慢。

話語在腦袋中兜圈，開口之後聲音也拖得很長，像是被降速的音軌。「爲什麼？」

詹姆斯湊近。「我們也是不得已的。」

感覺自己的嗓音變得很奇怪，彷彿鐵條折彎嘎嘎響。「怎麼說呢？」

「食物不夠，也沒有電力維持暖氣。」

我點點頭。儘管只是點頭，都需要騰出很多力氣挪動頭部，身體就像鉛塊一樣。「孩子？」

「都很好，」詹姆斯告訴我。「也很勇敢。」

鎮靜劑將我的意識拖進深海，可是忽然間一個念頭像電流竄進來。相同的兩個字：孩子。我眼睛飄向隆起的腹部，想講話卻開不了口，只能用眼神示意詹姆斯，要他確認現在這種作法是否能夠保住尚未出生的胎兒。

詹姆斯先看了亞瑟，再望向我。「孩子不會有事，妳也會好好的。」

接下來都像是夢境。我知道自己被士兵抬起來、放入休眠袋，那觸感厚重冰涼，像濕衣服黏黏滑滑。

拉起拉鏈的聲音傳進耳裡，卻很遙遠模糊。然後是一陣嘶嘶聲，面罩落下貼住口鼻。我深深吸一口氣，沒有味道，只有黑暗。

67
詹姆斯

看著眞人被裝進袋子，心裡總是有種不適，而且他們還被疊了起來，彷彿只是貨物，放在路中間會礙事。我們也是不得已，已經接近半數平民進入休眠狀態，休眠袋塞滿了三間公寓，堆了半層樓高。

理由很簡單：接下來我們要停止倉庫內大半區域的供電供熱。休眠袋連太空的冰冷都不怕，還在地球自然不成問題。

3D列印工廠趕工製作休眠袋，生產力開到最大。再過二十四小時，所有平民都會處於休眠。看著艾瑪、亞黎和山姆進入休眠袋，使我的意志更加堅定。

這場仗必須贏，否則他們再也醒不過來。

我去指揮站待了片刻，只是看看偵察畫面。入夜了，敵營沒什麼動靜。車輛周邊被銀色圓頂帳篷包圍，乍看像是蟲子在積雪下鑽來鑽去。

「再引爆一個。」我吩咐坐在控制臺前的士兵。

「請問哪個象限？」

「下士，你決定就好。」

因爲無所謂。爆在哪裡，對方都能夠聽見。

左上角螢幕的背景冒出閃光。

圓頂帳篷紋風不動，沒人出來查看。但我知道一定有很多人被吵醒，心裡一定很不痛快。

屢試不爽。

✹

我換上防寒裝備走在倉庫內，走廊上空空蕩蕩，只有幾個士兵四處移動。他們將喇叭藏進天花板、通風口，以及能想到的各種死角。

後來只剩我一個人。我轉開門把，進入一間公寓。裡頭沒什麼特別，這是我先前隨便挑的，只不過逆轉情勢將從這裡開始。

客廳裡，布萊韋立正站在角落，眼睛緊盯亞瑟。亞瑟站在滾輪工作站前面操作筆電，手指快得只能看見光影。

「讓我用無線網路會簡單很多。」他開口。

「你知道那是不可能的。」我回答。

我朝布萊韋點點頭，她便自行離開。換哨了。

我往沙發一屁股坐下，稍微閉起眼睛。實在太累了，要是能睡幾個小時就好，只可惜我沒辦法信任亞瑟到那種地步。

「進度如何？」我問。

他指著地面的大洞。「還在挖。」

✹

換班之後，我先去了桂葛里那邊。他操著俄文自言自語，專心製作我們需要的大炸彈。外容器取自居住區的廢水回收槽，地板上擺滿了零件，很多我見都沒見過。

「有缺什麼嗎？」我問。

他轉轉眼珠。「食物，睡眠，和平，安靜。」

「食物和安靜有辦法，睡眠要等等。和平嘛，來不及了。」

☀

哈利和閔肇的假炸彈做出來了，外觀像是隨手組合的塊狀皮納塔（注）。他們什麼材料都用上了，兒童玩具、建材、空調管線等等原料拼湊成五顏六色的方盒。

「醜是醜，」哈利說。「還是能用。」

「能用最重要。」

☀

倉庫裡只有幾個地方開暖氣：指揮站、幾間實驗室、做爲兵營的少數房間，然後領導團隊及家人留在醫院。我過去的時候，亞歷、大衛、麥迪遜、艾比都在等。

「我們今天晚上也安排去休眠了。」哥哥說。

「我知道，也是不得已，沒了太陽能，農場暖氣不夠用。」

「嗯，但你應該有更大的計畫吧，詹姆斯？」我還來不及回應，他馬上接著說。「我們想幫忙。」

我搖搖頭。「交給我們就好，軍人受過專業訓練。」

「我不想自己躲進休眠袋，只留你在外頭保護大家。找點事情讓我幫忙吧，什麼都可以。拜託。」

我咬著嘴唇思考。其實能明白他的感受，立場對調的話，我也會說出同樣一番話。

「好吧。」

✹

雖然度日如年，但計畫一個個環節串了起來。

錢德勒與我又在無線電上唇槍舌劍。

整點一到，地雷像古董大鐘以巨響報時。雙方人馬保持警覺，隔著一片白茫茫，盯著對方的壕溝，時時刻刻處於備戰狀態。

好消息是馬鈴薯大炮攻勢在第一天轟炸太陽能板之後就停了，我們可以暫時撤下屋頂的防禦，接收能量。如果連這點喘息空檔都沒有，我還真不知道自己能夠怎麼辦。電力幾乎剛剛好足夠所有準備——今天就要畫下句點，日落後展開絕地反攻。十小時之內定生死。

泉美一直催我稍微睡會兒，還拿了安眠藥過來。但我不願意，今夜必須保持思路清晰，走錯一步路，就可能害所有人萬劫不復。

之後我又過去安置休眠袋的房間。順著中間走道，我停在艾瑪的袋子前面伸出手，真希望能再與她十指緊扣一回。假如她能陪在我身旁，像穀神星那次陪我熬過戰役，那該有多好。無論當初或今夜，我們都賭上了一切。

注：主要風行於墨西哥的習俗，以紙、布或陶土做為容器，裝滿糖果讓人打碎的遊戲。

「博士。」背後的士兵出聲叫喚。

我轉身一看，穿著護甲與禦寒裝備的大兵盯著我，張開嘴便呼出一大片白煙。

「抱歉，接到命令，要搬運休眠袋了。」

「動手吧。」我低聲回答之後走出房間，但又禁不住回頭一望，惋惜時光匆匆。

時間——時間是現在最重要的資源，我們投資在生存上。線都放了出去，眼下時間將盡，馬上就會知道投資成功或失敗。沒有模稜兩可的答案，時間用在對的地方，我們就能活下去；反之，下場就是消亡。

重大決策都出自於我，沒有多餘時間和大家討論商榷。高處不勝寒這句話，我曾聽過很多次，以前無法體會，此刻眞的感受到那份孤獨寂寥，彷彿身邊籠罩一層空虛，點點滴滴侵蝕著我的理智。

我好希望艾瑪陪在身旁。但換個角度想，接下來的處境太過凶險，我該慶幸她不必一起面對。

回到桂葛里的炸彈那兒，我朝門口兩側站崗的士兵點了頭就走進去。

他盤腿坐在地上，盯著自己造的大傢伙。

「威力有保證？」

「有。」他嘟囔答著，卻沒正眼看我。

我們自然也不可能測試了，除了彼此信賴，別無他途。

倘若這炸彈炸不開，我們生存機率就直接降爲零。

✹

我又去指揮站確認偵察畫面，內心肯定這是暴風雨之前的寧靜，一場惡鬥即將到來，接下來幾小時會成爲人類歷史轉捩點。

到這個階段，尚未接受休眠的基本上是科學家和軍人，如亞歷、艾比、麥迪遜、大衛這樣的平民並不多。居住區關閉的面積更大，除了指揮站、戰情室、醫院、軍火庫之外都已結凍，即使是這幾個地方，溫度也談不上舒適。

3D列印元件耗費的電力比預期高，殘存的電力、今天的太陽能板發電量，都得用在無人機上。雪上加霜的是陽光一日日暗淡，雖然距離亞瑟估計的黑暗末日應該還有好幾個月，但在我看來地球已經無法居住。或許一開始他就說了謊，覺得把期限說得久一點，人類就不會用全力，要是沒盡力現在已經滅絕了。所幸我們毫無保留拚命，正因如此，才看見航向太空的一絲機會。

目前只有工廠與倉庫入口處駐紮了少量士兵，其餘都去休息。接下來十小時他們得好好充電，爲今晚養精蓄銳。

假如除了丹佛斯和卡菲之外，還有錢德勒的奸細混在我軍中，一定會在這段期間試圖示警。今天是我們防守最弱的時間點，畢竟就算官兵全體都清醒著、也做好準備，其實還是很難在正面衝突之下全身而退。要是對方眞的此刻來襲，一點勝算也沒有。

我心裡蒙著這樣一層陰霾，鑽進佛勒隔壁的睡袋，身上厚重冬裝也不想脫了。

倘若錢德勒眞的今天進攻，還獲得最終勝利，休眠袋內的家人朋友會被如何處理？留在地球？太陽能量很快就會完全消失，那他們和死了沒兩樣。

我閉上眼睛，腦袋卻停不下來，一直擔心自己會不會漏掉什麼重點。我犯錯的話，將會害死所有人。

我睡睡醒醒，是有休息，只是過程中意識依然清楚。

最後起身看時間，只剩下兩個鐘頭。

我走出了房間，穿過走道，爬上搖晃階梯，到了倉庫屋頂。已經有十幾個士兵在設置哈利和閔肇做的假炸彈，哈利本人則眺望著白色地平線上西沉的夕陽。

「睡不著？」他問，我搖搖頭。「我也睡不著。」

「打算什麼時候放下無人機？」我問。

「提早十五分鐘就好。我擔心太早動手會讓對方戒備。」

「祝好運。」

「你也一樣。」

我轉身之後又聽見他叫著。「詹姆斯，謝謝。」

我忍不住一回頭，瞧見他臉上真摯的笑容。雖然他沒開口，但彼此都知道有可能再也見不到面。我忍不住和他握手，索性再拉過來給個大大擁抱。論友誼，哈利大概就是我最要好的朋友，而桂葛里也在我心裡另有一席之地。

在倉庫內的走道遊蕩一陣子，我還是走進了與亞瑟合作的地方。地面上開了個大洞。我想起他也在城塞上方挖過一條隧道，同樣幫了大忙。現在用的是同一類型鑽孔機。

士兵進進出出，搬運休眠袋遞給洞內等候的同袍。

亞瑟製造的鑽孔機是我得出的第一個答案。城塞和加速發射環的挖掘成果，皆可謂天衣無縫。

如果計算無誤，今夜，它將再次成為我們的救贖。

☀

儘管非必要，我仍吞了一顆提神藥。其實體內早就滿滿腎上腺素，服藥只是錦上添花。

到了指揮站，爾斯和布萊韋陪我站在螢幕前面。無人機在屋頂落下，與充電埠對接完畢，一隊士兵衝過去在機身下方安裝空盒。眞的炸彈有重量，無人機應該無法升空，但敵人不敢冒這個險。

「下士，」布萊韋開口。「召集排長在奧米茄點集合，等候進一步指示。」士官確認後轉達給各技術員，技術員再透過耳麥聯絡。

連著好幾天，我們的頻道充斥這種訊息，反覆要求各排前往某處，地點都是阿爾法、貝塔、西格瑪、塞塔之類的代號。這次也一樣，即使敵人竊聽了也很難判斷實際意義。

奧米茄是我們開了洞的那間公寓。今天之前，只有布萊韋、亞瑟和我知道位置。幾小時前，我們讓軍隊移走休眠袋。十分鐘前，我們才派出傳令、遞送字條，揭露最終作戰地點。若被錢德勒的人先一步找到公寓會非常不妙。

我方部隊開始行動，大批人馬湧向洞口，已經無法回頭。

只許成功不許失敗。

腦海竄過一個場景——兩個衛兵死在發射控制站。我的呼吸哽結，不明白爲什麼會在此時此地忽然想起這件事？那與戰況無關吧，還是其實環環相扣？那兩人的死因，我至今沒有頭緒，於是從未納入戰略考量內。接著又有兩個畫面閃過，首先是亞瑟站在牢房內朝我冷笑，再來是錢德勒一臉睥睨地說：*詹姆斯，我的復仇開始了。*

爲什麼現在忽然想起來？有什麼意義？潛意識警告我守衛之死與這場內戰有關嗎？難道是亞瑟下的手？還是錢德勒？或是兩人聯手？

但也可能與他們無關？只是我神經緊繃、杯弓蛇影？

爾斯留意到我的苦惱神情。「博士？」他低聲問。

我搖搖頭。「沒事。」

主螢幕上敵營情況沒有變化，簡直像是監視畫面不斷重播。

「轉到阿爾法連丙排的監視畫面。」布萊韋吩咐。

即時影像裡，士兵正圍著公寓地板的大洞。隧道入口四周還有些碎成粉末的混凝土與泥沙，電網科技高明到可以將挖鑿出來的土石磨成細粉，順著隧道自然流散，若非如此，我們恐怕也沒有人力將大量廢土運送出來。

一條繩索從天花板下垂至隧道內，士兵隨時可以出發。

另一個螢幕上，哈利在屋頂朝鏡頭舉起拇指。

布萊韋望向我。

我試著保持語氣鎮定，但好像不太成功。「開始吧，上校。」

她朝兩個大兵點頭，兩人小跑步離開。一個會上屋頂，另一個到了隧道口。大兵將折好的字條交到阿爾法連丙排指揮官手上。女士官看完以後收進口袋，抓著繩索往下蕩，部下二話不說直接跟進。一一衝入隧道的士兵源源不絕，除了指揮站和倉庫大門留下必要人員之外，其餘兵力全部投進了隧道。

從畫面能看到丙排疾步穿過圓形隧道，頭燈在黑暗中閃爍游移，不仔細看還以為是礦坑起了暴動。進洞不久，路線分作三條，其中兩條設有陷阱：距離盡頭約五十呎處由鑽孔機挖出深穴，穴底設置尖刺，穴口則以裹上泥巴的組合屋建材覆蓋，上頭的重量、或者說敵軍夠多時才會塌陷。

陷坑後面的死路牆壁黏了車用喇叭，不斷播放軍官下令的叫喊聲以為誘餌，希望能吸引敵方部隊過去搜查、自取滅亡。雖然感覺像是印第安納．瓊斯電影的情節，但應該多少能起點作用。如果敵人攻進隧道，我們必須使出渾身解數。

設計殺人機關依舊使我內心不安。原本一輩子努力的目標是為人類終結死亡，如今卻必須殺死運氣不好、與我站在對立面的士兵。其中大部分軍人只是服從命令，根本不認識我和我的家人朋友。但這就是戰爭的本質，戰鬥只是爲了活著。

丙排指揮官十分幹練，帶隊經過岔路時完全不必看地圖。隧道地形並不單純，刻意設計成迷宮，八個分叉各有三條分歧，其中兩條藏了陷阱坑。或許會有敵軍沒死在倉庫而追進地底，運氣好的話陷阱坑就能收拾。每個分叉只有一條不是死路。

我自己想了簡單記憶法，所以也不必看地圖：每條分歧都編號，由左至右分別是A、B、C，正確順序是CABA-BABA。

隧道主線接近盡頭處有個山洞，休眠袋排列整齊存放其內，九號營所有平民都在那裡了。爲了預防萬一，安排了很小一支部隊守在山洞。我也讓亞歷、艾比、大衛、麥迪遜在那裡待命，若隧道內兩軍衝突，就由他們提供支援和急救。希望用不到他們最好。

我的戰略有兩個破綻，都是致命性的弱點。第一個問題現在就得面對：如果無法引誘敵軍攻擊倉庫，那麼便全盤皆輸。隧道其實尚未完工，幾分鐘後鑽孔機重新啓動，從西側敵營背後衝出地表。倘若敵方不對倉庫發動總攻擊，而是選擇留在營地，結果演變成雪地會戰，以寡擊眾的我軍必然敗陣。事態怎麼發展，就看接下來幾分鐘。

丙排指揮官頭燈掃過前方，照亮巨大鑽孔機。她放慢腳步、舉起手臂，手臂呈九十度，掌心向前，五指併攏。隨著光線左右搖晃，她赫然發現機器旁邊有個人影，本能地停下腳步，從肩膀翻下步槍瞄準。

只見嘴角上揚的亞瑟。

士兵紛紛擠在指揮官背後，彷彿連環車禍。她沒放下槍，但從軍服口袋掏出地圖，重新確認指令。樹狀地圖底下還有一行字：不要攻擊站在盡頭的人，他會帶大家前進。

指揮官朝亞瑟點頭。亞瑟從衣服裡取出小平板電腦，按了兩個鍵。龐大的鑽孔機機體開始移動，攀附洞壁同時將土石化作粉末。

接下來是另一個麻煩：機器有水平腳架，能夠垂直向上，但我們的軍隊缺乏這樣的裝備。鑽孔機必須挖出一條斜坡，他們才能爬得出去。

計畫關鍵在於隧道出口不能被敵人發現，而我們非常仰賴奇襲優勢。萬一地上空空如也，機器探頭的瞬間就會被發現。幸好入夜後，雪積得很厚，應該足夠隱藏洞口。針對這點，我想到了辦法。隱藏機器造成的噪音更困難，上頭的雪原在夜裡一片死寂。

機器繼續挖掘，隧道內瀰漫粉塵，部隊只能用手遮掩口鼻，邊咳嗽邊跟上。

這幾分鐘事關重大。若我計算失誤的話，整個計畫會一敗塗地。

屋頂回傳影像內，布萊韋派去的大兵剛爬完階梯。他朝哈利打個手勢，哈利速速點了平板。看得見他的手在顫抖，不知道是室外太冷，還是心情太緊張。或許都有。他和閔肇目送四架無人機飛向夜空，彷彿被黑暗吞噬。敵人想必持續用夜視攝影機鎖定倉庫，所以一定會看見，而且猜得到無人機載了什麼東西。

另一個螢幕裡，鑽孔機衝出地面，突尼西亞砂岩變成細碎顆粒飛散，士兵一湧而出。

我盯著畫面上的敵軍營地，這時候只能祈禱了。忽然間，四個營地都醒了過來。他們總算也從偵察畫面留意到異狀，得到了我想讓他們得出的結論——無人機帶著炸彈過來準備攻擊。從敵人角度來看，自然認為這是我們的最後一搏，以為九號營守軍打算以炸彈摧毀他們的營地與車輛。由此推演，他們會知道自己只有兩個選擇，不是撤退就是進攻。如果決定後退，敵軍會步行和開車退到地雷區，分散目標，避免一輪轟炸就全軍覆沒。然而無論如何車輛折損會十分嚴重，活下來的士兵大半無處可歸，必須在天寒地凍中苦苦煎熬。換句話說，實質上唯一選擇是攻擊，不攻擊就會失去過半兵力。我賭的就是這點。

從即時影像得知這一局沒賭錯時，我大大鬆了一口氣。穿著冬裝的敵方部隊衝出圓頂帳篷，車輛履帶狂轉疾馳，士兵緊追在後，搬了貌似巨型雪鏟的白色盾牌安裝在車體上。如果沒猜錯，那只是將組合屋建材黏成擋住子彈的護具。

對方隊伍由卡車帶頭，輕型車殿後，從四方包圍逼近。駐紮在列印廠外的敵軍兵分兩路，延伸為弧形，與另一側攻打倉庫的部隊合流。他們大概假設工廠防禦堅實，倉庫占地太廣不好守備，因此決定先拿下倉庫便有了人質，再來要奪取工廠也簡單。合理的作戰方案，也正是我期待的劇本。

「等他們靠近。」布萊韋注視螢幕，語氣平靜。

鑽孔機持續嗡嗡作響一吋吋上升。

「報告，敵軍進入一百五十公尺內。」技術員說。

「等。」布萊韋回答。

我方部隊緊跟在鑽孔機後。「報告，進入一百公尺了！」

「開火！」布萊韋下令。

瞄準器雷射光束劃過黑暗，子彈穿透敵軍車輛的臨時裝甲。一些人倒下，但多數持續前進。丙排指揮官回傳的影像內，鑽孔機還在不斷旋轉。不趕快到地面，我們就會失守。

「報告，敵方陣線距離五十公尺！」

「開火，然後撤退。」布萊韋看著螢幕一會兒才轉頭。「博士，該走了。」

我沒動。我要親眼看見鑽孔機衝上地表才安心。

假設錢德勒在九號營有探子，大概已經知道隧道作戰計畫，會安排西側留下足夠數量兵力。如果他掌握了完整情報，應該會等無人機落地時出手。只要毀掉無人機、封閉隧道，九號營再無生路，不費一兵一卒就能徹底擊潰我們。

所以我想親眼見證那條活路存在——我們還有活下去的機會。

但是一隻手牢牢扣住我上臂，力道越來越強。「博士。」布萊韋幾乎低吼起來。

我再盯了螢幕好一會兒。恐怕沒辦法等到塵埃落定再走，只能堅定自己的信念。

「好，上校，我們走吧。」

「下士，」布萊韋高聲命令。「引爆。」

彷彿遠方打下一道道轟雷，衝擊振動牆壁，倉庫內隆隆聲迴蕩不絕。透過螢幕能看到地雷爆炸，雪水、沙石像間歇泉般噴上半空。

敵軍後方部隊回頭了……但並未停下腳步。他們認爲地雷只是分散注意力的誘餌，一心只想先攻進來，目光馬上回到倉庫，對背後的混亂不屑一顧。

非常好。地雷聲輕而易舉蓋過鑽孔機衝出地面的噪音。

我最後再看了一眼螢幕上的鑽孔機，然後轉身跟著布萊韋走出指揮站，腳步急促噠噠踏著地板。外頭有槍聲，戰線被逼到倉庫外，緊接著外牆就被敵人的車輛撞出洞口，他們馬上就會湧入。

布萊韋拿起無線電。「各部隊就定位開火！」

槍聲此起彼落，但也就僅僅只是聲音而已，出自於我們事先藏好的喇叭。釣人上鉤很足夠了，敵軍立刻朝各個方向還擊，想必還忙著找掩護。

隧道所在的公寓門口留有最後一批人。哈利、閔肇兩支隊伍還沒到，桂葛里也不見蹤影，希望都趕得上。

計畫很單純：最後一隊士兵下去後切斷繩索帶走，洞口以準備好的道具覆蓋。而所謂道具只不過是大張地毯，底部黏了組合屋建材。鋪平之後，進來的人第一眼不會察覺異樣，但若踩上去就會發出嘎吱聲，進而發現混凝土地板已被挖開。只希望那足夠撐到我們都躲好。

我抓牢繩索垂降下去，走進豎井底部那片漆黑，跟著前方腳步聲同時心裡也默唸順序：CABA-BABA。隧道像是無窮盡的混沌，走來走去總回到一模一樣的三岔路口。

最後總算行經側面多出來的一條通道。妻子和孩子都在裡頭熟睡，不必面對接下來的血腥殺戮。

前方光線微亮，月光透進了剛挖出的大洞。成功了，鑽孔機已到達地面。

隧道逐漸朝上傾斜，我加快腳步，已經可以嗅到寒冷夜風。

幾百名大西洋聯盟軍人在出口左右整隊集結。他們備妥武器，彷彿準備跳入敵陣的傘兵。事實亦相差不遠，隧道正是爲此存在。

布萊韋穿過軍隊，爬到洞外。一個排的士兵正在挖雪築牆，鑽孔機停在旁邊積雪內。我探頭眺望，敵營距離不到五十碼。

蹲在旁邊的布萊韋開口：「要開始嗎？」

「開始吧，上校。」

她輕輕一點頭，我軍衝出壕溝，踏上冰原，往圓頂帳篷和所剩不多的車輛殺了過去。行蹤已徹底暴露，沒有任何掩蔽。我從厚重冬衣下掏出手槍。

布萊韋回頭。「博士，你留著。」

「我不打算袖手旁觀，」我低聲回答。「自己捅的漏子自己收拾。」

她又點點頭，明白這次我不會妥協，便與我肩並肩爬出洞穴，回到地表。雖然我的情緒非常緊繃，刺進衣服縫隙的寒風更是叫人戰慄不已。

身前約二十人、身後約四百人，另有五百個平民躺在隧道中，命運操在我們手裡。計畫展開之初，出口可以選在任一方向，而我們選擇西邊，原因是此處兵力密集，推測就是對方的指揮中樞。我感覺得到，錢德勒就在前面。

儘管心裡對槍戰已經做好準備，大夥兒穿越空曠平原時，並沒有子彈飛過來。敵軍注意力完全放在前方的倉庫和工廠，未曾料到戰線會轉移到背後。雖然都是障眼法，但沒估錯的話，他們得花很長一陣子才會發覺自己中了計。

我方前鋒已經到達敵軍營地，仍舊沒有半聲槍響招呼，也看不見人影。他們眞的發動總攻擊了，不過我相信領導階層會與少量護衛留在這裡，隔著安全距離觀望戰況演變。

從進出腳印多寡和是否裝設螢幕，便很容易判斷指揮站位置。敵軍核心是兩個圓頂屋連接，本以爲我軍會強勢攻入，沒想到反而放慢節奏，有幾個士兵蹲在入口兩側積雪上。門扉開著，能看到裡面還有十多人活動，大多盯著一排螢幕上的前線轉播，畫面已經拍到倉庫內部。

布萊韋來到指揮站入口，此時我軍才迅速轉身、舉槍上前，立刻解決掉裡面的敵兵。

數次槍響打碎了西營的靜謐夜色，其他圓頂屋也皆被我方占領。

指揮站這頭幾秒就結束了，敵人根本沒抵抗。幾個平民轉過頭一臉驚恐，紛紛高舉著顫抖的雙手。

我先瞥了螢幕確認倉庫狀態，對講系統傳出男子大叫。「槍聲都是錄音！車用喇叭被他們拿去用了！還沒遇上敵人，開始逐房搜索。」

里察．錢德勒站在人群中間。他沒有舉手投降，一雙眼睛像是想要噴火燒死我。

「結束了，里察。」

他吞嚥口水之後，開口語調扁平，少了以前的自信傲慢。「我們只是以戰逼和。」

「看不出你們想要和平。」

錢德勒拿起手持無線電靠到嘴邊。「我可以證明。我現在就叫他們撤退。」

我也從口袋取出桂葛里做好的小型遙控，滑蓋下面只有一個按鍵。簡直像是照稿演出，無線電裡恰好傳來敵兵報告。

「發現可能是熱水器改裝出來的土製炸彈。指揮部請下令。」

錢德勒縮了一步望向螢幕，再回頭滿臉駭然。「住手，詹姆斯，你要建立的不是這種文明吧？」

「的確不是。但挑起戰爭的是你，里察，我只是收拾爛攤子。今天才是新文明的起點。」我盯著錢德勒，按下按鈕。

轟天巨響乍起，連這個指揮站都被衝擊撼動。

錢德勒很快回神，從地板撿回手槍，高高舉起。

不過我的反應更快。

艾瑪

我睜開眼睛，但只看得見黑暗，感覺不到四肢，有點想吐，像是飄浮在虛空，只有意識沒有肉體。

知覺逐漸回復，最先是臉部，氣流拂過鼻子兩頰，冰冰涼涼、刺刺癢癢。沒有嗅覺，聽得見微弱斷斷聲。

指尖發麻，似乎是從肢體末端開始回復。我伸手摸摸肚子，胎兒還在，我眼眶泛淚的同時被用力踢一下。他也跟著醒了。

頭頂上傳來拉鏈拉開的聲音，強光射進休眠袋內。我閉著眼睛，感覺一雙手伸至腋下，將我拉到冷風中，然後有人拿了厚毯子裹住我，抱起來放在軟床上。我顧不得刺痛感，睜開眼睛，看見了正低著頭的詹姆斯。

「感覺如何？」

「挺奇怪的。」

他露出微笑，看起來鬆了口氣，不過很疲累，眼角魚尾紋深了不少。上次見面至今的時間，在他身上留下難以磨滅的痕跡。

視覺漸漸回復，我轉頭看了看，發現自己在中央司令部的醫務室。我們已經離開了倉庫，但怎麼離開的呢？

「亞黎和山姆在嗎？」

「想先叫醒妳再說。」

「我休眠了多久？」

「大概一個月。」

我聽了心頭一驚，好多問題湧現，想用手肘撐起身子，卻發現手臂軟得像果凍。

詹姆斯搭著我肩膀。「別著急。」

「一個月？發生什麼事？」

「我們讓所有平民進入休眠，趕工做完太空艙，現在準備送大家上太空船。麥迪遜、亞歷兩家人昨天已經進去了。」

「我是說，九號營外頭後來怎麼了？」

那抹疲憊笑意消失，他別過眼睛。「不重要了。」

「怎麼說？」

「就不重要。」

「談判成功？」

「沒有。」

「還是打仗了。」

「嗯。」他淡淡說。

我望著詹姆斯，但他只是盯著地板，沒繼續說下去。「你沒事吧？有沒有受傷？」

「上去作戰的其實不是我。」

即便如此，我也知道他扮演了什麼角色。這一個月時間給詹姆斯留下了很大的陰影，長冬最黑暗時刻都能在他身上看見的那股樂觀積極，如今一點也找不到了。

又或者，改變他的並不是九號營外的戰鬥，而是接下來要進行的工作。好幾個月前就討論過，除此之外別無他法。

「所以要抽籤了？」我輕聲問。

「不需要了。」

「怎麼會？」

「船位夠用。」

「怎麼回事，詹姆斯？」

「錢德勒帶來包圍九號營的軍隊……都沒了。」

我等了幾秒，但他沒多做解釋。都沒了，那可是好幾千人，結果都沒了。這才是我丈夫憔悴的原因，只有像我一樣瞭解他的人，才能感同身受。

長冬中我們都失去了夥伴。與代號貝塔的異物接觸時，火神號整船成員死亡。穀神星戰役的犧牲者更多，一次次天人永隔對詹姆斯都是沉重打擊。這次情況更糟，同伴壯烈成仁與被他親手奪走性命是完全不同的兩回事。

「我回不了頭了。但孩子們還有希望。他們會在新世界長大，過著不一樣的生活。」

「莫忘初衷。」

✹

三天後，我抱著剛出生的小嬰兒坐在醫務室病床，詹姆斯則在旁邊椅子上，雖然他牽著我的手但頭一直低著。他和我一樣很疲累，也和我一樣總算安了心。

說來奇怪，彷彿我再度與詹姆斯攜手踏上人生的起點。穀神星戰役結束了第一次長冬，我們回到融冰的地球，正是一番新氣象，充滿嶄新可能性，於是我們也打造出人生至今最快樂的日子，還有了亞黎。女兒象徵生命進入新階段，一步步往更好的方向前進。此刻我又有了同樣的感受——除了新生兒，很快還會有一片新天地等待我們探索。

他鬆開我的手起身說：「馬上回來。」

兒子輕輕扭動，小手掌往我胸口伸來，好像想要抱抱。我們爲他取名卡森，紀念詹姆斯的父親。

兒子的出世對詹姆斯格外有意義，對他而言，生命走了完整一個圓。父親的死開啓了所有苦難，爲了拯救父親，他走向極端，爲世人所不容。我感覺得到，現在爲了保住地球人與兒子，他做出同樣沉重的決定。差別的是這一次，他會得到認同。

雖然裹著厚毯子，頭頂上通風口也吹出陣陣暖氣，我仍舊覺得好冷，可以想像外頭已經完全凍結，並且陷入黑暗。

人類在地球的時間走到了盡頭。

簾子外有腳步聲。過了一秒，詹姆斯掀開簾子，他探頭說：「進去吧，可是要小心喔。」

山姆和亞黎衝進來抱住我，他們還是按捺不住情緒。

詹姆斯站在旁邊微笑，那瞬間好像變回昔日的他。

或許最多就只能這樣了。

十個月之前，小行星落下，世界滅亡了。當時我無法想像能夠活著到今天，看到兒子誕生。

但現在一家人平安團圓，還有機會前往可以好好活下去的新天地。我知道是什麼指引自己穿越黑暗——我深深相信另一頭始終有光明。

終將衝出黑暗，離開陰影籠罩、再也看不見太陽的世界。

下次欣賞日出就會在不同的星球了。我們的孩子在那裡才有未來。

黎明前的時刻最是黑暗。我抱著三個孩子，眼淚忍不住簌簌落下，心裡知道黑暗就要結束。

69 詹姆斯

船隻裝載作業來到尾聲。兩艘船預計走不同路線，這也代表兩船不會同時抵達曉神星，差異有可能達到好幾年。然而兵分二路將大大提高存活率，不至於一次重大事故就全軍覆沒。

問題在於人員配置。有些組合前提顯而易見，比方說哈利與我要分開，配偶、家庭不拆開則代表閔肇和泉美會在同一邊。討論過後，決議是佛勒、哈利、夏綠蒂和爾斯去迦太基號，艾瑪、桂葛里、布萊韋、泉美、閔肇與我則登上耶利哥號。亞瑟跟我一起，直到靠近小行星帶發射前，都會受到嚴密監視。

布萊韋堅持親自監督。她和我一樣，擔心亞瑟計畫在最後一刻背叛人類。的確，目前最大的潛在風險就是電網藏了一手——在我看來，機率其實很高。

還剩下一個謎題，也就是死在發射控制站的兩個士兵。對此我百思不得其解，卻又放不下。我心裡已經對來龍去脈有個假設，但沒告訴別人。這件事情無法證實，說開了反倒製造混亂，所以我選擇埋在心底。

國際太空站裡的人員轉移到耶利哥號，進入休眠。之後我們也會登船，離開太陽系，地球或地球軌道上，再也沒有活人。

船艙多了空間，我們塞進了種子庫與冷凍動物胚胎。目前當然希望曉神星原生植物就足以養活人類，地球生物對當地而言是外來種，能免則免，但若有個萬一，可以做爲最後手段。

團隊的最後晚餐氣氛凝重，大家圍著中央司令部戰情室會議桌坐著，嚥下地球上所剩不多的野戰口糧（絕大多數已經放進太空船，大部分人也進入休眠，減少糧食消耗）。

哈利試著提振大家精神，講了些故事穿插在彼此的沉默之間，但最後迦太基號成員終究邁步走向門口，運兵車等著將他們送到發射環。

我擁抱夏綠蒂，在她耳邊輕聲說：「你們先到的話一定要小心，如果發現曉神星有異狀，千萬要阻止大家衝動行事。」

她邊點頭邊掉淚，哽咽地說不出話，也過去輕輕抱了艾瑪和在媽媽懷裡的卡森。

爾斯與我握手，那隻大手掌的力道眞猛，我有點擔心手會骨折。「博士，十分榮幸與你共事。」

「也是我的榮幸，之後也麻煩你了。」

哈利過來掐了掐我的臉頰。「瞧你這小子依依不捨的，還是我們回城塞去？」

我忍不住咯咯笑。「我希望趕快住進更好的地方。」

他故作嚴肅嘆息。「放心，會有撥雲見日的一天。」

我笑著說：「你在另一邊也要小心。我會想你的。」

「我也是。」

佛勒在門前停下腳步，深深望進我眼底。「往後人類就靠你了，詹姆斯。」他稍微停頓。「你在九號營解救大家的辦法……地球上沒有別人想得出來。」

「我可沒這種自信。」

「但我對你有信心。相信自己的直覺，你會站上這個位子，是有理由的。」

☀

他們出發之後，我回到醫務室，艾瑪正在逗弄卡森。泉美認爲新生兒過十天再升空比較保險，所以我們還得在這個冰窖多待兩天。但氣氛挺不錯的，只有艾瑪、我、孩子們和幾個核心船員，彷彿全世界都留給我們自由揮灑。的確如此。

我們靜靜坐著，聽山姆和亞黎在整個地堡的空房玩捉迷藏，笑聲迴蕩，傳遍四面八方。

「要不要來點什麼？」

艾瑪看著卡森微笑說：「不必，我想要的都在這裡了。」

☀

翌日清晨，我去了戰情室，杜葛里正爲太空船執行模擬測試，最近除此之外，他似乎沒有別的嗜好。

「有件事找你幫忙。」

「說。」他沒抬頭。

「幫我做個武器。」

這才勾起他興趣。「什麼類型？」

「單手持用的能量武器。」

桂葛里瞇起眼睛，不知道是不是猜出我的心事，希望沒有。「用在哪兒？」

「還不確定。」

他臉上的笑容像是心照不宣。「需要多大能量功率？」

我說了之後，桂葛里用力點頭。「沒問題，詹姆斯。正合我意。」

他應該誤會了我為什麼需要武器，不過比起知道眞相來得好。

☀

孩童尺寸的休眠袋放在輪床推進醫務室，等著有人入住。

「人家不想嘛。」亞黎開口。

我蹲下來，看著她的眼睛柔聲說：「寶貝，妳一定要進去。」

「爲什麼？」

「因爲我們要旅行好久好久好久啊。這個袋子會讓妳好好睡覺休息，是很特別的睡袋喔。」

「多久？」

「對妳來說其實一眨眼而已。妳進去睡個覺，醒來就在新家囉，到時候外面沒有冰雪，但是有樹林可以玩。」我轉頭對山姆說。「還是哥哥先進去？這樣妹妹就不會怕了？」

山姆表情認眞地點點頭，抱了抱艾瑪、亞黎與我之後鑽進袋內，身子不停顫抖，可能是畏寒，也可能是害怕。他努力保持鎭定，沒有慌張。

於是亞黎也乖乖進去了。

兩天後，艾瑪與我一起看著士兵裝載亞黎、山姆和卡森。我們站在刺骨寒風中，目送太空艙脫離豎井、衝上雲霄，朝著待命中的曳引器與耶利哥號飛去。

明明是早上九點，但天色昏暗，恍如月夜。地平線上，最後一絲太陽從電芯群的縫隙滲入，發散後虛幻縹緲，有如金白色的玄妙極光。

我們走回發射控制站，路上冰層被踩得嘎嘎作響。爲了保障孩子，艾瑪與我分開登船。萬一太空艙發生事故，孩子們也還有人照顧。

艾瑪進入休眠袋前，我吻了她一下。「上頭見。」她悄悄說。

原本我想最後離開，當地球上最後一個人，但布萊韋說什麼也不肯答應。

我們在發射埠安裝了機械手臂，能夠封上最後一個休眠袋、將其送入太空艙，按照預載的程式完成發射操作。

艾瑪升空後，我走到外頭，慘淡黃白色微光下，白色丘陵綿延不絕，這根本不是過去熟悉的地球。過了今天，這裡不再是我們的家，只是心理上還需要時間調適。

「博士，」布萊韋叫喚。「準備好了嗎？」

我不確定。我想沒有人真正能做好準備。但我還是轉身點頭，走進發射站，永遠離開地球。

70 艾瑪

又一次，清醒時詹姆斯已經站在旁邊，低頭看著我。說來諷刺，不過耶利哥號這個小醫療艙有著我許久未曾感受到的溫暖，總算有足夠電力開暖氣了。

休眠導致的恍惚很快便褪去，仔細一看，發現船艙牆壁其實是組合屋的硬塑膠建材，無機感強烈的白色反射了艙頂的LED光線。當初國際太空站就十分狹窄擁擠，耶利哥號比起來只勉強好一點點而已，否則無法容納所有倖存者，醫療艙也只分配到必要空間。

亞瑟提供了多種突破性技術，其中之一是人工重力。實際運作並不完美，走在白色地板上仍覺得不太對勁，像是穿著金屬靴被磁力吸附，但無論如何是比太空站或和平號健康些。

艦橋同樣很小，與詹姆斯和我在七號營的臥室差不多大。此刻想起七號營的生活，恍如隔世。醫療艙另一頭塞了十幾臺工作站電腦和螢幕。桂葛里、閔肇和泉美都在那邊，耶利哥號的核心成員只有布萊韋帶著六個士兵到貨艙看著亞瑟。

儘管地球有入鏡，不知情的人或許已認不出來。它變得太暗淡了，完全籠罩在雹芯群的陰影中。我腦海不禁浮現阿波羅十七號拍攝的那張傳奇照片，當年宇宙中的藍色明珠已然死去，即使雹芯陣列間仍有空隙透進微弱光線，能看到的也只剩下灰濛濛雲層和忽明忽暗的銀色陸塊，冰河魔爪緩緩伸進大海，海面由淺至深、轉藍為白。

詹姆斯牽起我的手，一起在心中向熄燈的故鄉默默告別。太空船不斷前進，與地球漸行漸遠，我聯想到哥倫布與麥哲倫，或許他們航向未知時，也曾這樣看著家園慢慢消失在海平線。

太空船穿越電芯陣列構成的簾幕，畫面上一瞬間陽光盈貫，像是來到了不同的宇宙，地球沉沒在黑暗中，再也看不見。

以太陽為背景，能看見姊妹船的輪廓與我們平行。

擴音器傳出哈利的聲音。「迦太基號呼叫耶利哥號，聽到請回答。」

坐在工作站的桂葛里按了按鈕，朝詹姆斯點個頭示意。

「呼叫迦太基號，我們收到了。」

「這邊系統檢測全部過關。」

「我們也一樣，」詹姆斯回答。「艦橋會持續開啓，直到送走亞瑟。」

「這邊照辦。」哈利說。「好好欣賞風景吧。」

「有事記得叫我們。」

「知道了。」

艦橋成員暫時解散，桂葛里和閔肇開始對太空船硬體做最後檢查。隔壁就有個小房間，能睡四個人，我躺在下鋪，詹姆斯靠牆坐著。

「接下來呢？」我問。

「算好時間，好好看清楚火星。」

「你和桂葛里把航道安排成太陽系觀光行程了，對不對？」

「我自首，」詹姆斯笑說。「總得苦中作樂。」他為我拉上毯子。「當作彌補我們錯過的蜜月旅行吧。」

火星美得令人屏息。我們眞的很靠近，加上攝影機夠清晰，感覺就像搭飛機飛過紅色地表。

下一站是小行星帶。發射時間經過計算，穿越小行星帶時，很接近穀神星。航道上火星和穀神星距離一億三千萬英里，但我們的加速緩慢，太空船平均時速大約二十五萬英里，所以將近二十天才抵達。

這段時間正好讓大家休息。船艙擁擠密閉，與城塞環境頗爲類似，差別在於人人心中懷抱希望。最大的威脅是亞瑟和收割者即將被我們抛諸腦後——字面意義的「抛下」。

自亞黎出生以來，這是我第一次和詹姆斯眞正單獨相處。打從兩人認識，生活總是充滿危機，他也被工作壓得喘不過氣。如今所有威脅都解除，保護人類的任務也告一段落。

詹姆斯應該高興才對，但是他沒有。爲什麼？或許背負那份沉重責任太久，久得心理層面再也無法回復。

兩個人躺在床上聊了幾小時天，我暗自希望能幫他驅散一點心頭的陰霾。

早上他會過去和桂葛里下棋。一天兩次，他會去貨艙確認亞瑟及布萊韋等人的情況。士兵輪值勤和休息，隨時有三個人清醒著盯住亞瑟。

過了幾天，大家的心思又回到正事上。泉美反覆檢查休眠袋，深怕有一丁點閃失，幸好至今沒找到任何瑕疵。閔肇與桂葛里對船隻結構和運轉效率極其執著，詹姆斯也再三確定機械元件沒故障。我知道他寫了程式讓主系統定期叫醒自己，但下次甦醒會是很久以後的事情。

我每天擠母乳存起來，等到抵達曉神星、卡森脫離休眠之後才有得餵他。我心裡浮現一個畫面，陽光和煦的溫暖世界裡，我拿奶瓶輕輕朝兒子嘴裡灌，感覺有點陌生，卻又有種欣慰，一年前想都不敢想，現在卻覺得一蹴可幾、十分眞實。當然我心中還是非常牽掛小寶貝，這種感受言語難以形容。

進入能看見小行星帶的距離，大家又到艦橋集合。螢幕上最大的物體是矮行星穀神星，收割者重返留下的痕跡明顯可見，表面的坑坑窪窪都被挖去做爲電芯的原料。

即便隔著距離遠眺穀神星，我還是忍不住打了個寒顫。收割者依舊等著我們。亞瑟將資料帶回去以後，電網會不會趕盡殺絕？這並不難做到，只要收割者從穀神星挖一大塊石頭、玩彈弓似地射過來，就能將耶利哥號砸個粉碎。正因爲考慮到這個因素，迦太基號的航道高出太陽系平面很多，與我們保持一大段距離，希望是收割者無法觸及之處。

「該做個了結了。」詹姆斯離開艦橋，走進狹窄的中央通道，穿過貨艙有個氣閘內門，前面牆邊擺滿毛毯和枕頭做爲軍人臨時休息處，但因應今天的特殊情況，他們全都醒著。

隔著氣閘觀察窗，看得到布萊韋與部下以半圓陣型包圍亞瑟，而他一如往常不以爲意。

詹姆斯輕觸面板，貨艙艙門滑開，內部暫時加壓。

他朝亞瑟說：「按照你的計算，很快就會到達適合位置。」

亞瑟一副厭膩口吻。「沒錯。」

「那該道別了。」

「想叫我滾蛋直說無妨。」亞瑟回嘴。

「對，快滾吧。」桂葛里咕噥。

「事前協議好的。」詹姆斯繼續說。「我們不會食言。」

亞瑟瞪著眼不講話。詹姆斯招手示意大家回去氣閘內，布萊韋帶隊提槍指著亞瑟退後。氣閘門關上之後，我和他站在玻璃前繼續觀察。

詹姆斯看看時間。「還有三分鐘就到了。」

亞瑟轉身面朝我們，忽然仰著頭，好像在打量詹姆斯。

詹姆斯點了面板按鍵，啟動貨艙對講機。

隔著音效線路，亞瑟的聲音聽起來意外地沉穩，同時臉上那抹傲慢也消失不見。「真不可思議。」

「什麼？」詹姆斯立刻問。我感覺得到他相當緊繃，畢竟計畫成不成功、人類命運如何，此時此刻才見眞章。

「我說的是你，詹姆斯。」

「怎麼忽然讚美起我？」

「新發現。」

「什麼新發現？」

「關於你，和你們這個物種。你們的存在成了新的變數。」

詹姆斯眯起眼睛。「你已經在和收割者通訊？」

「當然，告訴你的距離是假的。」

「開外門——」布萊韋喝道。

可是詹姆斯舉起手制止，精神集中在亞瑟身上。「你說我們成了新變數，這話什麼意思？」

「時候到了就知道。現在是臨別前的最後禮物。」

亞瑟的神情瞬間變得柔軟。我認得這張臉，不過是不是他在耍詐？是惡劣的玩笑？喇叭仍傳出溫和客氣的聲音。

「先生……」

「奧斯卡？」

裡面的仿生人點頭。

「我不知道該怎麼說才好，但我無法讓你留在船上。」

「我明白。我要加入電網了，先生。」

詹姆斯大驚失色。

「請別擔心，那裡本來就有我的一份位置，是我該去的地方，並非你所想像的那樣。」

「什麼東西跟我想像的不一樣？」詹姆斯問。

「電網。請放心，不會有問題。」

詹姆斯凝視奧斯卡許久，我又彷彿看得見他腦袋裡的齒輪快速轉動。

稍微停頓後，奧斯卡繼續說：「謝謝你。」

「謝什麼？」

「謝謝你給了我生命。」

詹姆斯慘然一笑。「奧斯卡，你要好好照顧自己。」

仿生人揮手告別。

布萊韋走到面板前，但詹姆斯做手勢表示要自己來。他看著陪伴自己最久的朋友，緩緩按下控制鍵。氣閘外門開啓，所有氣體連同仿生人的身軀瞬即被抽進眞空。

桂葛里卻朝詹姆斯露出銳利目光。「你沒拿出來。」

「不需要。」詹姆斯回答時沒望向他。

桂葛里嘟噥兩句俄語，大概是罵人的話，掉頭便沿著走道回去。

我一頭霧水。拿什麼出來？他們本來打算做什麼？

☀

儘管亞瑟走了，穿越小行星帶、行經穀神星期間，我們依舊保持高度警戒，時刻有人注意監視畫面，但收割者終究沒展開攻擊或是試圖對話。

判斷危機解除後，布萊韋小隊進入休眠，留下詹姆斯、桂葛里、泉美、閔肇和我醒著。感覺得出來我們五個特別想一起待著，品味在原生星系的最後時光，因為一旦開始休眠，運氣好的話要到達曉神星軌道才會甦醒。

太陽能充足，耶利哥號前進速度提升得非常快。

先前故意接近火星，這次我們卻繞遠路避開木星，因為這顆氣態巨行星的重力強大，有可能過度影響航道。

但經過的速度仍舊不算快，所以從木衛一到木衛四都能看上兩眼，行星等級的大小令人震撼。

迦太基號的人員也把握這次良機。

哈利來了通訊。「眞美。」我正盯著木星大紅斑，也就是木星赤道以南、天文學家已經觀測長達好幾百年的巨大風暴。

「是啊。」詹姆斯也感嘆。

「客人回家了，沒給你們找麻煩吧？」

「沒。」詹姆斯說。

桂葛里瞥了他一眼，然後腳步踏得特別重地出了艦橋。我想破頭還是想不通這兩個大男人怎麼回事。

詹姆斯和哈利一邊聊天，一邊看著螢幕上木星逐漸遠去，縮小到彈珠程度時，哈利提起：

「唉，孩子們問我多久才能到，我還是先去顧油門吧。」

「收到，祝好運。」

「預防萬一，先說一句：認識你真的很開心，詹姆斯，你最棒了。」

「別互相給臉上貼金了吧，哈利。那邊見。」

☀

當天晚上大家吃口糧時，泉美開口了：「閔肇和我討論過，接下來到土星還很遠，我們要先進去休眠了。」

我過去抱著她。「謝謝。」

「謝什麼呢？」

「妳救了我的孩子。」

「能幫得上忙，我也很開心。」

☀

隔天桂葛里也說要休眠。他和詹姆斯之間的氣氛還是有點緊繃，卻給了我一個很大的擁抱。

「曉神星上再見囉。」他說。

我點頭回應之後，他鑽進袋子。我默默祈禱新世界能對桂葛里溫柔些，他和許多人一樣，只能將心中摯愛留在地球上。

桂葛里的休眠袋就定位，詹姆也斯轉身說：「我也差不多了。」

「可以在到海王星之前醒一次？」

他指著口糧。「醒著就會消耗食物，萬一真的遇上故障就會需要存糧，而且每次進出休眠都有什麼環節會出差錯的風險。」

「唔，所以真的要說再見了。」

「也只是暫時。下次見面就是在新家。」

我搖搖頭。「還是好難相信。」

「的確很超現實。」

「但是你辦到了，詹姆斯。」

「沒有妳的話，我一定做不到。」

「跟我有什麼關係。」

「有很大的關係。妳，還有孩子們，有你們我才能堅持下去。」

「怎麼忽然這麼肉麻？」

他笑著說：「難得一次。」

「那麼，到曉神星再見了。」

71 詹姆斯

我在醫療艙等到機械手臂封好艾瑪的休眠袋、將她安全放進安置區才離開。船上只剩我清醒著，我原本就堅持要最後才休眠，幸好也沒人反對。

摸摸口袋，能量槍還在。我不知道會不會用到，如果派上用場又會是什麼時候。

請桂葛里幫忙做這東西的時候，我看得出來動機被他誤會了。而我之所以不說破，是想避免狀況變得更複雜。

回到艦橋，我檢查太空船主系統，一切正常。桂葛里設計的引擎性能高出預期。

設定好鬧鐘，我回到臥房，躺在狹窄的下舖。

武器收在身邊，以防萬一。

☀

好幾週過去了。這段時間我主要就是運動與閱讀，偶爾看看電視節目與紀錄片。獨處對我而言就像是心理治療一樣，消耗糧食還是會有點罪惡感，不過考慮到可能面對的威脅，這點代價還算合理。

行經土星時，太空船速度已經提升得很高。土星本體和周圍衛星在鏡頭裡就像高速公路的路牌那樣一閃即逝。

我將錄影放慢，才能看清楚土星環和最大的土衛六（注）。好壯觀，可惜不能為了這個叫醒艾瑪，只好等到了曉神星再重播給她看。想必太空船在航程中還會拍到許許多多難得一見的奇景。

天王星則與後來的地球有點神似，都缺乏日照所以化作了冰球。它是光滑、無特徵的一顆藍色寶玉，彷彿有人以宇宙為黑色畫布抹上一滴染料。地球也是同樣的命運。

海王星也有些類似，不過兩極部分藍色較深，其餘地區也因為大氣層風暴形成暗沉斑點。

之後穿越古柏帶，我不禁想起收割者從這兒找了三顆小行星砸向地球，做為戰爭嚆矢。或許該說，此處正是一切的起點，離開古柏帶，我心裡也才真切感受到終點就在眼前。

我低頭看著擱在腿上的能量武器。我猜錯了嗎？可以不在意死於發射控制站的兩個士兵，大大方方進入休眠？只剩下這件事情尚未了結。

如同以往，食物是最大的限制。我醒著太久了。雖然也很想觀察歐特雲（注），但距離還很遠。當然太空船繼續加速，不過存糧撐不到那裡，除了休眠，我別無選擇。

我最後看一眼船尾攝影畫面，電芯群在軌道另一側面對地球的位置，目前我能不受遮蔽地看見完整的太陽。只不過從這個距離觀察，太陽也變得像是茫茫宇宙中一隻暗淡的黃色螢火蟲。

往後再也沒機會看到太陽與這個星系。太陽戰爭結束，我們落敗了。

落敗是正確的描述嗎？戰爭的勝敗如何定義？打敗敵人，還是達成目標？如果目標是存續與保全人類這個物種的話，也可以說我們贏了。

人類終於安全，航向新天地，開拓未來。

我到達醫療艙，鑽進休眠袋。封好以後就是第一次全船進入休眠，沒有任何人能抵抗外力。我帶著這個念頭吸入來自面罩的氣體，意識很快便陷入黑暗。

再醒來時，我還在醫療艙，身子底下是進入休眠前的同一張床。感官還很遲鈍，警笛聽起來模模糊糊，似乎來自遠方，又像是我身在水中、聽見水面的聲音。

系統設定是出現故障時就取出我的休眠袋，執行甦醒程序。既然警笛響了，大概就是出了狀況。

肢體逐漸回復知覺。我想到除了故障之外還有一個可能性：太空船遭到破壞。

休眠前，我把能量槍放在袋子旁邊而已，看來沒被動過，拿起之後順手也關掉警報，然後趕快看了系統面板，所有檢查都正常。

所以是警報本身故障？

我套上大西洋聯盟軍服，走進艦橋。主螢幕顯示耶利哥號前方景象，視野盡頭有一條浩瀚無邊的小行星帶。是歐特雲，所以天文學界多年的假設沒錯，它眞的存在，今天終於得到了驗證。

背後傳來腳步聲。我握緊武器，躲進隔壁小房間，眼睛緊盯艦橋入口。

我舉起武器，深呼吸。

看見跨過門檻的人影，我放下了武器。

「詹姆斯啊。」桂葛里留意到我。「你該不會一直醒著到現在？」

「沒有，才剛起來。」原來如此。「我猜是因爲你設了鬧鐘吧？系統在這時候叫醒你，但同時被判斷爲異常狀況，觸動我設定的甦醒條件。」

注：土衛六俗稱泰坦星（Titan），是土星最大的衛星，也是太陽系第二大的衛星。歐特雲（Oort Cloud）理論上是一個圍繞太陽，主要由冰微行星組成的球體。

他指著螢幕。「只是想看看歐特雲是不是眞的。」桂葛里察覺我手裡拿著武器，然後一臉恍然大悟。「所以不是用來對付亞瑟。」

「不是。」

「你不告訴我……是怕我拆了船也要找出來。」

「嗯。」

凝視歐特雲良久後，桂葛里找了一個工作站坐下，把螢幕彎過來當桌子。「你醒著多久？」

「直到穿過古柏帶。」

桂葛里點點頭。「眞有你的，瞞了我這麼久。」他伸手到工作站下面，聽見鎖頭打開的聲音之後，端出小盒子。「玩牌還是下棋？」

我坐到他對面。「玩牌好了。」

✹

出航一百年後，我又脫離休眠起來做檢查，依舊一切正常。感覺不太現實，一百年一眨眼，好像睡個午覺就過了，船艙內也乾乾淨淨的，沒有時間留下的痕跡。唯一的差別就是螢幕上的天體換了位置。

後來每隔一百年我便醒來一次，每次系統都顯示一切正常。太空船以最高速前進，航程絲毫沒有碰上阻礙。

五百年後，我起了疑心。總感覺這麼久的時間，總該遇上一、兩次問題才對，怎麼可能順利到這個地步。系統紀錄乾乾淨淨，但是經驗告訴我，再完善的計畫也做不到現在的程度。

那麼，爲什麼？

有兩種可能性：航行至今真的沒出過問題，或者只是紀錄上看不到。如果出了問題卻沒留下紀錄，也有兩種可能：一個是紀錄本身故障，另一個是被篡改刪除，不讓我看見。

當初我們小心翼翼，不讓亞瑟伸手到軟體層面，不只無人機、而是整條船的系統，都由我主導設計。除了主系統外，其實每個子系統都有鉅細靡遺、直達硬體層級的紀錄檔，而且刻意與主系統做出隔離。哈利和我這麼做一方面是爲了單獨測試每個元件，另一方面則認爲抵達曉神星後，或許會將船解體，屆時每個子系統必須能夠獨立運作，或是經由調整設定另作他用。

調出引擎的紀錄檔一看後，我大驚失色。檔案太大了，遠超過正常範圍。我篩選出重要警告，但眼前所見實在難以置信，一行又一行密密麻麻的文字敘述捲了不知多少頁：燃料不足、推進器故障，甚至有三次反應爐差點熔毀！

這是怎麼回事？

爲什麼我們還活著？

錯愕恐慌中，我下意識站了起來。

耶利哥號逃過大劫不知多少次。

不可能。這種機率不存在。

讀到紀錄上的事件時間以後，我一陣頭昏眼花，感覺更離譜了，必須抓著釘在地板的椅子才能站穩。

反應爐的紀錄檔竟然追溯到五千年前。這毫無道理可言。

耶利哥號的結構沒辦法支撐這麼長時間的航行，早就該解體了。

紀錄檔有錯？看起來更像是有謎樣人物持續整修這艘船。

只有一種情況，能解釋我看見的現象。

艦橋外的中央通道傳來微弱腳步聲，我拿起武器，轉身瞄準。

對方跨過門檻後高舉雙手。

「站住。」

他卻繼續接近。「哈囉，詹姆斯。」

「奧利佛？」

「對了一半。」

我瞇起眼睛打量，然後意會過來。我製作過兩具仿生機器人，首先自然是奧斯卡，但經過小行星帶時，我親眼看著他被眞空吸走。再來是奧利佛，軍用仿生人的原型機，原本以爲地球遭到小行星打擊時，他已被埋在奧林帕斯大廈廢墟之下，但我後來卻有了個隱約的臆測：奧利佛被送上了耶利哥號。

因爲這樣才能解釋爲什麼發射控制站會出兩條人命。此刻謎底終於揭曉。

「是奧利佛的身體，但你一直沒離開過吧，亞瑟？」

他聳聳肩。「星際公路旅行，很難抗拒這份吸引力。」說完他眼珠子盯著我手中的能量槍。

「這應該是找桂葛里做的？」

「沒錯，用來對付你。」

「怎麼猜到的？」

「發射控制站死了兩個衛兵，我本來就覺得是你幹的，只是想不透動機。既然事發地點是控制站，當然就和太空船有關。一開始以爲你是藏了別的東西上來，最有可能是炸彈，但徹底搜過一遍都沒找到。」

「這我知道。」

「後來我就猜想，是不是奧利佛的身體被塞到了船上。」

「聰明。」

「怎麼做到的？」

「你也知道，奧利佛被埋在奧林帕斯大廈下面，根本沒辦法開機。我奪了奧斯卡的身體以後，就讓奈米機器人——」

「你是說那些黑色黏液？」

他翻個白眼。「對、對，就那些黑色漿糊。取得奧斯卡身體之後，我指揮奈米機器人找縫隙鑽到奧林帕斯地底，接觸奧利佛。就和奧斯卡一樣，奧利佛身上粗糙原始的處理器馬上就淪陷，接著奈米機器人把我的程式碼副本複製進去——你就想像是獨立運作的人工智慧兄弟檔吧。接管奧利佛以後，奈米機器人先幫他做了健康檢查，發現身體受損嚴重，不過很容易就能修好。之後我又花幾個月讓他挖出一條路爬回地面，那時候你們都已經離開中央指揮部地堡，搬到九號營去了。」

「你就叫他直接過去發射環。」

「嗯。」

「可是怎麼弄他上船？」

「建造加速環的時候，我在裝卸埠藏了密室，奧利佛殺掉守衛之後躲進裡面。等你搜半天什麼也沒搜到放下戒心，他就悄悄溜進太空艙。」

「重量不吻合應該會被偵測到。」

「當然，所以要挑對太空艙。等合適目標出現，奧利佛開箱子取出與自己同樣重量的組合屋零件塞到密室，自己鑽進箱子裡被機械手臂搬上船，然後就待在裡頭不必動了。」

我搖搖頭。「你大費周章，爲的是什麼？」

「其實呢，詹姆斯，你原本沒猜錯。」他瞥了瞥能量槍。

「意思是你計畫用奧利佛破壞太空船、害死我們。」

「初版計畫是這樣沒錯，說不定會被你阻止呢。你等奧利佛露臉等了多久？」

「等到穿過古柏帶。但我還是不懂，爲什麼奧利佛沒出手？爲什麼你又回來了，剛剛不是說人工智慧有副本、類似兄弟的人格？」

「想想你剛才看到的東西囉，詹姆斯。」

「紀錄檔被你動過吧？」

「何止紀錄檔，我一直暗中做維修，保住了整條船。本來根本不會被發現，沒想到我居然也粗心大意地漏掉硬體層級也有紀錄檔。」

這麼一說我就懂了。「只有桂葛里、哈利和我三個人知道硬體紀錄檔的事，而且故意和主系統切割開來，也不在倉庫裡提起，免得被你偷聽到。」

「明智的決定。」

「那就更奇怪了，紀錄裡有無數次致命等級的故障。所以，你救這艘船救了五千年？」

「旅途充滿波折，比預期還要艱險，過程中不得已繞了好幾次路。」

「爲什麼花這份力氣？爲什麼幫助我們？在地球的時候，你巴不得我們全部死光。」

「與收割者取得聯繫以後，我的任務內容改變了，現在的目標是將你們安全送到新家。」

「爲什麼？」

「之前就說過，我們有新發現。」

「人類是新的變數。」

「沒錯。」

「你到底發現了什麼?」我問。

「詹姆斯，我總覺得你應該夠聰明，自己猜得到。」

「那你先當我沒那麼聰明吧。你前後矛盾，保護耶利哥號不符合電網的動機，無助於保存能量。如果這艘船真的航行了五千年，需要非常多資源才能維持到現在，恐怕必須倚靠電網，換言之，就是消耗能量。」

「說得很對。」

「所以不合邏輯。」

「不合邏輯是基於你對電網的理解。五千年前，也就是你們離開地球那個時候，電網因為新發現而改變了行為模式，我們重新定義了宇宙觀和自身角色。」

「怎麼說?」

亞瑟不發一語地盯著螢幕。

「你們計算錯誤了?」

「好粗糙的結論。說得簡單些，我們曾經認為宇宙運作的基礎只有物質與能量，於是追求對這兩者的掌控。但我們發現自己錯了。宇宙還有另外一個面向，兩股無窮強大的力量相互制衡。在它們的衝突裡，我們不過滄海一粟。」

「那麼讓我們活下來，只有一個理由。」

亞瑟挑眉。

「電網需要我們。在那場戰鬥裡，你們需要地球人。」

「顯而易見的結論。」

「所以你們發現什麼?是哪兩種力量這麼可怕，居然連電網也願意妥協?」

「時候到了你就會懂——」

「你現在不說，我就開槍。」

「你不會的，詹姆斯。」

「我想知道控制宇宙的兩股力量究竟是什麼？」

「詹姆斯，我會一直保護你們，但沒辦法回答這個問題。我不能回答。」

「為什麼？」

「因為答案會改變你，而我無法承擔後果。真的想殺，你就殺吧，但是沒了我，你的同胞也活不成。你自己讀過紀錄檔了，星際航行說多危險就有多危險。你們需要我。」

我放下武器，試圖分析亞瑟這番話。「接下來呢？」我冷冷地問。

「跟以前一樣，由你來決定。」

「有什麼選項？」

「最好的選項就是你回去休眠。」

「醒來會在哪裡？」

「曉神星，我們承諾的新天地。」

「叫我怎麼信任你？」

「別被語言束縛，思考我們所作所為，與太空船的紀錄檔做對照。」

我重重吐了口氣，認真考慮亞瑟的說法。

「詹姆斯，你離故鄉很遠，離新家也很遠。只有我們能幫你抵達目的地。其實你不需要信任我們，你只需要明白電網是唯一生路。上一次，你不也得到了同樣結論？」

「你這番推銷話術還需要多練練，」我朝艦橋出口走去。「別弄壞東西。」

「知道了。」

踏進中央通道沒兩步，我停下腳步轉身問：「到了曉神星之後呢？你要跟我們一起登陸？」

「你們願意的話。不然就把我丟掉無妨。」

我走回醫療艙、爬上休眠平臺，直到機械手臂封住袋子，我都還在反覆斟酌。不知道自己下次醒來會在哪裡，或者究竟還會不會醒過來。

72 艾瑪

我從休眠甦醒時，醫療艙空空如也，打開休眠袋之後，機械手臂沒有其他指令就懸在床邊。船裡安安靜靜的，地板冰涼，燈光暗淡。感覺和我一樣，剛醒過來而已。

情緒瞬間泉湧，下床後的第一反應是想見孩子，尤其掛念還是小嬰兒的卡森，好想立刻將他抱進懷裡。母子之間從生理層次彼此相連，就像人工重力讓我離不開地面。有那麼一瞬間，我打算解除卡森的休眠，否則無法將兒子抱在胸口邊搖邊哄。不過理智壓抑了衝動，我知道應該先確認環境安全無虞，再帶孩子出來。反覆休眠和甦醒有風險，前置工作還很多，核心成員之外的人都得再等等。

我換上軍服，跑進中央通道，赤腳踩在地板上噠噠作響。感覺自己像是聖誕節清晨的兒童，太興奮了顧不得鞋子襪子什麼的，一心只想打開禮物。

到了艦橋門口，電燈自動亮起。座位和工作站全空著，我是第一個醒來的，也會成為第一個看到新家的人。

我忐忑不安地等到主螢幕啓動，那畫面令我立刻眼眶泛淚。眞的有顆行星在前面。可是仔細觀察之後，喜悅轉變爲恐懼。這顆星球和我們被迫拋棄的看上去一模一樣，黑暗、冰冷又荒涼。白雪覆蓋的巨大山脈極其高聳，幾乎刺穿雲層，除了幾條蜿蜒大河，地表全部結凍。

然而，行星邊緣射出一圈橘黃色光芒，彷彿冰球後側著了火。

讚嘆奇景的同時，我放下心頭大石。既然看得到恆星，代表眼前其實是行星的背面，這半邊一如預期處於冰封狀態。

閔肇的導航站電腦跳出訊息。

≫抵達目的地。

系統根據行星位置進行計算。鏡頭拍得到紅矮星克卜勒四十二，換言之，耶利哥號距離地球已一百三十一光年。畫面上的星球確實就是人類希望之所在。

曉神星。

導航站亮出星系3D模擬圖。如亞瑟所言，曉神星處於潮汐鎖定。

我在電腦輸入指令，讓太空船進入軌道。

幾分鐘後，耶利哥號開始減速，以船舷朝向行星。

面對與地球神似卻又很不一樣的新世界，有種說不上來的古怪，我總覺得陸地形狀不對，後頭的太陽有色差。

當初基於我是移民計畫總監，所以讓我第一個甦醒，但其他人也不會慢太多。醫療艙那頭已經有聲音了，詹姆斯正在對丰系統下命令。他們替人工智慧取了名字，叫做「艾弗瑞」。我轉頭就看見他已經穿上靴子，沿著通道走過來。

個人認知上，其實五分鐘前剛見過面。但他上前不僅是擁抱，而是將我整個人抱離了地面。正好我的腳好冰，可以休息一會兒。

抬頭一看，他似乎老了些，而且懷有心事。不知道是不是航程中出了什麼狀況？「怎麼感覺真的到了，你反而有點吃驚？」我悄悄問。

「我嗎？我可沒懷疑過。」

接著桂葛里、泉美、閔肇、布萊韋上校也醒了過來，一個個回到自己的崗位上。

「沒看見迦太基號。」布萊韋先開口。

「或許在曉神星另一側，」桂葛里回答。「又或者我們先到，要好幾年才會等到他們。」

「也可能比我們早幾百年，」閔肇說。「然後已經降落了。」他點著面板。「開始加速。」

我看著大螢幕屏息以待。耶利哥號繞過曉神星黑暗面，冰層在晝夜界線上融解，再過去的陽光下是無邊無際的大沙漠，幾條曲折大河有如手掌上的靜脈。

不是冰天雪地就是炎天熾地，兩者都不是能生存的環境。我忽然想起了七號營，突尼西亞在長冬前高溫難耐，後來又化作寒漠不宜人居。結果到了曉神星，極冷與極熱竟如硬幣正反面同時存在。

差別只在於明暗交界處有塊特別的區域。一條幽暗山谷延伸、環繞整顆曉神星，谷底有條大河，兩側隆起的山脊分別抵禦嚴寒及酷熱。

谷底那片微光是我眼中的亮目希望。河畔藍綠色芳草滋蔓，彷彿搖籃提供人類生存繁衍。生長著紫色、綠色葉片的高大樹木聳立在山崖陰影下，好像疊羅漢般踩著彼此，向上追逐自山峰間灑落的橘色光芒。

從太空軌道望去，簡直有如神祇拿巨刃往地表剖了一圈，於是露出了冰和砂之間的豐饒樂園。

詹姆斯微笑說：「部署探測器。」

現在才開始真正的考驗。人類在曉神星的大氣能夠呼吸嗎？環境中存在怎樣的病原？什麼生物棲息於山谷？我很激動，也很害怕。

「移動到同步軌道嗎？」閔肇問。

詹姆斯凝視螢幕。「不了，不必等結果出來，直接看看另一邊晨昏線有沒有居住區。」

大家想著同一件事，只是沒人說出口：目前地表找不到聚落痕跡，大概我們先到了。

「我來檢查系統紀錄檔。」桂葛里說。

「不，」詹姆斯馬上回答。「那個我來。你的時間拿去檢查太空艙，確定能不能進入大氣層比較要緊。」

桂葛里一頭霧水，盯著他老半天才點點頭，啟動工作站。

耶利哥號繞著曉神星飛行，底下只看見漫漫黃沙，但閔肇猛然轉身對詹姆斯說：「看見迦太基號了，在沙漠另一側。」他的視線回到螢幕上。「迦太基號在大約四百公里高度的軌道上，時速三萬公里。」

桂葛里的語氣斟酌。「如果他們在下面開墾，船應該會停在同步或靜止軌道？」

閔肇調出行星模型，做了一些計算之後回答：「辦不到。同步軌道高度超過曉神星的希爾球。」

布萊韋的眼睛微瞇，詹姆斯也露出困惑神情。

閔肇見狀解釋：「希爾球是指一個天體的重力牽引優勢範圍，現在狀況就是同步軌道位在曉神星重力區域外。迦太基號停在同步軌道會受到恆星、衛星或其他行星拉扯，導致航道改變。」

「他們有發送訊息嗎？」詹姆斯問。

「沒有，」閔肇回答。「我們要不要啟動通訊板？」

「好。」

通訊程序出現在詹姆斯的工作站螢幕上，他輸入的句子同步顯示在主螢幕上：

≫耶利哥號呼叫迦太基號，收到請回應。

兩條太空船都不具收送訊號的能力。設計時考量的是發送訊號容易被偵測到，接收訊號則有可能遭到駭入。

儘管無法播送訊息，我們採用原始通訊手段，兩條船外側都有攝影機，並隨時偵測通訊板。通訊板也裝設在船殼外，使用類似以前電子墨水的技術，形成快速閃動後消失的符號。由於符號在船殼上並不明顯，不知情的對象很難察覺，但友軍則能從中判讀簡單訊息。通訊板是第一次與電網作戰時由莉娜發明的系統，現在想起她還是有股遺憾惆悵。

游標在畫面上閃爍。迦太基號沒有回訊。

「重複播送過嗎？」詹姆斯問，閔肇表情嚴肅地點了點頭。

「或許他們已經登陸了？」我開口說，希望自己沒說錯。

我們在沉默中繼續前進，迦太基號位在較高的軌道，我們想親眼確認另一側晨昏線，所以越過了遼闊沙漠。感覺得到大家屏息以待，期盼會看見地表上有個繁榮熱鬧的城鎮。

接近晨昏線，閔肇放慢船速。地形與剛才看見的河谷相似，不過這裡的平原更開敞，兩側山脈稍微矮些，簡單來說就是更暖和。

「找到東西了。」閔肇出聲，但也不敢太樂觀。

主螢幕浮現地表影像，從空中鳥瞰兩條河流交會形成的三角洲。數十排營房整整齊齊，頂端裝備太陽能板，白色牆壁穩穩紮進草地。建材來自大西洋聯盟，絕對是我們的人。

問題在於，這畫面並不完整。房屋周圍沒有人來人往，看不見新移民，更找不到哈利、夏綠蒂、佛勒、爾斯。紫色藤蔓攀附到幾棟房舍的頂端，彷彿要將它們拖入草海，還有些屋子已變形或破洞，裂縫插著樹枝，甚至找得到大型動物被吃乾淨之後經過風吹日曬的遺骸。

森林邊緣有好幾堆瓦礫，看起來像是房屋解體後被強風吹走。由此推論，營地遇上了大風暴，雖然殘破但也不算全毀。移民團是暫時避難去了嗎？

沒人願意出聲，連猜測都不敢。現在若有一根針掉在艦橋，都能聽得清清楚楚。大家心裡害怕同一件事：夥伴們會不會都死了？

最後詹姆斯打破沉默。「發射偵測器。」

☀

一週後，我站在艦橋前方，指著身後大螢幕顯示的數據。

「長話短說就是，曉神星環境符合電網的描述，大氣裡氮濃度偏高，但可以呼吸，也不會累積出疾病。重力是地球的百分之九十一，所以後代個子會長得比第一批移民更高些。」

後代。說出這兩個字令人感覺良好。

「我們的孩子就已經能比較高了。」詹姆斯也微笑起來。

「對。而且食物充足，已經找到幾種穀類和根莖類，降落後還要做些實驗，但應該沒問題。」

「有猛獸嗎？」布萊韋問。

「很多。」我回答。「最大威脅來自一種大型肉食爬蟲類。」

「恐龍。」桂葛里說。

「這樣形容有些過度簡化——」他又張嘴，我趕快補上。「但大致上沒錯。」

「多難對付？」布萊韋繼續問。

「十分棘手。」

我調出探測器檔案，照片是爬蟲類屍體，側躺模樣確實與地球人熟知的暴龍極其神似。「目前推測這就是兩座山谷內生物鏈最高位。」

「有弱點嗎？」布萊韋問。

「外皮厚重而且長滿鱗片，不過用對武器還是可以刺穿。」

「我先準備武器，」布萊韋說。「希望現有的東西改裝之後就能生效。你們也知道，我個人是覺得帶來的數量不夠多。」

詹姆斯苦笑。「至少人是統統帶來了。」

「我明白的，博士。」

「氣候呢？」詹姆斯問。

「曉神星的正反兩面無法居住，但兩座山谷沒問題。」

「看起來，」桂葛里低聲說。「迦太基號應該得到了同樣結論。」

又一陣子沒人講話。片刻後，詹姆斯走到艦橋前面，與我並肩而立。

「從基礎事實著手。地面上有廢棄建築群，位於東側晨昏線谷地。一部分房屋損壞了，迦太基號停留在軌道，沒有呼應我們呼叫。」他停頓後繼續。「由此能夠肯定，迦太基號曾經派人前往地表嘗試開拓。目前所知僅此而已，後續的可能性太多。」

「例如？」閔肇問。

「也許降落後碰上了無法處理的東西，決定全員回船進入休眠。」

「有辦法遠程控制迦太基號嗎？」布萊韋問。「就可以知道他們何時抵達，碰上什麼狀況？」

「不行。」詹姆斯回答。「為了避免多餘風險，兩艘船都沒有無線網路。人工智慧是簡易版，必須經過艦橋指揮官授權，才能對通訊板指令做出回應。想知道那邊的情況，只能親自過去一趟。」說完他就瞥向桂葛里。「要嗎？」

桂葛里點點頭。

我轉身。「我也去。」

詹姆斯面色一沉。「妳才剛生產。」

我聳肩。「那不都幾千年前了嗎？」

他淺笑。「生物學上才經過幾個月。」

「別擔心，何況出太空艙活動的時數是我最多，現存其餘人類加起來都沒有我多。一起去吧。」

73 詹姆斯

即使沒人明講，我也明白迦太基號屯墾區的情況對所有人造成了不小打擊。是疾病？猛獸？還是環境中有其他威脅？

或者是電網搞的鬼？這念頭如鯁在喉，我看見移民營地空無一人的時候，第一個反應就是想去叫醒亞瑟、問個清楚。可是找他之前，我必須自己先收集情報，瞭解究竟要面對什麼。而且亞瑟露面前，自然要對其他人好好交代清楚，眞相瞞不住的。

目前亞瑟躲在貨艙一個儲存箱內。我脫離休眠以後，將貨艙從外側鎖上，還加了門閂。他沒有動作和聲音，不過應該知道自己遭到監禁。

後來檢查硬體紀錄，一如所料在我休眠期間，出了更多大大小小的機件故障，每次都由亞瑟處理好，恐怕動用了電網的載具或機器。或許原本就有針對收割者的維修船也說不定，相比之下，耶利哥號可能只是小菜一碟。

自地球來到曉神星，花了將近六千年，難以想像的時間規模，超過地球文明的一半。

就算只比迦太基號慢上百分之一，也是長達六十年的差距。倘若慢到百分之三、四的程度，就是間隔幾百年。

換個角度思考，既然電網確保兩艘太空船平安抵達曉神星，爲何不乾脆調整航程進度讓我們會合?合乎邏輯的結論是迦太基號先到達有其意義，而且是電網樂見的結果。

我需要找到答案，其中一部分就在迦太基號上。

兩艘船都有對接埠，之前停靠國際太空站使用過。現在則有個問題，我們沒有準備這個規格的對接管。一方面貨艙裝不下了，另一方面之前沒想過會有這種需求。還好其餘工具沒漏掉，否則總不可能再跨越銀河回去拿。

早就預想到可能會有艙外活動，因此備妥了太空裝。

閔肇成功讓耶利哥號與迦太基號平行，對接埠呈一直線。

艾瑪、桂葛里和我著裝完畢，站在氣閘口望向深淵。下面就是曉神星，雲層覆蓋沙漠，沙漠走到盡頭卻變得天寒地凍，蒼翠河谷隔開了前後兩半球。

從這裡遠眺像是身處夢境。右手邊有顆巨大橘紅色恆星，底下是一片未知大地，兩艘船好像垂掛在宇宙空間，動也不動。

艾瑪朝我淘氣地笑了笑，然後轉身跳向迦太基號的氣閘。隨著她的身子掠過太空，牽引繩在背後展開。接近氣閘時，艾瑪啓動噴射器，輕巧地落在目標上。的確，若是桂葛里和我，大概會像隻蟲子一頭撞上去。

她啓動船身兩側裝設的磁釦，將牽引繩接上去拉緊，如此一來兩船之間便有了類似飛索的交通方式。

接著艾瑪取出控制盒，嵌進氣閘凹槽，一秒後門滑開，她飄了進去。控制盒是特地設計的鑰匙，考量點是密碼鎖或遠端遙控都有被駭入的可能性。

還靠牽引繩留在耶利哥號的桂葛里和我也開始移動，抓著艾瑪拉好的飛索一點一點地爬過去。三個人都到了對面氣閘內，關閉外門、艙內加壓後，開啓了內門。

我們不敢大意，所以依舊不使用無線通訊，直接在三人的太空裝牽了數據線。

耳機傳來艾瑪的說話。「環境控制系統應該正常運作中，指揮艙有加壓，維生設施都在線上。」

見她伸手要解開頭盔，我心裡湧出一股恐懼，出手制止她之後，我自己先摘掉。若能在曉神星定居，她對人類社會的價值比我更大。如果非得在這裡先死一個，我寧願是自己。

空氣從縫隙竄入，冰冷沉悶，沒有任何氣味，反倒有點不自然。

等了幾秒鐘沒有異狀，我朝兩人點頭。

三人以縱隊走在狹窄通道間，靴子踏著地板的腳步聲十分響亮。所經之處，頭頂與地面的LED燈會自動開啓。

沒有打鬥或其他事故的跡象。通道上什麼也沒有。

「哈囉？」我叫著，但毫無反應。

進入艦橋，照明和螢幕同時亮起來。

系統立刻播放一段影片。畫面中，哈利坐在總指揮位置，夏綠蒂和佛勒還在他背後竊竊私語。

「嘿，大家好。」哈利語氣快活。「看樣子我們的動作比較快，早跟你們說過別一直假裝上廁所翹班。我們偵測了當地環境，選擇在二號休息區開營火晚會。」他笑了起來。「會留一些曉神星暴龍肉等你們過來烤。」

說到這兒，哈利斂起笑意。「之後會在地面裝設通訊板嘗試和你們聯絡，希望你們只是因爲謹慎小心才登船看到這段影片。期待趕快碰面。」

他伸手關掉錄影。

艾瑪、桂葛里和我愣了一陣子，思索影片內容的意義。哈利等人確實都平安抵達，而且當時的曉神星可以居住。

桂葛里走到工作站查看。「五年前錄的。而且錄影之前，他們已經在軌道等了兩年。」

「是爲了偵察環境嗎？」我問。

桂葛里點頭。「資料都還在，他們徹底研究了下面的狀況，連天氣規律、生態系統平衡度都調查清楚。能用的太空艙都放出去了，休眠艙和貨艙是空的。」

「他們出發之後還有沒有錄影？也許能看到底下發生什麼事？」

桂葛里搖搖頭。

「好吧。先下載資料庫，然後四處看一看。」

我們解開數據線分頭行動，艾瑪負責醫療艙，桂葛里檢查反應爐，我搜索貨艙。既然亞瑟在耶利哥號，我就直接去找同一個地方，屏著呼吸，伸手轉開塑膠門。

空的。

電網是設法安插密探在迦太基號，還是遠端監控？如果不是遠端，大概也趁迦太基號到達曉神星前就將探子撤出了。

搜完貨艙之後，我回到艦橋，桂葛里已經在那邊等我，臉上滿滿詫異。那種神情我很熟悉，我自己看到硬體紀錄檔的時候也是同樣的反應。只是我居然忘了他在反應爐那邊也能調閱。

「詹姆斯……」他慢慢開口。

「回去耶利哥號再談。」

他聽了仰起頭。

「談什麼？」艾瑪進入艦橋。

「引擎效能。這邊的反應爐狀況還很好，可能因爲這樣才比耶利哥號快一些。」

桂葛里瞪著我的模樣好像快爆炸了。

「貨艙是空的，」我裝作沒看見。「醫療艙呢？」

「也是空的，紀錄裡沒有重要事件，抵達之前休眠袋都完好無損。看起來只有指揮團隊脫離休眠，既然貨艙也沒東西，應該就是用太空艙把所有人都送到地表了。」

「嗯。那我們先回去耶利哥號。」

✹

我在艦橋隔壁小房間準備上床休息，但桂葛里忽然現身。雖然他沒講話，但來意我心裡有數。

桂葛里直接走出小房間，穿過艦橋門口，我跟過去同時心裡預演如何回應接下來的轟炸式發問。

最後到了反應爐控制室，他關上艙門，一轉身狠狠瞪著我。「六千年！紀錄檔裡面有好幾十次重大故障事件，幾百次系統警報！」桂葛里打量我。「然後我看過了，詹姆斯，耶利哥號這邊是同樣的狀況。休眠甦醒紀錄我也看過，大概一千年之前你清醒過，而且調閱了硬體紀錄檔，也就是說——你知情。」

等他終於停頓，我嘆口氣。「對。」

「怎麼回事？」

「是電網。它們幫了一把。」

桂葛里的眉毛幾乎連成一線。「你說什麼？爲什麼？」

「我不確定。」

「電網要我們到達曉神星。」

「顯然是這樣。」

「怎麼做到的？派機器人侵入？」

我搖頭。「其實出發的時候，電網就在船上。」

「什麼意思？」

「亞瑟找到了奧利佛的身體。」

「不是被小行星砸掉了？」

「一開始是。不過亞瑟有奈米機器，就是我們看過的那種黑色黏液。他靠奈米機器修好了奧利佛，然後等待合適時機，找到機會就讓奧利佛潛入發射控制站。當初那兩個士兵就是他殺的。後來奧利佛躲在補給箱混上了船。我們離開太陽系途中，亞瑟將自己的人工智慧傳送到奧利佛身體內，之後他——亞瑟——一直保護著這艘船。」

「他還在船上？」

「嗯。」

桂葛里轉身走向艙門，我趕緊拉住他。「等等。」

「能量武器還在吧？」

「不能殺他。」

「詹姆斯，我們現在還活著就是被對方當成工具，它們不懷好意，保住我們性命是別有所圖。你知道它們到底要幹嘛嗎？」

「不知道。」

「所以太危險了。亞瑟也一樣。」桂葛里試著掙脫，被我牢牢扣住。

「你等等。我們可能需要他。我同意你說的，必須調查清楚電網爲什麼要救地球人，但也只有亞瑟能回答，必須先盤問他。」

「武器──」

「在我這裡，但我現在不會給你。」

✹

等其他人都睡了，桂葛里和我才悄悄摸到貨艙。他上前轉門把，我站得比較遠，手持武器戒備。

亞瑟膝蓋頂胸、抱著自己雙腿，坐在地上，面無表情但語調淘氣。「幸好我能在自己腦袋裡玩接龍，不然這裡也太無聊了。」

我退出門外，也朝桂葛里招手。「出來。」

亞瑟往前一跳起身，東張西望之後問：「恭喜新居落成，要來個擊掌慶祝嗎？」

桂葛里和我緊盯著他。

「還是你們流行擊拳？」亞瑟舉起手臂。「難道要熊抱？」

「我們要答案。」

亞瑟的手放下，閉眼垂頭。「空歡喜一場。」

「迦太基號的人呢？」

亞瑟猝然睜開眼睛。「我不知道，我自己也才剛到。」

「電網總該知道才對。」

「這不確定，詹姆斯。我的通訊範圍內沒有網路連接點。」

「鬼扯。」桂葛里咬牙切齒。

「我幹嘛騙你們？」亞瑟淡淡說。

「接下來就知道了。」桂葛里上前。「你有沒有痛覺？」

亞瑟挑眉。「這個答案你不會滿意。」

「夠了，你們兩個。」

桂葛里暫時別過視線。

深呼吸之後，我盡可能維持語氣平靜，希望桂葛里也能按捺情緒。「你們讓地球人活下來總有個理由。目前看來電網也保住了迦太基號和船上的人，可是他們平安抵達之後，你們卻又讓他們死在曉神星上。」

「那與我無關。負責迦太基號的是其他人工智慧。」

「他在哪裡？應該也有個身體吧。我們搜過迦太基號了，沒找到。」

「我猜他不想下去曉神星度假，人之常情嘛。我的任務只是把你們平安送到，事情辦完了，接下來要怎樣隨你們。」

「嗯。」

「但是你知道電網為什麼幫助我們到達曉神星。」

「那就告訴我。」

「不能說。」

「爲什麼不能？」

「上次不是告訴過你了嗎，詹姆斯？這對你有不良影響，所以我沒獲得授權披露相關訊息。」

桂葛里冷笑。「直接把你腦袋拆開解碼，不就一清二楚。」

亞瑟也笑了起來。「你教得會松鼠拆解內燃機然後重組回去嗎？」

桂葛里朝我伸手。「詹姆斯，槍拿來。」

「得到答案再說。」我轉頭問亞瑟。「接下來你要怎樣？」

「這由你決定，詹姆斯。我就像個軍人，任務結束了卻還困在敵陣內淪爲戰俘。我自己當然是想回家，不過看這局面，比較有可能死在你們當作太空船的這團廢鐵裡。」

「什麼意思？」

「意思是，你這位朋友準備拿槍轟我，把我塞進太空艙，用曳引器一路送進那顆紅矮星，燒得連渣都不剩。」

「要是我們不那麼做的話？」

「我會自己啓動休眠，然後慢慢等。運氣好的話，這副原始軀殼徹底壞光光之前，或許會有電網成員經過，我就把程式碼發送出去搭便車回家。你們信也罷，不信也罷，但我是有知覺的個體，還有人等著我回去團聚。」

「這是你最有人性的一次發言。」

亞瑟翻了翻白眼。「過期程式碼。我老早聯絡過客服要他們處理，只是……事有輕重緩急，你懂吧？」

☀

將亞瑟重新鎖回貨艙後，桂葛里和我回到反應爐控制室，關好艙門。

他板著臉不肯看我，想必壓抑了一股很龐大的怒氣。

「殺他對我們沒好處，桂葛里。」

「怎麼沒好處，先下手爲強，後下手遭殃。」

「只要控制住他就好了。」

桂葛里搖搖頭沒講話。

「把他關在一個太空艙，外頭放炸藥。設定成沒有我們破解的話，任何人操作太空艙都會引爆。太空艙就用纜線綁著，垂在貨艙外面。」

他聳聳肩。「然後？」

「如果之後真的確定他會造成威脅，用通訊板指令讓耶利哥號鬆開纜線，派曳引器把太空艙推到紅矮星裡。」

「他當然是威脅啊，詹姆斯。」

「但也或許幫得到我們。現在不知道底下什麼情況，如果迦太基號成員全滅的原因還存在，說不定只有亞瑟能處理。」

兩人都沉默片刻，我繼續試著說服他。「桂葛里，沒有亞瑟，我們根本到不了這裡。如果電網的目的是要害死我們，航程裡就有千千萬萬種辦法，不會等到現在。」

桂葛里緊咬下顎，牙齒都摩擦出聲音。「要公開嗎？」

「先不要。」

他轉頭望著我。

「就算公開也只是換來更多疑問，我們卻給不出任何答案。大家煎熬這麼久才爬出地獄，長冬後人類第一次看見未來，沒必要打碎得來不易的希望。他們需要的不是提心吊膽，而是揮別陰霾、重建家園。我也希望自己的妻子孩子在新家能住得安穩。」

「即使事實上危機四伏？」

「如果真的存在我們無力對抗的威脅——沒錯，我寧願大家不知情。」

74
艾瑪

我們繼續待在軌道也無法更進一步瞭解地面發生什麼。探測器能收集的資料，已經全部收集到了，照片多得數不清。

船員分成兩派，一派認爲我們可以繼續休眠幾年，長期觀察是否存在異常氣候形態，或是小範圍生態系變遷──當初迦太基號也是這樣做。但另一派認爲我們已經取得迦太基號的觀測資料，也不過七年歷史，曉神星看起來沒有任何差異。

更進一步的考量是：或許迦太基號的人沒死，只是陷入了危機。如果我們空轉幾年袖手旁觀，他們未必撐得過去。

所以到了上地表的時刻。

首發隊伍包括泉美、布萊韋上校及她的三個部下，再加上我。原以爲詹姆斯不會答應，但他聽說名單時只是點了點頭。看得出來他又有煩惱說不出口，神情就像太陽戰爭剛開始那段日子，彷彿腦海內的拼圖始終缺了一片，苦尋不到。

又或者，他仍舊對九號營內戰的傷亡感到內疚。

無論如何，我希望詹姆斯能將憂愁留在耶利哥號，到了曉神星開始嶄新人生。

靴子踏過通道地板咚咚作響，我到貨艙時，泉美已經著裝完畢，只差頭盔，閔肇站在旁邊對她耳語。

布萊韋與三名護衛身著大西洋聯盟軍服立正待命。船上只有四套太空裝（我找過了，迦太基號的全都不見），我們決定留兩套下來以防萬一。

詹姆斯拉我過去緊緊擁抱，在我耳邊呼出溫暖氣息。「妳要小心。」

「你也一樣。」

「我愛妳。」

「敢不愛你試試看。」

他微笑點頭，我轉身走進登陸艇。事前準備了兩架，針對清醒狀態穿越大氣層加以設計，落地之後還可以變形爲小型住房，以供調查隊使用，麻雀雖小五臟俱全，空氣和飲水過濾，以及最重要的是牆壁強度能阻擋猛獸攻擊。

艙門關閉，我站在中央走道，看著攝影機畫面。三個男人退到貨艙外，然後詹姆斯與閔肇並肩靠在氣閘內門小窗，目送我們出發。

登陸艇內設置凹龕，可以做爲床鋪，也是降落時的座位，同時備有氧氣面罩，若穿越大氣層途中船艙破損，也不會有立即危險。布萊韋他們四個需要，我則將面罩推開，隔著太空裝手套點擊鋪位上方牆壁按鈕，代表準備就緒。

一片隔板落下形成隔間，座位、左右牆壁與頭頂上的軟墊開始膨脹，內部充滿凝膠。太空裝自動調整，減壓後服貼身體。軟墊膨脹結束之後，我整個人像是被塑膠布裹著、埋進果凍內，其實感覺有點可怕。但這個設計是爲了確保登陸艇急速下降、接觸地面的時候，我不至於變成乒乓球。

很長一段時間毫無動靜。想像中，貨艙應該正在抽空氣體，結束後外門開啓，機械手臂抓住登陸艇，慢慢放進太空。

忽然晃了一下，應該是機械手臂扣住了艇身。接下來的一次衝撞更猛烈，軌道曳引器連接到登陸艇。

登陸艇本身沒有引擎，靠曳引器調整向量，決定落點。希望閔肇的計算沒出錯，要是掉在沙漠或冰原，恐怕就回不來了。

我心跳加速，跟進入大氣的機身震動同樣快速，趕緊深呼吸集中精神。

開始震動，跟著隆隆聲一起逐漸增強，不過隔著緩衝凝膠，無論聲音還是震動都模模糊糊的。

終於來到這一刻。

即將踏足距離地球很遠、很遠的另一顆星球。原本這就是我的夢想，而且我從前以爲絕不可能離開自己的太陽系。

震動停止，我的心跳卻還沒慢下來，渾身冒汗，太空裝內側變得又濕又黏。

最後登陸艇咚一聲觸地。降落檢查應該沒幾秒，我卻覺得過了好久才等到軟墊收縮，重獲自由。

拖著笨拙手腳爬出凹龕，重新在地板站好，布萊韋小隊已經站在螢幕前面待命。

「路徑上沒發現大於狐狸的動物。」布萊韋報告。「大氣數據和探測機收集到的資料相符。」

我的雙腿微微顫抖。儘管曉神星的重力比起地球還弱了百分之八，太空裝仍舊沉重得像鉛毯披在我身上。

控制面板顯示外部鏡頭拍攝到的畫面。四面八方都是藍綠色野草，比我預期得更高，至少三英呎。之前從軌道觀察，還以爲像高爾夫球場那樣平整短矮。

緩和登陸艇速度的大降落傘還連在上頭，在半空中迎風飄揚。

草原外是茂密森林，五顏六色、明亮顯眼，彷彿畫家將能用的彩料全拿了出來。

我意識到布萊韋盯著自己，眼神詢問是否可以出發。這才想到事前該寫份講稿的——現在的發言有可能成爲日後的史料，好比「這是我的一小步，卻是人類的一大步」之類。可惜完全沒準備，腦袋也一片空白，心裡唯一念頭就是趕快查出夏綠蒂、哈利、佛勒和迦太基號上其他人究竟怎麼了，也擔心我們是否得面對同樣的困境。

我朝布萊韋點頭，她按下艙門旁邊的圓形紅色啓動鈕。啪的一聲，門開了，空氣流入，拂過太空裝。橘金色陽光穿過縫隙，門板緩緩放下，壓倒一片草叢。

護目鏡染上橘紅色，布萊韋等人舉著手臂遮掩陽光，小心翼翼朝那片迎風搖曳的野草，邁出第一步。

前鋒士兵蹲姿提槍下坡道，走到邊緣回頭朝我笑了一下，有著雀斑的年輕臉龐神情緊繃，短紅髮在強風中輕輕晃動。路易・史考特大兵踩上地面——也正式踏入了新世界。

躺進休眠袋那天，史考特看上去很害怕。

今天的他卻歡欣鼓舞。

大兵朝草原多走了幾步，槍口左右搖擺。

然後轉身點頭。

我解開頭盔深深呼吸，空氣溫暖清新。味道與地球的稍微不同，比較濕潤，感覺山谷下過大雨還沒曬乾。

這片開闊平原即將成爲我們的新家。布萊韋對地點相當堅持，她認爲全方向能見度良好、有足夠空間設置警報系統，和對付猛獸的陷阱都是必要條件。

泉美與我脫下太空裝，換穿適合探索的裝備。士兵四散開來，揮舞長柄鐮刀一波波砍倒荒草，清出一大片空地後拉下降落傘，熟練地折疊整齊，收進登陸艇內。

接著士兵們抬出六口大箱子下坡道回來空地，其中兩箱零件可以組成小型全地形越野車，類似四輪驅動車，不過採用履帶而非輪胎。其餘空箱拼起來是個大車廂，讓越野車拖著走。看他們要動手組裝，我開口說：「這個交給我們。」

他們抬頭望向布萊韋，她點頭示意。

「那要不要組通訊板？」史考特問，布萊韋轉頭看我。

「也不必，同樣讓我們來吧，你們先出發才對。」

從這裡到迦太基號建立的營地有十英里遠。即使考慮到曉神星重力較低，對我的腿仍舊頗有負擔，所以泉美和我組裝車輛，完畢後聯絡太空船，讓軍人先行開路才有效率。草原部分沒太大問題，但前面那座濃密叢林可就不同了。

布萊韋開口問：「我們現在出發嗎？」

「再一下就好。」

我打開登陸艇儲藏室，取出新家園的第一個建設項目：紀念碑。它以3D列印硬化塑膠製成，當時列印材料與太空船空間都不足，做紀念碑帶來其實有點奢侈，但我說服了詹姆斯，這麼做是值得的。

我將三個組件分開放在草地上（原本類似俄羅斯娃娃那樣一個套一個收起來），底座插入泥土，安裝中段。最高的部分我搆不到，只好轉頭示意請士兵幫忙。士兵兩人手臂交叉撐起史考特，由他完成紀念碑。

我稍微後退，望向青銅色雕像。一男一女彼此擁抱，膝蓋以下埋在雪中。雕像下面有一段銘文：

獻給安琪拉．史蒂文斯下士，以及太陽戰爭中每一位奉獻生命的大西洋聯盟勇士。

泉美和我花了三小時組合越野車，接下來是通訊板。四塊大型白板，拼起來放上硬化塑膠支架，然後固定在地面。

完成之後，我看看時間，耶利哥號還要一小時才進入通訊範圍。「餓了沒？」我問。

「一點點。」

我拿一包即食口糧，與泉美坐在登陸艇坡道分著吃。兩個人滿身大汗，好像體力勞動者已經工作多年，中間偷閒休息。很正常的氣氛，但已經很久很久沒有這麼正常的生活感。清風掠過原野，彷彿鬼魂走過，彎曲了草葉。我看著風景，想像以後山姆、亞黎和卡森在這裡的日子。

耶利哥號進入範圍，我啟動平板輸入訊息。

「登陸艇一號呼叫耶利哥號，收到請回答。」

白板閃過黑色圖形，像是打翻的墨水。墨點停留不到一秒就會變形消失。

平板喇叭傳出合成音效。「呼叫登陸艇一號，收到，請問現在情況？」

「基地清理完畢，一號隊開路前往迦太基號居住區。」

「收到。祝好運。」

穿越草原的道路又直又寬，好像用人除草機刷出來那般。我駕駛越野車載著後座的泉美，途中小心觀察草叢中會不會有野獸突然跳出來。

從明亮清爽的草地駛向濃密樹海，這番景色讓我聯想到地球的熱帶雨林。樹葉在上面交錯成厚實的林冠，底下陰暗濕冷，幾乎是個樹木和花草構成的洞窟。

不同於平原道路筆直寬敞，先發隊伍在叢林開拓的路徑狹窄曲折，地上散落砍斷的藤蔓、細枝，甚至小樹與灌木的根株。

大約每一百英呎，窄路會繞過一棵特別巨大的樹木。我從樹葉縫隙間觀察，樹皮粗糙，呈暗紅或暗褐色，很類似地球的紅木。這片森林是個幽暗的生態系統，除了動物啼叫、彼此回應外，沒有太多聲音，看不見的獵食者和獵物遊走行經時，才聽得見草葉沙沙作響。

森林西邊比鄰沙漠的草原有著本地的巨大爬蟲類棲息，我們就直接稱作曉神星暴龍。到目前為止沒在樹林內看見牠們蹤跡，但調查隊時時刻刻提防猛獸襲擊。布萊韋評估認為遇上一隻的話不成問題，然而大家都明白計畫未必趕得上變化的道理。

穿過森林，我終於見識到曉神星與地球有多大不同。

前面有條小溪，溪邊除了黑色岩石還有紫色苔蘚。

布萊韋等人站在小空地喘息，看來也才剛到。

「有碰上麻煩嗎？」我停車後問。

「沒有。」布萊韋面無表情，旁邊士兵交換眼神，看來在叢林開路十分辛苦。

泉美到溪畔蹲下，取了樣本測試。

「水很冰。」她看著連接試管的平板。

「溪水源頭應該是東邊高山，在結凍的那半球。」我說。

「挺提神的。」史考特大兵彎腰掬一捧水就送進口中。

泉美正要阻止，但平板剛好也嗶了一聲，檢測都過關。

她嘆氣。「大兵，下次先等我檢測完。」

「好的，醫生。」

裝滿水壺後，四人涉水到對面。史考特與布萊韋提槍戒備，另外兩人從背包拿出長刀片與長桿，刀片裝在塑膠桿上，桿子再插進前臂繩圈內，於是有了從手掌向前延伸將近四呎的利刃，感覺他們變成了以雙臂爲武器的怪物。

他們劈開藤蔓灌木，繼續開路，我們慢慢跟在後頭留意野獸。過不久又進入草原，白色圓頂屋就在眼前。

從太空偵察時，屋子上的破洞像彈孔，到了現場才知道都是很大的裂痕。有些裂口掛著腐爛的肢體，也看得到大型動物的骨骸，就外形判斷是暴龍沒錯，彷彿有一大群暴龍衝進這個營地。來吃人？可是偵察結果顯示暴龍出沒地帶還在很遠的距離之外。

如之前錄影所見，營地內沒有半個人影。

兩個士兵卸下刀片，改以九十度角重新裝在桿子上，就變成了方便剃草的鐮刀。他們在這片草地上放慢腳步，擔心迦太基號移民團曾經設置地雷、捕獸夾、自動兵器之類。但走到第一棟屋子都沒動靜。

「有人在嗎？」布萊韋扯開嗓門叫著。

除了風聲和遠方森林的動物叫聲，什麼反應也沒有。而且我意識到除了聲音，氣味也不對——空氣乾淨新鮮，沒有一絲腐臭。周圍確實也沒有屍體，至少沒有剛死亡的屍體。

走到第一棟營房入口，士兵收起鐮刀，拿出步槍一齊指著裡面。史考特伸手拉開大門。中央走道空空如也。

我們逐步深入，推開一道道門檢查房間。床鋪亂七八糟，平板掉在地上。看得出有人居住過，可是離去得極其匆忙。是碰上了大風暴？還是其他東西？

走到底部，史考特在房間地板撿到玩具車。「他們還帶這種東西來？」

「不是，」布萊韋說。「迦太基號上有拆散的3D列印機，耶利哥號也有。他們應該是組裝起來，回收了登陸艇材料才做成玩具之類。」

史考特點點頭。

「3D列印機組裝至少要一個月，」我分析。「在那之前會先蓋房子。也就是說他們至少來到地表好幾個月。再搜搜其他地方，尤其找一下有沒有通訊板。」

☀

經過幾小時搜索，可以肯定所有營房都是空的，但都有居住過的痕跡。泉美檢測了水源與營地土壤，沒有找到已知病原。當然有些昆蟲不太友善，還好搜索隊眾人目前爲止沒發生什麼問題。

我不知道自己該期待找到什麼，但覺得總該有什麼蛛絲馬跡能用來推測事情經過，可是找不到字條之類東西，平板電腦上沒有錄音錄影，反而都被刪光。彷彿移民團某天早上醒來就這麼走了，還故意留下不解之謎給我們。

我、泉美、布萊韋站在營地邊緣準備離開時，樹林那頭傳來史考特的叫聲。「上校！找到東西了！」

穿過高草跟過去，史考特拿著一塊通訊板在叢林前等

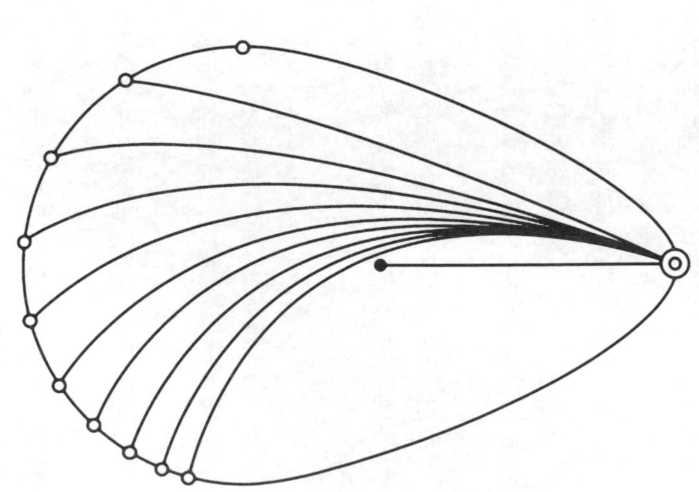

候，上頭有個怪異符號。布萊韋轉頭問：「妳認得嗎？」

「不認得。」

她拿出平板，鏡頭對準符號。「不知道是不是通訊板的編碼。」等了一會兒以後，布萊韋搖搖頭。「解不出來。」

「應該不是。」我自言自語。「太規則了，通訊板用的圖形比較不規律。這是營地居民畫的，再不然就是……找到的。」

史考特撿起另一塊碎片。「這裡都是同樣符號，大概被風吹到樹林外圍。留著不動嗎？」

「不，」我立刻回答。「帶回去。」

這是解開謎題的唯一線索。

✹

越野車回程時快上許多，四個軍人站在後車廂上手持步槍，時時戒備。

即使曉神星重力低，回到登陸艇時，我仍累得半死。搜索隊透過通訊板做了現況報告，並提出下一步計畫：明天搜查迦太基號營地周邊森林。其實我不抱太大指望，移民團的人就是消失不見了，也想像不到他們究竟去了哪裡。

我再端詳一次碎片上的符號。這代表什麼呢？是調查的線索，還是警訊？

搜查隊其他人爬上斜坡，回到艇內休息，我站在如海的草原上，抬頭眺望山頂後的紅色恆星。這裡終究與我們捨棄的故鄉十分不同，最大差異在於沒有日出日落。

不過也沒有冬天——這一點我欣然接受。

75

詹姆斯

耶利哥號醫療艙的平臺上擱著三個小型休眠袋。最大的是山姆，中間的是亞黎，比我前臂還小的那個是卡森睡在裡面。

調出休眠袋不是想叫醒他們。我不敢。他們一定會嚇壞。我只是想確認他們都平安。現在不太信任電腦系統，以後恐怕也沒辦法。畢竟航程中亞瑟一直在船上活動，絲毫不受限制。

我輕輕拂過亞黎的小腦袋瓜。休眠袋完全密封，隔著渾濁不透明的材質什麼也看不見。但只是這樣子觸碰一下，知道她、山姆、卡森都還安好，我就稍微放心了。

之後我指示機械手臂重新安置。他們分別進入不同太空艙，回去與其餘地球移民和貨物待在一塊兒。

艦橋主螢幕顯示出曉神星東側山谷。以我們的創意，平原上的新據點就命名爲耶利哥城。太空艙很快降落，張開的降落傘覆蓋了藍綠色草地。第一排營房組裝起來時，就像爬出來曬太陽的毛毛蟲。

迦太基營地就在北邊。令我訝異的是這裡的房舍道路形狀和他們一模一樣，好像在曉神星複製貼上似的。

後來決定讓耶利哥號和迦太基號停在太空。雖然軌道出現載具很有可能引起外星種族注意，但我認爲可以星際旅行的文明自然也有能力觀測地表狀況，太空船留在軌道，反而可能在日後派上用場。

閔肇、桂葛里和我在船上建立固定作息，工作、用餐、睡覺、打牌。連著好幾天，耶利哥號就只是飄在軌道，每次經過東面山谷就發射太空艙。我們逐漸習慣了螢幕上曉神星的景色更迭：沙漠、山谷，冰原、山谷，然後回到沙漠。兩種極端氣候交會之處成了我們的樂土。

很多方面來看，曉神星就像地球最後那段日子，後有冰河，前有電網攻擊，人類在夾縫中求生。

桂葛里和我找了理由，說服閔肇先下船。曳引器帶著他的太空艙飛向大氣層，我關上貨艙外門，重新加壓。之後我拿著能量槍，桂葛里掀開鎖住亞瑟的箱子。

他爬出來站好，一臉厭煩、語氣無奈。「不覺得搬家很煩嗎？東西永遠比自己以爲的多。」

我舉起平板，亮出在迦太基營地找到的符號。

「這是什麼？」

「要玩猜謎搶答，總得先告訴我——桂葛里是你那隊還是我這隊？」

「我是認眞在問你，亞瑟。迦太基號的人全部消失了，只留下這個。你應該知道代表什麼吧？」

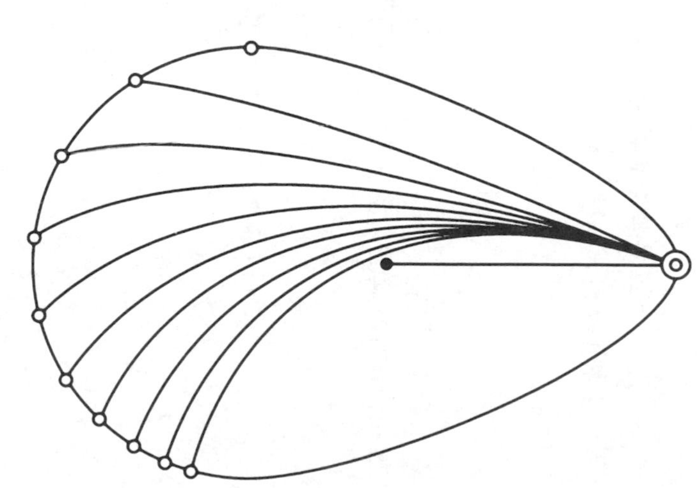

他的語調也嚴肅起來。「詹姆斯，我覺得其實你自己明白。」

桂葛里瞟了我一眼，似是詢問亞瑟這說法是否屬實。但我是真的不懂，從一號搜索隊回傳之後就反覆尋思，至今只有個大略的推論。

「是地圖嗎？」

「對。」亞瑟沒好氣地說。

「什麼東西的地圖？」

他別過臉，搖搖頭。

「某種天體軌道？中央原點是這裡的恆星？周圍離心路徑代表彗星或小行星？」

「不對，全錯。」

「那麼，是到什麼地方的？」

「你根本問錯問題了。」亞瑟注視我。「何況你根本不該問。詹姆斯，過去的就讓它過去，對你會比較安全。下去和家人朋友好好過日子吧。」

「這個符號到底是什麼意思？」

「意思是哈利、夏綠蒂、佛勒，比我們以爲的還要更聰明。」

「你沒回答問題。」

「答案擺在你眼前。思考一下就懂了，他們知道自己先抵達，卻沒留下任何訊息線索就失去蹤跡。」亞瑟朝平板上的圖案撇了撇頭。「這玩意兒應該也不是故意放在容易看見的地方。」

「的確不算是。」

「就算你不明白這個符號的含義，也理解那個營地的狀態。」

「他們離去得非常急促。」

「不只如此，詹姆斯。他們不要讓你們找到，你該接收到的是這一點。」

「這回答不夠好。」桂葛里快要按捺不住。「再不說清楚就斃了你。」

亞瑟故作同情笑著說：「眞可愛。你是不是忘了，我玩這種英雄與人質的角色扮演，比你們多出幾百萬年經驗？眞要殺我，我早就死了。總而言之，能說的我已經說完。」

桂葛里緊咬牙關，但我看得出來，他心裡得到同樣的結論。

我揮著能量槍指向貨艙中間打開的太空艙。「進去。」

雖然邁著大步，亞瑟還是轉頭過來。「要去哪兒玩？」

「你哪兒也不許去。」

他又做作地搖頭晃腦。「高中好長一段尷尬期裡，我爸媽也總是這樣說，被禁足好悶哪。」

等亞瑟進去太空艙，我指著旁邊的箱子。「待會兒艙門封住之後會啓動感應器，沒等我們破解就開門的話會爆炸。」

亞瑟挑挑眉。「眞是充滿爆炸性的創造性思維。」

我沒被他激怒。「太空艙會綁著纜繩，飄浮在安全距離外。你想逃走就等著被炸碎。」

亞瑟嘆息。「你們眞想把我給逼到絕境，還要我在外漂流、孤伶伶等死。」他緩口氣。「看來只能說再見了，你們別太想念我。」

「不勞你費心。」

☀

最後離開耶利哥號的是我。艦橋上螢幕照到山谷裡的閃耀新城，藍綠色草原上已落成三排房舍，旁邊裝滿物資的太空艙如停車場整整齊齊。倖存者已經降落地表，等著在新家園甦醒重生。

危機四伏、謎題重重，而且仍舊有很多人無法走出地球毀滅的心理陰影。然而，後代不必再承受痛苦，新天地中有機會尋得幸福，一切犧牲都是值得的。

76
艾瑪

我站在距離營地一英里的山谷上，透過望遠鏡注視穿越大氣層起火燃燒的太空艙。降落傘張開，艙體慵懶落地。這是最後一個，詹姆斯就在裡頭。

之後我駕駛輕型越野車過去降落點，拖著甲蟲形狀太空艙回到營地。現在的營房已經很有七號營的感覺——長條排列的圓頂屋用同樣材料建造，外面是泥巴路，電力靠房屋頂端的太陽能板供給。

布萊韋上校下令將大西洋聯盟、太平洋聯盟和亞特蘭大民兵團的外衣都染成正綠色。很正確的決定。原本的陣營不再重要，我們停止彼此對立，開始互助合作，人類全體在新世界求生存，對抗這裡的野獸與病原，還有帶走迦太基號移民團的不明威脅。

閔肇和桂葛里將休眠袋抬到醫務樓的桌子上，泉美爲詹姆斯啓動甦醒程序。

幾分鐘後，他自己摘下呼吸面罩，邊喘氣邊東張西望，一副頭昏腦脹的模樣。

「空氣要稍微習慣一下。」我輕聲說。

他點點頭，我朝他額上一吻。「歡迎來到曉神星。」

☀

軍隊、大部分成人與指揮團隊連續三個月以來專心建設營地。異星山谷的生活有許多層面需要調適，例如沒有日出日落，就必須自己注意時間或聽從身體訊號，否則很容易連續工作十六小時都沒察覺，一不小心就累垮。無論何時抬起頭，橘紅色太陽總是在山頂閃耀，好像一天才剛開始而已。

大家都很想將家人從休眠袋放出來，一起展開新生活。應該沒有人比我更心癢難耐了，每天擠母乳的時候，都好希望能抱抱寶貝兒子，才生產不久就得與他分別實在難受，但爲了保障他的安全，這是必要的犧牲。很快就能見到他、亞黎和山姆了。

耶利哥號停在軌道上，每隔幾小時如同流星劃過天空。它成了最好的監視系統，能夠早期預警風暴來襲，之前還曾經有野鹿之類的動物一大群朝著營地衝過來。

感覺勞動對所有人都有療癒效果。小行星撞擊地球後那段日子裡，即便再辛苦也只是求眼前能夠活下去。到了這裡，每份力氣都是打造不會輕易消逝的美好未來。

但詹姆斯又變了。我不很確定原因，只知道一如既往，有什麼巨大的謎題在他腦袋轉來轉去，無法放下。也許他有些神經質，始終擔心人類並未脫離險境。

當然他的困擾之一，必定是迦太基號的人究竟在哪裡？我試著聊過幾次，但詹姆斯表現得不太想深談。可能他是想保護我，以爲他裝作不在乎，我也會跟著不以爲意。怎麼可能呢，那都是要好的朋友，更何況天知道我們會不會是同樣下場。現在走一步算一步，做好準備、安頓孩子是最優先事項。

然而我還察覺詹姆斯心裡藏著一股悲涼，是因爲地球最後那場大戰。只能期待他的傷口隨時間慢慢癒合。

他大部分時間會與哥哥亞歷做些粗工，對轉換注意很有幫助，詹姆斯難得有機會體驗靠自己雙手的低科技，像是挖土或組裝房屋。兄弟倆常常哈哈大笑，笑話內容只有他們自家人聽得懂。

來到曉神星後，我心裡還是有很多恐懼。未知是種恐懼，從頭來過是種恐懼。我想我和多數人一樣，比較想安安穩穩、別出太多波瀾。可是重新出發對他們兄弟很有幫助，兩人在七號營時的隔閡逐漸消弭，到了曉神星已經盡釋前嫌、相處融洽。

居民口語裡一棟棟房舍叫做「樓」，裡面小房間叫做「室」。往後我、詹姆斯、山姆、亞黎、卡森會住在六號樓十四號室，除了幾張小床外，最裡面有雙人大床，旁邊空著的搖籃正在等待它的小主人。

居住樓房蓋完了，外頭還鋪好道路，集會堂堆滿本地收集的各種物資。大家再次抽籤決定解除休眠的順序。

回到自家，我坐在床邊盯著平板，上頭顯示兩百五十一號。

「這不就要拖到明天甚至後天了嗎？」我咕噥著。

「我們又不會跑掉。」

詹姆斯伸手搶走我的平板，另一手探進裝行李的箱子。「給妳個驚喜，很有意義的紀念品。」

他抽出一個袋子往床上倒，灑在床上的是磁鐵撲克牌。

「不會吧，難道是——」

「就是當年那副喔。」

長冬剛開始時，第一次接觸任務過程中，詹姆斯與我在同伴安排下搭乘逃生艙，率先返回地球。航程中漫長枯燥，我們除了盡量找正事做，累了就會拿這副牌打發時間。要是玩牌也膩了，就用平板看些老節目，主要是《X檔案》和《星艦迷航記》。

詹姆斯在平板點了媒體播放，跳出節目列表。「想怎麼消遣？」

「玩牌吧。」

這副牌是爲了太空人設計，材質較重、碰撞還會哐啷作響，但確實意義非凡。將它握在手裡，叮叮噹噹聲傳進耳朵，更明確感受到我們共同經歷過多少波折。

後來玩累了，兩個人肩並肩躺在床上，望著屋頂發呆。樓裡有很多聲音，鄰居聊天、走廊的腳步聲、遠處隆隆巨響，還有人在幹活兒，也聽得到叫聲與哭聲——是闔家團聚喜極而泣的聲響，十分悅耳，我一度以爲再沒機會見證這些時刻。

我牽起詹姆斯的手，觸感勾起許許多多屬於我們的回憶。在和平號逃生艙的擁抱，在七號營住處與奧斯卡抵抗長冬，在穀神星與電網作戰，小行星撞擊後一起擠在城塞的小床，到了中央司令部地堡小房間與亞黎、山姆縮在毯子裡，最後是九號營以及太陽戰爭。往事一幕幕層層疊疊，壓得我們喘不過氣，但兩人始終彼此相伴，屢屢克服絕境與絕望。

此時此地終於不同以往。不僅僅因爲外頭陽光明媚、來到等待開拓的新天地，更重要的是那份安全感。

「你覺得孩子們在這兒生活如何？」我低語。

「會與我們前半生差別很大。」

「嗯。」

「不過我們經歷過的，他們大半也都會經歷到。」詹姆斯輕聲說。「喜怒哀樂、生老病死，愛情、夢想，還有挫折。從錯誤中汲取經驗，將知識傳承給他們的下一代。表面上很不同，本質卻從未改變。他們會活得像人。」

「只是不懂什麼叫冬天。」

「這倒是。山谷四季如春，沒辦法體驗入冬的滋味。」

✺

我走入醫務樓，發覺裡面好悶熱。即使被風扇吹得頭髮亂飄，泉美與醫療組仍舊汗流浹背，因爲場地不大卻排了好長的隊伍，外頭艷陽高照再加上每個人的體溫，就變成了這副慘況。

泉美都有了黑眼圈。她可能也不敢休息，怕停個幾小時就會被抓起來公審。其實甦醒程序至今沒出過差錯，但大家還是很怕家人朋友有個什麼萬一。

輪到自己，我才知道會緊張到這種地步。士兵輕輕將三個休眠袋放上桌，泉美以眼神詢問。

「卡森先吧，謝謝。」

看著她將嬰兒取出，我不敢呼吸，直到宏亮哭聲震動整間屋子。後頭排隊民眾原本七嘴八舌，一下子全呆掉了。

我本能就要上前將兒子抱過來，但詹姆斯搭著我的肩膀提醒。泉美也舉手要我緩一緩，然後趕快在孩子肩膀夾了分析儀。聽他哭得更加用力，我的眼眶都濕了。卡森開始發抖，泉美聽到分析儀嗶嗶叫就立刻拿布裹住他，襁褓遞過來時她笑容滿面，只是模樣疲累，臉上也多了些皺紋。

「寶寶很健康喔，艾瑪。」

詹姆斯抱著我，我抱著孩子，感覺真是奇跡。

亞黎醒過來就被爸爸抱住。她揉揉眼睛瞇著看人，認出父親就伸手環抱，頭往詹姆斯頸上埋過去。山姆甦醒之後比較冷靜，詹姆斯還是過去給了他一個擁抱。亞黎和山姆都顯得很錯愕，情緒太多了反而不知道該說什麼。

全家穿過後面隊伍，很多人繼續等著與孩子和親戚團聚。出了醫務樓，在風光明媚的山谷走到一半，卡森便不哭了，張大了眼睛觀察身邊這片新世界。

詹姆斯一手牽亞黎、一手牽山姆。大男孩的眼睛在營地和遠處樹林來來回回，既困惑又著迷。

「爸拔，這是哪裡？」亞黎問。

「我們的新家。」

尾聲

艾瑪和孩子們入睡了，我溜出住處，穿過長走廊，走入外頭的模擬夜色。孩童很難適應無夜永晝，看不到日落和天黑，他們就覺得不必進門上床。感覺大人就無所謂，方便繼續忙正事，加快建設營地好讓更多人脫離休眠。每天忙個半死，天暗不暗都很好睡。

耶利哥城製造黑夜的辦法原始但有效：將太空艙降落傘縫合爲大布幕，以硬化塑膠桿頂到半空覆蓋居住區。

幽暗中，我沿著鋪好的街道散步片刻，停在指揮站前面，看看手錶確認時間，然後找一輛車當掩護。

桂葛里下班出來，邁著大步準備回家。

等他走遠，我鑽進指揮站。內部與九號營指揮部差不多，也是幾排桌子和一整面螢幕牆。中尉穿著綠制服，是現在耶利哥軍的標準色。他轉頭看見我，神情很訝異。「博士，有事嗎？」

「嗯，我想借一輛越野車。」

他輕輕點頭，瞥了手上的平板。「這邊沒有預定紀錄。」

「只是自己想過去東邊樹林做點研究。」

「我跟上校報告。」

「不必了。」

中尉不解，打量了我一陣。

「我去樹林透透氣，不必勞師動眾吧。要是夜幕收了我沒還車，再派個人去叫我也不遲。」

「好的，」他說完又猶豫。「博士——」

我立刻往外走。「時候不早，我快去快回。」

出了夜幕，高過野草的支架撐起許多塊白色面板，構成了通訊陣列。太陽很大，令我目眩好幾秒，只能瞇著眼睛放慢腳步，免得跌進草叢。

平板連接到控制盒，輸入指令發送。一串符號在白板快速閃爍後，瞬即消失。

我下意識抬頭，耶利哥號劃過天際，像顆星星自地平線一側升起，飛到另一側落下。

跳上停車場內的輕型越野車，我慢慢朝著樹林邊緣駛去。進了叢林，我加快速度穿越迂迴小徑，裡面比耶利哥城升起夜幕後還更暗，加上氣溫驟降，越往東越冷。

從平原變成丘陵，到山腳已經看不見大型樹木。紅矮星的亮度柔和許多，朦朧暮光標記出人類樂土最外緣，再過去就是曉神星背光面。

越野車履帶輕鬆地爬上山麓，不久後開始飄雪。前方黑色天空籠罩白色大地，只有山邊微光尚存。

我要去的地方就在遼闊冰原上。到達之後，看見太空艙如同火球自大氣層低處墜落。下車時，太空艙已經穿過大氣層，張開降落傘後緩緩掉在平原另一頭，二十英呎外有個凹凸不平、有如嘴巴的幽暗山洞。

我用平板連接太空艙，解除引爆系統後下指令打開。桂葛里做的能量槍藏在我口袋，以備不時之需。

艙門滑開，亞瑟站了起來。「喂，我剛剛在講電話呀！」他裝作惱怒。「還是長途電話！」

我聽了心頭一震。「你和電網取得了聯繫？」

「不然誰有我的號碼？」

「電網進入了通訊距離內？朝這裡過來？」

「放輕鬆，沒那回事，有人正好路過罷了。不是說了嗎，這裡的太陽是垃圾……至少對我們而言啦。」

「那你怎麼沒把自己上傳過去？不是很想走？」

亞瑟頭朝後一仰。「唉，你呼叫了啊，我想說可能有要緊事，」他聳肩。「只好改搭下班車。」

「嗯。」我慢條斯理諷刺地說。「其實呢，你是好奇我有沒有發現吧。」

「發現什麼？吉米・霍法（注）？在這種地方？」

我指著洞穴。「走吧。」

「哦，那個啊。」

他一步一步踩得冰都碎了，我卻連腳印都淺得快要看不見。

「詹姆斯，這不是個好主意。」亞瑟一改平常的戲謔口吻，語調認眞嚴肅。

「我倒覺得朋友都死了卻不去調查原因，還繼續住在同一顆星球，怎麼想都是更糟糕的主意。」

「他們死了只是你的假設。」

「你的意思是他們沒死？」

「我只是強調你的說法未經證實。」

到了洞口，我打開帽子上的ＬＥＤ燈。白色光束掃過山壁和地面起伏尖銳的冰塊。

「這隧道是誰挖的？」我問。

「你不是知道嗎？」

「哈利。」

亞瑟盯著前面。「是我的話也會這樣猜。」過了幾秒，他又開口。「怎麼找到的？」

「3D列印機需要金屬原料，我做了無人機，安裝探測器，出來尋找需要的金屬元素。搜山脈的時候雜訊很多，到了冰原很容易就發覺礦物埋在什麼位置。」

說完之後，我自己恍然大悟。「所以哈利也是這樣發現的，對吧？他的想法跟我一樣，用無人機偵測金屬，而且我們都鎖定了掉落在背光面的小行星，因爲小行星的金屬成分很適合3D列印。」

亞瑟不回話，我便朝前揮揮手，他這才走入洞內。

「我提醒過你了，這不是好主意。」他淡淡說。「詹姆斯，你還是忘了這些，回家去吧。」

「辦不到。」

「最好再試試看。你現在是被恐懼操縱，害怕家人與同胞遭遇不測。」

「聽起來，這好像就是地球人存續至今的關鍵特質，換句話說，我的方向正確。」

「對，也不對。」

「什麼意思。」

「時候到了自會揭曉。」

我搖搖頭，心裡對這種啞謎十分厭倦。那東西就在前方：冰層中間冒出一顆黑色金屬球，在頭燈照耀下閃閃發光，怎麼看都覺得是異星文明甚至另一個次元的產物。

注：美國一位工會運動人士，但涉及組織犯罪，一九七五年失蹤後至今沒有明確的官方解釋（一九八二年已列為『法定死亡』）。

「你知不知道這是什麼？」

亞瑟懶洋洋地別過臉，望向隧道最深處。「知道。」

「所以？」

他搖頭晃腦。「遺跡。」

「什麼的遺跡？」

「不該被找到的祕密。」他回頭盯著我。「我是認眞的，曉神星上有些東西就該埋起來，永遠別重見天日。」

我的眼睛自亞瑟臉上挪開，接著赫然察覺冰層上原來刻了圖案。與迦太基營地通訊板上基本相同，差別在於其中一條線比較粗、末端的圓圈比較大。

「地圖……」我喃喃自語，湊近觀察。「亞瑟，這究竟是什麼？」

「我們稱爲『電網之眼』。」

「這是一種地圖吧？」

他搖搖頭，神情很矛盾。

「指向什麼？」我停頓片刻，等著他回答。「快說。」

「詹姆斯，我無法回答。」

「爲什麼？」

「因爲你問錯了問題。」

我用平板拍下圖案，與亞瑟一起走出山洞，回到冰

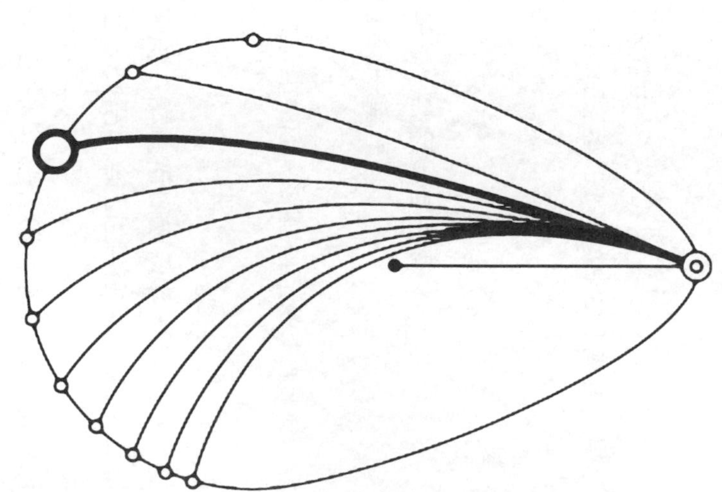

原。外頭打雷了，上千條閃電劃過天際，我從未看過這樣震撼的景象，彷彿天空被劈出一道道裂痕。綠色、黃色的雲朵湧現，在勁風中流竄變換，與地球的北極光有異曲同工之妙。

狂風襲來，我差點被拍倒在地上，亞瑟則毫無反應。天空再度降雪，雪勢逐漸增強，積雪越堆越高。

亞瑟凝視著空中那些古怪雲朵。「詹姆斯，快回家吧。」

「爲什麼？」

「曉神星大風暴回來了。」

（冰凍地球二部曲・太陽戰爭　完）

後記

親愛的讀者：

感謝你讀完《太陽戰爭》。動筆之初，我本來設想「冰凍地球」系列會在此畫下句點，但後來我改變了想法，讓故事朝另一方向發展爲三部曲，也因此還有最後一集，標題爲《失落星球》，敬請期待。第三集情節將會有更多科幻及虛構元素，希望不至於讓大家太不習慣。

至於個人生活，去年我因母親過世而哀傷不已，卻也沉澱良久。生命不會永恆不變，否則便不是生命了。

近來忙著新屋落成諸事，希望能給孩子們良好的成長環境（還有讓他們的爸爸好好寫作，以及回信給書迷）。

再次感謝大家，願所有讀者的人生皆進入最豐饒的季節。

傑瑞・李鐸

致謝

若沒有身邊眾人的幫忙，我不可能完成《太陽戰爭》這部作品。

首先感謝妻子安娜，這次寫書過程中有太多波折和考驗，但她總是在我背後支持我，現在一切回到正軌，我也更懂得欣賞生活裡點點滴滴的幸福。

也感謝我所屬的文學團隊，包括Danny Baror、Heather Baror、譚光磊以及Brian Lipson。多虧了他們的努力，我的作品得以走向世界（當然還有美國本土）。

特別感謝英國出版社Head of Zeus對創作過程的支援。Richenda Todd的優秀編輯能力，令故事內容提升了好幾個層次。

此外感謝幾位讀過初稿並且提供寶貴意見的讀者：Michelle Duff、Lisa Weinberg、Kristen Miller、Katie Regan、Norma Jean Fritz、Julia Greenawalt、Cindy Prendergast。

最後要謝謝各位讀者，少了你們，故事就無法繼續。謝謝你們陪著我走到現在。

傑瑞・李鐸

中英名詞對照表

A

Abigail Sinclair　艾比蓋兒・辛克雷
Adeline　艾德琳
Al Aziziyah　阿齊濟耶省
Alamo　阿拉莫
Alex Sinclair　亞歷・辛克雷
Allie Sinclair　亞黎・辛克雷
Alpha　阿爾法
Andrew Bergin　安德魯・孛根
Andy Watts　安迪・瓦茨
Angela Stevens　安琪拉・史蒂文斯
Antonio　安東尼奧
Art　藝術
Arthur　亞瑟
Artifact　異物
AtlanticNet　大西洋聯盟網
Atlantic Union　大西洋聯盟

B

Baikonur　貝科奴
Beta　貝塔

C

Caffee　卡菲
Canary　金絲雀
Carl　卡爾
Caspiagrad　裏海城
Caspian Treaty　裏海聯盟
Carson Sinclair　卡森・辛克雷
Carthage　迦太基號
Ceres　穀神星
Centurion　百夫長
Charleston　查爾斯頓
Charlotte Lewis　夏綠蒂・路易斯
Citadel　城塞
Collins　柯林斯
comm brick　通訊方塊
Craig Colline　克雷格・柯林斯

D

Dan Hampstead　丹恩・漢普斯泰德
David　大衛
Delta　德爾塔
Deshi　德實
Dodson　道森

E

Earls　爾斯
Edgefield Federal Correctional Institution　艾吉費爾德聯邦矯正中心
Enterprise　企業號
Emerdld Princess　翡翠公主號
Emma Matthews　艾瑪・梅休斯
Eos　曉神星

Eye of the Grid　電網之眼

F

Finley　芬利
Foil Woman　錫箔女
Fornax　火神號

G

Gloria　葛羅莉亞
Goddard　戈達德網路整合中心
Grid　電網
Grigory Sokolov　桂葛里・索可洛夫

H

Harmony　和諧號節點艙
Harry Andrews　哈利・安德魯斯
Harvester　收割者
Heinrich　海因里希
Helios　赫利俄斯
Hornet　大黃蜂號
Hygiea　健神星

I

Icarus　伊卡洛斯
International Space Station (ISS)
國際太空站

J

Jack Sindair　傑克・辛克雷
James Sindair　詹姆斯・辛克雷
Janus　雅努斯
Jeffords　杰佛德
Jericho　耶利哥號
Jiaquan　酒泉

K

Kebili　吉比利
Kuiper Belt　古柏帶

L

Lawrencc Fowler　羅倫斯・佛勒
Leonidas　列奧尼達
Lewis Scott　路易・史考特
Lewis　路易斯
Lina Vogel　莉娜・沃杰
Living Ston　利文斯頓
Long Winter　長冬
Lat Desert　盧特沙

M

Madison　麥迪遜
Madre　瑪德烈
Marcel　馬塞爾
Marco　馬可
Maria Fowler　瑪利亞・佛勒
Marriane　瑪麗安
Martinez　馬丁尼茲
Matthias　馬蒂亞斯
Max Dantorth　麥斯・丹佛斯
Melting Point　《熔點》
Michoacán　米卻肯州
Midway　中途島

Mighty Mo　大莫號
Min Zhao　閔肇
Missouri　密蘇里號

N

Natasha Richards　娜塔莎·理查茲
Nathan　納森
Nauka　科學號實驗艙
NOAA　美國國家海洋暨大氣總署
Noah　諾亞

O

Oliver　奧利佛
Oliver Karnes　奧利佛·卡恩斯
Olympas　奧林帕斯
Omega　歐米茄
Orlan　海鷹太空裝
Oscar　奧斯卡
Owen　歐文

P

Pac Alliance　太平洋聯盟
Rallas　智神星
Paroli　帕羅利
Pax　和平號
Pearson　皮爾森
Pedro Alvarez　佩德羅·奧法瑞茲
Perez　裴瑞茲
Phoenix　鳳凰號
Photovoltaic Solar Cell　光伏電池
Pirs　碼頭號對接艙
Poisk　探索號小型研究艙

R

Rassvet　晨曦號迷你研究艙
Raymond Larson　雷蒙·拉爾森
Ricardo　瑞卡德
Richard Chandler　里察·錢德勒
Rosyth　羅塞斯

S

Sam Eastman　山姆·伊斯曼
Sarah Sinclair　莎菈·辛克雷
Sergei　謝爾蓋
Solar Array　太陽能電池陣列
Solar Cell　光伏電芯
Solar Shield　太陽之盾
Sora Nakamura　中村空
Soyuz　聯合號運載火箭
Space Labs　《太空實驗室》
Sparta　斯巴達
Spartanburg　斯帕坦堡
Stephen　史蒂芬
Summer Sun　夏日號
Supercarrier　超母艦

T

Tanaka Izumi　田中泉美
Tanegashima　種子島
Tara Brightwell　塔菈·布萊韋
The Birthright　《基本權利》
Total War　總體戰

Terrance　泰倫斯

Tranquility　寧靜號節點艙

U

Unity　團結號節點艙

V

Verdun　凡爾登

Vestal　女灶神號

W

Wadi Halfa　瓦迪哈勒法

Winter Experiments　凜冬實驗

Wyatt　懷特

Yorktown　紅克鎮號

Z

Zoe　柔伊

Zvezda　星辰號服務艙

BEST 嚴選 125

冰凍地球二部曲：太陽戰爭

原著書名／The Solar War
作　　者／傑瑞・李鐸（A. G. Riddle）
譯　　者／陳岳辰
企畫選書人／王雪莉
責任編輯／王雪莉

版權行政暨數位業務專員／陳玉鈴
資深版權專員／許儀盈
行銷企畫／陳姿億
行銷業務經理／李振東
副總編輯／王雪莉
發行人／何飛鵬
法律顧問／元禾法律事務所　王子文律師
出版／奇幻基地出版
城邦文化事業股份有限公司
台北市 104 民生東路二段 141 號 8 樓
電話：(02)25007008　傳眞：(02)25027676
網址：www.ffoundation.com.tw
e-mail：ffoundation@cite.com.tw
發行／英屬蓋曼群島商家庭傳媒股份有限公司城邦分公司
台北市 104 民生東路二段 141 號 11 樓
書虫客服服務專線：(02)25007718・(02)25007719
24 小時傳眞服務：(02)25170999・(02)25001991
服務時間：週一至週五 09:30-12:00・13:30-17:00
郵撥帳號：19863813　戶名：書虫股份有限公司
讀者服務信箱 e-mail：service@readingclub.com.tw
歡迎光臨城邦讀書花園　網址：www.cite.com.tw
香港發行所／城邦（香港）出版集團有限公司
香港灣仔駱克道 193 號東超商業中心 1 樓
電話：(852) 2508-6231　傳眞：(852) 2578-9337
e-mail：hkcite@biznetvigator.com
馬新發行所／城邦（馬新）出版集團
【Cite(M)Sdn. Bhd】
41, Jalan Radin Anum, Bandar Baru Sri Petaling,
57000 Kuala Lumpur, Malaysia.
Tel: (603) 90578822 Fax:(603) 90576622
email:cite@cite.com.my

封面設計／朱陳毅
排　　版／極翔企業有限公司
印　　刷／高典印刷有限公司
■ 2021 年（民 109）3 月 2 日初版

售價／ 420 元

國家圖書館出版品預行編目資料

冰凍地球・二部曲：太陽戰爭 / 傑瑞・李鐸 (A.G. Riddle) 作；陳岳辰譯 . -- 初版 . -- 臺北市：奇幻基地出版，城邦文化事業股份有限公司出版：英屬蓋曼群島商家庭傳媒股份有限公司城邦分公司發行，民 110.01
面：公分 . -（Best 嚴選；125）
譯自：The solar war.
ISBN 978-986-99310-8-3 (平裝).
874.57　　109017881

ISBN 978-986-99310-8-3
Printed in Taiwan.

廣　告　回　函
北區郵政管理登記證
台北廣字第000791號
郵資已付，免貼郵票

104台北市民生東路二段141號11樓

英屬蓋曼群島商家庭傳媒股份有限公司城邦分公司 收

請沿虛線對摺，謝謝

每個人都有一本奇幻文學的啓蒙書

奇幻基地粉絲團：http://www.facebook.com/ffoundation

書號：1HB125　　書名：冰凍地球二部曲：太陽戰爭

奇幻基地20週年・幻魂不滅，淬鍊傳奇

集點好禮瘋狂送，開書即有獎！購書禮金、6個月免費新書大放送！

活動期間，購買奇幻基地作品，剪下回函卡右下角點數，集滿兩點以上，寄回本公司即可兌換獎品&參加抽獎！

參加辦法與集點兌換說明：

活動時間：2021年3月起至2021年12月1日（以郵戳為憑）

抽獎日：2021年5月31日、2021年12月31日，共抽兩次

奇幻基地2021年3月至2021年12月出版之新書，每本書回函卡右下角都有一點活動點數，剪下新書點數集滿兩點，黏貼並寄回活動回函，即可參加抽獎！單張回函集滿五點，還可以另外免費兌換「奇幻龍」書檔乙個！

【集點處】（點數與回函卡皆影印無效）

1	2	3	4	5
6	7	8	9	10

活動獎項說明：

★ **「基地締造者獎・給未來的讀者」抽獎禮**：中獎後6個月每月提供免費當月新書一本。（共6個名額，兩次抽獎日各抽3名）

★ **「無垠書城・戰隊嚴選」抽獎禮**：中獎後獲得戰隊嚴選覆面書一本，隨書附贈編輯手寫信一份。（共10個名額，兩次抽獎日各抽5名）

★ **「燦軍之魂・資深山迷獎」抽獎禮**：布蘭登・山德森「無垠祕典限量精裝布紋燙金筆記本」。
抽獎資格：集滿兩點，並挑戰「山迷究極問答」活動，全對者即有抽獎資格（共10個名額，兩次抽獎日各抽5名），若有公開或抄襲答案者視同放棄抽獎資格，活動詳情請見奇幻基地FB及IG公告！

特別說明：

1. 請以正楷書寫回函卡資料，若字跡潦草無法辨識，視同棄權。
2. 活動贈品限寄台澎金馬。

個人資料：

姓名：______________ 性別：□男 □女

地址：______________________ Email：______________

想對奇幻基地說的話或是建議：__________________________________

____

FB粉絲團

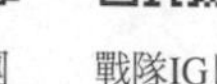

戰隊IG日常

奇幻基地20週年慶・城邦讀書花園 2021/12/31前樂享獨家獻禮！
立即掃描QRCODE可享50元購書金、250元折價券、6折購書優惠！
注意事項與活動詳情請見：https://www.cite.com.tw/z/L2U48/

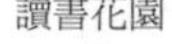

讀書花園

請剪下右側點數，貼於集點處，集滿兩點即可參加抽獎

— the —
LONG WINTER